FAMILLE MODÈLE

ERIC PUCHNER

FAMILLE MODÈLE

roman

Traduit de l'américain
par France Camus-Pichon

TERRES D'AMÉRIQUE

ALBIN MICHEL

« **Terres d'Amérique** »

Collection dirigée par Francis Geffard

À Katharine,
pour le meilleur et pour le pire

PREMIÈRE PARTIE

Été 1985

1

Deux jours après que sa voiture – une Chrysler LeBaron avec sièges en cuir et options haut de gamme – eut disparu de l'allée du garage, Warren Ziller longeait discrètement les demeures cossues de ses voisins, s'appliquant à boiter au même rythme que son chien. Le brouillard qui enveloppait Buggy Whip Lane embuait ses lunettes. On était en juin, mois des matins brumeux ; les lianes des bougainvillées grimpaient à l'assaut des poteaux télégraphiques, accrochées aux fils telles des guirlandes de Noël. Warren tirait sur la laisse de Mister Leonard, s'efforçant de suivre l'allée cavalière en bordure de la route. Une rassurante odeur de crottin montait des copeaux de bois à ses pieds. Il passa devant chez les Hathaway, les Wong, les Dunkirk, les Temple et les Starchild aux maisons blanches comme des dents, que seuls un cactus solitaire, un cerf en bronze dans le jardin ou une planche de surf appuyée au mur distinguaient de leurs voisines. Ces planches de surf étaient fascinantes. On les croyait prêtes à tomber, et elles restaient debout. Après trois ans dans le quartier, leur vue lui donnait encore le frisson. Lorsqu'il tentait de définir ce que la Californie représentait pour lui, la distance incommensurable qu'il avait parcourue depuis le

Wisconsin, Warren pensait toujours à ces magnifiques jouets en équilibre instable.

Mister Leonard s'immobilisa sur l'allée cavalière pour inspecter un rocher et se mit à chantonner. Une mélopée déchirante, comme pour inciter le rocher à chanter en duo avec lui. L'animal était vieux et perclus d'arthrite, mais l'idée qu'il puisse perdre la raison n'avait pas effleuré Warren. Pour un chien, il paraissait intelligent et plein de ressources, capable de retrouver les chaussures perdues ou d'ouvrir les portes d'un coup de patte.

« Vous n'avez rien remarqué d'anormal chez Mister Leonard ? » demanda Warren en rentrant chez lui. Les enfants étaient assis ensemble autour de la table de la cuisine, sûrement un effet du hasard. Une odeur de pieds et de McDo flottait dans la maison. Mister Leonard boitilla jusqu'à son écuelle et contempla sa maigre ration de croquettes.

« Mis à part le fait de chanter devant les rochers ? » répondit Lyle qui se coupait les ongles dans une chaussure de sport posée sur le sol. La sienne, apparemment.

« Donc tu as remarqué ?

– Devant chaque rocher. C'est plus fort que lui.

– Quelqu'un lui a peut-être donné du LSD, suggéra Jonas.

– Ça m'étonnerait, dit Warren.

– Est-ce qu'il saute par les fenêtres en croyant qu'il va s'envoler ? »

Dustin s'esclaffa. « C'est un mythe.

– Ah bon, les chiens ne volent pas ? » ironisa Lyle en posant son coupe-ongles sur la table.

Camille, la femme de Warren, leva les yeux de son évier. « Je ne trouve pas ça drôle.

– Moi je trouve ça fabuleux, répliqua Dustin. Qu'il puisse rencontrer l'amour si tard dans l'existence.

– Au Vietnam, intervint Jonas, on tue les chiens quand ils ne servent plus à rien et on les mange. Il y a une recette de "chien aux sept sauces".

– Ça suffit, les garçons ! s'écria Camille.

– Oui, approuva Lyle. Mister Leonard vous entend. »

Conscient qu'on parlait de lui, l'animal s'approcha de la table en traînant la patte et en agitant la queue. Dustin se pencha vers lui.

« Il y a si longtemps que je t'aime. Voyons à quelle sauce je vais te manger. »

Venant s'accroupir près de Mister Leonard pour lui caresser la tête, Camille foudroya ses enfants du regard. « J'espère que vous regretterez toutes ces moqueries, quand ce sera votre tour de chanter devant les rochers. »

Un silence coupable s'installa autour de la table. Warren eut pour une fois l'occasion d'observer ses trois enfants. Dustin, sur le point d'entrer à l'université et torse nu comme à son habitude, engloutissait un Egg McMuffin qu'il avait dû acheter en revenant de sa séance matinale de surf, et se préparait pour une nouvelle journée de répétitions assourdissantes dans le garage avec son groupe. Lyle, seize ans, rouquine et misanthrope, portait un T-shirt avec l'inscription MORT AUX SANDWICHS en travers de la poitrine, dernière protestation en date contre les campagnes publicitaires de l'industrie agroalimentaire. Jonas, onze ans et obsédé par la mort… Que dire de Jonas ? Chaque matin il emplissait son bol de muesli, puis passait cinq minutes à enlever tous les raisins secs et les morceaux de dattes avant d'en recouvrir les céréales. Il préférait savoir où ils étaient, pour « ne pas tomber dessus par surprise ». Ce jour-là il avait revêtu un coupe-vent orange sur un T-shirt de la même couleur. Le cœur de Warren se serra ; le désespoir le gagna. Il jeta un coup d'œil sous la table : jean de velours orange et, bien visibles, dépassant des mocassins de bateau, deux chaussettes couleur corail.

« Jonas, tu es orange des pieds à la tête. »

L'intéressé opina du chef.

« Il affirme sa personnalité », déclara Lyle.

Dustin donna à Jonas une tape sur l'épaule. « Bravo, grâce à toi les autres membres de la famille se sentent normaux. »

Warren regarda son fils orange retirer les raisins secs de son muesli. Il avait assez de soucis comme ça sans s'inquiéter pour la santé psychique de Jonas. « Tu ressembles à une carotte.

– Merci », répondit poliment Jonas.

Warren fronça les sourcils. Il prit la première page du journal et se trouva face à Mandy Rogers, la fillette handicapée mentale qui avait disparu de l'école. Les recherches duraient depuis deux semaines. Sa photo était placardée dans toute la ville : un visage lisse, genre marsouin, qui vous souriait sous un chapeau de cow-boy. Inquiétant et omniprésent. Chaque jour, pour aller au bureau, Warren passait en voiture devant la maison des Rogers et son escadron de camions hérissés d'antennes paraboliques.

« Si seulement on retrouvait le cadavre de cette malheureuse...

– Qui te dit qu'elle est morte ? lança Camille. Tu ne pourrais pas être un peu moins morbide...

– Parce que tu crois qu'elle a fait une fugue ?

– C'est vrai, maman, renchérit Lyle. Tu crois qu'elle attend au bureau des objets trouvés ?

– Et si c'était le type qui a volé la Chrysler ? suggéra Dustin.
– Ça m'étonnerait. Les voleurs de voitures ne kidnappent pas les enfants. »

Warren prononça ces mots sans ciller. Alors que les voisins laissaient leurs planches de surf sans surveillance dans le jardin, sa famille l'avait cru sur parole quand il avait annoncé qu'on venait de leur voler la Chrysler. Tout avait paru si facile que c'en était affligeant. Un coup de téléphone bidon à la police, un tour en ville pour porter plainte. (En réalité, il avait passé l'après-midi au bureau.) Il avait endormi leurs soupçons en évoquant les bandes de malfaiteurs qui sévissaient dans les résidences sécurisées, où tout le monde savait que les gens laissaient les clés sur leur voiture. Il avait traité les familles d'Herradura Estates de « doux rêveurs ».

À vrai dire, il avait nié l'évidence pour la Chrysler. Il espérait – bien qu'il n'ait pas fait un seul versement en six mois, ignorant les rappels de plus en plus secs et menaçants – que la société de recouvrement l'oublierait. Au lieu de quoi elle avait envoyé quelqu'un la nuit, pendant qu'il dormait. Quand il était sorti dans l'allée avec Mister Leonard, il ne restait qu'une tache d'huile à l'emplacement de la voiture. Cette tache était le signe avant-coureur des ennuis à venir. Les meubles allaient suivre, le nouveau lave-linge Maytag, et même la maison.

Dustin termina son petit-déjeuner, lécha la sauce qui avait coulé sur son poignet. Réflexe si enfantin, si innocent et spontané que Warren ravala son angoisse. Il protégerait cette innocence quoi qu'il lui en coûte. S'il fallait mentir à sa famille jusqu'à ce qu'il trouve le moyen de sortir de ce pétrin, il mentirait.

« Comment vont les Deadbeats ? » demanda-t-il à Dustin

qui s'était levé pour se laver les mains. Warren adorait s'asseoir dans le garage pendant que le groupe répétait, écouter leur musique envoûtante.

« On ne s'appelle plus comme ça.

– Ah bon ?

– C'est un nom débile. On en cherche un autre. »

Tournant le dos à son père, il fourragea dans le réfrigérateur. Warren connaissait bien ce dos. Il avait de longues conversations avec lui. Un dos musclé, avec une alternance de vallées et de mesas qui en faisaient la beauté : Warren s'était familiarisé avec lui comme avec un paysage ou un tableau de prédilection. Un dos, même muet, valait mieux que rien. Mais il fallait y croire, se convaincre qu'il vous écoutait, penché sur une guitare ou sur une planche de surf comme si on n'était pas là.

Camille avait disparu de la cuisine. Warren descendit de son tabouret devant le plan de travail pour partir à sa recherche. Comme leur chambre, le couloir était décoré de sculptures à base de coquillages, d'objets en macramé d'un brun merdique, et de tableaux rappelant la tache d'huile sur l'allée du garage. Camille les avait achetés dans une boutique baptisée « Figures libres », qui proposait les œuvres d'handicapés mentaux. La disparition de Mandy Rogers l'avait incitée à investir dans ces réalisations aussi ingrates qu'héroïques. Elle voulait en mettre dans toute la maison, mais comme les enfants refusaient d'orner leurs murs de « tableaux débiles », la plupart avaient atterri dans leur chambre. Quand Warren avait objecté qu'il vaudrait peut-être mieux freiner certaines formes de création, Camille l'avait traité de sans-cœur. Il n'avait pas osé répondre que cet argent jeté par les fenêtres l'effrayait.

Il trouva sa femme dans la salle de bains, en train de tirer sur sa jupe de tennis au lieu de s'habiller pour aller travailler. Il se rappela que c'était samedi. Camille réalisait des films pédagogiques pour l'enseignement public, et souvent il s'en voulait de ne pas prendre son travail suffisamment au sérieux. C'était la bonté de Camille – sa foi en des récompenses plus nobles que l'argent – qui l'attirait depuis toujours.

« D'où viennent les chaussettes orange de Jonas ? demanda-t-il en la regardant se mettre du rouge à lèvres.

– Il les a trouvées chez Nordstrom.

– C'est toi qui les lui as achetées ?

– Comment pouvais-je savoir qu'il allait se déguiser ? »

Warren s'assit au bord du lit pour délacer ses chaussures. « Si on m'avait donné le choix entre un gosse demeuré et un génie qui s'habille comme une carotte, j'aurais sans doute choisi le premier.

– La police a appelé ?

– Pourquoi ?

– Pour la Chrysler ! Ils ont du nouveau ? »

Warren secoua la tête. « Ils sont sûrement en train de faire des contrôles dans tout l'État. »

Heureusement, Camille ne parut pas mettre en doute cette affirmation et se tamponna les lèvres avec un kleenex. Un petit « T » rose, pareil au museau d'un chat, apparut au milieu. Elle restait ravissante : ses cheveux blonds, son teint de majorette, ses taches de rousseur, ses grands yeux et ses dents du bonheur lui valaient toujours les sourires des autres conducteurs. Elle était l'incarnation du Midwest comme Barbe-Noire celle des pirates : un emblème de l'espèce. Même fâchée contre Warren, le visage empourpré, elle gardait son air attendrissant d'étudiante. Il aurait voulu lui dire que son projet immobilier dans le désert – pour lequel il avait tout sacrifié, jusqu'à l'avenir de ses enfants – tournait au désastre. Ils risquaient de perdre tout ce qu'ils possédaient. S'il la mettait au courant, ils pourraient affronter ensemble les huissiers, les coups de fil insistants et les investisseurs. Ce serait comme avant leur mariage, lorsqu'il faisait son droit à Chicago et partageait avec elle un studio minable de Rogers Park, si pauvres tous deux qu'ils en étaient réduits à manger un élan abattu dans le Michigan par le frère de Camille. Tout l'hiver ils avaient consommé de la viande d'élan hachée, masquant le goût à l'aide d'un mélange aromatique pour hamburgers. Ils l'avaient baptisé « Elanburger », riant ensemble des slogans publicitaires qu'ils inventaient.

Il se leva et embrassa Camille dans le cou, caressa les petits bourrelets récemment apparus autour de sa taille. Surprise, elle se retourna.

« Camille… »

La surprise fit place à l'inquiétude. « Quoi donc ?

– Il y a quelque chose… »

Il évita son regard. La semaine précédente, pendant qu'ils faisaient l'amour, elle avait prononcé des paroles étranges et terribles, une confession désespérée. *Je voudrais mourir.* Par la fenêtre de la chambre, il voyait Dustin astiquer sa planche de surf dans le jardin, à genoux sur la pelouse où Jonas s'entraînait pour son cours d'escrime. Le soleil perçait à travers la brume, illuminant les kakis d'un plaqueminier tout proche. Dessous, brandissant son épée en pleine lumière, son fils couleur d'orange semblait étrangement beau.

« Au sujet de Mister Leonard, dit calmement Warren. On devrait peut-être l'emmener chez le vétérinaire. »

2

C'est sa mère qui devait conduire Lyle au travail – la honte ! – car son père s'étant fait voler sa Chrysler dans l'allée du garage, il avait emprunté la Renault de Lyle, qui, malgré l'inscription « Le Car » en lettres noires sur la portière, était une source de gêne infiniment moindre que de se retrouver sur le siège du passager dans la voiture de sa mère. Elles traversèrent les collines de Herradura Estates à la vitesse d'un corbillard. Un cycliste à l'air anémique les dépassa sur John's Canyon Road. Lyle se fit toute petite sur son siège. La Volvo maternelle lui faisait honte pour plusieurs raisons : 1) Sa mère était dedans. 2) Il y avait un Post-it sur le volant, avec les mots : EMPORTER LES BOUTEILLES AU TRI SÉLECTIF. 3) Comme d'habitude la stéréo diffusait de la musique baroque. 4) On les prenait souvent pour des handicapées, à cause de l'insistance de sa mère à mettre le clignotant avant de se garer sur un parking. Le pire, c'étaient les stickers qui recouvraient le pare-chocs arrière : NON À L'APARTHEID, LA LOI NE S'APPLIQUE PAS À MON CORPS, LES PLANÈTES HABITABLES SONT RARES, et, profession de foi plus personnelle : JE RALENTIS QUAND JE VOIS UNE CHOUETTE TACHETÉE. (Dustin voulait remplacer cette phrase par : JE NE ROULE PAS ASSEZ VITE POUR POUVOIR

RALENTIR.) La semaine précédente, sa mère avait ajouté : ESSAYEZ LA GENTILLESSE, ce qui résumait parfaitement son optimisme pathologique.

Quelqu'un faisait son jogging sur l'allée cavalière : Jennifer Boone, une élève de terminale du lycée de Palos Verdes qui habitait au bout de la rue. Lyle se tassa un peu plus sur son siège. Sa mère klaxonna au passage, et Jennifer, sursautant comme une biche, faillit tomber dans les fourrés.

« Je n'arrive pas à croire que papa se soit fait voler sa voiture », marmonna Lyle en espérant que sa mère était méconnaissable dans sa tenue de tennis. Elle portait un polo Lacoste rose, une jupe bordée de pompons lilliputiens, et une visière translucide qui la faisait ressembler au caissier de la banque dans *Bonanza*. « Ce n'est pas pour ça qu'on vit dans une résidence sécurisée ? Pour être à l'abri des voleurs ?

– Pas dans une résidence sécurisée, ma chérie. Dans un village équestre.

– Mais il y a une barrière, non ? Qui s'ouvre et se referme ?

– C'est pour les chevaux. Sinon les gens traverseraient la résidence en voiture toute la journée et les effraieraient. »

Lyle la regarda par en dessous, se demandant si elle croyait vraiment qu'ils habitaient un ranch de vacances sur les hauteurs de Los Angeles. Hypothèse intéressante, qui expliquerait la présence de la visière. Lyle n'aurait pas été surprise d'apprendre que les cavaliers qui passaient parfois près de leur maison étaient payés par Herradura Estates. Elle ne put s'empêcher de saluer le génie du marketing : il suffisait de peindre sur la route des passages réservés aux chevaux et de baptiser les lieux « village équestre » pour que les riches accourent.

« Si on nous a volé la voiture, dit-elle, c'est la faute de papa qui nous a amenés ici.

– À Nashotah, tu te plaignais toujours de t'ennuyer. Si je me souviens bien, tu rêvais de partir.

– En tout cas les gardiens ne gardent rien du tout. Ils font de la figuration. Il suffit de leur donner le nom d'un résident. »

Avec un soupir, sa mère jeta un coup d'œil dans le rétroviseur. « Tu as vraiment besoin d'être si négative ? Du moment que ça rassure les gens, quelle importance ? »

Pourtant ça en avait, de l'importance. Sa mère faisait bien sûr partie des gogos. Elle lisait des livres avec des mots comme « guérison » ou « compassion » dans le titre. Elle n'arrêtait pas de signer des chèques pour sauver toutes sortes d'oiseaux de proie. Un jour elle avait acheté un petit veau pour un fermier malien, et avait été consternée de recevoir par la poste, à titre de remerciement, une photo montrant des lanières de viande sanguinolente en train de sécher, suspendues au toit de la ferme. En larmes, elle avait couru s'enfermer dans la salle de bains. *Ce fermier crève de faim !* avait failli crier Lyle. *Évidemment qu'il va le manger, ton veau !* Le plus exaspérant, c'était cet optimisme invétéré : dès que Lyle disait détester quelqu'un, sa mère la regardait avec les sourcils froncés, la tête inclinée comme si elle avait de l'eau dans l'oreille. « Tu ne détestes pas cette personne. Simplement vous n'avez pas le même système de valeurs. »

Or Lyle détestait vraiment les gens. C'était l'un de ses hobbies. La veille au soir, d'ailleurs, elle avait commencé à dresser la liste de tout ce qu'elle haïssait :

1. Ceux qui appellent les vieilles femmes des « mamies »
2. Ceux qui parlent de leurs morts comme s'ils étaient plus heureux là où ils sont
3. Toute personne se présentant comme « accro » au chocolat
4. Les MCB (Merdeux à Casquette de Base-ball)
5. L'adjectif « chaud » employé pour autre chose que la météo
6. Ceux qui disent : « à cent dix pour cent »
7. Les titres de chansons avec des nombres à la place des mots
8. Ceux qui ont des enregistrements des Smiths, mais ne savent pas que le chanteur est gay
9. Le volley
10. Les décapotables
11. Bob Marley
12. Toute personne parlant de « ganja »
13. Les petits chiens qui tremblent en faisant leur crotte
14. Les gens qui vous regardent bizarrement dès que vous employez un mot de plus de trois syllabes
15. Ceux qui commandent en espagnol dans les restaurants mexicains (maman)
16. Ceux qui disent : « L'heure est grave » en regardant le menu
17. Les graffitis qui riment sur les murs des toilettes (« Charline suceuse de pines »)
18. Les Beach Boys
19. Ceux qui vérifient s'il y a des éraflures sur leur voiture avant de monter dedans
20. Ceux qui appellent un gamin « boss » ou « chef »
21. Toute personne prononçant la phrase : « Et qui voilà ? »

22. Le volley
23. La CALIFORNIE

Lyle avait écrit ce dernier mot en capitales, passant et repassant avec son stylo jusqu'à ce que chaque lettre s'imprime sur plusieurs pages de son journal, s'atténuant peu à peu comme une plaie. Elle le détestait, ce pays des Jeeps et des joggers. *The Golden State*. L'État Doré. D'où venait ce surnom débile ? Peut-être évoquait-il moins l'endroit lui-même que le fascisme ambiant. Sans une peau dorée, on n'avait pas le droit d'exister. Au début, elle était allée à la plage dans l'espoir d'obtenir le même bronzage que les Audra et les Stephanie de sa classe, la même peau brune et soyeuse. Terrée dans un coin désert, ruisselante de sueur et honteuse, elle mourait de peur que des élèves du lycée la voient et remarquent sa pâleur. Un vrai phénomène de cirque : la Fille la plus Blanche de Californie. Elle s'était promis de rester jusqu'à ce qu'elle ressemble aux autres, celles qui couraient vers l'océan, les fesses couvertes de sable, et sautaient dans les vagues en poussant de petits cris. Au lieu de quoi elle avait pris tant de coups de soleil qu'elle ne fermait plus l'œil de la nuit. Sa peau couverte de cloques se détachait par plaques comme du film étirable, la laissant encore plus blanche qu'avant. Après un mois de souffrances, elle avait capitulé, comprenant que son cas était désespéré.

Elle s'ennuyait autrefois dans le Wisconsin, n'en pouvait plus de passer sa vie au bord du même lac minuscule, mais au moins elle n'avait pas l'impression d'être un monstre. Elle ne s'endormait pas en pleurant parce qu'un Merdeux à Casquette de Base-ball l'avait appelée Vampira au lycée.

À la sortie de Herradura Estates, la mère de Lyle ralentit devant la guérite du gardien, avec sa barrière rouge et blanche qui s'ouvrit comme par magie à leur approche. Elle s'arrêta pour saluer Hector, la nouvelle recrue. Lyle la vit avec appréhension baisser la vitre. Par pitié ne parle pas espagnol, pensa-t-elle. Non, pas ça, je t'en supplie.

« *Hola !* dit sa mère d'une voix enjouée. *Cómo estas ?*

– *Bien, bien.* » Hector sourit sous sa moustache, l'air vaguement amusé comme s'il essayait de cacher qu'il parlait parfaitement anglais. « *Y usted ?*

– *Nosotros estamos yendo* au centre commercial. » La mère de Lyle prononça ces derniers mots avec l'accent espagnol.

Hector porta la main à son oreille. « *A donde ?*

– Au centre commercial, répéta-t-elle. “Au Cornet Parfait”. C'est là que ma fille travaille. *Ella vende helados.* »

Hector baissa la tête pour sourire à Lyle sur le siège du passager, comme si elle avait six ans. Elle eut envie de lui montrer ses seins. « *Que bueno.*

– *Le gustan los libros. Siempre.* Vous dites ça comment ? Un rat de bibliothèque. »

La mère de Lyle désigna ses deux incisives. Hector la contempla avec perplexité depuis sa guérite.

« Elle pourra quand même travailler ? demanda-t-il, l'air inquiet.

– *Claro que si !* » répondit sa mère avec bonne humeur.

Elle lui dit au revoir et il s'affala dans son fauteuil, croyant sans nul doute que Lyle avait une rage de dents. Le rat de bibliothèque eut des envies de meurtre. Elle étranglerait sa mère lentement, se débarrasserait de son cadavre et roulerait jusqu'à New York où elle ne serait plus obligée de vivre en short, où il serait possible – voire distingué – de n'être pas bronzée. Elle n'était jamais allée à New York, mais la pâleur devait être un signe de raffinement. Et là-bas on ne jouait sûrement pas au volley. Si on essayait, les passants vous jetaient des objets. Ils vous lapidaient avec des cigarettes et des parapluies.

Au centre commercial, sa mère la déposa devant le glacier « Au Cornet Parfait » et partit essayer son espagnol sur quelqu'un d'autre. À la grande surprise de Lyle, Shannon Jarrell était déjà au magasin, assise en tailleur près de la pile de tables en plastique, plongée dans la lecture du magazine *People*. Que Shannon arrive à l'heure était un miracle de la physique newtonienne, et pourtant elle leva négligemment les yeux comme si ça se produisait tous les jours.

« Salut.

– Tu es entrée comment ? » demanda Lyle.

Shannon se replongea dans son magazine. « C'est Jared. Il m'a donné les clés. »

Jared, le gérant, était amoureux de Shannon et n'avait d'yeux que pour son cul. Ce jour-là, elle portait un short en jean qui mettait son bronzage en valeur, en violation complète du règlement de la chaîne sur l'habillement des employés. Ses longues jambes minces avaient la couleur d'un hot dog. Les manches de son T-shirt du « Cornet Parfait » étaient retroussées sur ses épaules aussi brunes que ses jambes. Une tong oscillait dangereusement à l'extrémité de son pied.

« Tu as ouvert la caisse ? s'enquit Lyle.

– Non. Je t'attendais.

– Pourquoi ? »

Elle haussa les épaules. « C'est toujours toi qui le fais. »

Lyle jura entre ses dents et alla chercher la caisse dans

l'arrière-boutique. Elle héritait de toutes les corvées. Si un bac était vide, plutôt que d'en rapporter un autre du congélateur, Shannon racontait aux clients qu'elles étaient en rupture de glace chocolat, praliné ou vanille-pépites. Non pas que Lyle, elle, ait quoi que ce soit à faire des clients, mais si elle se permettait de glander comme Shannon, rien ne se ferait. Et facile de deviner quelle paire de fesses Jared choisirait de licencier.

Elle composa la combinaison du coffre et récupéra le tiroir-caisse. Elle se sentait chez elle dans l'arrière-boutique exiguë et rassurante, agrémentée pour des raisons mystérieuses d'une étagère avec des alcools bon marché. Les après-midi calmes où elle était seule au magasin, elle venait s'y asseoir, les pieds sur la table, pour siroter du Kahlúa dans une tasse, absorbée par le roman qu'elle lisait, si captivée par les vicissitudes de la beauté et du désespoir qu'elle ne remarquait pas le tintement annonciateur de l'arrivée d'un client. *Bonjour ! Il y a quelqu'un ?* criait celui-ci dans le vide. *Pas vraiment*, répondait Lyle, criant elle aussi. Parfois, si le roman était particulièrement palpitant, elle le posait d'un air hébété et rejoignait en titubant la boutique où l'attendait un monde – des visages, des gestes, des flaques de lumière sur le sol – qui lui semblait moins réel que celui de son livre. Comme si Dieu venait de le faire apparaître.

En refermant le coffre-fort, elle remarqua dans un coin de la pièce un duvet enroulé sur lui-même près d'un oreiller. Devant cette intrusion son sang ne fit qu'un tour. Elle porta le tiroir jusqu'à la caisse.

« Tu n'as quand même pas dormi ici ? »

Shannon eut un large sourire. « Si, avec Charlie.

– Ton copain ? »

Elle opina du chef, ravie de l'effet produit.

« Pourquoi ?

– Pour faire une partie de yahtzee. » Shannon gloussa. « Qu'est-ce que tu crois ? Ses parents sont cool, mais pas à ce point-là. »

Voilà donc pourquoi elle avait soutiré une clé à Jared. Lyle entreprit de remplir les distributeurs de sirop, regardant du coin de l'œil Shannon prendre des tables sur la pile et les traîner jusqu'à leur place. Comment s'y prenait-elle pour rendre sexy le fait de baiser par terre dans une boutique ? Si Lyle avait fait la même chose, le bruit aurait couru dans tout le lycée qu'elle était une pute. Vraiment, ce n'était ni juste ni charitable. Elle voyait les garçons qui venaient acheter une glace changer d'expression en apercevant Shannon : bouche bée, les yeux ronds, l'air d'avoir reçu un coup sur la tête. Lyle avait envie de les renverser comme une rangée de bicyclettes.

« Tu devrais rendre les clés à Jared, dit-elle, ouvrant d'un coup de ciseau un sac de sauce caramel.

– Pourquoi ?

– Sinon il faudra afficher le prix de la passe. »

L'indignation qui se lut sur le visage de Shannon fit vite place à un sourire. À cause de l'adoration dont elle était l'objet de la part des hommes, elle pouvait s'offrir le luxe de rester zen, ce qui exaspérait Lyle. Elle récupéra son magazine sur l'appui de fenêtre et recommença à le feuilleter distraitement.

« Tu n'es pas vierge, quand même ?

– Mêle-toi de tes affaires. »

Shannon plissa les yeux et sourit de plus belle. « Donc tu l'es. Je le savais. »

Lyle ne releva pas et remit au réfrigérateur le sac de sauce caramel grand comme un coussin. Tout le reste de la matinée, elle servit les clients pendant que Shannon se faisait les ongles, feuilletait d'autres magazines ou téléphonait tout bas à ses amis comme si elle vendait des secrets nucléaires. (« *Je travaille avec une pucelle !* » crut entendre Lyle.) Quand deux personnes entrèrent ensemble, elle ne fit même pas mine de raccrocher, laissant le second client attendre que Lyle soit disponible. Le genre de choses dont Lyle se ferait un plaisir de se plaindre à Bethany, sa meilleure amie, en imitant les chuchotements frénétiques de Shannon. Elle-même mise à part, Bethany était la seule Californienne de sa connaissance à détester aller à la plage. C'était Bethany qui avait eu l'idée des T-shirts avec de faux slogans publicitaires, dont un particulièrement génial : S'IL VOUS PLAÎT ACHETEZ CETTE PHRASE. Depuis qu'elle était partie passer huit mois en France à cause du métier de son père, Lyle n'avait plus personne à qui se plaindre sauf elle-même. Elle ne s'attendait pas à une solitude si profonde. Ses anciennes amies du Wisconsin l'avaient trahie après son départ, tombant amoureuses de joueurs de foot ou de garçons de terminale boutonneux ; elles avaient écrit moins souvent, puis plus du tout. Maintenant la même chose se produisait avec Bethany. Un mois et demi seulement s'était écoulé, et déjà ses lettres devenaient plus courtes : la semaine précédente, elle n'avait envoyé qu'un malheureux paragraphe accompagné d'une photo de son « presque *petit ami* », un garçon affligé de grandes oreilles et de dents de lapin.

Enfin, lorsqu'elle eut épuisé toutes les sources de distraction, Shannon sortit chercher quelque chose dans sa voiture. Lyle savait qu'elle ne reviendrait pas avant une demi-heure, mais elle s'en moquait. C'était un soulagement. Elle disparut dans l'arrière-boutique et reprit sa lecture de *Tess d'Urberville*. Elle se sentait des affinités avec Tess. Elle éprouvait même une certaine attirance pour « la moustache noire aux pointes recourbées » d'Alec d'Urberville. Au moment où Tess baptisait à la lueur d'une bougie son fils mourant, la porte tinta ; Lyle remit le livre dans le tiroir, s'en voulant de ne pas oser le lire en présence de Shannon.

C'était le gardien. Hector. Sorti de sa guérite, il présentait bien : une personne réelle, mince et droite dans son uniforme aux plis impeccables. Il ressemblait à l'intérieur d'une penderie. Lyle lui sourit timidement, et il désigna ses incisives. Elle éclata de rire.

« Je peux acheter une glace ?

– Désolée. On ne vend que des saucisses frites. »

Il rougit. « En fait, je voudrais un cornet.

– Pas de problème. Je plaisantais. » Elle fronça les sourcils. « Quel parfum ? »

Il la regarda attentivement, étudiant son visage au lieu des bacs à glace devant lui. Impossible à décrire, sa moustache rappela à Lyle pourquoi elle ne les aimait que dans les livres. « Pièce rapportée » fut l'expression qui lui vint à l'esprit. Si les moustaches avaient des parents, celle-ci serait sûrement orpheline. « Aucune idée. Quel est votre préféré ? »

Lyle haussa les épaules. « Pistache ?

– Jamais essayé.

– Tenez. Goûtez. »

Elle prit une cuiller, lui tendit une noix de crème glacée vert fluo. Il eut l'air consterné. Examina la glace d'un œil soupçonneux et l'avala d'un coup de langue, grimaçant une fraction de seconde avant de surmonter son dégoût.

« Ce parfum-là, dit-il. Un cornet. »

Lyle se pencha sur le bac avec sa cuiller à glace, façonna une boule de neige verte. En fin de journée, elle aurait si mal au bras que ça l'empêcherait de dormir. Elle leva les yeux et surprit Hector en train de contempler ses seins. Elle se redressa, tassa la boule dans le cornet. Elle prit conscience qu'il n'était pas entré dans la boutique par hasard.

Il ne partit pas, ce qui accrut sa surprise. Assis à une table en plastique dans un coin du magasin, il attaqua son cornet. Les coudes sur la table, il fermait les yeux pour déglutir. On aurait dit qu'il mangeait sa chaussure. Lyle prit un malin plaisir à le voir souffrir. Stoïquement, il lécha la boule de glace jusqu'à ce qu'elle ressemble à une dune creusée par le vent, puis croqua le cornet jusqu'à la dernière bouchée sans lever les yeux. Lyle s'approcha.

« Vous avez du vert dans la moustache », dit-elle, lui tendant une serviette en papier.

Il rougit à nouveau. Il était plus jeune qu'elle ne croyait : dix-neuf ou vingt ans, encore que ce soit difficile à dire avec les trois poils sur sa lèvre supérieure. Tandis qu'il essuyait la crème glacée qui avait coulé, Lyle attendait patiemment au soleil près de la vitrine. Elle avait l'impression d'être sur scène. Elle savait que si elle patientait suffisamment, quelque chose allait se produire. L'air était empli de particules étincelantes. Avec gravité, Hector lui demanda son numéro de téléphone.

« Donne-moi le tien », répondit-elle, étonnée de son audace.

Elle le nota sur sa main, puis se réfugia dans l'arrière-boutique. Son cœur battait à tout rompre, non pas à cause de l'émotion, mais du pouvoir tout neuf qu'elle détenait.

Hector était encore là ; la porte n'avait pas tinté. Lyle récrivit les chiffres au stylo noir. Elle voulait que Shannon les voie, mais aussi qu'Hector dégage avant qu'elle découvre à qui appartenait le numéro.

3

« Pourquoi pas les Turpitudes ? dit Biesty.

– Qu'est-ce que ça veut dire ? » demanda Tarwater.

Biesty hocha la tête. « Mon pauvre trésor. C'est la dépravation, mais à la puissance dix. »

Répétition. Dimanche matin. Debout dans le garage de Dustin, ils cherchaient un nom qui reflète l'intelligence du groupe tout en exprimant leur fidélité à un rock sauvage, matriciel. Après six mois d'existence, le nom idéal leur échappait encore. (Ils aimaient bien les Deadbeats, ou du moins s'en satisfaisaient collectivement, jusqu'à cette fête où un hippie leur avait demandé s'ils reprenaient les chansons du Grateful Dead.) Dustin adressa un regard las à Biesty, son meilleur ami, aux lunettes perchées sur le haut du crâne tel un diadème. C'était la seule personne de sa connaissance à pouvoir citer Heidegger après trois prises d'acide. Cet été-là, il comptait lire tout Shakespeare en fumant de l'afghan à haute dose, projet qui commençait à affecter sa santé mentale. Dans l'immédiat il souriait béatement à Dustin, comme si les Turpitudes était vraiment le meilleur nom de groupe depuis les Sex Pistols.

Dustin soupira. Le garage était encombré de vélos, de

matériel de ski, et d'au moins une cible de fléchettes que Starhead – leur batteur – avait posée sur son tabouret pour se grandir. Un de ses toms-toms refusait de se visser à fond et penchait sur son support comme une fleur géante. Il y avait aussi le problème de la guitare basse de Tarwater, couverte de stickers de Twisted Sister et de Def Leppard datant de ses années de formation musicale, c'est-à-dire d'environ un an. Quand ils accordaient leurs instruments, il se lançait parfois dans une interprétation solo de « Rock of Ages ». Dustin se demandait alors s'ils étaient réellement destinés à écrire un nouveau chapitre de l'histoire de la musique punk.

« Turpitude s'emploie au singulier », objecta Starhead. Comme l'indiquait son surnom, il avait le sommet du crâne rasé en forme d'étoile, et baissait chaque fois la tête pour se présenter. « On ne peut pas mettre de "s".

– D'où tu tiens ça ?

– C'est comme si on disait les Loves. Ou les Moneys. »

Biesty haussa les épaules. « Ça se dit, "moneys". Quand on parle de différentes monnaies.

– D'accord », conclut Dustin pour éviter une dispute. Il avait souvent l'impression que son rôle principal, en tant que leader du groupe, était de ramener la paix. « On a donc les Turpitudes, Viet-Nun, et Toxic Shock Syndrome. Chacun a droit à deux noms, la règle étant qu'on ne peut pas choisir le même deux fois.

– Et mon idée ? » intervint Tarwater. Objectivement, c'était un bon bassiste, et il fallait donc prendre ses suggestions en considération, même les plus nulles. Si on le vexait, il pouvait menacer de quitter le groupe ou refuser d'allumer son ampli tant qu'on ne jouait pas une des horribles ballades qu'il avait composées, comme « Despair Is My Silent Angel », ou « Brothers Won't Be Shackled (White, Red or Brown) ».

« D'accord, Tarwater, répondit Dustin, imperturbable. Tu proposes quoi ?

– Les Punky Dory.

– Punky Dory ?

– Oui. » Tarwater sourit fièrement malgré le silence.

« Pourquoi "Dory" ? demanda Biesty.

– À ton avis ? »

Dustin pencha légèrement la tête, essayant de prendre l'air intéressé. « Parce que ça rime ?

– Mais encore ?

– Je cherche.

– En hommage aux Doors ? proposa Starhead.

– Mais non, bande de tarés. » Tarwater se tut pour ménager le suspense. « En référence à l'album culte de David Bowie.

– Waoh, dit Dustin.

– Un peu kitsch », marmonna Biesty. Dustin lui lança un regard noir par-dessus la tête de Tarwater. « Mais au moins ça sonne bien, ajouta Biesty.

– Pourquoi pas Ziggy Starpunk, tant qu'on y est ? » suggéra Starhead.

Pour clore le débat, Dustin déchira une feuille de papier en quatre morceaux qu'il leur distribua. Chacun inscrivit ses deux premiers choix et mit le papier dans une casquette de base-ball. Dustin eut l'impression de vivre un moment historique. Il dépouilla les bulletins de vote. Finalement, Toxic Shock Syndrome gagna de justesse avec trois voix. (Punky Dory en récolta deux, ce qui ne pouvait s'expliquer que par un vote frauduleux.)

Ainsi commença la première répétition officielle de Toxic Shock Syndrome. Dustin accorda sa Stratocaster avec le sentiment de prendre un départ trop longtemps attendu. Il avait travaillé tout le printemps chez Randy le Disquaire pour pouvoir rester à la maison cet été-là, son dernier avant l'université, et conduire le groupe vers la gloire.

« Tu vas dire à ton père qu'on a un nouveau nom ? demanda Starhead en faisant tournoyer une de ses baguettes.

– Pourquoi ?

– C'est notre plus grand fan. »

Dustin fronça les sourcils. « Ce n'est pas un fan. Il aime le jazz pour salon de coiffure. Je me demande s'il n'est pas tombé sur la tête.

– C'est quand même bizarre, qu'il reste assis comme ça dans l'escalier, renchérit Biesty en glissant une cigarette sous les cordes de sa guitare. J'attends le moment où il nous balancera sa canette de Coca et commencera à se trémousser dans le garage. »

Ils démarrèrent avec quelques tubes – « Los Angeles », « TV Party » – mais l'image de son père marquant le rythme de la tête et du pied empêchait Dustin de se lâcher complètement. Qui connaissait un groupe punk dont le principal fan était un promoteur immobilier de quarante-trois ans en chaussures de bateau ? Impossible de l'éviter : on ne savait jamais quand il serait là. Si Dustin mettait les amplis à fond, son père se contentait de fermer les yeux, la tête appuyée contre le mur. Plus ils jouaient fort, plus il semblait apprécier.

Ce jour-là, comme de bien entendu, il débarqua dans le garage au beau milieu de « Mandy Rogers », chant épique de Dustin sur le deuil et la souffrance dans un univers athée. (*La nuit tu L'invoquais dans tes prières comme une bonne petite nonne, sûre d'être la seule à ne pas se détourner ni se moquer.*) Il alla chercher son éternel Coca dans le frigo et s'assit dans l'escalier le regard vide, l'air d'attendre que s'échoue sur la plage un message qui changerait sa vie. Biesty s'empara du micro et plaqua les accords du refrain en arpentant le garage comme s'il cherchait Mandy ou Dieu, ou les deux ; en général les débordements de Biesty en concert inspiraient Dustin, mais là, il les trouva caricaturaux. C'était la faute de son père. Par sa seule présence, il semblait tout rendre ridicule. Pourquoi n'avait-il pas un père normal comme celui de Biesty, qui ne s'intéressait à rien et restait dans sa chambre à mater les filles des magazines pornos qu'il collectionnait depuis dix ans ?

« Vous pourriez jouer la chanson que vous avez écrite ? » dit son père pendant leur pause cigarette. Il les laissait fumer, ce qui – malgré les récriminations de Dustin – lui valait un certain respect de la part du groupe. « Celle où tout part en vrille ?

– On est en pleine répétition, papa ! On ne joue pas à la demande. » Dustin regarda d'un œil désapprobateur le polo de son père. « De toute façon, c'est une chanson des Circle Jerks. On ne l'a pas écrite.

– Circle Jerks ? »

Alors que Dustin avait toujours trouvé ce nom provocateur, il fut saisi par le doute. N'était-ce pas un peu puéril ? Avant qu'il puisse l'en empêcher, Biesty se tourna vers son père.

« C'est quand on est debout dans un cercle d'hommes nus et qu'on branle celui qui est en face, expliqua-t-il courtoisement.

– Des homosexuels ?

– Mais non, papa. Bon sang…

– Tu as la cassette ? »

Dustin fit non de la tête.

« Je l'ai chez moi, répondit Tarwater. Je peux vous l'enregistrer, monsieur Ziller.

– Merci, Brent. Ce serait formidable.

– Les Ramones aussi devraient vous plaire. Ils sont un peu plus de votre génération. »

Dustin haussa le ton. « Tu es vraiment obligé de rester là, papa ?

– C'est cool, dit Tarwater. Il nous écoute juste répéter.

– Non, ce n'est pas cool. Et la prochaine fois, on fait quoi ? On offre des cookies et des jus de fruits aux voisins ? »

Le sourire gêné avec lequel son père fixait son Coca, comme s'il avait une indigestion, donna des remords à Dustin. Sans cesser de sourire, le dos voûté, la doublure de la poche de son pantalon beige sortant telle une oreille de lapin, il remonta l'escalier et disparut dans la maison. Dustin revit Halloween l'année de ses sept ans : plusieurs ados étaient passés près de lui dans la rue en courant et lui avaient volé les bonbons qu'il venait de récolter. Il était rentré en larmes. Son père était ressorti avec lui plus tard dans l'obscurité, le portant sur ses épaules sous l'étrange grésillement des lampadaires et le vol maladroit des chauves-souris, frappant aux portes et tirant les gens du lit jusqu'à ce que Dustin ait trois sacs pleins de friandises. Mais il était censé faire quoi à présent : partager du gaz hilarant avec le bonhomme ? L'emmener en boîte avec deux de ses copines ?

« Enfin enfermé, dit-il. Hors d'état de nuire. »

Après la répétition, il partit en voiture retrouver Kira à la plage où elle peaufinait son bronzage depuis onze heures du matin. Il aurait préféré y aller directement, car la vision de sa ravissante petite amie étendue au soleil – de l'irrésistible courbure au creux de ses reins où pourrait se nicher un chaton – le faisait bander. C'était déjà assez gênant que ça lui arrive dans la voiture en compagnie de sa sœur, mais il devait en prime aller jusqu'à Miraleste pour déposer Lyle à la bibliothèque. Il ne pouvait même pas mettre la stéréo à fond, pas avec Jonas assis à l'arrière près de l'unique enceinte qui marchait encore, occupé à contempler Dieu sait quoi par la vitre. Comment sa mère l'avait convaincu d'emmener ce gosse avec lui à Rat Beach, mystère. Sûrement à cause de la pénurie de voitures. Il adorait Jonas : c'était un gamin bizarre, désopilant, tout en orange pour le deuxième jour d'affilée, mais Dustin n'avait pas envie pour autant d'arriver accompagné d'un Oompa-Loompa.

Difficile, pourtant, de se plaindre alors qu'il roulait vers la plage, qu'une odeur de sel parfumerait bientôt l'air, que le brouillard avait fait place à une magnifique journée californienne, avec un ciel si bleu qu'il fallait se pincer pour y croire, bleu comme les photos de l'atmosphère terrestre dans un manuel scolaire. En passant devant le centre commercial, il plaignit les clients qui erraient à l'intérieur comme des zombies. Il plaignait les morts-vivants. Il plaignait toute personne n'habitant pas la Californie (c'était sans doute synonyme). Et il plaignait les autres membres du groupe enfermés chez Starhead, en train de se défoncer avec les analgésiques de sa mère en regardant *Le Déclin de l'empire américain* pour la cent millionième fois.

« Il y a quelque chose qui ne tourne pas rond chez papa », déclara-t-il en jetant un coup d'œil à Lyle, vêtue d'un T-shirt orné de l'inscription : UN MEURTRE EST UN FAUX-PAS. Elle ne s'était pas lavé les cheveux, qui lui retombaient sur les yeux en mèches rouges et grasses. « Il est toujours à traîner dans le garage.

– Peut-être que sa Chrysler lui manque.

– Non. C'est juste qu'il reste assis là avec une expression débile, comme s'il voulait me prendre dans ses bras.

– Maman aussi, dit Lyle. Surtout devant un reportage sur les loutres de mer en voie de disparition.

– Je ne plaisante pas. »

Lyle hocha la tête. « En fait, je l'ai vu la nuit dernière. Il faisait la lessive.

– Quoi ?

– Parfaitement. Une énorme machine de blanc. À trois heures du matin.

– Tu es sûre que c'était lui ?

– Il portait des chaussures de bateau.

– Je ne le vois pas du tout faire la lessive, dit Dustin.

– Exact ! Alors c'est son double ! » Lyle se tourna vers le siège arrière. « Jonas, toi le génie de la famille… À ton avis qu'est-ce qui arrive à papa ? »

Jonas haussa les épaules. « Il se shoote à l'héroïne et ses veines ont lâché ?

– Où va-t-il chercher tout ça ? s'esclaffa Dustin.

– Aucune idée. Sûrement pas dans les documentaires de maman. »

La langue pendante, Lyle fit semblant de se planter une seringue dans le cou. Dustin pouffa de rire. Ils s'amusaient bien chez eux, poussaient leur mère à bout ou parlaient tout bas à leur père pour lui faire croire qu'il devenait sourd, mais sa sœur et lui ne s'entendaient pas vraiment. Il n'en revenait pas qu'ils aient pu être si proches, enfants dans le Wisconsin, jouant au scrabble pendant des heures sur leur lit, enregistrant des poèmes de leur composition, ou faisant un tabac auprès de leurs voisins de Nashotah en leur vendant des litres de limonade Country Time prétendument faite maison. Un été, ils avaient passé des heures dans la chambre d'écho rose, sans un souffle d'air, d'un canot pneumatique retourné sur le lac : on se serait cru sous une paupière, ou à l'intérieur du même cerveau sonore et lumineux. Cachés là, ils avaient joué pour la première fois à « Chiens ou chats » : c'était la troisième guerre mondiale, et il fallait décider qui accepter dans leur abri atomique. Pour chaque chose sauvée, une autre devait être éliminée, condamnée à la disparition. Les grenouilles seraient protégées, mais pas les crapauds. Les milk-shakes, mais pas les banana splits. Les Beatles, mais pas les Rolling Stones. Lyle adorait ce jeu et sautait sur la moindre occasion de faire une partie. Dustin se voyait mal y jouer avec elle désormais. Elle détestait tout : elle ne sauverait rien ni personne.

À la bibliothèque, elle descendit de voiture sans dire au revoir et s'éloigna dans son T-shirt trop grand, impatiente de retrouver ses chers livres. Ses amis l'appelaient l'Abominable Femme des Neiges. Plus que par le surnom lui-même, il était choqué par le fait qu'on l'emploie devant lui, comme si sa sœur était d'une pâleur si monstrueuse qu'elle interdisait toute protestation. Il l'avait défendue plus d'une fois, avec une ardeur qui le surprenait. Même s'il ne l'admettrait jamais devant elle, il l'admirait plus ou moins : elle s'habillait à son idée, se moquait de n'être ni bronzée ni populaire.

À Rat Beach, il se gara à l'ombre d'un eucalyptus et descendit le sentier avec Jonas, qui n'avait pas apporté de maillot de bain, ni même de short. Comme souvent, la plage était presque déserte. Tout lui plaisait. Il aimait marcher en bombant le torse jusqu'à son endroit préféré, longer paresseusement la digue là où le sable ne lui carboniserait pas les pieds, attirer le regard de jeunes femmes sexy qui en négligeaient la surveillance de leurs gosses. Il aimait la morsure du sel sur son visage. Il aimait l'ancien poste de secours à l'abandon, aux issues obturées par des planches. Il aimait les puces de mer qui bondissaient devant lui à chaque pas, en cadence, comme si un homme invisible le précédait. Il aimait les mouettes, les ondulations de l'océan, le soleil qui réchauffait délicieusement l'eau jusqu'à un mètre de profondeur.

Il trouva la radio de Kira et sa serviette de bain, puis Kira elle-même, revenant du bar de la plage avec une barre Snickers glacée dont elle avait déchiré l'emballage comme elle aurait épluché une banane. L'air marin faisait friser sa longue chevelure brune. Elle leur sourit, à lui et à Jonas, un sourire de lapin découvrant ses deux incisives supérieures, qui rendait Dustin fou et hantait ses rêves. Ils sortaient ensemble depuis près d'un an.

« Tu es censé ressembler à quoi ? » demanda-t-elle à Jonas, les yeux fixés sur ses vêtements. Celui-ci avait étendu sa serviette sur le sable et restait debout à côté, tel un majordome attendant des ordres.

« À un être humain.

– Évidemment. Ce que je peux être bête ! Tu mets toujours un pantalon de velours pour aller à la plage ? »

Jonas réfléchit quelques instants ou fit semblant. Difficile à dire. « Aussi pour aller au centre commercial. »

Kira lança un regard interrogateur à Dustin, qui leva les yeux au ciel pour indiquer qu'ils entraient dans la Jonas Zone et que toute tentative de communication était inutile. Kira avait l'air de bien aimer son drôle de petit frère, une première dans l'histoire de sa vie sentimentale. « Tu crois qu'on aura des enfants anormaux ? lui demanda-t-elle à l'oreille.

– Avec un handicap physique, tu veux dire ?

– Très drôle. » Elle l'embrassa sur la joue. « J'espère juste qu'ils hériteront de mon cerveau.

– Bien vu. S'ils étaient trop intelligents, on ne pourrait pas les vendre à un cirque. »

Elle lui donna une bourrade, sans pouvoir s'empêcher de rire. Pour le plaisir, il imagina à quoi ressemblerait leur vie commune, quand il serait une vedette de la scène punk à L.A., qu'ils habiteraient une villa sur les hauteurs de Hollywood, et qu'il écrirait dans sa baignoire des chansons encensées par la critique. Une fois mariés, par ailleurs, ils pourraient baiser aussi souvent qu'ils voudraient. Honnêtement, il ne dirait pas non. Dans l'immédiat leur vie sexuelle était passablement inaboutie. C'était même plutôt une initiation à la souffrance. Ils se caressaient sur la banquette arrière de la Dodge, sur le canapé du salon de la famille Shackney ou sur la toile noire et luisante de leur trampoline, se frottant si fort l'un contre l'autre que Dustin avait le sexe à vif, que douleur et plaisir se confondaient ; hélas, quand arrivait le moment magique d'ouvrir le zip du jean de Kira, il y avait toujours cette main qui venait repousser la sienne d'un geste doux, mais ferme. Assez joué, fin de l'histoire, retour à Dustinville. D'autres filles lui avaient fait le coup avant Kira, et il avait protesté avec une véhémence dont il était le premier surpris. Rien de tel avec Kira. Elle comptait vraiment pour lui, était peut-être l'amour de sa vie, et il attendrait qu'elle soit prête.

Comme pour mieux le torturer, elle se mit alors en maillot

de bain, se penchant pour descendre lentement son short, spectacle digne de figurer dans le *Guinness Book* des records, au titre du plus incroyable privilège octroyé à un petit ami. Elle mit quelques gouttes d'écran solaire sur son bras et entreprit d'en enduire sa peau.

« Tu ressembles à un cadavre, lança-t-elle à Jonas étendu tout habillé sur sa serviette, les yeux fermés.

– Merci. » Kira échangea un coup d'œil avec Dustin. « En fait, les cadavres ne pensent pas.

– Si tu n'es pas un cadavre, à quoi penses-tu ? dit Kira.

– Ne commencez pas ! », s'écria Dustin.

Jonas ouvrit les yeux. « Tu veux vraiment savoir, ou c'est juste pour faire la conversation ?

– Je veux vraiment savoir.

– Je me demandais ce qui était le pire : se faire dévorer par les requins ou dépecer par les vautours – enfin, si on est trop faible pour bouger et pas complètement mort. »

Kira fronça les sourcils et referma d'un coup sec son flacon d'écran solaire. « Tu as onze ans, Jonas. Tu devrais plutôt t'inquiéter de savoir si les gerbilles vont au paradis. »

Jonas préféra ne pas relever. À proximité, derrière une colonie de mouettes, Dustin vit deux gosses de l'âge de son frère jouer sur la plage. Le premier était recouvert de sable jusqu'au cou, comme momifié, tandis que le second lui construisait un gigantesque pénis dressé entre ses jambes, courant vers l'eau pour rapporter des seaux de sable mouillé et en augmenter encore la hauteur. « Bon Dieu de merde ! s'écria le gamin momifié. Il va s'écrouler ! » Dustin avait beau aimer Jonas tel qu'il était, il regrettait parfois que son frère ne construise pas des pénis de sable et ne crie pas : « Bon Dieu de merde ! » au lieu de redouter d'être dévoré vivant. Ces derniers temps Jonas frappait à sa porte à toute heure du jour, lui demandant de l'aider à s'entraîner pour l'escrime ou de décorer une énième carte pour Mandy Rogers. Ça l'attristait que Jonas semble si seul, mais il n'avait pas le temps de le materner.

Kira mit la radio sur sa station préférée qui passait « Peace Train ». Dustin avait caché aux autres membres du groupe les penchants de Kira pour Cat Stevens et pour Fleetwood Mac. Tout comme il avait tu d'autres détails qui, chez sa future femme, le troublaient passablement. La semaine précédente, ils étaient allés dans le centre de L.A. voir une pièce recommandée par Biesty ; pendant la représentation, un comédien avait ouvert sa braguette sur scène et pissé dans un seau. Après le spectacle, c'était la première chose dont Kira avait parlé : « Il avait vraiment besoin d'uriner devant tout le monde ? » La question agaçait moins Dustin que le fait de l'avoir prévue – jusqu'à l'emploi du verbe « uriner » – avant même que le comédien ouvre sa braguette. Il ne pouvait s'empêcher de penser que tous les actes de Kira étaient parfaitement prévisibles. Il savait qu'en arrivant à une fête, elle fermerait les yeux et prendrait une profonde inspiration ; qu'elle grignoterait les bords de son chocolat fourré menthe, gardant le cœur moelleux pour la fin, avant de lui demander d'un ton moqueur s'il en voulait une bouchée ; qu'au cinéma elle pouvait soudain le dévisager et déclarer, au beau milieu de la meilleure scène du film : « Tu es adorable avec cet air sérieux. »

Le problème était qu'il ne se voyait pas comme ça. Il ne se considérait pas du tout comme quelqu'un d'adorable. Il était bizarre, impulsif, prêt à commettre des actes délictueux mais charismatiques, comme pisser dans un seau devant une foule d'inconnus.

« J'ai quelque chose pour toi », dit Kira en fouillant dans son sac. Devant son visage adorable, comme toujours ses doutes s'envolèrent. Elle sortit une cassette et la lui tendit. En diagonale sur le boîtier était collée une étiquette en relief : OBJET DESTINÉ À FAIRE DU BRUIT. « Ce sont les chansons que vous avez enregistrées chez Biesty. J'en ai fait dix copies.

– Vraiment ?

– Je me suis dit qu'on pourrait les vendre la prochaine fois que vous jouerez en public. »

Dustin fut touché. Elle prenait souvent ce genre d'initiatives, organisait des concerts ou allait en cachette photocopier des tracts dans la salle des profs au lycée. La foi qu'elle avait en son talent l'étonnait parfois. Comme si, après un beau rêve, il découvrait en se réveillant qu'elle avait fait le même.

« Merde, dit-elle en s'asseyant sur sa serviette. Voilà Taz. Elle m'a vue. La Sorcière d'Endor. »

La sœur de Kira traversait lentement la plage, cigarette au bec, suivie d'un adolescent torse nu portant les mêmes lunettes noires qu'Elvis. Elle avait une mèche teinte en blanc dans sa frange. Curieusement, la cigarette lui donnait l'air encore plus jeune.

« J'ai besoin d'argent », déclara-t-elle sans un regard pour Dustin. Elle portait un maillot de bain trop grand et un short taillé dans un jean apparemment biodégradable. Elle ressemblait à Kira, mais en beaucoup moins jolie ; c'était bien de les voir ensemble, ça rendait Kira encore plus désirable. L'ado à lunettes noires restait planté là, examinant Jonas comme s'il s'agissait d'un nouveau modèle de ralentisseur.

« Maman ne t'a rien donné ? s'étonna Kira.

– J'ai déjà tout dépensé.

– Pour acheter des cigarettes ? »

Taz se renfrogna. « C'est l'Inquisition ou quoi ? Comme si tu n'étais pas toujours en train de fumer dans les toilettes de ta chambre !

– Il est mort ? dit son copain, tâtant du pied le corps de Jonas.

– Il attend d'être dépecé », répondit Dustin.

L'adolescent recula.

« Tu vas acheter quoi, avec cet argent ? demanda Kira à sa sœur.

– De la poudre d'ange. Au snack de la plage.

– Prends ça. » Kira sortit un billet de cinq dollars de son sac. Taz le fourra dans la poche de son short sans remercier et partit vers l'autre bout de la plage avec la célérité d'un lézard, laissant son copain sur place. « Bouh ! » dit Jonas en ouvrant les yeux. Le copain sursauta et se mit à courir pour la rattraper.

« Petite pute, lâcha Kira en les regardant s'éloigner. Je vous parie qu'elle a rencontré ce minable il y a une heure. »

Dustin lui déposa un baiser dans le cou pour la chatouiller, parce que c'était une belle journée et qu'il fallait lui faire oublier sa teigne de sœur, qui avait été virée du lycée et envoyée en Californie du Nord dans un « internat spécialisé » pour adolescents à problèmes. Quelque chose lui disait que l'été serait long. « Peut-être qu'elle a changé. Tu ne l'as pas vue de l'année.

– C'est vrai. » Elle l'embrassa, lui sourit. « Ton problème, c'est que tu es trop gentil. »

Dustin fronça les sourcils. Il enleva sa chemise et s'élança vers l'eau plus vite qu'il n'aurait voulu. Quelques copains – des surfeurs – lui firent signe de l'autre côté du poste de surveillance, l'incitant à ralentir l'allure, leurs planches plantées en cercle dans le sable telle une assemblée druidique. Partout des corps bronzés et du soleil. Il aurait préféré qu'on le trouve un peu moins gentil. C'était un malentendu agaçant. D'abord, les pensées qui lui traversaient la tête n'avaient souvent rien de plaisant. Elles étaient plutôt cruelles et provocatrices. D'où venait ce malentendu, mystère. Il n'était pas spécialement aimable avec ses parents, mais personne ne le savait et ça ne l'aidait pas.

Il nagea quelque temps dans l'océan, se hissant sur la crête de rouleaux presque infranchissables, évitant les petits surfeurs propulsés tête la première vers le sable qui leur décapait le visage. Il finit par capituler et regagner la plage, se laissant porter par une modeste vague qui se brisa dans un moutonnement d'écume sablonneuse. Lorsqu'il refit surface, Kira était devant lui, de l'eau jusqu'à la taille, les pommettes humides et l'air grave. Une bulle d'écume se désintégrait dans ses cheveux. *Elle vient rompre*, se dit-il, anéanti.

« Qu'y a-t-il ? »

Elle ouvrit la bouche, hésita, rougit sous son bronzage. « Je pense qu'on devrait… tu sais. Le faire pour de bon. »

Tout heureux, il l'embrassa. « Quand ?

– Je ne sais pas. Avant que tu partes à l'université. »

Son cœur se serra. « C'est-à-dire dans trois mois. » Il recula dans les vagues pour que personne ne le voie bander. « Et ça change quoi, que j'aille à l'université ?

– Tout sera différent.

– UCLA est à quarante minutes d'ici. Ça ne changera rien. »

Elle haussa les sourcils comme si elle en savait plus que lui sur la vie d'étudiant, alors qu'il avait visité trois fois le campus, et même passé la nuit dans la chambre d'un étudiant en lettres un peu déjanté. « Le 30 juillet, dit-elle calmement. Dans un mois à compter de jeudi. Ça fera un an qu'on est ensemble. »

Il hocha la tête. Rayonnante, elle le serra dans ses bras et ils retraversèrent la plage au soleil, l'eau sur le dos de Dustin s'évaporant en une caresse soyeuse. Un mois ! Comme s'il n'avait pas assez attendu ! Dans l'histoire de l'univers, un mois ne représentait rien, mais faire l'amour la première fois le jour anniversaire de leur rencontre avait quelque chose de désespérément conventionnel. *Super…* Ils passèrent près d'une dame d'un certain âge sur un transat, dorée comme une gaufre, qui sourit à Kira. *Quel beau couple*, devait-elle se dire. Du coin de l'œil, il vit Kira répondre au sourire de la dame et un curieux sentiment de répulsion l'étreignit.

Un peu plus loin, près de leurs serviettes de bain, des gosses se poursuivaient dans le sable ; contre toute attente, Jonas semblait s'être fait des copains. Puis Dustin le vit. Ou plus exactement son petit cul maigre : nu à partir de la taille, Jonas fonçait sur deux autres gamins qui se lançaient son pantalon de velours orange en sautillant triomphalement. Les constructeurs du pénis de sable. Dustin se mit à crier et ils détalèrent, abandonnant le jean dans le sable. Dustin enroula une serviette autour de la taille de Jonas.

« Où est ton slip ?

– Je n'en avais pas.

– Et pourquoi, Jonas ?

– Je n'ai pas de slip. »

Dustin regarda Kira ramasser le pantalon sur la plage. La vie de son frère ne serait qu'une suite ininterrompue d'épreuves humiliantes qu'il était trop orange et trop paumé pour éviter. Jonas lâcha la serviette pour se rhabiller ; son petit sexe recroquevillé était encore plus brun que le reste de sa personne.

« Ils peuvent s'estimer heureux que je ne leur aie pas botté les fesses, dit Dustin.

– Bien sûr… » Kira lui passa le bras autour du cou. « Comme si tu pouvais faire du mal à une mouche. »

4

Enfin l'aube. Allongé sur son lit, Warren écoutait les cris des paons sauvages se répercuter dans le canyon. En trois ans, il ne s'était toujours pas habitué à leurs étranges miaulements. Réveillé depuis quatre heures du matin, il attendait que le monde se matérialise à nouveau. Ces deux longues heures avaient été mouvementées. Il y avait eu la peur, l'apitoiement sur soi, un désespoir abyssal. L'idée l'avait effleuré de quitter sa famille. Il y avait eu la fureur et le remords. Couché dans l'obscurité, il s'était demandé si le soleil se lèverait jamais.

À présent la lumière du dehors baignait la pièce d'un halo bleuâtre. Chaque chose était là où ils l'avaient laissée la veille au soir : la coiffeuse devant l'arrondi de la fenêtre, le bol de fleurs séchées sur la télé, même *Les Joies du sexe* trônant au milieu de la bibliothèque, le dos couvert de scotch noir pour masquer le titre. (Cet habile subterfuge était l'œuvre de Camille, convaincue que les enfants ne s'intéresseraient pas à un si gros livre dont ils ne pouvaient lire le titre.) Toujours là, également, le tableau intitulé « Pac-Man au Paradis », l'un des objets qu'elle avait rapportés après la disparition de Mandy Rogers. Pas un vrai tableau, en fait, mais un Pac-Man géant découpé dans de la moquette marron et collé sur un fond de nuages coloriés à la main. Qu'est-ce qui avait pris à Camille d'acheter ça ? Il se perdait en conjectures. C'était aussi hideux qu'inquiétant. Qui, même « handicapé », pouvait s'identifier à Pac-Man au point de lui imaginer une vie dans l'au-delà ?

Warren contempla le cercle de moquette marron à la bouche béante, comme si la mort n'avait pas réussi à lui couper l'appétit.

Il s'assit sur le lit en s'efforçant de ne pas déranger Camille. Elle dormait profondément près de lui, tournée vers le mur si bien qu'il ne voyait pas son visage. De dos, ses premiers cheveux blancs invisibles dans la lumière bleue de l'aube, elle ressemblait à la jeune fille dont il était tombé amoureux. Penché sur elle, il admira les courbes pures de son dos. Il les admirait déjà l'hiver précédant leur mariage, lorsqu'elle terminait sa licence et qu'il étudiait le droit à l'université de Chicago. Chaque week-end, elle venait de Madison par le train et ils longeaient ensemble les rues glaciales, blottis l'un contre l'autre pour se protéger du vent, les gratte-ciel étincelant telles des épées au soleil. Ils étaient passionnément, éperdument amoureux. Il se revit assis à côté d'elle à la gare un dimanche après-midi, effondré à l'idée de cette nouvelle séparation, même pour une semaine seulement ; le visage enfoui dans sa parka, Camille pleurait comme si elle le quittait pour toujours. Il n'était pas question qu'elle reste : elle avait un examen le lendemain et ne validerait pas son année si elle séchait. Le train pour Madison était entré en gare, mais elle n'avait pas bougé du banc ni levé les yeux, serrant la main de Warren dans la sienne, à lui faire mal. Le train repartit et enfin leurs regards se croisèrent.

Camille était transfigurée par le soulagement. Jamais Warren n'avait éprouvé pareille joie. Ils achetèrent une bouteille de champagne bon marché et passèrent la journée au lit, grisés par leur audace, comme si le monde – ses trains, ses examens, ses horaires intrusifs – n'était là que pour contrarier leur amour.

Ils avaient perdu cet élan aussi facilement qu'on perd un cadeau auquel on n'est plus attaché. À l'époque, ils n'en avaient pas trop souffert : Dustin était né, et un amour plus profond, plus proche de la dévotion, avait remplacé le premier. Un jour, tandis qu'ils baignaient leur bébé dans le lavabo, qu'ils lavaient son nombril mal cicatrisé et son sexe d'une petitesse touchante, Camille s'était tournée vers Warren avec une expression de tendresse si stupéfiante qu'il en eut le souffle coupé. *Jamais je ne serai plus heureux que je le suis aujourd'hui*, s'était-il dit. Dix-sept ans plus tard, il mesurait le caractère tristement prémonitoire de cette phrase. Il ignorait comment Camille et lui en étaient arrivés là, tellement enfermés dans leurs existences respectives qu'ils se souhaitaient à peine bonne nuit avant de s'endormir, mais c'était l'une des nombreuses manières dont l'amour – si persuasif dans son innocence – l'avait trahi.

Il descendit du lit et passa en revue le contenu de sa commode, placée comme il se devait à gauche de la pièce. Il dormait toujours à gauche du lit, Camille à droite : l'un des points sur lesquels ils s'étaient entendus voilà des années sans avoir besoin d'en discuter. Un jour où Camille était en voyage, il avait essayé de dormir du côté droit et s'était surpris à réintégrer irrésistiblement sa place, tel un voyageur ayant le mal du pays. Il prit conscience qu'ils dormiraient ainsi jusqu'à leur mort.

Il s'habilla rapidement, longea le couloir. Devant la chambre de Dustin, il entrouvrit la porte et se trouva une nouvelle fois confronté au dos nu de son fils. Dustin était couché à plat ventre, sa couette repoussée au pied du lit. La position qu'il adoptait dans son sommeil avait quelque chose d'inquiétant : bras et jambes écartés, telle la victime d'un accident de voiture. À deux ou trois ans, il s'était endormi ainsi au milieu d'un aéroport, étalé sur le sol comme s'il venait de tomber du plafond.

Son casque avait glissé de ses oreilles et restait à la verticale sur l'oreiller, formant une auréole au-dessus de sa tête. Warren avait fait de son mieux pour être là quand il le fallait, pour qu'il ne manque de rien, ce gosse que les Circle Jerks intéressaient plus qu'une conversation avec son père. D'ailleurs tout ce qu'il avait fait, c'était pour Dustin. Il avait quitté la fac de droit au début de la grossesse de Camille, était allé travailler pour son beau-père à Milwaukee afin qu'ils n'aient plus à se nourrir de viande d'élan. Lui qui rêvait de devenir magistrat, de gravir les échelons de la hiérarchie grâce à son diplôme, s'était retrouvé dans l'immobilier parce que le père de Camille y avait des relations. Et il avait bien réussi, construisant des immeubles et des résidences de vacances au bord des lacs où, enfant, il pêchait. Si des regrets ou des arrière-pensées l'avaient importuné durant ces premières années, ils s'envolaient dès qu'il rentrait du bureau et retrouvait son fils fou de joie. Ils faisaient le tour du salon en dansant, Dustin cramponné à sa chemise avec ses petits poings. Jamais il n'aurait cru que ses ambitions – ses rêves de grandeur – seraient si facilement balayées par le sourire d'un bébé.

C'était son unique réussite : assurer le bien-être de ces

magnifiques créatures au nez morveux que Camille avait mises au monde. Il les avait amenées en Californie où il avait acquis une maison bien trop grande, soucieux de leur donner toujours plus. Avec quelle fierté il leur avait montré l'immense pelouse, le plaqueminier, les célèbres vues réservées aux riches de L.A. Il avait empli les pièces trop vastes de meubles hors de prix qu'il louait en attendant de pouvoir les acheter. Il était sans inquiétude : encore un an ou deux, et ils seraient aussi riches que les voisins. Mais voilà que tout disparaissait : cette chambre, cette maison, cette vie construite à partir de rien.

S'approchant à pas de loup, il souleva délicatement le casque de Dustin et y porta l'oreille. Il éprouvait un irrésistible besoin d'entendre quelque chose, d'écouter la bande musicale des rêves de son fils. Mais il n'y avait rien. Le silence.

Après avoir sorti Mister Leonard, il alla dans la cuisine, versa des céréales noix-raisins dans un bol, chercha des myrtilles dans le frigo avant de se rappeler que, la veille, Camille s'était plainte qu'elles coûtaient cinq dollars la barquette à l'épicerie. « On n'est pas les Shackney », avait-elle protesté. Il se demanda si elle lui en voulait. Il contemplait encore le contenu du réfrigérateur quand un bruissement de pantoufles derrière lui le fit sursauter.

« Tu t'es levé tôt », dit Camille. Elle portait un pyjama rose assez léger pour dévoiler l'ombre ravissante de ses seins. Il ne pouvait voir sa femme sans que resurgisse le souvenir de son échec.

« Je n'arrivais pas à dormir. » Il ajouta du lait à ses céréales.

« Tu as pris un comprimé ? »

Il ne releva pas cette suggestion éminemment pragmatique. Sur le plan de travail se trouvait la facture des appels téléphoniques longue distance du mois précédent. Il la posa sur la table avec ses céréales. « Tu as appelé Nora Lundy huit fois le mois dernier.

– Et alors ?

– Elle n'a pas d'amis dans le Wisconsin ?

– On a grandi ensemble. D'ailleurs qu'est-ce que ça peut te faire ?

– Ça paraît un peu… je ne sais pas. Excessif. Tu ne me vois pas téléphoner chaque jour à mes amis du Wisconsin. »

Elle ouvrit le lave-vaisselle. « Quels amis ?

– Qu'est-ce que tu insinues ?

– Rien. J'ignorais que tu étais resté en contact avec quelqu'un de là-bas, c'est tout. »

Il la foudroya du regard. « Peut-être parce que tu effaces les messages que je reçois. »

Camille soupira. « Il n'y en a eu qu'un. L'an dernier. Et il est resté un mois sur le répondeur.

– Ce n'est pas la question.

– L'as-tu seulement écouté ?

– Je croule sous le boulot, bon sang ! Je ne peux quand même pas tout interrompre parce qu'un ex-voisin m'appelle !

– S'il te plaît ne crie pas. »

Jamais elle ne jurait ni ne répondait de manière cinglante. Un jour qu'ils jouaient au tennis en double avec les Hathaway, et qu'il ne cessait d'intercepter les balles destinées à Camille, elle l'avait curieusement traité d'« ahuri ». Il s'aperçut qu'ils ne jouaient plus au tennis depuis des mois.

« Qu'y a-t-il, Warren ? demanda-t-elle tristement. Tu as quelque chose à me dire ? »

Le nez dans son bol de céréales, il évita son regard. Son visage si pâle et raisonnable, si calme malgré la déception, le rendait fou. Le coucou suisse au-dessus du fourneau se mit à chanter comme un passereau annonçant l'été. Les parents de Camille le leur avaient offert des années plus tôt, quand ils avaient emménagé au bord du lac Nashotah. Dès qu'il l'entendait, il revoyait leur maison pleine de grincements, infestée par les fourmis, et se demandait pourquoi ils l'avaient quittée.

Après le petit déjeuner il alla au garage, monta dans la Renault de Lyle, se contorsionna pour se mettre au volant et tenta une fois encore de reculer le siège, son crâne touchant le plafond si bien qu'il devait baisser la tête pour voir dans le rétroviseur. Il se fit l'effet d'un moustique géant. Une poupée Barbie à moitié nue était suspendue au rétro par un lacet noué autour de son cou. Sur son T-shirt, trois mots : SAUVEZ LES PROTOZOAIRES. Il mit le contact, mais le démarreur produisit un gémissement qui lui fit lâcher la clé. Il jura, réessaya, et le moteur démarra en pétaradant.

Ce vacarme l'accompagna tout le long de la rue principale. Il crut que le pot d'échappement allait se détacher. Au stop avant John's Canyon Road, il ralentit dans un crissement de freins assourdissant. De l'autre côté de la rue se dressait la maison des Shackney. C'était la plus imposante d'Herradura Estates, de style hispanisant avec une piscine intérieure et, à l'entrée de l'allée du garage, une pancarte comme dans un ranch, sur laquelle on pouvait lire, en caractères imitant la corde d'un lasso : HACIENDA DE SHACKNEY. Le bois avait été patiné pour faire ancien. À côté, une planche de surf sous le bras, se tenaient le fils Shackney et un gosse avec une mèche de cheveux en travers du visage. Ils avaient l'air invincible des garçons de onze ans qui ne s'habillent pas tout en orange.

Quel heureux parent allait venir les chercher dès le matin pour les emmener faire du surf ?

« Jolie voiture, dit le fils Shackney.

– Pardon ?

– Vous êtes français ?

– Non. » Warren comprit trop tard qu'ils se payaient sa tête. Il désigna la pancarte en bois. « Vous êtes espagnols ?

– Vous devriez faire vérifier vos freins, déclara le gosse à la mèche en diagonale.

– Occupez-vous de vos affaires, les gars.

– La Barbie est à vous ? »

Warren leur fit un doigt d'honneur par la vitre. Extrêmement jubilatoire. Satisfait, il leva les yeux vers la maison et vit Mitch Shackney – le père de la petite amie de Dustin – qui le regardait à l'autre bout de l'allée.

Il donna un coup d'accélérateur et la Renault repartit, toujours avec ce bruit de ferraille dont le canyon lui renvoyait l'écho mélancolique. Ne perdait-il pas la tête comme son propre père ? L'année de ses sept ans, le soir du réveillon, celui-ci l'avait emmené sur le toit, soi-disant pour tuer le père Noël. Ça se passait à Oconomowoc, la ville du Wisconsin où il avait grandi. Passionné de chasse, son père avait pris un fusil de calibre douze avant de le faire sortir par le grenier pour aller monter la garde sur le faîte du toit. « On va attendre ici et on lui tirera dessus quand il descendra dans la cheminée », avait-il décrété. Pétrifié, Warren avait guetté le tintement des grelots du traîneau du père Noël. Son fusil sur les genoux, son père inspectait le ciel comme pour repérer un vol de canards. Près d'une heure durant ils étaient restés recroquevillés au clair de lune, dans un froid glacial. Malgré ses doigts engourdis et une envie pressante, Warren n'osait pas bouger. Enfin son père avait soupiré ostensiblement, puis l'avait reconduit à l'intérieur sans un mot, les épaules basses.

Jusque-là il avait toujours travaillé dur, ne buvait pas, était connu pour son amabilité. Il possédait un magasin d'articles de sport dans le centre-ville, et Warren revoyait encore les groupes d'hommes qui se pressaient à la caisse dans une odeur de sueur, de brillantine et de choucroute. Son père ne possédait qu'un vice : le poker. Il y jouait chaque samedi soir au Rotary Club, mettant un point d'honneur à rentrer chez lui dès qu'il perdait sa mise de cinq dollars. Il était très économe, sans doute trop. Après cette nuit sur le toit, il se mit pourtant à donner certains articles à ses clients stupéfaits, ou à fermer le magasin dès que l'envie lui en prenait, rentrant chez lui faire la sieste au milieu de la journée. Un soir il était venu dîner avec une des pantoufles de Warren, celles en forme de chien en peluche à longues oreilles, deux boutons en guise d'yeux. Il ne parlait pas normalement, demandait le sel d'une voix de gorge comme s'il aboyait. Warren avait d'abord trouvé ça drôle – une nouvelle blague – mais sa mère avait fondu en larmes et son père avait imité ses sanglots étouffés pour faire croire que le chien pleurait lui aussi.

Le lendemain, sa mère l'avait emmené chez un médecin de Milwaukee, et les examens révélèrent qu'il souffrait d'une tumeur au cerveau. (« Une douleur dans la tête », avait-elle expliqué.) Il était mort quelques mois après. Même s'ils n'avaient jamais été riches, désormais Warren et sa mère n'arrivaient plus à joindre les deux bouts. Le magasin battait de l'aile : dans sa folie, le père de Warren avait distribué gratuitement la moitié des articles et en avait commandé trois fois plus que nécessaire. Une hausse de loyer plomba encore leur budget et le magasin fit faillite. Alors qu'elle n'avait jamais retravaillé depuis son mariage, la mère de Warren se retrouva caissière dans une station-service Exxon, et serveuse dans un restaurant allemand du centre-ville quatre soirs par semaine. Souvent seul, Warren éprouvait une sensation de chaleur oppressante dans la poitrine, qu'il attribuait à la honte. Il avait honte du minuscule appartement où ils s'étaient installés, honte des mains de sa mère qui sentaient l'essence, honte des cravates trop larges qu'elle lui achetait chez le soldeur au bord du lac. Oconomowoc était un lieu de villégiature, et chaque été la jeunesse dorée de Milwaukee débarquait pour faire du ski nautique, jouer au badminton et se soûler en cuisant au soleil. Warren avait trouvé au Seven Seas Club un emploi de « plongeur en eau de vaisselle », comme disaient les vieux cuistots. Après le déjeuner, il faisait également office de jardinier et voyait tous ces ados se prélasser près de la marina, s'enfiler des bières sur leurs zodiacs ou préparer leurs voiliers pour la course du week-end, où les coups de pistolet du départ claqueraient sur le lac. Les filles étaient grandes et sveltes, entourées d'une cour de garçons empressés. Elles passaient des heures à bronzer sur le plongeoir flottant. En tondant la pelouse dans son uniforme, Warren regardait leurs longues jambes repliées, une rangée de triangles ravissants. Fier de son hâle méditerranéen, il portait sa chemise déboutonnée jusqu'à la ceinture. Il se trouvait une vague ressemblance avec James Dean. Un jour qu'il balayait l'accès au ponton, il s'aperçut qu'un des adolescents avait déboutonné sa chemise comme lui. Il raclait le bitume avec la planche de bois d'un jeu de shuffle-board sous les yeux des filles qui gloussaient dans leurs mains.

Ensuite Warren garda sa chemise boutonnée, évitant le

plus possible le ponton. Au lycée, cet automne-là, il se concentra sur ses cours : il savait que sa seule chance de s'en sortir était de se donner du mal, de tirer parti de la morale héritée de son père, pour qui l'aura romantique et le charme exotique du jeune premier sans le sou n'existaient que dans les films. Comme prévu, il décrocha une bourse à l'université du Wisconsin où il travailla d'arrache-pied, fréquentant presque uniquement d'autres boursiers jusqu'à sa rencontre avec Camille, dont il repéra aussitôt la grande taille et la sveltesse. Fille d'un homme d'affaires, elle était aussi riche que les jeunes vacanciers d'Oconomowoc, sans toutefois leur ressembler : elle rougissait pour un rien, ne buvait pas, s'offusquait des grossièretés de Warren – contrairement aux fêtardes qu'il avait vues au bord du lac. À l'université, déjà, elle aidait bénévolement les associations caritatives et les maisons de retraite autour de Madison. Il ne remarqua pas tout de suite sa beauté, mais elle l'impressionnait chaque jour un peu plus, tel un de ces tableaux qui, soudain, apparaissent mystérieusement autres.

Parfois, pourtant, en traversant le campus, Warren pensait à cet adolescent à la chemise déboutonnée, aux filles en train de glousser, et le rouge de la honte lui montait aux joues. Il réentendait ces rires perlés et n'osait plus lever les yeux de la pelouse. C'est seulement après son mariage avec Camille, alors qu'ils vivaient ensemble et qu'il gagnait plus d'argent que ses propres parents – son père en particulier – n'auraient pu en rêver, qu'il avait réussi à chasser ce souvenir de son esprit.

À présent, tandis qu'il arrivait à son bureau dans la Renault de Lyle, il s'efforça d'ignorer le sourire de la poupée Barbie pendue au rétroviseur. L'Alfa Romeo de Larry était garée sur l'unique place à l'ombre. Ami de longue date en même temps qu'associé, Larry était aussi celui qui avait contribué à sa perte. Il avait incité Warren à le rejoindre en Californie, lui faisant miroiter tous ces « millions qui dormaient au soleil ». C'étaient ses mots exacts. Devant des hectares de désert calcaire blanchis par le soleil et une forêt de yuccas rabougris, il avait déclaré : « Voici l'avenir de la Californie. » S'il avait plutôt dit : *Voici l'avenir des déchets toxiques*, Warren n'aurait pas eu le coup de foudre pour ces putains d'hectares au point d'y investir les économies de toute une vie. Il ne se retrouverait pas avec une seule carte de crédit, une American Express mal en point, les autres ayant été découpées par un employé de banque fébrile.

Un pied sur la table, Larry l'attendait dans le fauteuil de la standardiste. Il préférait travailler dans le hall pour profiter des premiers rayons du soleil qui entraient par la fenêtre. (La standardiste avait été licenciée deux semaines plus tôt.) Hormis du temps et de l'énergie, il n'avait pas investi grand-chose dans ce projet immobilier : c'était le bébé de Warren, jusqu'au nom sur l'acte de vente. Quoi qu'il en soit, Larry en avait deux autres en vue près de Palm Springs. Des résidences pour retraités, à des kilomètres du moindre déchet toxique.

« J'ai eu la banque, dit-il en triturant un pansement sur son gros orteil. Le conseiller financier. » Comme d'habitude il portait une chemise hawaïenne, des tongs, et un short froissé d'où émergeaient ses jambes brunes et musclées. Monsieur Californie. À l'université il était pâle, perpétuellement grippé et absent. « Ils vont prononcer l'arrivée à échéance du prêt.

– Et nous envoyer l'huissier.

– C'est en effet mon… pronostic. »

Warren se sentit les jambes étrangement lourdes. Il n'avait

pas informé Larry de la précarité de sa propre situation. « Je fais patienter le maître d'œuvre depuis six mois. Il va me traîner en justice.

– Sauf si on réussit à placer quelques-unes de ces baraques. » Larry se leva et entra dans le bureau de Warren sans lui parler, comme s'ils étaient espionnés. Warren le suivit dans la pièce qui sentait le renfermé. Noyée sous une pile de papiers et de brochures, sa table de travail semblait la preuve vivante de quelque chose. « Écoute, reprit Larry en baissant la voix, il n'y a juridiquement aucune raison de mentionner cette décharge.

– Enfin, Larry ! “Cancer”, tu sais ce que ça signifie ?

– Sur le plan astrologique ? »

Warren posa son attaché-case. « Tu as perdu ta conscience, ou c'est un chirurgien qui te l'a enlevée ?

– Écoute, toute cette histoire de cancer, c'est de l'intox. Chaque jour ils trouvent quelque chose de nouveau. Maintenant ils en ont après le poulet. La peau grillée serait mauvaise pour la santé. » Il s'esclaffa. « Je veux dire, on fait rôtir de la viande depuis… les premiers hommes. Ceux de Neandertal. Tu crois qu'ils n'étaient pas un peu carbonisés sur les bords, leurs mammouths laineux ?

– À l'âge de pierre, on n'enfouissait pas de boues toxiques.

– Exact. Tout le monde était trop occupé à se taper dessus.

– Tu as déjà senti l'odeur d'une de ces décharges ?

– Une infection, dit Larry. Comme des œufs pourris. »

Warren s'assit. Étudiants, ils étaient proches, mais le stress causé par Auburn Fields avait distendu leur amitié depuis longtemps. Camille avait-elle raison ? Avait-il vraiment perdu tous ses amis ? « Et tu ne te sentirais pas coupable de vendre des maisons à proximité ? demanda-t-il.

– Pourquoi ? Parce que le gouvernement décide de déverser sa merde près de notre lotissement ?

– Je ne comprends pas comment ils ont pu nous faire ça, marmonna Warren.

– Justement parce qu'il n'y a que nous dans les parages. De toute façon, ils ont des conseillers en communication qui pourraient convaincre le pape de se sucer. "Biocake", ils les appellent, leurs boues industrielles. Chapeau bas ! On dirait le nom d'une barre de céréales ! » Larry ne put s'empêcher de rire. « Je suis sûr que la ville de Palmdale reçoit une belle part du gâteau. Ben Blyskal, qui siège au conseil municipal, a reconnu que la direction des affaires scolaires avait touché vingt mille dollars. »

Il alla d'un pas traînant se planter devant un panneau d'affichage surmonté de l'inscription AUBURN FIELDS. Une brochure était punaisée dans un coin : sur la couverture on voyait une famille hispanique en train d'ouvrir ses cadeaux de Noël avec de grands yeux émerveillés. Sous la photo, imprimée dans une police de type Edwardian Script, cette citation de Henry David Thoreau : « Allez avec confiance là où vous guident vos rêves. Vivez la vie que vous imaginiez. » Cette citation était une idée de Warren. À l'époque, avant que le comté ne révèle ses projets, jamais il n'aurait cru que le fait de construire des maisons abordables dans le désert le mettrait sur la paille. L'idée lui paraissait géniale, voire généreuse : faciliter l'accession à la propriété des Californiens laissés pour compte. Ceux que Larry appelait les gens « prêts à avaler des kilomètres pour pouvoir acheter ». Qui n'avait pas envie de devenir propriétaire ? Par ailleurs le marché explosait : les investisseurs japonais salivaient d'impatience. Leurs amis de Sakamoto Investments avaient sauté sur l'occasion. Même la viabilisation avait été relativement facile. Ils avaient convaincu le comté de classer le terrain en zone d'équipement prioritaire pour que l'installation du tout-à-l'égout, de l'eau courante et de l'électricité soit subventionnée par la municipalité. Tout avait semblé se mettre en place comme par magie.

C'était du moins ce que se répétait Warren. En réalité, avant même le problème de la décharge, il aurait pu faire machine arrière. Quand Larry avait exprimé des réticences après l'étude de faisabilité – les estimations étant bien plus élevées que prévu – Warren avait insisté pour continuer. Alors qu'il aurait pu retourner dans le Wisconsin, payer le coût de l'étude et sauver sa famille de la catastrophe, il avait assuré aux responsables de Sakamoto Investments que le jeu en valait la chandelle. C'était encore lui qui avait eu l'idée de construire vingt maisons avant d'avoir vendu les terrains. « Créez l'offre et la demande suivra », avait enseigné David Stockman au pays. Comment résister à une formulation si séduisante ? Il avait beau rendre Larry responsable du pétrin dans lequel il se trouvait – tentation à laquelle il cédait de plus en plus – il s'était mis dedans lui-même.

La décharge avait porté le coup de grâce. Depuis l'entrée d'Auburn Fields, on voyait une équipe d'ouvriers éventrer le sol : à un kilomètre environ s'élevait un nuage de poussière de mauvais augure.

« Écoute, dit Larry, si tu veux vraiment empêcher l'enfouissement de ces boues, il faut amener ici le plus grand nombre de familles possible. Personne n'a rien à faire de deux promoteurs. Alors que vingt familles… Elles pourraient unir leurs forces, alerter la presse. Faire du barouf. Tu comprends ? C'est dans l'intérêt de tout le monde de vendre ces maisons.

– Tu oublies que l'agent immobilier a quitté le navire. C'était contraire à son "code de déontologie".

– Qu'il aille se faire voir. On se débrouillera seuls. »

Warren ferma les yeux. Jamais il n'avait envisagé de mentir aux gens. C'était moralement indéfendable, alors pourquoi ses jambes lui paraissaient-elles soudain plus légères ? La pièce même semblait un peu plus grande, comme si on avait repoussé les meubles.

« Seuls ?

– On va démarcher par téléphone. Faire du porte-à-porte. Tout ce qu'il faudra. Mets ta propre famille à contribution. »

Warren fit semblant de n'avoir pas entendu. « Tu oublies la vue.

– Les gens aiment les chantiers. Quand le bâtiment va, tout va. S'ils posent la question, on leur répondra que c'est un centre commercial. Franchement, c'est peut-être juste ce qu'il nous fallait pour leur vendre ce bout de désert. »

Warren contempla quelques instants les documents sur sa table de travail. « Même si on pouvait vendre ces maisons, comment tes "vingt familles" vont-elles unir leurs forces si elles ignorent l'existence de la décharge ?

– Par le bouche à oreille. Crois-moi, ce genre de choses finit toujours par se savoir. » Larry tourna la tête vers le téléphone. Il ne souriait plus. « Le Wisconsin est loin, Warren. On est dans le désert : il faut tuer pour ne pas être mangé. C'est la loi du plus fort. »

Warren se leva et retourna devant le panneau d'affichage. Larry avait raison : ce n'était pas leur faute si le comté avait décidé d'enfouir des boues industrielles près de leur lotissement. Pourquoi Warren et sa famille devraient-ils en faire les frais ? Dans un monde équitable et juste on ne devait pas mentir, mais ce monde n'était ni équitable ni juste. On pouvait y travailler pendant vingt ans pour offrir quelque chose à ses enfants, une vie qu'on n'avait jamais connue soi-même, et tout voir partir en fumée à cause de foutus bureaucrates qui s'engraissaient grâce à vos impôts.

Il regarda la famille hispanique au sourire rayonnant sur la couverture de la brochure. Aux grands maux les grands remèdes. Il ferait tout ce qui était en son pouvoir – mentir, escroquer, se tuer à la tâche – pour sauver sa famille. Il prit les Pages Jaunes sur sa table de travail et décrocha le téléphone.

« Je vais avoir besoin de ta carte de crédit.

– Pour quoi faire ? demanda Larry.

– Je commande des cartes de visite. » Warren détacha la brochure du panneau d'affichage et la retourna de manière à ce que les visages ne soient plus visibles.

5

En slip et en soutien-gorge dans la salle de bains, Camille guettait l'arrivée de ses règles. Le corps jaune aurait dû cesser de secréter de la progestérone, les capillaires sanguins tapissant son utérus se flétrir. Mauvaise nouvelle pour l'endomètre. Circulez, rien à voir ! Dégénérescence. Voilà déjà une semaine qu'il aurait dû produire un écoulement rouge vif mêlé de caillots. Camille revit le dessin animé illustrant « Regarde maman, ce n'est qu'un peu de sang », un de ses meilleurs documentaires, où l'endomètre se dissout en une pluie de gouttelettes.

Elle ferma les yeux, prit une profonde inspiration. Elle avait entendu parler de grossesses chez des femmes porteuses d'un stérilet. Ça pouvait très bien arriver. *Taux d'échec : quatre pour cent.* Lors d'une soirée, on lui avait décrit un bébé venu au monde avec un stérilet en cuivre à la main, serré entre ses doigts comme un hochet.

Elle s'accroupit au ras du carrelage et glissa l'index entre les replis tièdes de son vagin, jusqu'à la fossette du col de l'utérus. Les fils du stérilet étaient toujours là, longs et fins. Elle contempla son reflet sur la porte de la douche. Impossible de se rappeler quand elle avait vérifié pour la dernière fois : la position accroupie, l'intrusion de son index avaient la froideur des automatismes.

Elle se lava méticuleusement la main, retourna dans la chambre, eut la surprise de trouver Warren assis sur le lit. Il était en tenue de jogging, une tache de sueur sur le devant de son T-shirt. Depuis le début de l'été, il avait des horaires de travail fantaisistes : impossible de savoir s'il ne serait pas à rôder dans la maison, ou à écouter les horribles cassettes de Dustin dans la Chrysler. Enfin, elle avait été volée : au moins ne pourrait-il plus s'y enfermer.

« Qu'est-ce que tu fais là ? » demanda-t-il en tirant sur ses lacets. Il avait l'habitude exaspérante de faire des doubles nœuds impossibles à dénouer.

« C'est le jour de ma présentation. Je voulais me changer.

– Ta présentation ? »

Camille sentit la moutarde lui monter au nez. « Pour *De la terre à mon corps : comment ça marche ?* Tu as oublié ? Je t'en ai parlé hier. Je dois présenter le script à la commission consultative. »

Elle alla vers sa penderie, inspecta les pulls empilés avec soin, camaïeu de rose, de vert, de bleu pervenche. Les enfants se moquaient parfois d'elle, la traitaient de « mère twin-set ». Ce n'était pas sa faute, si les tons pastel lui allaient bien. « Ça s'est bien passé, avec le courtier ? s'enquit-elle.

– Qui ça ?

– Le courtier. Tu m'avais dit que tu le voyais ce matin.

– Ah oui ! » Il s'interrompit. « En fait, tout va bien. Le projet suscite beaucoup d'intérêt. »

Elle se retourna, mais il était assis à l'autre bout du lit et elle ne voyait pas son visage. *Tout va bien* : voilà à quoi se résumaient leurs échanges, ces derniers temps. Elle ne demandait qu'à le croire : certes, comparé à celui de tous ces gens qui mouraient de faim en Angola, de ces gosses de quatre ans rivés à leur métier à tisser au Pakistan, vendus par leur famille à des exploiteurs, leur propre sort était plutôt enviable. Et pourtant, quand elle réfléchissait à leur vie conjugale – ils semblaient savoir si peu de choses l'un de l'autre – elle aurait voulu, toutes affaires cessantes, attraper Warren par le col de sa chemise et lui hurler au visage, telle une victime hystérique dans un film-catastrophe : *On est foutus ! Attention ! Nos vies sont en péril !* Elle aurait voulu les sauver avant que la salle des machines soit envahie par les eaux. Or elle n'arrivait même pas à lui parler de ses règles. Elle était trop énervée, trop angoissée à l'idée de ce qu'un tel retard pouvait impliquer.

Warren disparut dans la salle de bains et mit la douche en route. Camille enfila son tailleur préféré – marine, avec un chemisier bleu vert à lavallière – dans lequel elle se sentit aussitôt endimanchée et mal à l'aise. Ça venait peut-être simplement d'Herradura Estates, mais à la façon dont les autres femmes la détaillaient, le regard irrésistiblement attiré par ses chaussures, elle avait l'impression d'être une Amish. Rien de tel à Nashotah où les gens venaient dîner en survêtement, où les couples faisaient le tour du lac à pied dans des coupe-vent d'un autre âge, mais avec un sourire bienveillant aux lèvres. Elle aurait pu aller chercher son courrier en pyjama sans que personne ne s'en formalise. Elle ne souhaitait pas quitter Nashotah, n'avait accepté que pour faire plaisir à Warren, pour qu'il puisse réaliser le projet de ses rêves en Californie. En toute franchise, les atouts de la région l'avaient surprise. Elle aimait son travail, on pouvait jouer au tennis toute l'année, et il fallait reconnaître que le temps était magnifique, mais après trois ans à Herradura Estates, elle ne pouvait prétendre avoir noué de véritables amitiés. Non que les gens n'aient pas été aimables. Au contraire, ils étaient parfaitement gentils. Voilà bien le problème : leur gentillesse était parfaite. Rien à voir avec la chaleur débordante, envahissante que lui témoignaient ses amis du Wisconsin. Elle pouvait passer des heures au téléphone avec Nora Lundy, sa meilleure copine, à parler des choses les plus ridicules. Elle regrettait de voir tant d'autres amitiés s'étioler, ou se réduire à de simples échanges de messages de Noël, uniquement parce qu'elle était partie vivre sur la côte Ouest. Ces derniers temps, Warren lui reprochait le montant des factures de téléphone, l'incitant à limiter ses conversations téléphoniques avec Nora, comme si elle n'avait pas déjà fait assez de sacrifices pour lui !

Elle trébucha sur les chaussures de sport de Warren en allant chercher des boucles d'oreilles sur sa coiffeuse. C'est lui qui la rendait maladroite – ou plutôt l'intuition agaçante qu'il avait une liaison. L'idée l'avait effleurée la semaine précédente. Non qu'elle y ait vraiment cru – ce n'était jamais qu'une intuition – mais comment expliquer autrement l'étrange conduite de son mari ? Il avait sans cesse l'air distrait, perdu dans ses pensées au dîner, ou bien il dévisageait les enfants en silence, comme s'il se reprochait quelque chose. L'autre jour, alors que la petite amie aux yeux verts de Dustin était venue dîner avec eux, Camille l'avait entendu confier à leur fils son faible pour les yeux verts. Warren, son mari depuis vingt ans, qui lui répétait naguère qu'elle avait les yeux de sa couleur préférée, « du même bleu que le lac Michigan ».

D'autres fois, apparemment sur le point de lui parler, il la dévisageait timidement avant de détourner les yeux comme s'il se ravisait. C'était arrivé dans la salle de bains le lundi précédent. Il avait même prononcé quelques mots ; elle était sûre qu'il s'agissait d'une confession.

Elle contempla son reflet dans le miroir de la coiffeuse, étudia les rondeurs maternelles autour de sa taille. Warren la désirait-il encore ? À la télé, on parlait de « baisse de la libido ». Les hommes y seraient particulièrement exposés – quelque chose en rapport avec la protection de leur patrimoine génétique. Certes, elle et Warren faisaient beaucoup moins l'amour qu'autrefois. Camille s'était confiée à Nora Lundy, qui avait avoué connaître des problèmes similaires avec son mari : pour réveiller leur désir, ils s'étaient mis à regarder des films pornos avant de se coucher. Camille croyait que Nora plaisantait, jusqu'au moment où celle-ci avait proposé de lui envoyer une cassette. Bien qu'elle ait refusé, une pochette était arrivée par la poste, contenant une seule et unique cassette dont on avait décollé l'étiquette. Camille l'avait insérée dans le magnétoscope un jour où les enfants n'étaient pas là, et les ébats d'un trio dans un cabinet dentaire l'avaient tellement atterrée qu'au bout de cinq minutes, elle avait appuyé sur la touche « Eject ». Ce qui l'avait le plus choquée, c'étaient les mamelons de l'actrice : l'un des deux, plus grand que l'autre, s'étalait sur son sein comme une cuillerée de nourriture. « Plus fort », gémissait la femme difforme. « Baise-moi à en mourir. » Camille aurait voulu essayer cette réplique le soir même avec Warren, pour voir si ça l'exciterait autant que les hommes tatoués du film, mais elle n'avait pu se résoudre à dire une grossièreté. « Je voudrais mourir », avait-elle lâché à la place, phrase sûrement déroutante.

Sans doute était-ce cette nuit-là que son stérilet n'avait pu faire barrage aux spermatozoïdes de Warren. S'il s'agissait bien de cela.

Elle se rendit dans la cuisine où flottait une odeur écœurante. Les enfants mangeaient des Pop-Tarts à la fraise enrobées de sucre glace. Elle veillait de son mieux à ce qu'ils fassent trois repas par jour, pour qu'ils aient une alimentation équilibrée, mais c'était peine perdue depuis que Lyle et Dustin pouvaient s'acheter à manger. « N'oubliez pas, leur dit-elle. Vous n'avez droit qu'à une portion de sucre par jour.

– Combien de Pop-Tarts dans une portion ? demanda Jonas.

– Les Pop-Tarts sont des fruits, répondit Dustin. Tu as droit à quatre portions.

– Non, ce ne sont pas des fruits. »

Dustin vérifia sur le paquet. « Il est écrit : “Arôme naturel de fraise”.

– Ce ne sont pas de vrais fruits, expliqua Camille. Tu ne veux pas plutôt un bol de bonnes fraises ? »

Ils la regardèrent, incrédules.

« C'est une blague ?

– On peut mettre un arôme fraise dessus ? »

Camille contempla en soupirant la gelée d'un rose artificiel à l'intérieur du biscuit de Jonas. C'est vrai que ça avait l'air délicieux. À sa grande consternation, l'eau lui vint à la bouche. « Peut-être que vous vous en moquez aujourd'hui, mais plus tard vous regretterez d'avoir pollué votre organisme.

– Qu'est-ce que tu en sais, maman ? lança Lyle. Tu n'as jamais rien fait de mal dans ta vie.

– Ce n'est pas exact, ma chérie. »

Lyle et Dustin échangèrent un regard entendu. « Cite une seule mauvaise action, dit ce dernier.

– Voyons voir. Laissez-moi réfléchir.

– Tu as oublié de mettre les bouteilles au tri sélectif.

– Tu as roulé à plus de cinquante kilomètres-heure ? suggéra Lyle.

– Un jour, du temps où on habitait Milwaukee, j'ai eu deux cents dollars d'amende pour m'être garée au pied d'un plan incliné réservé aux fauteuils roulants. En plein centre-ville. J'ai contesté le procès-verbal et j'ai menti. Le lendemain, je suis retournée me garer au bon endroit, et puis... euh, j'ai photographié le pare-chocs pour prouver qu'il n'était pas sur la zone rouge. »

Éberlués, Lyle et Dustin s'interrompirent au milieu d'une bouchée. Puis ils furent pris d'un fou-rire incontrôlable, les lèvres rose bonbon. Jonas riait lui aussi.

« Tu es un danger pour la société, maman », déclara Lyle.

Les joues en feu, Camille alla chercher un yaourt dans le réfrigérateur. Elle avait beau savoir que c'était pour s'amuser, ça la contrariait qu'ils se liguent ainsi contre elle. Elle aurait pu leur parler de Bobby Wurzweiler et de ce qu'ils faisaient ensemble dans son abri à bateau – alors qu'en théorie il était fiancé –, de l'étrange contact de ses mains froides et fébriles sur ses seins. Elle avait dix-sept ans et lui vingt et un. Elle se souvenait encore de ses paumes rendues rugueuses par le ski nautique ; du goût rance de sa bouche, mélange de fumée et de laitage avarié. Il lui avait fait fumer sa première cigarette, roulée avec du tabac sorti d'un sachet fripé au fond de sa poche. Ils avaient passé tout l'été dans cet abri à bateau, à faire l'amour sur le sol humide, à fumer les cigarettes roulées par Bobby, à projeter de partir ensemble sans prévenir leurs parents, à retirer les brins de tabac qu'ils avaient sur la langue. Il promettait de plaquer sa fiancée, une fille de Madison, et Camille le croyait. Il était fou amoureux et persuasif, héritier fortuné d'une famille de brasseurs. Bien sûr il ne plaqua pas sa fiancée, mais laissa tomber Camille dès la fin de l'été ; quand, de désespoir, elle finit par appeler chez lui, il raccrocha en reconnaissant sa voix. C'est par le journal qu'elle apprit son accident d'avion une semaine avant son mariage, son cadavre ayant été repêché, avec celui de son père, dans le lac Michigan.

Elle versa le yaourt dans un bol, regarda sa fille se lever pour remettre une Pop-Tart dans le grille-pain. C'était une belle journée, on approchait les trente degrés, mais Lyle portait un jean et un sweat-shirt noué autour de la taille. Camille aurait voulu dire à sa fille unique que c'était une erreur, qu'elle devrait profiter de sa jeunesse tant qu'elle le pouvait, que le monde se chargerait bien assez tôt de lui briser le cœur de multiples façons dont elle n'avait même pas idée.

Non, bien sûr, elle-même n'y croyait pas vraiment. Qu'est-ce qui lui arrivait aujourd'hui ?

« Je peux avoir un peu d'argent ? » demanda Jonas. Curieusement il n'était pas habillé en orange, mais avait mis la Lacoste bleue qu'il s'obstinait à appeler « polo crocodile », à cause de la mâchoire triangulaire du reptile qui l'ornait. Camille fut soulagée, avant de se rappeler que ses trois T-shirts orange étaient dans la machine à laver.

« Pour quoi faire ?

– Je veux acheter le magazine *People.* »

Lyle et Dustin échangèrent un coup d'œil. « Tu lis *People* ?

– J'aimerais en savoir plus sur Mandy Rogers. Les dessous de l'affaire. Elle est en couverture.

– Pas moi, dit-il sèchement. Ces parents d'élèves sont pires que les communistes. Ils veulent interdire la sexualité.

– On peut les comprendre. Avec cette histoire d'instituteur pédophile, et maintenant Mandy Rogers.

– Mandy Rogers ?

– La gamine qui s'est fait enlever.

– Ah oui. Très triste. La pauvre. » L'haleine de Mikolaj avait des relents de bain de bouche. « Aux informations on ne parle que d'elle.

– Tu as relu le nouveau script ? demanda Camille pour changer de sujet.

– Mais c'est ça, la grande nouvelle de la journée : une gosse débile, tout le monde devrait prier pour elle ! » Mikolaj se pencha en avant. « Je peux te poser une question, Camille ? Sur mon film ?

– Honnêtement, on n'a pas trop le temps.

– *À la poursuite des mirages* : tu ne crois pas que ça ferait un bon titre ? »

Elle jeta un coup d'œil à la chemise débraillée de Mikolaj, à la tache de café sur le devant. Il ne s'en était quand même pas servi comme dessous de verre ? « Je pense que le singulier conviendrait mieux : *À la poursuite d'un mirage.* »

Il la regarda avec gratitude. « Oui, bien sûr. Ils poursuivent un seul mirage, celui de la liberté. Ce grand mirage toujours hors de portée. »

Camille retourna dans son bureau. Peut-être Mikolaj n'était-il pas ivre comme elle le croyait, mais rendu fou par le mal du pays. Ou bien les deux, explication la plus vraisemblable. La semaine précédente, cherchant une diapositive dans une caisse sous la planche-contact, elle était tombée sur une bouteille suspecte, mais pratiquement vide. Il restait un carré blanchâtre à la place de l'étiquette. L'avant-veille, encore, elle avait trouvé une déclaration bizarre dans le premier tiroir de son bureau : *TU AIS BELLE*, suivie de quelques mots indéchiffrables. Elle avait engagé Mikolaj par charité et se sentait trahie par ces découvertes.

Une dernière fois, elle relut le script de *De la terre à mon corps*, vérifiant chaque scène dont elle avait dessiné le storyboard au crayon de couleur, à côté du résumé. Elle s'attarda sur celle intitulée : « La conception : quel étrange et long voyage ! » Celle-là même qui avait suscité des objections au sein de la commission. Camille avait prévu d'utiliser des images de spermatozoïdes s'élançant à l'assaut d'un ovule, vus au microscope, mais plusieurs membres de l'association de parents d'élèves et le père Gladstone, représentant l'archevêché, avaient protesté. Ils s'inquiétaient de la présence de ces images tournées en laboratoire. « C'est le miracle de la vie, avait déclaré le père Gladstone. Nous refusons de laisser croire aux enfants qu'ils peuvent le reproduire dans le sous-sol de leur maison. »

Camille avait eu l'idée géniale de faire appel à des enfants en chair et en os, revêtus de T-shirts avec l'inscription SPERMATOZOÏDE ou OVULE. Elle les filmerait sur l'ancien terrain de foot, derrière les salles d'arts plastiques. Les spermatozoïdes – dix en tout – traverseraient le terrain en courant pour assaillir l'ovule, représenté par un cercle de cinq fillettes se tenant par la main. Un seul d'entre eux, le Spermatozoïde Élu, serait admis à l'intérieur du cercle. Ce serait amusant, et ça parlerait aux enfants.

Plus tard, lorsqu'elle expliqua tout cela derrière un pupitre aux « citoyens inquiets » de la commission consultative – parmi lesquels des représentants de différentes confessions –, un silence déconcertant lui répondit. L'immense auditorium aux murs aveugles le rendait encore plus oppressant. Le regard de Camille se posa sur le rabbin Silverberg, qui la fixait des yeux au lieu de lire la photocopie du script posée sur ses genoux. Il aimait s'asseoir au quatrième rang et la contempler derrière sa barbe avec un rictus de mauvais augure. Devant lui se trouvait Wendy Felsher, une éducatrice du planning familial. Camille tenta d'imaginer le rabbin en sous-vêtements, comme quelqu'un le lui avait conseillé, mais il y avait quelque chose d'indécent à se représenter un religieux en caleçon.

« À quels enfants comptez-vous faire appel ? » La question venait d'une enseignante, Narmada Khan, qui avait toujours défendu ardemment le travail de Camille. Censée être un échantillon représentatif, la commission avait été composée plus ou moins au hasard par les responsables des affaires scolaires.

« Je pensais aux enfants du programme d'insertion, répondit Camille en réglant son micro. J'en ai parlé à Sue Kaufman, qui est chargée de la session d'été. Il faudra bien sûr obtenir des autorisations.

– Ce ne serait pas le programme pour surdoués ? »

Une autre enseignante pouffa de rire. « Oh là là… Bonne chance !

– Je m'inquiète de la façon dont ces gosses seront filmés », objecta Carl Boufis. C'était le seul père de l'association de parents d'élèves et tout le monde le croyait gay. « Qui doit réaliser la séquence ?

– Mikolaj Czarnecki. Mon cameraman », marmonna Camille.

Au premier rang, Mikolaj se leva et fit une révérence

digne d'un acteur shakespearien, balayant longuement l'air de la main comme s'il s'était foulé le poignet. Un peu égaré, il se rassit sur le siège à côté du sien. Camille sourit à l'auditoire.

« Que devient le prétendu ovule ? demanda le père Gladstone, étudiant la photocopie sur ses genoux.

– Rien, dit Camille. En fait, il sert uniquement à la démonstration.

– On ne pourrait pas s'arranger pour enchaîner sur une naissance ? Par exemple, hum, simple suggestion, arrêtez-moi si je vais trop loin, mais les fillettes ne pourraient pas brandir une banderole ? Avec le mot BÉBÉ ?

– Bonne idée, ironisa Wendy Felsher du planning familial. Semons la confusion dans l'esprit des jeunes spectateurs. »

Le père Gladstone ne releva pas. « C'est le lien de cause à effet qui me préoccupe. Il ne faudrait pas donner l'impression que cet ovule va à la poubelle. »

Wendy Felsher le foudroya du regard. « Je ne crois pas qu'il faille politiser ce documentaire, mon père. »

Les traits du prêtre se durcirent. « Du moment que ça apparaît comme un choix irréversible, c'est tout ce que je demande. Il n'est pas question de parler de Dieu ici.

– Et si c'était un viol ?

– Ce n'est pas le cas, intervint Camille. C'est un film éducatif.

– Le père Gladstone a juste le souci du détail, ajouta Carl Boufis.

– Dans ce cas, répliqua Wendy Felsher, pourquoi ne pas prévoir un enfant portant un T-shirt décoré d'une aiguille à tricoter ?

– Ha, ha ! s'esclaffa Mikolaj au premier rang. Ça devient intéressant ! »

Camille eut encore plus envie d'une cigarette. Elle jeta un coup d'œil au dernier rang et reconnut Lexie Cross, professeur de quatrième et seule dans la commission, en dehors du père Gladstone, à être tout en noir. Elle était arrivée six mois plus tôt de Londres, ce qui semblait – en pareille occasion – le comble de la sophistication.

« Madame Cross, dit Camille, vous avez un avis ? »

Lexie leva lentement la tête, comme pour ne pas déranger le scorpion d'argent qui ornait le revers de sa veste. « Je m'interroge, répondit-elle avec son accent britannique distingué. L'idée en elle-même. N'est-elle pas… un peu ridicule ?

– Ridicule ?

– Déguiser des gosses en spermatozoïdes, je veux dire.

– Ils ne seront pas déguisés. Ils porteront des T-shirts.

– Eh bien, je m'interroge. Ça paraît quand même un peu puéril. » Elle fit la moue. « Ce sont des élèves de cours moyen, n'est-ce pas ? »

Camille fronça les sourcils. « Personnellement, je ne trouve pas que "puéril" soit le mot. "Interactif", peut-être. "Pédagogiquement novateur".

– Vous avez demandé leur avis aux enfants ?

– À qui ?

– Aux enfants. Que pensent-ils de ce documentaire ? L'idée leur plaît ? »

Camille écarquilla les yeux. Elle regarda les autres membres de la commission, qui semblaient trouver la question pertinente. « En fait, je ne suis pas certaine que leur avis importe. Nous sommes sans doute mieux placés qu'eux pour montrer tous les secrets de la conception. En tant qu'adultes, je veux dire. »

Lexie Cross sourit. « Je ne crois pas qu'il faille aller jusqu'à filmer tous les secrets de la conception. »

Des rires fusèrent dans l'assistance. Même le rabbin Silverberg, dont la barbe tressautait au quatrième rang, semblait goûter la plaisanterie. Les joues en feu, Camille se demanda comment réussir à satisfaire une telle bande de crétins. Elle allait capituler, résignée à revoir sa copie, mais le vent tourna au sein de l'auditoire. Au prix de quelques concessions au père Gladstone, le script de Camille fut approuvé sans conviction, pour la seule et unique raison que personne n'avait autre chose à proposer. Trop humiliée pour savourer sa victoire, elle s'éclipsa à la fin de la réunion et se dirigea vers la sortie. Des guêpes volaient au-dessus des passiflores, bourdonnant au ras de son visage, leurs pattes arrière semblables à des brindilles. Les larmes aux yeux, elle esquiva ces créatures hideuses. Curieusement, ce n'étaient pas les visages hilares des membres de la commission qu'elle revoyait, mais ceux de ses enfants, aux lèvres rosies par la gelée à la fraise.

Elle entendit quelqu'un l'appeler par son prénom et se retourna : Mikolaj courait derrière elle, pantelant. La nébuleuse rouge dans son œil avait pris des dimensions galactiques. Camille inspecta du regard le campus désert, se demandant si quelqu'un pouvait les voir.

« Les gens de la commission sont très bourgeois », dit Mikolaj avec dégoût. Son haleine ne sentait plus le bain de bouche, mais quelque chose d'âcre et de merveilleux. Le tabac. Camille chercha sur Mikolaj la trace d'un paquet de cigarettes. « Ne t'occupe pas de ces abrutis et de leurs plaisanteries débiles.

– Est-ce que tu me crois capable de faire quelque chose de mal ? demanda Camille.

– Hein ?

– Quelque chose de mal. N'importe quoi. Partir avec le fiancé d'une autre. »

Mikolaj ferma les yeux. « Oui, je peux l'imaginer. Très facilement. On est tous mauvais. Les plus dangereux sont ces dirigeants qui nous répètent sans cesse qu'ils sont bons. » Il rouvrit les yeux, lui lança un étrange regard. « Tu te sens mieux ? »

6

Lyle ne trouvait pas le sommeil. Elle était malade, folle, une épave vivante. Elle regarda le radio-réveil à son chevet. 5:02, disaient les énormes chiffres lumineux. Une chose de plus à ajouter à sa liste (les réveils à affichage digital), mais impossible de trop s'indigner, à cause des images d'Hector qui occupaient ses pensées. Toute la nuit elle avait rêvé de lui. Hector l'embrassant avec sa moustache toute triste. Hector jouant « Tiny Dancer » au piano pendant que, sur scène, Lyle faisait un strip-tease. Ou bien Hector et Jonas, le petit frère de Lyle, cachés dans les bois et attendant une attaque au lance-roquettes de mercenaires russes dopés à la vodka.

Ces mercenaires sortaient tout droit du film qu'ils avaient vu la veille au centre commercial. Hector y avait retrouvé Lyle après le travail. (Elle avait insisté pour voir un film d'action, parce qu'ils risquaient moins de tomber sur une de ses copines du lycée.) Hector s'était agité dans son siège durant tout le film, ses mains de fille sur les genoux. Pendant la scène de sexe, vision fugitive d'une paire de seins nus, il bâillait d'appréhension. Lyle avait commencé à se poser des questions. Il n'avait pas envie d'elle : pourquoi l'invitait-il au cinéma ? Elle se demanda s'il ne serait pas gay.

Plus tôt, au téléphone, il lui avait confié qu'il écrivait des poèmes. Après le film, alors qu'ils regagnaient le parking à pied, il l'avait saisie par le bras et embrassée avec fougue sur la bouche, la plaquant fébrilement contre le mur. Sa moustache semblait plus grande, pareille à un petit animal. Quand il s'était interrompu pour reprendre son souffle, Lyle avait couru vers sa voiture avant que quiconque puisse les voir ensemble, disant que ses parents voulaient qu'elle rentre à vingt-deux heures.

Elle s'en voulait d'avoir honte. Pourquoi se soucier de ce que ses copines pouvaient penser ? Avec le recul, elle conclut que c'était ce baiser qui l'avait effrayée.

Elle ouvrit le tiroir de sa table de chevet, sortit le poème qu'Hector lui avait donné avant qu'elle s'enfuie. Il était encore froissé d'avoir séjourné dans la poche du garçon. Elle l'avait appris par cœur, mais la vue des mots noir sur blanc et l'écriture cataclysmique agissaient sur elle comme une drogue.

OS

elle est belle, quand je la vois au soleil
la peau couleur de nuages
la couleur de mes os

elle se cache dans ses vêtements
elle me fait rire
son corps est sérieux : seins, hanches, taches de rousseur

on est sérieux, on rit
c'est ce que je préfère

je voudrais lui enlever ses vêtements et les brûler
je voudrais compter ses taches de rousseur comme des étoiles
je voudrais la manger au dessert, recracher les os

et les sucer

C'était un mauvais poème, mais Lyle s'en fichait. Elle relut les deux derniers vers avec un petit frisson d'effroi dans la poitrine. C'était exactement comme ça que les garçons regardaient Shannon Jarrell, lorsqu'ils entraient « Au Cornet Parfait », comme s'ils avaient envie de la manger au dîner. Mais est-ce qu'ils recracheraient les os de Shannon et les suceraient ? C'était une autre affaire. Dévorer Lyle ne suffisait pas à Hector : il voulait goûter chaque morceau comme un chien.

Inutile d'essayer de dormir. Elle se leva, les yeux dans le vague, et se dirigea à pas de loup vers la salle de bains dans son T-shirt MORT AUX SANDWICHES. Elle alluma, contempla son reflet dans le miroir en clignant des yeux. Par miracle, c'était toujours elle : cheveux carotte, peau blanche façon Vampira, bras constellés de taches de rousseur. « Quelconque » fut l'adjectif qui lui vint à l'esprit. Pas laide ni hideuse. Quelconque. Plus jeune, à quatorze ans, elle priait pour que Dieu la débarrasse de ses taches de rousseur. Elle faisait des promesses bizarres : « Je me couperai un orteil », ou bien : « Je m'habillerai pendant un an comme ma mère », mais les taches de rousseur étaient toujours là, et voilà que quelqu'un voulait les compter comme des étoiles.

Elle éprouvait une souffrance physique. Elle avait envie de caresses. De se coucher sur Giggles, sa girafe en peluche, comme lorsqu'elle avait quatre ans.

Elle ferma les yeux et s'imagina radiographiée, un squelette sur fond bleu. Un jour, « Au Cornet Parfait », elle avait entendu un garçon couvert d'acné se vanter auprès de ses copains : « Je lui léchais le biscuit, et elle est complètement partie. » Formulation tellement prévisible. « Lécher le biscuit. » Il y avait d'autres expressions : « brouter la moquette », « descendre au lac », « donner sa langue au chat ». Peut-être inventives, mais pas très éclairantes. Toutes parlaient du lécheur, pas du biscuit. Elles ne contribuaient en rien à percer le mystère – l'exquise torture – de ce qu'on ressentait vraiment.

Quand Hector appela après son service, Lyle s'attendait à ce qu'il renonce à leur projet de déjeuner ensemble. Elle l'avait imaginé toute la matinée dans la minuscule guérite, seul avec ses pensées, la réalité de sa laideur s'imposant à lui. « Il faut que tes parents mettent mon nom sur la liste des visiteurs, dit-il au téléphone. Je ne peux pas franchir la grille.

– Quoi ?

– Bud est de service. Dans la guérite. »

Lyle éclata de rire. « Mais tu travailles ici !

– C'est le règlement.

– Je viens te chercher. »

Elle se sentit secrètement soulagée. Ses parents étaient au travail, mais elle n'avait prévu aucune explication sur la présence d'Hector si Dustin émergeait du garage sans prévenir. Hector attendait Lyle près de son modeste pick-up qui brillait comme une limousine. Il était encore en uniforme : accrochée sur sa poitrine, tel un jouet d'enfant, une étoile de shérif au nom de CARTER SECURITY. Gênée, Lyle détourna le regard. Elle lut avec consternation le mot CAMÉLÉON sur la plaque minéralogique. Peut-être que le véhicule n'était pas à lui, qu'il l'avait emprunté à une étudiante.

Elle grimpa dans le pick-up où flottait une odeur rappelant l'intérieur d'un sandwich. Hector inséra une cassette dans le lecteur : un crescendo de guitares en folie, lent et rageur. Ils roulèrent quelque temps sans rien dire.

« Pourquoi “caméléon” sur ta plaque minéralogique ? » finit-elle par demander. Elle dut crier pour couvrir la musique.

« C’est mon animal préféré. »

Il avait l’air sérieux. Elle relaça une de ses Doc Martens. « On déjeune où ?

– J’aimerais me changer, ça ne t’embête pas ? J’ai oublié d’apporter mes vêtements de ville. » Il posa sur elle un regard endormi, mais d’où la lueur carnivore n’avait pas disparu. Lyle eut la sensation d’être une côtelette de porc : Bugs Bunny échoué sur une île, se transformant pour répondre aux fantasmes du chasseur Elmer Fudd. « Je pensais préparer quelque chose chez moi.

– Faire à manger chez toi ?

– Enfin, si tu es d’accord. »

Il fronça les sourcils, mordilla une extrémité de sa moustache. Elle n’avait jamais imaginé qu’il puisse vivre quelque part. Ils prirent la rocade nord vers l’autoroute, puis descendirent l’immense pan de colline verdoyant de Palos Verdes jusqu’aux petites galeries marchandes et aux stations-service d’Anaheim Street, plongeant dans les brumes d’un monde de derricks, de cheminées d’usines et de torchères à flamme vacillante comme celle d’une bougie. Une immense cuve orange comme une lanterne de Halloween éclairait cette grisaille. Suspendu à une corde, un peintre recouvrait de blanc un œil géant. Lyle était souvent passée par là pour rejoindre l’autoroute, mais très vite ils s’engagèrent sur une bretelle d’accès vers un quartier qu’elle ne connaissait pas, salles de billard aux noms espagnols, restaurants mexicains, magasins latinos. Sur le pignon d'une laverie automatique, un graffiti proclamait : CHRIST JÉSUS EST NOTRE SEUL ESPOIR. Lyle se demanda si c'était une erreur, mais n'osa pas poser la question.

Ils tournèrent enfin dans une petite rue bordée de maisons en stuc, colorées comme des œufs de Pâques derrière leurs palissades. Même en plein été, des guirlandes lumineuses de Noël pendaient le long de nombreuses façades. Il y avait du linge à sécher sur les palissades, des chiens endormis au milieu des trottoirs, des poteaux téléphoniques avec des affiches sur lesquelles on lisait : HYPOTHÉQUEZ VOTRE MAISON, ou bien : SUPER BAILAZO. Hector ne quittait pas la route des yeux, conduisant du mauvais côté à cause des poubelles qui encombraient mystérieusement la chaussée. Lorsqu'ils obliquèrent vers le nord, il désigna la colline voisine, couverte de toits de tuile d'un rouge méditerranéen.

« On est voisins, en fait. D'ici, on voit presque ta maison.

– Ah bon ?

– Oui, s'il n'y avait pas ce nuage de pollution. » Il baissa le volume de la musique. « Tu savais que Wilmington était si près ?

– Non. »

En réalité, elle ignorait même l'existence de Wilmington. Chez Hector, ils se garèrent dans l'allée, près d'un banc de musculation recouvert de plastique transparent et entouré de poids empilés avec soin. Tous les stores étaient baissés, comme chez un tueur en série. Lyle avait les paumes moites de sueur. Pour la première fois, elle s'interrogea : le poème d'Hector n'était-il pas une métaphore ? Peut-être voulait-il vraiment la manger. D'abord il la tuerait, puis en ferait son dîner. Elle revit Mandy Rogers, son sourire de gnome rêveur.

Sa gorge se serra. Elle aperçut derrière elle une ruelle jonchée d'immondices, se demanda si elle pourrait s'y ruer grâce à ses Doc Martens.

Hector coupa le contact et le moteur se tut avec un gargouillis. Se surprenant elle-même, Lyle saisit le jeune homme par le revers de sa veste d'uniforme et attira sa moustache rêche vers ses lèvres. Ils s'embrassèrent à l'aveugle, leurs dents s'entrechoquèrent. Hector se dégagea, jeta un coup d'œil vers la maison.

« Ma mère est là », dit-il, l'air contrit. Il rougit. « Je vais prendre un appartement. Dès qu'elle aura vendu la maison. »

Elle les attendait à la porte, incroyablement âgée ; on devinait son cuir chevelu tout brun à travers ses cheveux clairsemés. Elle tenait un bouquet de fleurs fanées. Le visage illuminé par un large sourire, elle cria quelque chose en espagnol : « *Estoy casi muerta !* » Je suis presque morte. Lyle recula d'un pas.

« *Hola, abuela* », dit calmement Hector. Il se tourna vers Lyle, se tapa l'index contre la tempe. « Elle n'a plus toute sa tête. »

La vieille femme tendit les fleurs à Lyle et disparut dans la cuisine, où elle se mit à sortir des plats du réfrigérateur et à les renifler ostensiblement. Hector fit entrer Lyle et alla répondre au téléphone. Le salon était petit, plongé dans la pénombre. Bien en vue sur les murs, des objets religieux : une pietà, un saint nu appelant au secours au milieu des flammes et, dans un cadre, une photo de Jean-Paul II saluant, telle Miss America, depuis sa papa-mobile. Sur la cheminée, derrière une rangée de cierges dans des gobelets constellés d'éclaboussures de cire, la photo d'un homme. L'endroit donnait à Lyle un sentiment de malaise, d'irréalité, comme si elle regardait un feuilleton à l'eau de rose par une journée ensoleillée.

Une autre femme apparut : la mère d'Hector, cette fois, comprit Lyle, soulagée, avant de se présenter. Beaucoup plus imposante que son fils, elle était étrangement belle, les bras couverts de bracelets tintinnabulants. Elle avait les mêmes mains graciles qu'Hector. Elle fronça les sourcils à la vue des fleurs de tournesol ternes et défraîchies que Lyle avait à la main, de leurs pétales desséchés, pareils à des flammes minuscules.

« Merci. Il ne fallait pas.

– Ce ne sont pas… Je ne les ai pas achetées, bredouilla Lyle.

– Nous avons exactement les mêmes. »

La mère d'Hector prit les fleurs fanées, les mit dans un verre d'eau sur la table de la cuisine. Elle les disposa de son mieux, sans prêter attention à l'aïeule qui défaisait l'emballage d'un morceau de beurre comme si c'était une barre chocolatée. Lyle se demanda si elle allait le manger. In extremis, la mère d'Hector récupéra le beurre et le remit au réfrigérateur.

« Pour elle, c'est comme un eskimo », expliqua-t-elle sans la moindre gêne.

Hector réapparut et s'adressa à sa mère, un torrent de mots en espagnol. Ils semblaient se disputer. Hormis son prénom, Lyle ne saisissait pas un traître mot. Hector eut un sourire crispé, puis il emmena Lyle voir sa chambre, pièce exiguë et sombre tout au fond de la maison. Les murs disparaissaient sous les posters, de caméléons pour la plupart : des reptiles à l'air satanique perchés sur des branches, qui fixaient Lyle telles des pin-up. Les couleurs lui faisaient tourner la tête.

Même la fenêtre était recouverte d'un poster, un caméléon rouge sang, translucide à cause du soleil.

Hector s'assit sur le lit, près d'une petite cage dans un coin de la pièce. Elle était remplie de feuillages. Lyle ne distinguait rien à l'intérieur, mais Hector désigna une créature bariolée qui se prélassait sous une ampoule, la queue enroulée sur elle-même. Ses yeux ne regardaient pas dans la même direction. Lyle éclata de rire : c'était grotesque, quelque chose que Dieu aurait créé après un traumatisme crânien.

« Je te présente Raoul, dit Hector, comme s'il s'agissait d'un bon copain.

– Ton caméléon s'appelle Raoul ? »

Il haussa les épaules. « C'est un caméléon casqué. À cause de la crête au sommet de son crâne.

– Il y a combien d'espèces ?

– Plus de cent. » Il vérifia le thermomètre suspendu à l'intérieur de la cage. « Avant, j'avais un vivarium, mais les parois de verre le rendaient fou. Il attaquait sans cesse son reflet.

– Ah oui ?

– Ils ne supportent pas de se voir. »

Cette créature plaisait de plus en plus à Lyle. Hector fouilla dans sa table de chevet et sortit une pochette en plastique transparent emplie d'une poudre blanche suspecte.

« Tu en veux ? »

Le cœur de Lyle fit un bond dans sa poitrine. « D'accord.

– Je plaisantais. Ce sont les vitamines de Raoul. »

Il se dirigea vers sa penderie, ouvrit un Tupperware plein de sauterelles, en fit glisser quelques-unes dans la pochette qu'il secoua. Puis il transféra les sauterelles blanches de poudre dans un bol au fond de la cage de Raoul. Le reptile resta immobile sur sa branche. Au moment où Lyle en concluait qu'il était impassible, voire mort, sa langue enfla comme une bulle, traversa la cage tel un crachat de chiqueur de tabac et réintégra sa bouche, le tout en un clin d'œil ; seules les pattes arrière d'une sauterelle dépassaient de ses mâchoires.

« Il peut en attraper une jusqu'à trente centimètres de distance, dit fièrement Hector.

– Waoh… » Lyle avait vaguement la nausée. « Je croyais qu'il allait… faire le caméléon, tu sais. Se fondre dans le décor.

– C'est un mythe.

– Ils ne changent jamais de couleur ?

– Seulement s'ils sont émus ou en colère. Ou malades. »

Quelqu'un – sa grand-mère – cria dans la pièce voisine. Si elle appelait Hector, Lyle ne reconnut pas le prénom. Il finit par se lever et revint une minute plus tard, une paire de lunettes noires à la main.

« Désolé. Je suis obligé de les cacher, sinon elle reste debout à la porte comme une star de cinéma. D'habitude, le vendredi, je l'emmène à la plage. Elle aime bien regarder les mouettes. » Il contempla Raoul, toujours occupé à manger sa sauterelle. « Tu pourrais peut-être nous accompagner, un jour ?

– J'ai horreur de la plage », répondit Lyle. Hector eut l'air déçu. « Je ne suis pas trop du genre à bronzer.

– Moi non plus, Dieu sait. Je passe le plus clair de mon temps ici, à écrire des poèmes. »

Hector attrapa sous le lit une pile de cahiers attachés par un élastique. Il devait y en avoir quatre ou cinq. Lyle se demanda s'il avait oublié le déjeuner.

« Ce sont tous des poèmes d'amour ? s'enquit-elle, méfiante.

– Non. Enfin, ils parlent surtout de moi.

– Pourquoi tu les caches sous ton lit ? »

Il se mit à rire. « Ma mère, c'est un peu la directrice de conscience des jeunes de la paroisse. Elle est déjà persuadée que je vais aller en enfer.

– J'aime bien celui que tu m'as donné », dit Lyle en le regardant droit dans les yeux.

Il baissa la tête. Elle se douta qu'il allait lui donner un autre poème à lire ; peut-être que, comme « Os », il ferait écho à ses propres délires érotiques. Hector ouvrit un cahier et le lui tendit. Le poème s'intitulait « Les piranhas du temps ». Le cœur de Lyle se serra. Le poème exprimait la même angoisse oppressante qu'un morceau de heavy metal. En désespoir de cause, elle s'arrêta sur deux vers près de la fin :

cinq heures du mat, le cirque dans mon cerveau
mon trapèze exposé à ton regard

« J'aime ta façon d'utiliser le mot "trapèze", après l'allusion au cirque. Très intelligent. Mais il y en a deux.

– Deux quoi ?

– Deux muscles trapèzes. »

Écarlate, Hector reprit le cahier. « Je veux faire l'école vétérinaire. Dès que j'aurai ma licence. Je suis des cours du soir à Harbor College. »

Elle ne voulait pas l'humilier : plus trace chez elle du malin plaisir qu'elle avait pris à le regarder manger une boule de crème glacée au « Cornet Parfait ». Elle était en train de changer. À cause des posters, du caméléon d'Hector, de ce souhait étrange, émouvant, qu'il avait eu de lui montrer sa chambre avant toute chose. Il détournait obstinément le regard. Elle lui caressa la jambe, sentit le pli rassurant de son pantalon. Quelqu'un – encore sa grand-mère – poussa un cri de démente dans la cuisine. Tous les deux, ils contemplaient Raoul dont le vert marbré venait miraculeusement de faire place à un bleu profond.

« Il est jaloux », déclara Hector en toussotant.

7

« Qu'est-ce qu'ils vont faire ? demanda Biesty. Saccager les lieux ? »

Dustin sourit. « Ce n'est pas à exclure. »

Ils se rendaient à une fête à San Pedro, à laquelle un copain les avait conviés lors de la projection d'un film porno. Des filles expulsées de leur duplex avaient décidé d'organiser une soirée d'adieu. Un « adieu » à l'appartement. Le copain en question avait fourni ces explications avec un sourire de conspirateur. Jamais Dustin n'avait rencontré de jeunes de son âge vivant seuls, dans un duplex. Et qui venaient de se faire expulser en prime.

Il était inquiet, mais ravi. Le volant de la Dodge lui collait aux mains. Il avait souvent l'impression que des événements fascinants, révolutionnaires, se produisaient près de chez lui, mais qu'il fallait connaître les gens dans le coup.

Le duplex se trouvait près du port, en lisière d'une aire de chargement déserte. Dustin se gara en bordure du trottoir, se demandant s'il avait réussi à ne pas s'habiller comme un surfeur. Après mûre réflexion, il avait décidé de mettre le nouveau ceinturon à boucle en forme de pieuvre acheté chez un disquaire de Hollywood, même si cette dernière lui rentrait dans le ventre dès qu'il s'asseyait. De près, on voyait une bouteille de whisky dans un tentacule de la pieuvre. Pour se donner du courage, Dustin et Biesty partagèrent une Corona dans la voiture. Ils étaient amis depuis la première semaine de leur année de seconde, où Biesty était arrivé en cours de chimie le visage caché derrière une énorme paire de lunettes noires réparées avec du scotch. Dustin avait cru que c'était un élève de la section d'éducation spécialisée, de ceux qui sont tous les jours en short, même en décembre, d'où sa stupéfaction quand Biesty avait enlevé son pull, laissant voir un T-shirt à la gloire des Ramones. Le lendemain, Biesty l'avait laissé essayer ses lunettes noires. Sans verres correcteurs. Même le scotch se révéla être un canular. Dustin avait toujours été populaire sans effort ; l'idée de se donner du mal pour y arriver ne l'avait jamais effleuré.

C'est toutefois une semaine plus tard, lorsque Biesty lui passa une chanson sur son walkman, que Dustin sut que le courant passait. « TV Eye », des Stooges. Il n'avait jamais rien entendu de pareil : comme si quelqu'un avait donné à Elvis Presley un coup de marteau en pleine figure et lui avait dit de se mettre à chanter. C'était un morceau primitif, du bruit plus qu'une chanson, et qui faisait de l'effet. De quoi réveiller une fille. Dans la file d'attente à la cantine, les écouteurs de Biesty sur les oreilles, Dustin avait senti qu'il bandait. Il l'avait avoué un peu plus tard à Biesty, un jour où ils s'étaient tous les deux soûlés avec le whisky de M. Biesterman ; son nouvel ami ne s'était pas moqué de lui, ne l'avait pas traité de pédé. « Mes chansons préférées me donnent toujours envie de baiser », avait-il répondu. Si on lui demandait d'expliquer leur amitié, la raison pour laquelle ils iraient à UCLA ensemble l'automne suivant, Dustin citait toujours cette réplique culte.

« Tu es sûr qu'on ne risque rien ? » dit-il à la vue des fenêtres aux rideaux tirés de l'appartement. Des cris s'élevèrent à l'intérieur, ponctués par un hurlement. Biesty sourit derrière ses lunettes cerclées d'acier. Au cours de l'année précédente, il avait troqué son allure d'élève demeuré contre une apparence un peu plus intellectuelle, peut-être pour compenser les quantités d'herbe qu'il fumait.

« Si quelqu'un nous cherche des ennuis, je m'en irai "battre cette crapule et l'aplatir en paillon de bouteille".

– C'est quoi, ce charabia ? »

Biesty haussa les épaules. « Je n'ai pas l'air d'un étudiant qui travaille sur Shakespeare ?

– Si.

– Eh bien voilà. Allez, bois un coup. »

Dustin avala une gorgée de Corona. « Quand on sera à l'université, il faudra que tu arrêtes de parler comme ça. Enfin, si on veut se faire des amis.

– On attache trop d'importance aux amis. De toute façon, dès que Toxic Shock Syndrome sera célèbre, on aura des hordes de groupies. Les groupies valent cent fois mieux que les amis. »

Biesty sourit comme si tout ça était une gigantesque blague, mais Dustin était sérieux. La célébrité lui paraissait inévitable ; elle lui semblait personnellement destinée, tel un cadeau de Noël aperçu dans la penderie de ses parents. Son existence présente n'était que l'intermède précédant Noël. Pour Biesty et pour lui, UCLA représentait un moyen de quitter la maison, de laisser derrière eux les distractions triviales de la vie de famille pour se consacrer au groupe qui les rendrait célèbres – il n'avait aucune intention de décrocher sa licence. Première étape : dénicher un bassiste capable d'épeler « Syndrome ». Kira deviendrait célèbre elle aussi, elle serait sa Yoko Ono, celle qui l'accompagnerait sur sa route solitaire vers la gloire.

« Serons-nous pulvérisés demain dans un holocauste nucléaire ? » demanda Biesty en secouant la Magic Ball qu'il avait trouvée à ses pieds. Elle était là depuis que Dustin avait acheté la Dodge. Il approcha la balle de la vitre comme pour déchiffrer la réponse.

« L'avenir se présente plutôt mal, lut-il.

– Seigneur, dit Dustin.

– C'est mieux que "Sans aucun espoir."

– Mettons-nous en quête d'autres breuvages. »

Ils sonnèrent à la porte de l'appartement, Dustin avec un goût de bière aigre dans la gorge. Le garçon qui leur ouvrit portait des bretelles sur son torse nu, et un vieux gibus aux mêmes reflets iridescents qu'une mouche verte. Il le souleva à la manière d'un majordome. Son jean était coupé au ras du genou, une jambe plus longue que l'autre.

« Quel est ton, euh, maigre pouvoir ? demanda-t-il à Dustin.

– Maigre pouvoir ?

– Comme un pouvoir magique. Mais pas vraiment magique. Utile dans la vie quotidienne. » Il remit son chapeau après l'avoir fait tournoyer dans ses mains. « Le mien, euh, c'est d'avoir toujours la monnaie.

– Le pouvoir de, euh, me sucer moi-même, lança quelqu'un derrière lui.

– On est bien chez Suzie ? s'enquit Biesty. Quelqu'un nous a invités hier soir. »

L'homme au chapeau haut de forme s'écarta. « *Tu casa es Sue's casa.* »

Dustin et Biesty pénétrèrent dans l'appartement, où flottait une odeur entêtante de stylos-feutres. Aux quatre coins du séjour, des jeunes gens dessinaient sur les murs : graffitis, croquis obscènes, animaux beaux et étranges à pieds humains. Certains avaient du talent. Au-dessus du canapé, au fond de la pièce, quelqu'un avait écrit : MANDY ROGERS TÉLÉPHONER MAISON. Avec Biesty, Dustin se joignit à la fête, impressionné par la laideur de la plupart des invités. Surtout celle des filles, qui semblaient échappées d'une maison de retraite. Elles portaient des lunettes de grand-mère, des gilets et des chaussettes rayées de sorcière qui leur montaient jusqu'aux genoux. Dustin les trouvait inexplicablement sexy. La musique contribuait à cette laideur généralisée, mélange de fracas et de paroles débiles à côté desquels les Stooges ressemblaient aux Osmond Brothers.

Un homard mort gisait sur le sol au milieu de la pièce. Dustin se demanda si c'était la musique qui l'avait tué. Le homard parut bouger de manière infinitésimale, et Dustin s'aperçut qu'il rampait imperceptiblement. Sur son dos était installé un GI Joe tout nu, le bras en l'air tel un cavalier de rodéo.

« C'est quoi, cette musique ? cria Dustin.

– Les Butthole Surfers, je crois.

– Waoh… » Il ne les avait jamais entendus, mais ce nom l'emplissait toujours d'un vague sentiment d'admiration. Il se sentit curieusement proche de son père.

« J'espérais qu'on pourrait défoncer quelques murs à coups de marteau, dit Biesty, l'air déprimé. Une activité plus physique. »

Dustin acquiesça, même s'il préférait la fête telle qu'elle était. Une sorte d'école maternelle en folie.

Biesty s'anima à la vue d'une fille en collant à motifs léopard qui fumait toute seule dans un coin, entourée d'une odeur caramélisée de hasch. Il se renifla les aisselles et alla la saluer. Dustin partit chercher quelque chose à boire. Il tomba sur un groupe de skinheads couverts de tatouages artisanaux, leur demanda s'ils savaient où était la bière. Ils l'ignorèrent royalement. Dustin apprécia. Il s'aventura dans la cuisine, vide à l'exception d'une pile de cartons près du frigo. Sur le mur, un poster représentait un couple noir à dreadlocks faisant l'amour dans différentes positions. Dustin y vit du racisme, avant de se dire qu'il n'était sans doute pas assez branché pour en goûter l'ironie. Facile de se faire aimer, mais ça n'avait jamais rendu personne célèbre.

Il salua de la tête un groupe assis à l'autre bout de la pièce. Une fille décharnée, aux yeux noircis par l'eye-liner, on aurait dit un raton-laveur, avait un fil de fer qui lui sortait de la bouche. La tête appuyée au mur, elle semblait dormir. Assis près d'elle, un garçon en chemise écossaise dont il avait coupé les manches enlaçait une superbe créature coiffée d'un chapeau de cow-boy. Il portait un collier de chien avec une plaque d'identité. Dustin prit conscience, comme s'il se voyait en rêve, qu'il aurait voulu lui ressembler. Il émanait de sa personne le genre d'autorité – naturelle, prédatrice, auréolée de fumée de cigarette – que Dustin exerçait seulement dans son garage avec sa guitare.

« La nuit est profonde et je me perds dans l'amour, lâcha la fille au fil de fer lui sortant de la bouche.

– Fais pas attention, dit le garçon. Elle parle de rock n' roll. »

Il se présenta à Dustin, expliquant sans rire qu'il s'appelait Breakfast. Dans sa bouche, ça paraissait le prénom le plus normal du monde. « Quant au sac d'os, c'est Suzie, l'expulsée.

– Pourquoi ce fil de fer ? demanda Dustin.

– Pose la question à Miss Orthodontie, ici présente.

– C'est elle qui a eu l'idée ! protesta la fille au chapeau de cow-boy. Elle répétait : "Enlève-moi cet appareil. Tout de suite." Donc je sors ma pince, et là, elle se met à crier : "Arrête ! Tu me fais mal !"

– Je vais avoir vingt-deux ans, se lamenta Suzie. Mon Dieu, je n'ai plus que mes yeux pour pleurer. »

La fille au chapeau de cow-boy la foudroya du regard. « Elle m'énerve.

– Oui, Suze. Ferme-la ou on te viole.

– Même pas capable. »

L'autre fille gloussa. « Tu n'oserais jamais. »

Breakfast sembla songeur. « Je pourrais peut-être lui faire l'amour de force.

– Et toi ? lança la fille en se tournant vers Dustin. Tu la violerais ? »

Il fut interloqué. Ça appelait une réponse spirituelle ou provocatrice, mais il ne trouvait pas les mots. « J'ai une copine. »

La fille échangea un regard avec Breakfast et tous deux se mirent à rire. Dustin aurait voulu leur dire que oui, il la violerait, mais ce n'était pas vrai, et il n'avait pas l'habitude de ce genre de conversation. Il était allé à quelques fêtes déjantées à Herradura Estates, mais personne n'essayait d'enlever l'appareil dentaire de quelqu'un d'autre. Il se dirigea vers le frigo, l'ouvrit : une vieille boîte d'olives en conserve, l'emballage plastique d'un pack de bière. À l'intérieur de la porte, quelqu'un avait écrit au feutre : LE LIBÉRALISME ÉCONOMIQUE NOUS AFFAME. Sans doute la même personne qui avait dessiné un homard sur l'unique carton de lait, surmonté d'une question : TU M'AS VU ? Dustin se sentit à nouveau heureux d'être là. Voilà ce que faisaient ceux qui méprisaient les réfrigérateurs : ils les couvraient de tags. Ils avaient renoncé à la société de consommation. Des homards rampaient dans l'indifférence générale à travers leurs appartements.

Une fille avec une mèche de cheveux teinte en blanc ouvrit la porte du fond, se retenant à la poignée pour ne pas tomber. Elle avait un visage familier. Elle portait une jupe écossaise et des chaussures bicolores, ce qui la faisait paraître encore plus jeune. Après avoir refermé la porte à deux mains, elle leva les yeux et croisa le regard de Dustin.

« Oh mon Dieu !

– Quoi ? dit Breakfast.

– C'est le copain de ma sœur.

– On parlait justement d'elle, déclara la fille au chapeau de cow-boy.

– Sale pute ! maugréa Taz. Je vais lui jeter un sort vaudou.

– Qu'est-ce que tu fais là ? » Dustin dévisageait la petite sœur de Kira. Sa bonne humeur s'était envolée.

« Ce que je fais là ? Merde. C'est la meilleure.

– Tu connais ces gens ?

– On s'est rencontrés à un vernissage, expliqua Breakfast. Greg Ginn voulait la mettre dans son lit.

– D'ailleurs, ajouta la fille au chapeau de cow-boy, elle n'avait plus grand-chose sur elle. »

Taz regardait la boucle de ceinturon de Dustin. « Trop laide, cette boucle. Vraiment horrible.

– Suze et elle ont sniffé de la PMA », dit Breakfast, comme pour s'excuser.

Dustin ne demanda pas ce que c'était que de la PMA. Taz se dirigeait en titubant vers le frigo, sa mèche décolorée pareille à un éclair blanc entre ses deux yeux ; il commençait à comprendre que ses chaussures étaient un choix ironique. Elle avait les oreilles couvertes de petites croûtes comme autant de piercings. Il se renfrogna. Sans le vouloir, il venait de passer du statut d'invité à celui de complice de la consommation de drogue de la sœur de Kira. Une sœur âgée de quinze ans et souffrant de problèmes psychiques. Soit il encourait les pires ennuis avec Kira, soit il l'appelait et se déconsidérait définitivement aux yeux de Breakfast et de sa bande.

À son grand soulagement, Breakfast suggéra qu'ils sortent acheter des bières. Dustin proposa d'y aller avec Taz pour lui tenir compagnie. Il fallait qu'il sache s'il risquait de porter le chapeau. Il chercha Biesty en sortant, mais celui-ci avait disparu avec la fumeuse de hasch.

« Tu aimes vraiment cette merde ? » Taz désignait le lecteur de cassettes. Il avait fallu beaucoup de psychologie pour la faire monter dans la voiture, et c'était finalement la promesse d'acheter des cigarettes qui l'avait convaincue.

« C'est X. Le meilleur groupe au monde. » Il monta le son.

« En fait, ça me prend la tête.

– Tu écoutes quoi ? »

Elle haussa les épaules. « Les Buttholes.

– Les Butthole Surfers ? » Il éclata de rire. « Parce que tu viens de les entendre à cette fête.

– Sans doute parce que la cassette est à moi. »

Dustin se demanda si elle disait la vérité. Ils s'arrêtèrent à un feu rouge, sous le halo d'un lampadaire. Elle était vraiment moins séduisante que Kira. Elle avait du duvet entre les sourcils, un grain de beauté posé sur la lèvre supérieure comme une miette de nourriture. Sans parler de ses oreilles couvertes de croûtes, qu'elle grattait sans cesse avec son ongle. Quelque chose dans son expression – ce petit sourire indéchiffrable – contrariait Dustin.

« Tu as une raison honnête de me fixer ?

– C'est quoi, cette mèche blanche ? Une décoloration ? »

Elle détourna aussitôt la tête. « Une mèche de sorcière.

– Quoi ?

– Moi qui croyais que Kira fréquentait des garçons intelligents. » Elle évitait toujours son regard. « Un peu comme une tache de vin. Les gens qui avaient ça, autrefois, on les brûlait sur un bûcher.

– Tes parents savent que tu es ici ?

– Bien sûr. Ha ha ! Ils m'ont préparé des sandwichs. »

Dustin fronça les sourcils. « Simplement, je ne veux pas qu'ils m'accusent.

– Je ne dirai rien. À personne. Ne fais pas dans ton froc. »

Voulant baisser la vitre, elle se débattit avec la manivelle qui lui resta dans la main. « Saloperie ! » Elle la jeta sur la banquette arrière.

« Eh ! protesta Dustin. Ça vaut cent dollars !

– Et ça ne marche pas ? À mon avis, tu t'es fait rouler. »

Après avoir inspecté le siège avant, elle s'intéressa au volant. Couleur bordeaux et aussi grand que le gouvernail d'un yacht. L'accessoire préféré de Dustin. « Tu n'as pas de dés en peluche ?

– Non.

– Je croyais que c'était obligatoire pour conduire ce genre de voiture. »

Au 7-Eleven, Taz insista pour entrer choisir elle-même ses cigarettes. Kira avait raison. C'était vraiment une teigne. Pour qui elle se prenait ? Les filles adoraient la Dodge : le week-end dernier encore, sur Hollywood Boulevard, une adolescente avec une coupe à l'iroquoise l'avait supplié de la laisser monter. Le 7-Eleven étincelait comme une pub pour dentifrice. Des saucisses à hot dog transpiraient sur leur présentoir tournant, l'air tristes et immortelles, apparemment condamnées à l'enfer des saucisses. Dustin regrettait presque de ne pas être resté chez lui. Il se regarda dans le miroir au-dessus du rayon bière, vit un sympathique surfeur avec une boucle de ceinturon ridicule. Il en rougit de honte. Un type dans une veste sans manches couverte de poches vint se planter près de Taz.

« Bière, ou pas bière ? Telle est la question. »

Taz le dévisagea. « Vous avez vraiment dit ça ?

– Quoi donc ?

– "Bière ou pas bière ? Telle est la question."

– Il faut que je me décide. » L'homme leur fit un clin d'œil, puis regarda sa montre. « Il se fait tard.

– Félicitations. » Taz lui serra la main. « C'est la phrase la plus débile que j'aie jamais entendue. »

Dustin acheta des bières avec une fausse pièce d'identité, enviant l'aplomb de Taz. Il aurait aimé avoir le courage de traiter un inconnu de débile. Ils regagnèrent la fête, longeant Western Avenue avec ses galeries marchandes mal tenues, toutes du même rose qu'un bain de bouche. Il faudrait qu'il pense à placer ce détail dans une chanson. Il l'intitulerait « Vie en rose ».

« Kira m'a dit que tu avais été virée de ton internat. »

Taz lui lança un regard noir en allumant une cigarette. « Kira ne comprend rien à rien.

– Au contraire, elle est très intelligente. Elle s'inquiète autant pour toi que tes parents.

– En fait, ils s'en foutent. »

Dustin haussa les épaules. En quoi ça le concernait ? « Si c'est le cas, tu as vraiment dû abuser.

– Peut-être que ce sont tous des hypocrites. » Elle remonta une de ses chaussettes. « Tout le monde sait que Kira fume du shit. Elle sort avec toi, merde. Elle fume et elle baise autant qu'elle veut, mais bien sûr on la traite comme si c'était Miss Virginité.

– Ce qui n'est pas totalement faux, marmonna Dustin.

– Quoi ?

– Rien. » Il se sentit rougir de nouveau.

Taz pouffa de rire. « Kira ? Vierge ?

– Je n'ai pas dit ça.

– J'y crois pas !

– Hé, je n'ai jamais dit ça. »

Taz eut un large sourire. « Merde, alors. Elle doit bien être la seule de sa classe. »

Ce qui n'était pas vrai, évidemment. Ça paraissait impossible. Et pourtant il imagina tous les élèves de terminale du lycée en train de s'envoyer en l'air sur le campus, pendant que lui-même devait se contenter de quelques caresses sous la menace de cette main qui le rendait fou. Sans raison, il se mit à conduire n'importe comment, slalomant entre les voies et freinant brutalement aux feux rouges. Ils étaient projetés en avant sur leur siège ; les bières s'entrechoquaient aux pieds de Taz. « Waoh... », dit-elle. Le feu passa au vert et Dustin s'engouffra dans une rue adjacente, assez vite pour faire crisser les pneus. « Champion ! » s'exclama Taz, levant les bras et prenant l'air effrayé. Dustin se sentait ridicule, mais c'était plus fort que lui. Il dévala la petite rue à plus de quatre-vingts à l'heure ; sur le trottoir, un homme se réfugia dans un massif d'hortensias et brandit le poing à la manière d'un acteur de cinéma. « Impressionnant », déclara Taz quand ils freinèrent brutalement devant l'immeuble.

Dustin évita son regard. Il avait les joues en feu. Lorsqu'il finit par se tourner vers elle, fou de rage, il constata avec surprise qu'elle avait perdu son sourire narquois. Plus exactement, elle souriait toujours, mais ce n'était qu'un masque. Elle ouvrait des yeux effarés, comme une gosse. Il lui avait vraiment fait peur.

À l'intérieur, il se passait quelque chose. Un groupe faisait cercle dans le séjour, fixant le sol et lançant des acclamations. Dustin joua des coudes pour voir. Le homard était coincé contre le mur, pinces dressées tels des gants de boxe, face à un chat qui sifflait et crachait à moins d'un mètre de lui, le dos rond comme la lettre oméga.

« Va chercher du Raid », dit quelqu'un à côté de lui.

Dustin alla mettre les bières au frigo. Cette fête lui plaisait un peu moins. Debout près du poster intitulé « Positions afro-sexuelles », Biesty écrivait quelque chose sur le mur : les paroles d'une chanson du Velvet Underground, « All Tomorrow's Parties ».

« Tu ne vois pas ? » demanda-t-il, attrapant Dustin par les épaules et le secouant. Derrière ses lunettes, il avait les yeux explosés.

« Quoi donc ?

– Ce qui est écrit sur le mur ! »

Normalement, Dustin aurait ri, mais il ne pouvait s'empêcher de penser à la sœur de Kira. Elle se débrouillait pour tourner en dérision tout ce qu'il faisait. Il n'y avait pas que son sourire narquois : à la seule pensée de cette drôle de mèche qui lui retombait bêtement sur les yeux, il se sentait un imposteur. Il but une des Budweiser qu'il avait achetées, pendant que Biesty réalisait au feutre une version psychédélique d'un personnage de dessin animé. La fille prénommée Suzie, toujours adossée au mur, avait perdu connaissance. Sur le fil de fer qui dépassait de sa bouche, plusieurs olives étaient enfilées comme des perles. Une immense tristesse envahit Dustin. La vie dont il rêvait était foncièrement contradictoire. Il voulait habiter un monde où on se droguait toute la journée, où on disait ce qu'on pensait et où on pouvait vous enlever votre appareil dentaire, mais sans que ce soit jamais glauque ni déprimant. Il lui fallait à la fois la plage et les fêtes déjantées.

Breakfast entra par la porte du fond et prit une bière dans le frigo. Il ne proposa pas à Dustin de le rembourser. « Tu devrais t'occuper de ta copine.

– Qui ça ?

– Taz le Raz.

– C'est la sœur de ma copine. »

Breakfast haussa l'épaules. « Peu importe. Elle se donne en spectacle. »

Dustin sortit sur le balcon : Taz était debout près d'un cactus en pot, entourée de tout un groupe. Les visages exprimaient la même fascination coupable que ceux des invités qui acclamaient le homard. Le seul à ne pas regarder était le garçon au gibus, qui vaporisa de la PMA dans un sac plastique avant de le porter à ses narines. Lorsqu'il eut fini, il écarquilla les yeux comme un poussin sortant de l'œuf.

« Tu abuses ! », cria à Taz la fille au chapeau de cow-boy. Elle se tourna vers Dustin en riant. « Dis-lui que ce n'est pas drôle.

– Quoi donc ?

– Elle a du verre dans la bouche. Elle veut l'avaler.

– C'est son maigre pouvoir », déclara le garçon au gibus.

Taz adressa un large sourire à Dustin et lui tira la langue. Bien entendu, il y avait un morceau de verre dessus, vert et acéré comme une griffe. Un éclat de bouteille de bière. Avec le mot EXTRA écrit en travers en lettres blanches. Dustin tenta d'attraper Taz par le bras, mais elle lui échappa et recula, mâchoires serrées.

« Je suis une sorcière ! » Elle parlait d'une voix étrange, susurrante, indistincte. « Je suis invulnérable.

– Elle en a déjà mangé un petit morceau, précisa l'autre fille.

– Apparemment, euh, pour s'ouvrir l'appétit », ajouta le garçon au gibus.

Dustin s'approcha de Taz.

« Tu vas t'ouvrir la gorge », dit-il.

Elle le regarda à travers sa mèche de sorcière. « Qu'est-ce que tu comptes faire ? »

Il n'en avait pas la moindre idée. Franchement, il commençait à comprendre pourquoi on brûlait autrefois les sorcières sur un bûcher. Taz releva sa mèche blanche dans un geste de défi. Sans réfléchir, il la saisit par la manche de son T-shirt et elle se jeta soudain sur lui, plaqua son visage contre le sien, essaya avec ses lèvres d'entrouvrir les siennes, moins un baiser qu'un acte de représailles, une agression physique, et Dustin se laissa faire jusqu'à ce qu'il sente le verre au bout de la langue de Taz, cette griffe froide, lisse et tranchante, qu'elle lui poussait dans la bouche tel un bonbon inoffensif. Ils s'écartèrent l'un de l'autre. Dustin sortit l'éclat de verre entre son pouce et son index comme s'il était vivant. Il avait la main tremblante, un goût de sang sur la langue. Taz eut un sourire triomphant, indifférente aux autres personnes présentes sur le balcon. Alors, seulement, voyant qu'elle tremblait elle aussi, il prit conscience qu'elle n'était pas si folle qu'elle en avait l'air : elle avait prémédité son attaque, attendu qu'il vienne jusqu'à elle.

« Qui c'est, ce type ? demanda quelqu'un. Vous vous connaissez ?

– C'est mon futur beau-frère », répondit Taz.

8

Chez Nordstrom, Camille parcourait les rayons avec la même sensation oppressante qu'à chaque visite dans ce grand magasin agréablement climatisé. Les sacs à main, surtout, l'angoissaient. À la vue de leurs élégantes formes en cuir exposées tels des bijoux dans leurs cubes de verre, elle se sentait perdue, mal habillée, mal aimée. Le pianiste installé à quelques mètres semblait comprendre ses appréhensions, jouant « The Lady Is a Tramp » en guise de chanson de bienvenue. Même les vendeuses, qui lui souriaient mécaniquement sans chercher à l'aborder, avaient l'air de se demander ce qu'elle faisait là.

Elle aussi se posait la question. Elle aurait dû être au bureau de poste, en train d'envoyer un chèque à Oxfam International. Il y avait une famine en Éthiopie, près d'un million de morts. Au lieu de quoi elle se promenait dans un magasin vendant des sacs à quatre cents dollars, où elle s'était mystérieusement laissée attirer après avoir déposé Lyle à son travail.

C'est au moment de partir, alors qu'elle traversait le rayon des manteaux et se dirigeait vers celui des cosmétiques, qu'elle le vit. Un châle. Noir, élégant, vaguement hispanique, bordé de minuscules pompons. Même le mannequin sur les épaules duquel il était drapé semblait plus glamour que les autres, la main levée comme pour héler un taxi. Camille palpa la ravissante étoffe noire et duveteuse qui recouvrait le bras du mannequin. Jusqu'à cet instant, le mot « châle » n'était qu'un assemblage de lettres anodin. Elle regarda l'étiquette sur l'épaule : $ 295.

« Magnifique, non ? » dit une vendeuse. Elle souriait aimablement, malgré l'ennui qui transparaissait dans ses yeux. « Voulez-vous l'essayer ?

– Il est atrocement cher.

– C'est du cachemire. Importé d'Italie. En fait, le prix est plutôt avantageux. »

Camille contemplait les pompons. « Ce n'est pas le genre de chose que je porte. »

La vendeuse jeta un coup d'œil au chemisier vert menthe de Camille, brodé de minuscules fleurs bleues et roses. Se tournant vers un présentoir près du mannequin, elle prit un châle identique sur un cintre et le tendit à Camille. Celle-ci secoua la tête et quitta rapidement le magasin. Une fois à l'abri dans sa Volvo intérieur cuir, elle s'aperçut qu'elle tremblait.

Elle sortit les Camel Light de son sac et en alluma une. Faute de savoir quelle marque acheter à la station Shell, elle avait demandé celle dont elle avait un jour trouvé un paquet caché au fond du tiroir à sous-vêtements de Lyle. Les premières bouffées lui irritèrent la gorge, lui donnant envie de tousser, mais très vite elle se détendit et la fumée emplit ses poumons aussi naturellement que l'air. Elle souffla un long nuage par la vitre de la voiture. Elle avait déjà fumé trois cigarettes du paquet. Le centre de planning familial était responsable de sa nervosité : s'ils lui avaient trouvé un rendez-vous plus tôt dans la journée, au lieu de la faire mijoter jusqu'à seize heures, elle ne serait pas dans cet état. Elle saurait à quoi s'en tenir. Au lieu de quoi, suivant leurs conseils, elle avait dû uriner dès son réveil dans un pot en verre, puis cacher celui-ci, encore tiède, au fond du réfrigérateur.

Si elle était bel et bien enceinte, les cigarettes seraient impardonnables.

Un avion de ligne s'éleva dans le ciel comme une fusée, laissant dans son sillage un long fil de fumée qui se disloqua au soleil. Elle pensa à Bobby Wurzweiler, à ses mains couvertes de corne avec lesquelles il la caressait dans l'abri à bateau. Toute la semaine, elle n'avait pu voir un avion sans penser à son visage.

Lorsqu'elle eut fini sa cigarette, elle mit le contact et prit la direction de la poste, se demandant ce que dirait Warren si elle rentrait avec un châle si glamour. Était-il vraiment au bureau, comme il le prétendait, ou bien au lit dans une chambre de motel, le soutien-gorge de sa partenaire accroché à la poignée de la porte ? Elle se sentit mal, comme si elle avait reçu un coup. Elle s'arrêta sur le bas-côté pour reprendre son souffle. Les voitures passaient en trombe de l'autre côté de la vitre. Elle contempla un long moment le talus couvert de plantes grasses et d'immondices. Sa famille serait bien surprise de la trouver là ! Elle se rappela un tableau vu naguère dans un livre, peint par cette artiste mexicaine aux sourcils d'un seul tenant : deux femmes identiques aux veines apparentes, la première se vidant de son sang sous le regard de l'autre.

Ça avait assez duré. La prochaine fois qu'ils seraient seuls tous les deux, elle questionnerait Warren sur cette liaison.

Comment en étaient-ils arrivés au point où elle n'osait même pas lui faire part de ses soupçons ? Ce n'était plus le mariage, mais la solitude à deux, l'éloignement progressif.

Sa détermination faiblit à la vue de la Renault garée dans l'allée. S'armant de courage, elle sortit de sa voiture et pénétra dans la maison. Warren était assis à la table de la cuisine ; la cafetière glougloutait sur le plan de travail. Occupé à se masser l'arête du nez entre le pouce et l'index, il ne remarqua pas tout de suite la présence de Camille. Quelle que soit l'inconnue qu'il fréquentait, elle ne semblait pas le rendre heureux. Camille se souvint que, du temps où elle allaitait Dustin, il lui préparait un café chaque soir : après avoir couché le bébé, elle retrouvait Warren dans la cuisine où il l'attendait avec une tasse de café fumant. C'était le seul moment de la journée où elle pouvait en boire sans nuire au sommeil de Dustin. Ils étaient à la fois si fatigués, et si heureux de prendre soin l'un de l'autre, qu'elle s'installait sur les genoux de Warren plutôt que d'aller chercher leur seconde chaise près de la baignoire. Ils buvaient dans la même tasse, se la passant et se la repassant jusqu'à ce qu'elle finisse par refroidir.

« Où étais-tu ? » demanda Warren sur un ton plutôt bienveillant. Sans ses lunettes, il paraissait plus vieux ; des poches se formaient sous ses yeux. Il reprit ses lunettes sur la table et les remit.

« J'ai déposé Lyle à son travail. Puis j'ai dû m'arrêter à la poste, pour envoyer un chèque à Oxfam.

– Oxfam ? » Warren sembla se crisper. « Combien leur as-tu versé ?

– Cinq cents dollars. J'ai doublé la somme cette année à cause de la famine. »

Il grimaça. « Pour l'amour du ciel, Cam ! »

Elle recula d'un pas. « Qu'y a-t-il ?

– Tu envoies de l'argent au Nigeria ? Tu ne penses jamais à ta famille, pour changer ?

– Ça te va bien de parler de famille ! De toute façon, il s'agit de l'Éthiopie. Il y a un million de morts. Si tu regardais un peu les informations, tu le saurais.

– L'Éthiopie...

– Le groupe Band Aid leur a même consacré une chanson. "Do They Know It's Christmas ?" Elle est passée à la radio. »

Warren la dévisagea avec incrédulité.

« C'est la chose la plus ridicule que j'aie jamais entendue.

– Ça n'a rien de ridicule ! Les paroles sont célèbres : "À Noël on laisse entrer la lumière et on bannit l'ombre." »

Camille s'était mise à chanter. Mister Leonard sortit de son panier en claudiquant et vint renifler ses chaussures. Contre toute attente, Warren éclata de rire. « Ce n'est pas ça qui leur manque, justement ? De l'ombre ? »

Elle ne trouva rien à répondre et s'en voulut tellement qu'elle se tut. Le goutte-à-goutte de la cafetière s'arrêta. Camille contourna le plan de travail, contempla l'épais liquide marron.

« Tu as décidé de renvoyer les meubles ? lança-t-elle.

– Qu'est-ce que tu racontes ?

– Quelqu'un a appelé ce matin. De chez Flegel Décoration. Il a dit qu'ils avaient l'autorisation de venir récupérer le mobilier en location. »

Warren jura entre ses dents, puis se ressaisit. « J'ai décidé de commander un nouveau salon. Ça ne rime à rien de reconduire le contrat de location pour une année de plus.

– Tu vas commander des meubles neufs ?

– Oui.

– Tu ne comptais pas me demander mon avis ?

– Bon sang, Camille ! Comment veux-tu que je m'en sorte ? Tu es toujours partie, à peaufiner ce story-board pour *De la terre à mon vagin* ! » Warren lui jeta un coup d'œil penaud. « Désolé. Je ne voulais pas dire ça. » Il regarda sa montre, se leva en se recoiffant de la main. « Merde ! Je fais visiter le lotissement à dix-sept heures. Un couple de Riverside. Est-ce que – enfin, si tu n'es pas trop occupée – tu pourrais rafraîchir ma coupe de cheveux ? Pour que je sois présentable ? »

Il prit les ciseaux sur la tablette du téléphone et les lui tendit. Pendant une fraction de seconde, Camille eut envie de les lui planter dans le dos. Elle avait besoin de boire quelque chose. Sans rien dire, elle posa la paire de ciseaux et alla se planter devant le frigo, contemplant ses entrailles malodorantes jusqu'à ce qu'elle entende Warren reprendre les ciseaux et battre en retraite dans leur chambre. Elle ne trouvait pas le jus d'orange. Alors qu'elle inspectait les clayettes avec une exaspération croissante à l'idée que les enfants l'avaient fini – une fois, une seule fois dans leur existence protégée, insouciante, ne pourraient-ils pas remplir le pichet avant d'aller traîner à la plage ? – elle renversa un flacon de sirop d'érable et découvrit le pot en verre qu'elle avait caché le matin même. Son échantillon d'urine. Une idée la titilla, un sournois désir de vengeance. Elle sortit le pot et le garda dans sa main, les doigts engourdis par le froid. Quand elle l'ouvrit, elle ne remarqua rien de spécial. Une odeur de carottes rances, assez prononcée pour lui picoter les yeux.

Furtivement, elle récupéra près de l'évier la cafetière à moitié pleine et y versa le contenu du pot en verre, qui se dilua sans laisser de trace. Elle prit une tasse dans le placard, l'emplit du mélange. La tasse attendait Warren lorsqu'il réapparut. Il avait mis une veste et une cravate, s'était mouillé les cheveux et les avait plaqués derrière ses oreilles, vaine tentative pour qu'ils paraissent plus courts. Même si elle avait sacrifié son échantillon d'urine – impossible de faire le test ce jour-là – Camille était comme grisée. Ivre de méchanceté. Elle tendit la tasse à Warren telle une offrande. Seulement lorsqu'il l'eut acceptée, la portant doucement à ses lèvres, elle s'aperçut qu'elle souriait.

« Tu es quelqu'un de bien », dit-il.

9

« Tu sais que le propriétaire de Baskin-Robbins est mort à cinquante-quatre ans ? Crise cardiaque », dit Shannon.

Lyle reprit une bouchée de glace aux pépites de café, agrémentée de sauce caramel chaude et d'éclats de chocolat, ignorant la douleur inquiétante logée entre ses côtes. Aucun doute : elle allait suivre prématurément Burt Baskin dans la tombe. Mais de quoi se mêlait Shannon ? Lyle ne lui faisait jamais de remarques sur le Coca Light qu'elle buvait non-stop, comme une accro. Elle remplissait le même gobelet une trentaine de fois par soirée. La transformation de la belle paille rayée en un pitoyable bout de plastique informe avait quelque chose de fascinant.

Assises dans l'arrière-boutique du « Cornet Parfait », elles écoutaient de la musique sur KROQ FM, attendant que le tintement de la porte d'entrée les appelle au magasin. Shannon la regarda avec une moue de dégoût finir sa coupe de crème glacée. Au moins ne pouvait-elle plus la traiter de pucelle. Enfin, elle pouvait toujours, mais Lyle, elle, savait où était la vérité : la nuit dernière, elle avait perdu sa virginité avec Hector, un type de dix-neuf ans, plus âgé que le copain de Shannon, et qui avait son propre pick-up. Depuis qu'elle était allée chez lui, elle l'avait revu deux fois, rendez-vous qui s'étaient terminés dans la cabine exiguë du pick-up : quelques caresses improvisées, plus fébriles qu'excitantes, interrompues au moment critique par l'obligation pour Lyle de rentrer chez elle. Rien de tel la nuit précédente, soigneusement préparée à l'avance. Ils s'étaient entendus pour se retrouver pendant le service nocturne d'Hector. Lyle avait discrètement quitté la maison à minuit et traversé les jardins voisins, évitant les rues pour des raisons obscures, préférant l'étrange savane bleuie par le clair de lune, où l'arrosage automatique l'aspergeait avec un chuintement, si bien que son jean était aussi lourd qu'un rideau à son arrivée dans la guérite. Elle avait frappé à la fenêtre, attendu qu'Hector lui ouvre. Il l'avait serrée dans ses bras pour la réchauffer ; il tremblait lui aussi. Ils s'étaient installés à tâtons dans un coin, faisant tomber la pendule fixée au mur. « De toute façon, avait dit Hector, si une voiture arrive, je perds mon job. » Elle avait eu un peu mal, pas trop, et tout avait été fini. Si elle devait choisir un seul mot, ce serait « pragmatique ». Le meilleur moment, curieusement, était venu après. Ils étaient restés longtemps dans les bras l'un de l'autre, de peur de se briser comme l'intérieur de la pendule, regardant les arbres au-dehors onduler doucement à la lumière du lampadaire.

« Il y a une chouette dans ce vieux pin, avait dit Hector.

– Une chouette tachetée ?

– Une chouette effraie. Je l'observe à longueur de nuit. C'est Valentine. Elle chasse les souris du canyon. »

Lyle le dévisagea. « Tu l'appelles Valentine ?

– Comme la Saint-Valentin. Elle a la tête en forme de cœur. »

L'autre souvenir qui lui restait, c'était Hector ouvrant l'étui du préservatif d'un coup de dents, comme un sachet de ketchup chez McDonald's.

Évidemment elle ne raconterait rien de tout cela à Shannon Jarrell, surtout pas l'attachement d'Hector pour une chouette. Elle essaya de lire *Adam Bede*, qu'elle venait de commencer, se moquant désormais que Shannon la prenne pour une intello, mais chaque fois qu'elle ouvrait le livre, celle-ci soupirait, s'agitait et lui posait une question débile, par exemple sur ce qu'elle devait se faire tatouer sur une fesse. Une rose ou un scorpion ? Lyle avait suggéré les mots : CONSERVER AU FRAIS ET AU SEC, s'attirant un regard dégoûté et sans humour. Son idée n'avait visiblement aucun succès. Et pourtant, dès qu'elle se replongeait dans son livre, Shannon oubliait apparemment sa suggestion incongrue et lançait une autre question.

Lyle finit par capituler et posa *Adam Bede* sur le plan de travail. Même si elle refusait de l'admettre, une partie d'elle-même était secrètement flattée de l'intérêt témoigné par Shannon. Pour la centième fois, elle tenta de découvrir à quelle mystérieuse alchimie tenait la beauté de celle-ci. Mince comme celui d'un elfe, son visage formait un triangle parfait. Lyle avait vu quelque part un tableau répertoriant dix formes de visage ; elle avait identifié le sien comme étant « oblong », ce qui la déprimait.

« J'ai une idée, annonça Shannon.

– Laquelle ?

– Il y a une bouteille de tequila dans le placard. Elle date de la nuit que j'ai passée ici avec Charlie.

– Tu as laissé une bouteille de tequila ici ?

– Jared est au courant. » Elle haussa les épaules. « Il doit croire que je veux faire la fête avec lui. »

Lyle jeta un coup d'œil par-dessus son épaule. « Et si un client arrive ?

– On n'en boira qu'une ou deux gorgées. »

Shannon se leva et ouvrit un placard au-dessus de l'évier, fouillant derrière les boîtes de pailles et de cuillères en plastique pour retrouver sa demi-bouteille de Jose Cuervo. Elle la posa par terre devant elles. Lyle n'aimait pas l'idée de boire de l'alcool au magasin, du moins pas avec Shannon Jarrell, mais elle refusait de passer pour une peureuse. C'était le problème avec toutes les Shannon du monde : si on ne voulait pas faire comme elles, ça ne pouvait jamais être par manque d'envie.

« Dommage qu'on n'ait pas de citron vert, dit Shannon.

– On a du sorbet citron.

– C'est nul. » Elle alla pourtant dans la boutique et revint avec un cornet surmonté d'une boule de sorbet en équilibre instable. Elle but une gorgée de tequila au goulot avec une grimace qui ne réussit pas à l'enlaidir. Puis elle lécha sa boule de sorbet en veillant à ne pas en mettre sur son rouge à lèvres. « Infect. »

Elle tendit la bouteille à Lyle, qui lança un regard furtif en direction de la boutique avant de goûter une minuscule gorgée qui lui mit la gorge en feu. Elle mordit dans la boule de sorbet tandis que sa tête s'embrasait.

« Tu trouves ça comment ? demanda Shannon.

– Difficile à dire. » Lyle renifla le goulot comme un de ces experts en vin répugnants à la télé. « C'est d'une exquise complexité. »

À la grande surprise de Lyle, Shannon rit. Un gloussement

sonore, presque humain. Après avoir essuyé le goulot avec le bas de son T-shirt aux couleurs du « Cornet Parfait », elle le porta de nouveau à sa bouche, fermant les yeux cette fois et avalant plusieurs gorgées. Quand ce fut au tour de Lyle, Shannon s'assura qu'elle buvait autant qu'elle.

« Une note de… pipi de chat, tu ne trouves pas ? »

Lyle renifla une fois encore la bouteille. « Avec des arômes de suspensoir.

– Des arômes… Ha, ha !

– Le nez opulent rappelle une pissotière. »

Nouveau gloussement de Shannon. « Seigneur, c'est encore un de tes mots savants ?

– Pissotière ?

– Va te faire voir. » Shannon se renfrogna et baissa les yeux. Son expression avait une douceur inhabituelle qui ressemblait à de la timidité. « "Opulent". Ça veut dire "puissant" ? »

Lyle eut un haussement d'épaules. « Je dirais plutôt "riche". »

Shannon fouilla dans son sac à main et sortit un carnet à spirale. Une longue liste de mots avec leur définition recouvrait l'intérieur de la couverture. Elle inscrivit en majuscules OPULANT sous ASSOMMANT, puis ajouta la signification donnée par Lyle.

« J'essaie d'augmenter mon vocabulaire, expliqua-t-elle. De noter les mots que je ne connais pas.

– Ça s'écrit avec un "e" », précisa Lyle, désignant le "a".

Peut-être avait-elle mal jugé Shannon. Elles se passaient la bouteille de tequila, buvaient de plus en plus longuement. Lyle remarqua que Shannon ne prenait plus la peine d'essuyer le goulot avec son T-shirt. La cloche de la porte tinta, mais elles ne bougèrent pas, pouffant derrière leur main jusqu'à ce que le client soit reparti. Avec sollicitude, Shannon demanda à Lyle si elle avait un petit ami.

« Quelqu'un du lycée ? Dudley Silverberg ?

– Grands dieux, non. » Le cœur de Lyle battait à tout rompre. « Plus vieux. »

Shannon se pencha vers elle. « Ah bon ? Quel âge ?

– Dix-neuf ans.

– Ça alors ! » Elle s'adossa de nouveau au mur. Difficile de dire si elle y croyait ou pas. « Il fait quoi ? Comme travail, je veux dire.

– C'est un écrivain. Un poète.

– Waoh ! Un intellectuel, je parie. Vous vous faites la lecture ? » Elle paraissait impressionnée. « Vous vous voyez dans son appartement ?

– Il a une maison.

– Putain… Je serais prête à tuer pour ça. Avec Charlie, on doit tout prévoir à l'avance, comme pour un grand événement. »

Shannon repassa la bouteille à Lyle, qui ferma les yeux avant de se remettre à boire. La tequila semblait avoir perdu son parfum ; plus exactement, elle était toujours aussi mauvaise, mais peu importait. Lorsque Lyle rouvrit les yeux, elle découvrit avec un choc que la bouteille était vide.

Shannon semblait fouiller dans le placard. Sa silhouette était de plus en plus floue. En riant, elle sortit quelque chose : une boîte de filets pour les cheveux. Elle s'en mit un sur la tête, et Lyle fut face à un oxymore visuel : Shannon Jarrell avec les cheveux dans un filet. Fait notoire, elle était toujours aussi belle.

« Un jour, mon cousin en a trouvé un dans son *burrito*. Tu

te rends compte ? Il le découpait et le filet est venu avec sa fourchette. » Bouche bée, elle avait l'air d'une tortue ravissante. « Quelqu'un devait en vouloir à ce restaurant.

– Ça peut aussi être un accident, dit Lyle.

– Sûrement pas. Comment ce serait possible ?

– Si un cuisinier repliait le *burrito* au moment où un autre cuisinier partait. Juan et Carlos. Carlos enlève son filet, le jette à la poubelle, *adios*, et le filet atterrit dans le *burrito* alors que Juan lève la tête. Pour dire au revoir. » Elle mima Juan repliant la crêpe sans faire attention. « Boum ! Ou plutôt bam ! Il referme le *burrito* avec le filet à l'intérieur. »

Apparemment, Shannon appréciait. Vraiment. Elle risquait même une hernie à force de rire. Le filet avait glissé d'un côté de sa tête comme un béret. Hilare elle aussi, Lyle n'en revenait pas : elle avait réellement dit Juan et Carlos ?

« Tu sais que tu es trop drôle ? » s'exclama Shannon quand elle eut repris son souffle. Elle s'essuya l'œil avec son index. « Pourquoi tu restes toujours dans ton coin ?

– Peut-être parce que j'ai la lèpre. »

Shannon ferma les yeux. « Merde, je suis complètement bourrée. »

La porte d'entrée tinta de nouveau. Shannon éclata de rire et désigna son filet. Lyle se leva, fit une embardée avant de se rétablir. Dès qu'elle tournait la tête, elle avait l'impression que le mur avait un temps de retard sur ses yeux, qu'il fallait faire la mise au point comme pour une diapositive. Émergeant de l'arrière-boutique, elle vit un couple d'âge mûr penché au-dessus des bacs de crème glacée. La femme portait un sweat-shirt peu flatteur : un arbre brodé lui recouvrait la poitrine, et des branches pendantes comme ses seins tombait une pluie de feuilles multicolores.

« Comment est la glace à la noix de macadamia ? » s'enquit-elle en souriant.

Lyle s'enfonça un doigt dans la bouche et fit semblant de vomir. Le sourire de la femme disparut instantanément. Elle étudia les autres bacs d'un air gêné, puis insista pour goûter.

« Eh bien je la trouve très bonne, dit-elle. Délicieuse. »

Lyle s'esclaffa. « Je vous en prie…

– Pardon ?

– Entre nous, on dit “noix de cacadamia”.

– Et celle au *cheesecake* ? » demanda l'homme à l'autre extrémité des bacs.

Lyle jeta un coup d'œil à la cliente. Elle était allée rejoindre son mari et, penchée sur le comptoir, lui soufflait quelque chose à l'oreille. « Elle a un goût de sperme », chuchota Lyle.

L'homme échangea un regard avec son épouse. Lyle ignorait quel goût avait le sperme ; elle savait juste que des étudiantes portant le T-shirt de leur promotion avaient un jour essayé ce parfum et fait la comparaison, mortes de rire. La femme déguisée en arbre dévisagea Lyle. Peut-être une vendeuse demeurée. Après s'être débattue plusieurs minutes avec la glace aux noix de macadamia, Lyle prit un peu d'eau dans l'évier près de la caisse et la versa dans le bac, façonnant tant bien que mal une boule avec le mélange. Un filet de crème glacée ayant dégouliné sur le cornet, elle le fit disparaître d'un coup de langue.

« Vous avez léché mon cornet ! protesta la femme.

– Ah bon ? »

Elle se tourna vers son mari. « Cette fille vient de lécher mon cornet !

– Oh, fermez-la ! Je vais vous en faire un autre. »

Le visage de l'homme s'empourpra. « Il y a un gérant quelque part ? Un responsable ?

– Non, répondit Lyle. Enfin, si. Shannon ! »

La tête de l'intéressée apparut à la porte de l'arrière-boutique, toujours coiffée du filet comme d'un béret. Sidéré par sa beauté, l'homme parut en oublier son indignation.

« Cette fille a léché mon cornet ! » répéta la femme, outrée.

Le visage grave, Shannon s'adressa avec autorité à Lyle. « Avez-vous réellement léché le cornet de cette cliente ?

– Juste un petit coup de langue.

– Je vous en prie, prenez ça. » Shannon sortit un bac de glace menthe-pépites de chocolat et l'offrit à la cliente. « Pour apaiser votre boulimie.

– Vous êtes toutes les deux ivres ! » s'écria la femme. Shannon contempla le sweat-shirt de celle-ci. « Vous feriez mieux de vous occuper de vos seins.

– Nous allons téléphoner au directeur. Ou au propriétaire. Comment vous appelez-vous ?

– Mildred. Avec un M, dit Shannon.

– Moi aussi. Avec un H. »

Après le départ du couple, Lyle et Shannon s'écroulèrent sur le sol. Elles reprirent leur souffle dans les bras l'une de l'autre. Lyle raconta l'histoire du sperme. Elle savait que Shannon était aussi soûle qu'elle, que la veille encore, elle aurait probablement lâché une remarque ironique sur le fait que Lyle ne pouvait pas savoir quel goût avait le sperme. Aucun doute, en tout cas : elles allaient être virées ; or la semaine suivante, Lyle aurait dû être augmentée comme tous les deux mois. Et pourtant, dans sa tête une voix répétait : *J'ai serré Shannon Jarrell dans mes bras !*

10

Le salon de coiffure était lumineux, sobre, et il y flottait une odeur de shampoing pour chien. Warren inscrivit son nom sur la liste près de la caisse et s'assit devant une impressionnante panoplie de produits capillaires. Les mots « Pure Magie » étaient imprimés sur chaque flacon. Il n'aimait pas ces flacons. Moins les flacons eux-mêmes, peut-être, que le fait qu'il se trouvait des gens pour les acheter. Or lui, depuis sa discussion avec Larry, n'avait pas réussi à vendre une seule maison. Six rendez-vous, et rien à se mettre sous la dent. Pour la première fois de sa vie d'adulte, son visage se couvrait de boutons. Jusqu'à présent, un seul couple avait semblé assez intéressé pour poser une question sur les engins qui défonçaient le sol à proximité, mais Warren n'avait pu se résoudre à dire que c'était pour construire un centre commercial. Il avait eu un haussement d'épaules énigmatique dans l'espoir de paraître serein. Le mari avait pourtant flairé quelque chose : il était aussitôt devenu distant, son intérêt s'évanouissant comme un mirage. Warren s'était maudit durant tout le trajet de retour, bombardant de coups de poing l'autoradio de la Renault si bien qu'il ne s'allumait plus.

Cela ne se reproduirait pas. La veille, il était allé jusqu'à

Van Nuys et s'était posté devant l'agence Century 21, distribuant sa carte à tous ceux qui en sortaient, mais il n'avait encore reçu aucun appel.

« Je les coupe comment ? » demanda le coiffeur, lui descendant son fauteuil avec un chuintement hydraulique. Il avait de grands anneaux d'or aux oreilles, le torse recouvert d'une toison blanche comme le duvet des graines de pissenlit. À l'exception d'une femme de ménage asiatique qui balayait un assortiment de boucles digne d'un culte vaudou, ils étaient seuls dans le salon.

« Courts, se borna à dire Warren.

– À la tondeuse ?

– Parfait.

– Les oreilles dégagées ? »

Warren fronça les sourcils. « Faites pour le mieux. »

Le coiffeur – prénommé Mick – le toisa. Sans perdre une minute, il lui souleva les cheveux d'un côté avec son peigne et coupa les mèches brunes qui dépassaient. Docile comme un gosse sous le regard condescendant de ce drôle de coiffeur, Warren se dit qu'il devait être bien agréable de venir chaque jour travailler en sachant que les clients allaient se succéder. La loi de l'offre et de la demande. Personne ne se faisait couper les cheveux à l'avance.

Le téléphone sonna et Mick posa la tondeuse pour aller répondre. Dans le miroir, son visage se ferma. « Maman, aboya-t-il, je refuse d'en parler. Tu as compris ? »

Il ne mentionna pas le fait qu'il avait un client. Warren était à moitié chauve, le côté gauche de son crâne tondu si ras qu'on voyait le cuir chevelu. Cette coupe de cheveux allait lui coûter quinze dollars – provenant de bons du Trésor destinés à financer les études de Dustin. Il fit pivoter son fauteuil pour ne pas avoir à contempler son reflet et se concentra sur l'écran de télévision muet dans un coin. Un reportage sur Mandy Rogers. Son visage occupait tout l'écran, les yeux réduits à des fentes minuscules. Warren fut surpris par les poches sous ses paupières inférieures, les cernes sombres comme du pudding. Bizarre, chez une adolescente de quinze ans. On attendait plutôt ça chez un Premier ministre ou une victime de la sécheresse. Sans doute était-ce une illusion d'optique, mais ces yeux semblaient le fixer à l'autre bout de la pièce.

« Maman, tu creuses un fossé entre nous. Entre toi et moi. »

Warren jeta un coup d'œil à sa montre, espérant être vu du coiffeur. Il palpa le sommet de son crâne, la ligne irrégulière entre sa coupe en brosse et le reste de ses cheveux. À la télé, Mandy Rogers avait cédé la place à un bulldog d'une agilité stupéfiante. « *Grâce à mes croquettes, je tiens la forme* », disait-il.

Le coiffeur tourna le dos à Warren ; sa voix se réduisit à un murmure. « Espèce d'ingrate ! Combien de chaises de jardin est-ce que j'ai retournées pour toi la semaine dernière ? »

Warren se leva. Il se sentait capable de casser la figure de quelqu'un comme de fondre en larmes. Il défit d'un coup sec le velcro de la cape de nylon attachée autour de son cou, traversa le salon et regagna la Renault sans se retourner. Assis au volant, il reprit son souffle, se remémorant pendant quelques instants les obsèques de sa mère. Il revoyait tout dans les moindres détails : le cercueil que le vent faisait grincer ; la neige sale du cimetière qui s'insinuait dans ses chaussures ; le service religieux interrompu par les innombrables vols d'oies sauvages criaillant dans le ciel, faisant paraître plus dérisoire encore la petite foule endeuillée. Les quelques connaissances de sa mère, rencontrées au cours d'une vie de travail. Longtemps Warren avait subvenu à ses besoins, mais il n'avait finalement rien pu faire contre la solitude de son existence.

Il se regarda dans le rétroviseur : s'il se tournait vers la gauche, où ses cheveux retombaient encore en désordre sur son oreille, il n'avait l'air que vaguement dérangé. Il alluma l'autoradio avant de se rappeler qu'il ne marchait plus, puis quitta le parking, indifférent à l'insistance avec laquelle une vieille femme coiffée d'une capeline le dévisageait sur le trottoir. La voiture était une fournaise. Il se serait bien arrêté dans un autre salon pour finir de se faire couper les cheveux, mais redoutait de tomber sur un autre maniaque de la tondeuse ou du téléphone.

Il longea Crenshaw Boulevard entre deux rangées de petits centres commerciaux identiques. Le soleil qui se reflétait sur les bâtiments roses et verts soulignait leur laideur. La vraie question – celle qui le poursuivait la nuit, le tirant du sommeil – était de savoir ce qui lui avait pris de quitter le Wisconsin. Là-bas ils étaient heureux et vivaient bien sur presque tous les plans : grâce à l'essor de Milwaukee, les acheteurs intéressés par un chalet au bord d'un lac ne manquaient pas. Et leur propre maison de Nashotah était claire, toujours pleine de monde, égayée par la chute des glands sur le toit, par les fenêtres du salon qui laissaient entrer la brise du lac. Warren l'avait construite de ses mains. Elle était moins luxueuse que les résidences secondaires dont il faisait la promotion, peut-être même un peu trop petite, mais il en aimait la chaleur, la convivialité d'une ruche bourdonnante. Il y avait partout des chaussures qui traînaient, et il reconnaissait ses enfants aux craquements sur le parquet au-dessus de sa tête. Il aimait surtout le lac, se savoir propriétaire d'un petit bout de rivage. Il adorait se lever aux premières lueurs de l'aube et partir seul en canoë, alors que les hors-bord au mouillage étaient silencieux comme des alligators, que la brume ondulait sur l'eau tandis qu'il dépassait à la rame les pontons couverts de rosée. Jadis, en été, son père l'emmenait pêcher une fois par semaine sur ce même lac, et ensemble ils s'étonnaient que les riches soient encore endormis dans leurs maisons. Ils pêchaient parmi les roseaux entre les pontons. Il avait le sentiment de commettre un vol. Seul dans son canoë, des années plus tard, il scrutait la rive en rentrant chez lui et la fierté l'étreignait à l'approche de leur maison, aux vitres si étincelantes qu'elles l'éblouissaient.

Apparemment, ça ne lui suffisait pas. Depuis qu'il était gosse, il avait envisagé de quitter le Wisconsin. La maladie de son père, l'odeur d'essence imprégnant la peau de sa mère, même le matin : elles semblaient faire partie du paysage, aussi incontournables que les lacs, les moraines, les champs de maïs blancs de neige. Les westerns qu'il regardait, les soirs où sa mère travaillait, lui révélaient un autre monde empli de soleil, de poussière et de violence, une vie de rêves monumentaux. Il se rappela le jour où Larry l'avait invité en Californie. Au cœur d'un hiver particulièrement rigoureux – la veille encore, il avait déneigé l'allée du garage dans un vent glacial –, Larry l'avait appelé de son Alfa Romeo pour lui annoncer qu'il venait de trouver la poule aux œufs d'or en plein désert. Warren le croyait en train de s'égosiller dans le blizzard, avant de comprendre qu'il roulait en décapotable. En atterrissant à L.A., groggy après une sieste dans l'avion, il avait été sidéré de voir les employés décharger les bagages en short. Il avait dû secouer la tête pour s'assurer qu'il ne rêvait pas. Même sensation en découvrant Herradura Estates, toutes ces maisons grandes comme des ranchs, chacune avec son corral, sa grange, sa piscine bleu glacier, et les allées cavalières qui serpentaient à travers un canyon couvert de fleurs écarlates. Pour la première fois, il avait compris la différence entre avoir de l'argent et être riche. L'agent immobilier lui avait fait visiter la maison la moins chère du marché, pourtant très au-dessus de leurs moyens. Warren s'en moquait. Il avait vendu les actions destinées à financer leur retraite, avant-goût des pillages à venir. Le fait que sa famille n'ait jamais rêvé de ce genre de vie était une incitation supplémentaire à la lui offrir.

Devant la maison, Dustin et son copain Mark Biesterman lavaient leurs planches au jet, bloquant l'allée du garage. La ravissante petite amie de Dustin était assise sur la pelouse, seulement vêtue d'un short et d'un haut de maillot de bain. Tous les deux semblaient si amoureux que Warren eut un accès de nostalgie. Ils le regardèrent descendre de voiture avec des yeux ronds. Dustin faillit en lâcher le tuyau d'arrosage qui lui inonda la jambe.

« Waoh, monsieur Ziller ! » s'exclama Kira.

Mark Biesterman hocha la tête, impressionné. « J'adore votre coupe de cheveux. Ce que je veux dire, c'est qu'elle remet totalement en cause le concept de "chevelure".

– En fait c'est une erreur, expliqua Warren.

– Pas de regrets à avoir. Il faut être fidèle à soi-même. »

À l'angle de la maison, l'arrière d'un camion dépassait du garage. FLEGEL DÉCORATION pouvait-on lire sur les pare-boue. Warren se tourna vers Dustin, qui continuait d'arroser sa jambe avec le tuyau.

« Qu'est-ce qui est arrivé à tes cheveux, papa ?

– Tu as laissé entrer des inconnus ?

– Ils ont dit qu'ils venaient pour les meubles. Je leur ai ouvert le garage. » Dustin haussa les épaules. « Maman a acheté de nouveaux meubles ? »

Warren pénétra dans la maison. Le salon sentait le tabac. Près de la salle de séjour, il tomba sur deux types à casquette de base-ball, les reins corsetés dans une ceinture de force, qui transportaient le canapé en cuir vers le garage. Celui qui lui faisait face sursauta. Il dévisagea longuement Warren, puis posa son extrémité du canapé, comme pour ne pas déranger un prédateur.

« Ce canapé est à moi », dit Warren.

Cette déclaration parut redonner confiance à l'homme. Il fouilla dans sa poche et brandit un papier plié en quatre, son bracelet de cuir glissant sur son poignet. PLUTÔT LA MORT QUE LE DÉSHONNEUR, proclamait le tatouage sur un de ses biceps. « Warren Ziller ? Nous avons l'autorisation d'emporter cinq meubles. Un canapé Stewart en bouclé beige, un fauteuil relax Boone de couleur moka, deux chaises Ezra bronze clair et une table basse Noguchi.

– Sortez de chez moi, ordonna calmement Warren.

– Ce n'est pas du bouclé », dit l'autre homme en examinant le canapé. Son nombril faisait saillie au-dessus de sa ceinture, comme celui d'une femme enceinte.

« Quoi ?

– C'est du cuir noir.

– Ici, il y a pourtant écrit : "canapé Stewart bouclé beige".

– Ça doit être une erreur. Il n'y a que les canapés Patterson qui sont en bouclé.

– Vous m'en direz tant, monsieur l'expert en canapés ! »

L'homme au bracelet de cuir s'esclaffa. Warren s'approcha et haussa le ton.

« Je vous ai demandé de sortir de chez moi.

– On va sortir de votre vie pour toujours, monsieur Ziller. Dès qu'on aura fini de charger. »

L'homme au bracelet inspecta l'entrée avant de retourner dans le séjour et de prendre le téléphone posé à même le sol. Warren ne se souvenait pas d'avoir loué la table basse. Il contempla le tatouage de l'homme occupé à composer un numéro. Tout ça paraissait surréaliste. Il contourna le canapé et se dirigea vers le garage. La porte était ouverte, le camion recula jusqu'à la zone d'ombre qui barrait l'allée. Écœuré, Warren se faufila entre la batterie de Dustin et un bâton sauteur abandonné, puis s'aventura dans le bric-à-brac au fond du garage. Des toiles d'araignées lui chatouillaient le visage. Il s'arrêta devant une armoire métallique fermée par un cadenas. Ses mains tremblaient tellement qu'il dut refaire deux fois la combinaison.

Les fusils de son père étaient entassés les uns sur les autres. Il en sortit un avec soin, le posa sur le sol, ouvrit l'étui de cuir. Un Browning. Il sentait le moisi, peut-être même l'urine. Le canon était rouillé, mais Warren reconnut le fusil qu'il avait vu dans son enfance. Son père le nettoyait au retour de la chasse, astiquant avec dévotion chaque joint, chaque bague à l'aide d'un chiffon. À genoux, Warren sortit l'arme de son étui et la prit dans ses bras. Quelques petites billes tombèrent du canon et jonchèrent le sol. Des crottes de souris. Quelle ingéniosité, de s'installer dans un fusil ! Ce n'était pas absurde. Il ouvrit la culasse du Browning et jeta un coup d'œil à l'intérieur. Bien entendu, il n'était pas chargé, mais les deux inconnus dans sa maison n'en sauraient rien.

Un souvenir de la fac de droit lui revint, la thèse de la légitime défense : si quelqu'un s'introduit chez vous par effraction, la loi vous autorise à faire usage de votre arme.

Il referma la culasse du Browning et se releva. Il se sentait l'esprit clair, déterminé. Il se redressa, découvrit Jonas qui le fixait au centre du garage, ses yeux allant du fusil à sa coupe de cheveux.

« Qu'est-ce que tu fais, papa ? »

Warren abaissa le canon du fusil, contempla Jonas en clignant des yeux. Son fils n'était pas habillé en orange, mais il avait mis sa Lacoste à l'envers : seuls les contours du crocodile étaient visibles sur sa poitrine. Warren se dit avec angoisse qu'il ne laisserait rien de valable en ce monde. Dans la salle de séjour, l'homme au bracelet de cuir téléphonait toujours.

« Rien, répondit Warren. Je jetais un coup d'œil aux fusils de ton grand-père. »

Jonas le dévisagea avec scepticisme. « Il y a des types dans la maison.

– En effet.

– Qu'est-ce qu'ils font là ?

– Ils emportent les meubles.

– Pourquoi ? »

Warren fronça les sourcils. « Parce qu'ils croient en être propriétaires. »

Cette réponse parut satisfaire Jonas. Warren revit son propre père assis sur le toit, son fusil posé sur les genoux, inspectant le ciel à l'affût du traîneau du père Noël. Il enleva son index de la détente.

« Tu veux les tuer ? demanda Jonas.

– Non. »

Le petit garçon sembla déçu. « Il faudrait que tu te débarrasses des cadavres. Il y a un vieil incinérateur derrière la grange des Hathaway, mais je crois qu'il ne marche plus.

– Je ne suis pas un assassin, Jonas.

– Ils vont aussi prendre la voiture de maman ? »

Warren ouvrit de grands yeux. Son fils comprenait beaucoup plus de choses qu'il n'en avait l'air. Souffrait-on de la solitude quand on avait des idées si étranges ? Lui-même se sentait étrange et solitaire. Pour la énième fois, il se demanda pourquoi il s'intéressait tellement plus à Dustin qu'à cet enfant macabre et sans amis. Sans doute à cause de l'énergie qui émanait de Dustin, de cette électricité ; quand il le regardait jouer dans le garage, grisé par l'insolence de sa musique, il recommençait à croire que tout irait bien. À moins que ce ne soit une justification a posteriori : Dustin le fascinait depuis le jour de sa naissance. En vérité, Jonas ne l'avait jamais émerveillé à ce point. Il aurait voulu prendre dans ses bras le gosse debout devant lui, dire quelque chose qui arrangerait tout, mais il ne voyait pas quoi.

Il envoya Jonas dehors, remit les fusils sous clé dans l'armoire. Il était entouré de vélos, de planches de surf, de skis ayant à peine servi. Ce gaspillage le navra. De retour dans la maison, il se dirigea vers le séjour où les deux déménageurs resserraient leurs ceintures. Celui au nombril saillant arborait un sourire énigmatique. Ils n'eurent pas un regard pour Warren. Par la fenêtre près de la porte d'entrée, il voyait Dustin jouer avec le tuyau d'arrosage, asperger sa petite amie.

« C'est un canapé Stewart en cuir couleur bison, déclara l'homme au bracelet de cuir. Frank avait raison.

– Écoutez, dit Warren en sortant son portefeuille. Ce gosse, là-bas. Celui aux cheveux frisés. Vous pourriez lui dire que des meubles neufs vont arriver ? Qu'ils ont juste deux ou trois semaines de retard ? » Il prit un billet de dix dollars dans son portefeuille. « Vous pourriez lui présenter les choses de cette manière ? Comme s'il s'agissait d'un échange ? »

Les lèvres pincées, le déménageur contempla le billet. Il consulta son collègue du regard. Warren détourna les yeux.

« Évidemment, dit l'homme en acceptant l'argent. Pas de problème. »

Warren alla s'enfermer dans sa chambre. Il s'allongea sur le lit, face à l'horrible Pac-Man au sourire béat accroché au mur. Des bruits résonnaient au bout du couloir, mélange de raclements, de chocs et de voix : le vacarme de sa maison en train de se vider autour de lui. Il avait froid, se sentait à la fois impuissant et curieusement soulagé, comme si le pire arrivait enfin.

11

Dustin longeait la rue en voiture avec Kira, en route pour aller dîner chez elle. Il aurait aimé faire un saut chez Starhead pour s'acheter un gramme d'herbe, de quoi affronter la soirée. Il se réjouissait d'avoir dix dollars en poche, sans réussir à comprendre pourquoi diable le déménageur lui avait donné cet argent. « Votre père a besoin d'aide », avait dit l'homme en lui tendant le billet replié. C'était bizarre, mais il lui arrivait tellement de choses bizarres ces temps-ci. La meilleure stratégie, avait-il conclu, était de ne pas trop y penser. Exemple typique : alors qu'il avait passé la journée à la plage avec Kira en sachant qu'ils dînaient chez les Shackney, il venait seulement de se rendre à l'évidence : Taz ne resterait sans doute pas enfermée dans sa chambre.

« Ta sœur sera là ? » demanda-t-il à Kira. Il évitait soigneusement de l'appeler par son prénom afin de ne pas sembler trop familier. Pourquoi Kira s'obstinait-elle à l'inviter à ces dîners en famille, il ne le savait pas trop, même s'il la soupçonnait de vouloir impressionner ses parents. Elle avait eu dans le passé quelques copains peu fréquentables et sautait sur l'occasion d'exhiber Dustin tel un bon bulletin scolaire. D'habitude, il était heureux d'accepter.

« Qu'est-ce que ça peut faire ? Cette petite garce laisse tout le temps traîner son *retainer* dans la salle de bains. Dans le même gobelet que ma brosse à dents.

– Elle a un *retainer* ?

– En plus elle le fait exprès. Elle sait que ça me dégoûte. »

Dustin ne quittait pas la route des yeux. « Quand est-ce qu'elle s'est fait enlever son appareil dentaire ? »

Kira se renfrogna, indifférente aux problèmes dentaires de sa sœur. « Ma mère pense qu'elle est "perturbée". Bien sûr… À partir du moment où ils la croient folle, elle peut faire tout ce qu'elle veut. »

Dustin hocha la tête, même si « perturbée » lui paraissait un euphémisme. Quelle adolescente de quinze ans avale du verre pour se faire remarquer ? Impossible, évidemment, de raconter cet épisode à Kira. Et a fortiori de lui dire que le visage de Taz commençait à hanter ses rêves : Taz sniffant de la PMA ou lui démolissant sa voiture avec son petit sourire, ou bien, toujours avec le même sourire, Taz enlevant ses chaussures bicolores et lui défaisant sa boucle de ceinturon, l'entraînant dans un acte condamné par la loi. Cette scène lui était apparue en rêve la nuit précédente. Taz l'avait caressé à deux mains, de manière experte. Il espérait bien sûr ne jamais la revoir autrement qu'en rêve, mais prenait à l'évidence ses désirs pour des réalités.

« En tout cas, dit Kira, elle sort sûrement la nuit en cachette. Elle dort toujours jusqu'à deux heures de l'après-midi.

– Qu'est-ce qu'elle a aux oreilles ? demanda Dustin, l'air de rien. J'ai remarqué qu'elles étaient pleines de croûtes. À la plage.

– C'est un de ses problèmes.

– Ah bon ?

– Elle les gratte jusqu'au sang. Son thérapeute prétend qu'elle est suicidaire. » Ils ralentirent à l'approche d'un stop et Kira se tourna vers lui, lui étreignant la cuisse. Elle avait du rouge à lèvres sur une incisive. « Assez parlé d'elle. Je suis si heureuse, en ce moment. À l'idée de fêter l'anniversaire de notre rencontre. »

Seul un fou, un pervers, souillerait la pureté de l'amour de Kira Shackney en fantasmant sur sa petite sœur. Une mineure. Qui portait, il commençait tout juste à en mesurer les implications, un *retainer*. Ce truc de gosse, qui retient les bouts de nourriture dégoûtants et qu'on voit parfois des gamins lécher après le déjeuner. Cette fête, la bière, les Butthole Surfers : tout avait conspiré à le rendre temporairement dingue. Quelle autre explication ?

Arrivés devant la pancarte « Hacienda de Shackney », ils franchirent la grille en fer forgé et remontèrent l'allée ombragée jusqu'au porche prétentieux des Shackney. Le père de Kira vint leur ouvrir en s'essuyant les mains sur son pantalon. Il avait un sparadrap sur la joue. Dustin baissa les yeux pour ne pas avoir l'air indiscret. Ces gens avec un sparadrap sur le visage étaient pour lui un sujet d'étonnement en Californie ; il ne se rappelait pas en avoir vu dans le Wisconsin.

« Voici l'homme de la situation ! » s'exclama M. Shackney en lui donnant une tape sur l'épaule.

Il les précéda dans la cuisine aussi vaste qu'un restaurant, sortit du réfrigérateur chromé deux bières St. Pauli Girl. Il en tendit une à Dustin et lui fit un clin d'œil, comme à un complice d'une transaction douteuse. Dustin savait à quoi s'attendre : ses connaissances sportives allaient être mises à l'épreuve. Sans le vouloir, il avait laissé croire à M. Shackney qu'il était fou de sport. Or il n'y connaissait pratiquement rien, mais le malentendu s'était installé et il était trop tard pour rétablir la vérité. L'essentiel, avait-il découvert, était de placer le mot « potentiel » dans la conversation.

« Comment as-tu trouvé le match d'hier soir ?

– Je n'ai pas réussi à le voir en entier. » Gêné, Dustin attendait un indice lui permettant de deviner de quel sport il s'agissait.

« Quand Denver a raté ce ballon… Seigneur ! J'ai cru que c'était plié.

– Moi aussi.

– Tu sais ce qu'il leur faudrait ? » M. Shackney baissa la voix. « Quelqu'un comme Noll. Un entraîneur digne de ce nom.

– Exactement.

– On dirait que Miami marque des points.

– Pas sûr, dit Dustin. Denver a du potentiel. »

Ravi, M. Shackney lui donna une nouvelle claque sur l'épaule. « Bien parlé, mon garçon. Bien parlé. »

En attendant le dîner, ils burent tranquillement leurs bières au salon, face à la pelouse impeccable qui descendait en pente douce jusqu'à un court de tennis. M. Shackney voulut savoir ce que devenaient les projets immobiliers du père de Dustin ; celui-ci essayait de se concentrer, mais son attention l'entraînait invariablement dans le couloir, vers la porte de la chambre de Taz. C'était un couloir sombre où la lumière s'allumait automatiquement quand on allait vers la salle de bains. Ça lui rappelait le vivarium du zoo. Agaçant, sauf lorsqu'il était défoncé. Tandis qu'il s'efforçait de parler de la pluie et du beau temps, la porte du fond s'ouvrit et le petit frère de Kira entra bruyamment avec son skateboard, arborant un T-shirt de surfeur avec l'inscription THE BEST FOR YOUR STICK. Contrairement à Jonas, il ne manquerait jamais d'amis et ne risquait pas de se faire voler son pantalon.

Il salua Dustin de la tête. « Pourquoi ton père a une voiture merdique ?

– Brent Alexander ! » Mme Shackney passa la tête dans l'embrasure de la porte. Elle avait une ouïe surpuissante qui semblait se déclencher automatiquement, comme la lumière du couloir. « C'est totalement déplacé !

– Il s'est fait voler sa vraie voiture, expliqua Dustin.

– Choquant », dit Brent. M. Shackney parut soulagé. « C'est sûrement pour ça que ton père a l'air un peu… nerveux. »

Dustin se sentit vaguement inquiet, comme si le vol de la Chrysler était plus grave qu'il ne le pensait, mais il était trop obsédé par Taz pour s'en préoccuper. Il se raccrochait à l'espoir qu'elle ne se montrerait pas. Son cœur se serra lorsqu'ils passèrent à table et qu'il compta six assiettes. Pour tout arranger, Taz en personne émergea de la cuisine dans un sweat à capuche et un jean noir déchiré aux genoux, étouffant un bâillement comme si elle venait de faire la sieste. À chaque pas les trous de son jean s'ouvraient et se refermaient à la manière d'une bouche. Elle s'affala sur sa chaise et adressa un sourire ironique à Dustin. Sa mèche de sorcière lui retombait toujours entre les deux yeux. Dustin espérait qu'elle aurait miraculeusement disparu.

Il se concentra sur l'énorme pavé de saumon dans son assiette. Il aurait voulu effacer le sourire de Taz avec sa serviette.

« Kira m'a dit que ça commençait à bien marcher pour ton groupe », déclara Mme Shackney, portant son index et son majeur à son cou. Marathonienne, elle prenait constamment son pouls. « Comment s'appelle-t-il, déjà ?

– Toxic Shock Syndrome », répondit Dustin.

Taz pouffa de rire. « C'est vraiment son nom ? »

Kira la foudroya du regard. « Et alors ?

– Ce n'est pas ce qu'on attrape en mettant des Tampax ?

– C'est une maladie très grave », dit Kira. Elle replaça sa serviette sur ses genoux. « On peut en mourir, n'est-ce pas, Dust ? »

Dustin acquiesça de la tête sans quitter son saumon des yeux. Une goutte de sueur roula sur son front, mais il ne l'essuya pas. Le seul moyen de survivre à ce dîner était de parler – et de bouger – le moins possible.

M. Shackney avait l'air méfiant. « Donc, c'est un peu une campagne de prévention ? Pour sensibiliser les gens ?

– Eh bien moi, je trouve ça formidable, enchaîna Mme Shackney. Tout le monde devrait être au courant de ce genre de risques. Êtes-vous allés jouer dans les établissements scolaires ?

– Ce n'est pas vraiment le but, expliqua Dustin. Enfin, on a une conscience sociale, mais on s'en prend davantage à la surconsommation. Ce genre de choses.

– C'est quoi, la surconsommation ? demanda Brent, la bouche pleine.

– Tu sais bien. Le fait qu'on te pousse à acheter des trucs dont tu n'as pas besoin. » Dustin venait justement de repérer le didgeridoo multicolore exposé dans un angle de la pièce, souvenir d'un « petit voyage » des Shackney. Près de lui, sur le mur, était accroché le fer avec lequel M. Shackney marquait ses steaks à ses initiales. Il croisa le regard de Taz : elle lui sourit encore plus ostensiblement, comme s'il avait un morceau de saumon collé sur le menton. « Il n'y a pas que la surconsommation. On parle de tout. Par exemple, on a une chanson sur Mandy Rogers. »

M. Shackney posa sa fourchette. « Ça me dégoûte. Ces pervers… Il faudrait les envoyer sur une île, castrer tous ces salauds.

– Je t'en prie, Mitch. On ne pourrait pas éviter ces grossièretés ?

– Je me dis juste que ça pourrait être un de mes enfants. Cette pauvre gamine, violée.

– Tu ne sais absolument pas ce qui lui est arrivé, intervint Taz, qui picorait sa nourriture. Et si elle avait fugué intentionnellement avec quelqu'un ?

– Je t'en prie, dit Kira. Elle est handicapée mentale.

– Ah bon ? Parce que les handicapés ne baisent pas ?

– Taz ! Vraiment, ça suffit ! » Mme Shackney reprit son pouls. « Peu importe qu'elle soit handicapée. C'est encore une enfant. »

Taz s'esclaffa. « Elle a le même âge que moi.

– Donc elle est très jeune ! » répliqua M. Shackney. Il s'essuya la bouche. « Si jamais je mets la main sur un de ces malades, je lui coupe les couilles !

– Mitch !

– Je pourrai t'aider, papa ? demanda Brent.

– Bien entendu. Tu verrais ce que c'est que la justice.

– Ça va ? dit Kira en regardant Dustin. Tu as le visage en sueur.

– Je crois que je vais faire un tour à la salle de bains. »

Il longea le couloir qui s'éclaira comme par télépathie, s'enferma dans la salle de bains, se regarda dans le miroir au-dessus du lavabo. Il avait le visage plus rouge que d'habitude.

S'aspergeant d'eau froide, il ferma les yeux et revit le sourire narquois de Taz, ce rictus débile qui semblait faire saillir le grain de beauté sur sa lèvre supérieure. Pourquoi ça l'énervait tellement ? Elle lui donnait l'impression d'être un loser. Un imposteur. Or il n'était pas un imposteur, mais un guitariste de talent, qui lui ferait un jour regretter son scepticisme, quand Toxic Shock Syndrome – ou les Turpitudes, ils pouvaient encore changer de nom – serait célèbre dans chaque foyer. Les Shackney avaient raison : elle était dingue, instable. Sans doute dévorée par la jalousie à cause de la beauté de Kira. Elle ne méritait pas qu'il lui accorde une pensée de plus.

Des savonnettes étaient alignées dans une soucoupe sur le rebord du lavabo, toutes les trois du même bleu marbré, mais chacune un peu plus grande que sa voisine, comme si elles attendaient les trois ours du conte. Il pensa au homard qui errait dans l'appartement de San Pedro pendant la fête. Il déplaça les savonnettes, mit la plus petite au milieu, sans se sentir mieux pour autant.

Il finit par s'armer de courage et ouvrit la porte. Taz était dans le couloir, devant sa chambre. Elle avait l'air maussade, sa frange sur les yeux. Dès qu'elle vit Dustin, son sourire narquois réapparut instantanément.

« Qu'est-ce que tu fais là ? demanda-t-il.

– On m'a envoyée dans ma chambre.

– Pourquoi ? Tu as essayé de manger ton verre ? »

Toujours ce sourire. « En fait, j'ai dit que je te soupçonnais d'être alcoolique. »

Complètement malade, pensa Dustin. Sans lui accorder un regard, il s'éloigna, longea en sens inverse le couloir encore éclairé et reprit sereinement sa place à table. C'est du moins ce qu'il crut faire. En réalité, il saisit Taz par les poignets, écrasa de ses lèvres ce maudit sourire, la plaqua contre le mur le temps d'un baiser bruyant et désagréable. Il reconnut le goût de la sauce citronnée du saumon sur la langue de Taz. Il s'attendait plus ou moins à se retrouver avec une griffe de sorcière dans la bouche. La lumière du couloir s'éteignit. Sans qu'il puisse l'empêcher, ils s'étreignirent, leurs hanches se rapprochèrent, s'emboîtèrent comme des briques de Lego, la respiration de Dustin réduite à un soupir, mais la promesse du plaisir se déroba tandis qu'ils vacillaient et que la lumière revenait, leur rappelant – en tout cas à Dustin – l'endroit où ils se trouvaient.

Il lâcha Taz. Elle ne souriait plus. Un filet de sang lui coulait du lobe de l'oreille jusque dans le cou. Elle n'était pas une sorcière, évidemment, mais une pauvre gosse paumée.

Cette fois il s'éloigna vraiment d'elle et regagna la salle à manger. Penchés sur leurs assiettes, les Shackney parlaient à voix basse, engagés dans une conversation qu'ils avaient apparemment déjà eue. Au sujet de Taz. À la vue de Dustin, tout le monde se redressa. Il n'avait pas la moindre idée de l'apparence qu'il offrait.

« Le voilà ! dit M. Shackney avec un clin d'œil. Surveillez vos verres.

– Ça va mieux ? » s'enquit Mme Shackney.

Il acquiesça, et contre toute attente il allait réellement mieux. Kira posa la main sur sa cuisse. Son sourire était différent de celui de sa sœur, si tendre, si plein d'amour et d'admiration qu'il se sentit indigne d'elle. Il termina son saumon, s'efforçant d'oublier ce qui venait de se passer dans le couloir. Kira parla à ses parents de certaines chansons du groupe, loua son talent, mais il avait du mal à soutenir son regard. En partie seulement à cause du remords : ça venait aussi de la façon dont elle était assise là, tirée à quatre épingles, polie, comme assortie au didgeridoo exposé derrière elle.

« Pourquoi tu regardes mes oreilles ? demanda-t-elle en rougissant.

– Je ne regarde pas tes oreilles.

– Hum… Elles sont trop grandes, je le sais. »

Mme Shackney lui tapota la main. « Tu as de très belles oreilles, ma chérie. Elles sont parfaites. »

Dustin approuva, se forçant à sourire. C'était vrai. Il n'y avait aucun problème avec les oreilles de Kira.

12

Garé au milieu de l'allée, Warren examinait son crâne dans le rétroviseur. Il avait pris son rasoir électrique et s'était tondu comme un militaire. Voilà quarante-quatre ans qu'il vivait avec ce crâne, mais il ne le découvrait qu'aujourd'hui. Couvert de petites bosses, d'inquiétantes taches noirâtres, avec au-dessus de l'oreille une minuscule zone en forme de trapèze où aucun poil ne poussait. Dustin, l'air approbateur, lui avait dit qu'il ressemblait à un skinhead. Warren ne savait pas trop ce que c'était, mais sûrement pas le genre de ressemblance qui l'aiderait à vendre des maisons.

Il avait la gorge sèche. Une soif inextinguible. Ça durait depuis une semaine, depuis que les déménageurs de Flegel Décoration avaient vidé le salon.

Il pénétra dans la maison, évitant de regarder la moquette nue à l'autre bout du couloir. Il alla droit vers la cuisine, prit un des Cocas de Dustin dans le frigo. Sur le fourneau, plusieurs casseroles répandaient une odeur écœurante, déprimante. Les enfants avaient surnommé leur mère « Pyrex, déesse des gratins » ; Warren n'avait pas le droit de se plaindre, puisque c'était généralement elle qui faisait à manger. Jusque-là, il s'était justifié en invoquant leur différence de salaire : il travaillait plus dur, subvenait aux besoins de la famille, ça paraissait logique. Désormais, à la pensée de Camille se dépêchant de rentrer du travail pour préparer le dîner, il se sentait coupable et d'un autre âge.

Mister Leonard entra par la porte du fond en boitillant, suivi de Camille vêtue d'une sorte de poncho noir sans manches, bordé de petits pompons. Voyant Warren, elle rougit et entreprit de défaire la laisse du chien. Ces derniers temps, elle semblait perpétuellement en colère ou sur la défensive, comme si elle s'attendait à ce qu'il dise une énormité.

« Nouveau vêtement ? demanda-t-il timidement.

– Je l'ai acheté aujourd'hui, avant d'aller chercher Lyle. » Elle croisa son regard avant d'accrocher la laisse. « Tu me trouves comment ?

– Très bien. Enfin, magnifique.

– Tu n'aimes pas.

– Si. C'est juste que je ne t'avais jamais vue en noir. Ni dans un, euh… un poncho. »

Elle fronça les sourcils. « Ce n'est pas un poncho. » Elle se dirigea vers l'évier.

« Qu'est-ce que c'est ?

– Un châle. En cachemire. »

Le mot l'inquiéta. « Tu l'as payé avec ta carte American Express ?

– Ça change quoi ? » Son visage et ses oreilles avaient rosi. De colère ou d'humiliation ? Difficile à dire.

« Rien. Pure curiosité. Enfin, il faudrait faire attention, Noël n'est pas si loin.

– On n'est qu'en juillet ! »

Il se prépara à subir un interrogatoire en règle sur l'état de leurs finances, mais Camille ne semblait pas vouloir creuser la question. Façon de nier l'évidence ou fuite en avant ? Il but une gorgée de Coca au goulot, geste qui fit sauter Mister Leonard en l'air dans son panier comme s'il avait vu un fantôme. Il semblait étrangement sur ses gardes. Quand Camille fit tomber quelque chose dans l'évier – peut-être intentionnellement –, il hocha mécaniquement la tête à la manière d'un oiseau.

« Qu'est-ce qui lui prend ? demanda Warren.

– Il a trouvé les grains de café au chocolat.

– Quoi ? Il en a mangé combien ?

– Tout le sachet.

– Seigneur ! Pourquoi ne pas jeter les courses directement dans les toilettes ? »

Camille le dévisagea quelques instants comme s'il avait perdu la raison. Tandis qu'elle éteignait le fourneau, Dustin arriva du jardin et claqua la porte derrière lui. Mister Leonard bondit tel un diable sortant de sa boîte.

« Waoh ! s'exclama Dustin. Ces vitamines pour chien lui font de l'effet.

– Il a consommé trop de caféine, expliqua Warren.

– Tu es sûr que c'est une bonne idée ? »

Lyle apparut et rejoignit Dustin près du plan de travail. Camille leur lança un regard noir. « Lequel d'entre vous a laissé traîner les grains de café au chocolat ? »

Lyle inspectait le châle noir des yeux. « Tu joues dans une pièce, maman ? »

Le visage de Camille devint d'un rose encore plus vif. « Que veux-tu dire ?

– C'est du cachemire, intervint Warren, volant à son secours.

– On fait des ponchos en cachemire ? »

Jonas débarqua dans la cuisine avec un de ses pistolets en plastique qu'il braqua sur sa mère, dégainant à la manière d'un cow-boy. Camille se tourna vers Warren comme s'il était responsable de la ressemblance du châle avec un poncho. Elle paraissait au bord des larmes.

« Tu as mis des chaussures de sport avec ton costume, murmura-t-elle, contemplant ses baskets couvertes de taches de ketchup.

– Dans mes mocassins j'avais des ampoules. »

Elle se retourna vers l'évier pour ne plus le voir. Comment pouvait-il lui expliquer qu'il avait fait le tour de San Pedro à pied, distribuant des cartes de visite à toute personne ayant l'air solvable ? La disparition des meubles du salon avait été difficile à justifier : il s'en était sorti en lui disant que ça devait être son cadeau d'anniversaire, qu'il voulait changer le mobilier pour lui faire une surprise et qu'il y avait eu une erreur dans la commande. Les nouveaux meubles ne seraient pas là avant un mois. Devant son air sceptique, il lui avait rappelé depuis combien de temps elle rêvait de remplacer leur vieux canapé cuir par un neuf en velours taupe. Même s'il s'en voulait de mentir, chaque fois qu'il envisageait de tout avouer – il avait sacrifié l'argent mis de côté pour leur retraite, pour les études des enfants, et tous leurs autres placements – il avait la bouche sèche comme du papier et ne pouvait articuler une parole. Dès qu'il trouverait des acquéreurs pour Auburn Fields, se répétait-il, il pourrait reconstituer leurs économies.

Quant aux enfants, la disparition du mobilier du salon les laissait presque de marbre. Ils avaient accepté ses explications aussi facilement que ses mensonges au sujet de la

Chrysler. Seul Jonas lui lançait parfois des coups d'œil difficiles à interpréter, plus complices qu'accusateurs.

« Comment va Kira Shackney ? » demanda-t-il à Dustin pendant le dîner pour alimenter la conversation. Celui-ci eut l'air stupéfait.

« Très bien.

– Hier j'ai croisé Mitch Shackney en promenant Mister Leonard. Il était avec son autre fille, la cadette. Comment s'appelle-t-elle ? »

Dustin s'agita sur sa chaise. Peut-être s'ennuyait-il. « Aucune idée.

– Je crois qu'elle est pensionnaire près de Santa Cruz. Elle ne connaît pratiquement personne ici. » Dustin prit le pichet et se versa un second verre d'eau. « J'ai dit que ce serait sympathique si vous vous retrouviez tous un de ces jours. Jonas aussi. Enfin, je sais qu'elle est un peu plus âgée que lui.

– Oh, oh, Jone ! ironisa Lyle. Tu as peut-être tes chances.

– Pourquoi pas ?

– Elle a quinze ans ! protesta Dustin. De toute façon, elle aime surtout manger du verre.

– Quoi ?

– Vous saviez qu'il arrivait aux lionnes de dévorer vivants leurs lionceaux en les léchant ? déclara Jonas.

– Quoi ? Par erreur ? demanda Lyle.

– Leurs circuits cérébraux disjonctent. J'ai lu ça dans le *National Geographic.*

– C'est ridicule », maugréa Warren.

Lyle se tourna vers Camille qui apportait un gratin, suivie de Mister Leonard grelottant. Elle avait des maniques en forme de tête de vache. « Tu as déjà eu envie de nous dévorer vivants, maman ?

– Non, ma chérie. Ça ne m'est jamais venu à l'esprit. »

Chacun tendit son assiette et Camille servit le dîner. Warren examina le contenu du plat. Du porc à la polynésienne, d'après ses souvenirs : des dés de viande et d'ananas nageant dans une sauce brunâtre, le tout recouvert de nouilles chinoises fumantes et servi avec un saladier contenant un reste de riz à l'espagnole. Qu'y aurait-il dans leur assiette le jour où ils seraient vraiment ruinés ? Il vida son verre d'eau d'un trait. « On ne pourrait pas avoir une conversation normale au dîner, pour une fois ? Où on ne parlerait pas de cannibalisme ?

– Tu as mangé du lion, papa ? demanda Lyle.

– Il a perdu ses mocassins », répondit Camille sans relever la plaisanterie. Elle prit son couteau et sa fourchette, s'acharna sur un dé de porc.

« Tu n'as pas enlevé tes maniques, maman.

– Pour une fois, reprit Warren, j'aimerais juste avoir un dîner normal. Une fois dans l'histoire de cette famille. Est-ce que c'est vraiment trop demander, de pouvoir une fois dans sa vie s'asseoir et parler de sa journée ? » Tout le monde avait les yeux fixés sur lui. Peut-être avait-il crié s'en sans rendre compte. Il baissa la voix. « Je veux dire, il pourrait nous arriver quelque chose.

– Par exemple ?

– Je n'en sais rien », marmonna-t-il.

Camille, de nouveau au bord des larmes, le foudroya du regard. « Oui. Donne-nous un exemple.

– On pourrait être ensevelis dans un tremblement de terre.

– Des pieds à la tête ? dit Jonas. Ou seulement les jambes ?

– S'il y a un tremblement de terre, on pourra vivre à l'hôtel ? » demanda Lyle.

Camille ricana. « Ton père apprécierait sûrement.

– Et si on avait un hiver polaire ? suggéra Jonas avec enthousiasme. On mourrait de froid et on serait mangés par les rats.

– Ça va, papa ? s'inquiéta Lyle. Tu en es à ton troisième verre d'eau. »

Warren lâcha sa fourchette. Mister Leonard se redressa sur ses pattes de derrière tel un chien de prairie. « Je voudrais juste qu'on ait une conversation normale ! Je vous en supplie ! » Les autres membres de la famille le dévisagèrent les yeux ronds, la bouche pleine. La pendule de la cuisine se mit à chanter comme un pinson. Warren se tourna vers Lyle. « Comment s'est passée ta journée au lycée ?

– C'est l'été, papa. Les vacances. »

Dustin agita la main devant les yeux de son père. « Elles tombent en général entre mai et septembre. »

Warren savait bien que c'était l'été. Simplement, les mots « été » et « vacances » s'étaient momentanément déconnectés dans son cerveau. Le stress le rendait sénile. Alors qu'il allait déboutonner son col de chemise, il se rappela qu'il l'avait déjà fait. Il s'était juré de ne pas impliquer sa famille dans le projet d'Auburn Fields, seule promesse qu'il ait tenue, mais il ne pouvait plus s'offrir ce luxe et sortit la pile de cartes de visite qu'il gardait dans une poche de sa veste. AUBURN FIELDS, y lisait-on, puis, juste en dessous : VIVEZ MIEUX… SOYEZ INSPIRÉS. Il défit l'élastique et distribua quelques cartes à chacun de ses enfants.

« On est censés en faire quoi ? dit Dustin.

– Puisque c'est l'été, les vacances, j'ai pensé que vous auriez peut-être envie de m'aider. Dans mon travail.

– T'aider ?

– Lyle, par exemple, si tu vois un client de ton magasin. L'air proche de la retraite. » Il réfléchit. « Ou bien Dustin. Quand tu es à la plage.

– Tu construis une résidence pour retraités ?

– Non. Enfin, ça pourrait l'être. Comme à Palm Springs, mais pour des gens moins riches. »

Ses enfants étudièrent les cartes avec scepticisme, telle une preuve supplémentaire de folie. Peut-être était-ce le cas. S'il était fou, il ne serait plus tenu pour responsable de ses actes.

Après le dîner, ils s'assirent sur la moquette du salon pour visionner le nouveau documentaire de Camille, regroupés sur la zone sombre, en forme de cercueil, où le canapé se trouvait jusqu'alors. Jonas jouait dans le film, son premier rôle, et durant quelques instants – écoutant ses enfants blaguer au sujet des agents et des paparazzi – Warren en oublia presque ses soucis. La tradition familiale voulait qu'ils regardent le dernier documentaire de Camille avant sa présentation dans les écoles du comté. Les enfants avaient toujours été bon public, huant dès qu'ils voyaient un joint dans *Drogues : dehors !* ou applaudissant le premier rendez-vous de Peggy, l'héroïne asociale, d'une timidité maladive, de *Comme un chien dans un jeu de quilles*. Le bruit et la convivialité faisaient plaisir à Camille. À présent, cette nichée d'enfants devant la télé rappelait à Warren des jours plus heureux. Une époque plus douce où ils avaient encore des meubles ; Camille s'asseyait souvent sur ses genoux et lui passait du pop-corn.

Il voulut caresser sa main posée sur le sol, mais elle tressaillit et s'écarta aussitôt. Il se souvenait vaguement qu'elle avait eu des problèmes avec ce documentaire – la commission consultative, peut-être –, mais honnêtement, il avait oublié lesquels. Et le titre avec. Comme tous les films de Camille, celui-ci pastichait plusieurs genres. À un bref extrait de *La Fureur de vivre* succédait un plan fixe de Bugs Bunny travesti, lui-même suivi d'un dessin animé illustrant le développement des seins d'une adolescente, à la manière d'un ballon qu'on gonfle. « L'aréole s'agrandit et s'assombrit », commenta la voix off.

« Jolis tétons, dit Lyle.

– Crac crac ! » ajouta Dustin avant de se ressaisir. « Je plaisantais. »

Enfin, à la rubrique « Où est la cigogne ? », le narrateur aborda des sujets plus risqués, comme l'insertion du pénis dans le vagin. Jonas apparut sur l'écran avec d'autres garçonnets. Dustin et Lyle l'acclamèrent et trépignèrent, jetant du pop-corn sur le téléviseur. Debout devant une sorte de but, tous les gosses portaient des T-shirts de la même couleur. On aurait dit une équipe de foot. S'appelait-elle vraiment « les Spermatozoïdes » ? Tandis que le narrateur annonçait « le long voyage vers la conception », les joueurs s'élancèrent vers la caméra, peut-être pour attraper le ballon. La caméra recula et Warren découvrit une seconde équipe : un groupe de fillettes en T-shirt avec l'inscription OVULE sur le dos, se tenant par la main pour former une ronde. Ce n'était pas du foot, mais un match de rugby entre une équipe féminine et une équipe masculine. Les spermatozoïdes assaillaient l'ovule pour tenter d'atteindre le ballon. Jonas se fraya un passage à l'intérieur de la ronde pendant que les membres d'une troisième équipe – le Signal Électrique – s'attaquaient à ses coéquipiers. L'un des garçonnets tomba au sol en se tenant le tibia à deux mains. La séquence se termina de manière presque mystique, l'équipe victorieuse brandissant une banderole avec les mots : LE MIRACLE DE LA VIE.

Un silence inhabituel régnait dans la pièce. Jonas, star du film, paraissait aussi perplexe que les autres. Warren jeta un coup d'œil à son épouse qui semblait attendre une approbation quelconque.

« Où as-tu appris à jouer au rugby ? demanda-t-il.

– Au rugby ?

– C'était du foot, maman, non ? dit Lyle. Voilà pourquoi il y avait une mêlée. »

Camille rougit. « La mêlée, c'était l'ovule !

– J'ai compris ! s'exclama Dustin. Pour essayer d'empêcher qu'il soit écrasé.

– Essayer seulement », déclara fièrement Jonas. Dustin leva le bras et ils se congratulèrent, paume contre paume.

« Tu n'as rien écrasé du tout, murmura Camille.

– Le ballon représentait l'ovule ? suggéra Warren, pour apporter sa contribution.

– C'est une métaphore ! Vous n'avez donc pas écouté le commentaire ?

– Le Mucus Cervical m'a embrouillée, dit Lyle.

– Je trouve ça très bien que Jonas ait été couvert de mucus, gloussa Dustin. Enfin, plutôt de mucosités. »

Camille se leva. Son visage était étrangement laid, sa bouche en cul de poule comme si elle voulait siffler entre ses dents. « C'était parfaitement compréhensible, merde, mais vous étiez trop occupés à crier comme des malades ! »

Elle quitta ostensiblement la pièce. Warren resta planté là, incapable de prononcer une parole. Il contempla ses enfants :

eux aussi étaient muets, Lyle avec la main sur la bouche comme si elle avait dit un gros mot.

Warren se leva et disparut à son tour dans le couloir. Camille était dans leur chambre, à la fenêtre, si bien qu'il ne voyait pas son visage. Il y avait en elle quelque chose d'érotique qu'il n'arrivait pas à identifier. Il l'observa et s'aperçut – avec stupéfaction – qu'elle tirait sur une cigarette. Il ne l'avait vue fumer qu'une seule fois, le jour de leur mariage. Elle avait disparu au beau milieu de la réception et il l'avait retrouvée dehors près des poubelles, cigarette aux lèvres, occupée à regarder un avion traverser le ciel en clignotant, le visage empreint d'une insondable tristesse. Là aussi, il avait été assailli par le désir. Il lui avait demandé ce qui n'allait pas, et elle l'avait enlacé avant qu'il puisse voir son visage – submergée, lui avait-elle dit ensuite, par la force de son amour pour lui.

Peu probable, cette fois, qu'elle éprouve des sentiments similaires. Les fenêtres étaient ouvertes et le vent gonflait les rideaux, projetant des rais de lumière sur le lit. Camille se retourna. Son mascara avait coulé, et, l'espace d'un instant, il ne la reconnut pas tant elle semblait distante.

« C'est un bon documentaire, dit-il, le plus doucement possible. Très original.

– Je t'en prie. Tu me prends pour une idiote ? »

Plus tard, incapable de trouver le sommeil, Warren, allongé, comptait les battements de son cœur. Camille était couchée en chien de fusil du côté gauche, au ras du matelas, comme si elle préférait le risque de tomber à celui de frôler accidentellement Warren au milieu de la nuit. Bercé par la respiration de sa femme, aussi familière que le rythme de son propre cœur, Warren repensa à leur mariage. Il avait tellement le trac en se préparant qu'il avait oublié d'enlever l'étiquette avec le prix de sa cravate. Camille avait rompu le lien d'un coup de dents. Pour ne pas cracher par terre dans l'église, elle avait gardé le bout de plastique dans sa bouche, tout contre sa lèvre inférieure, jusqu'à la fin de la cérémonie. Avec un sourire triomphal, elle l'avait alors brandi telle une arête de saumon.

À une époque, ils racontaient cette anecdote dans les soirées, se donnant la réplique pour faire rire les invités.

Il alla chercher de l'eau dans la cuisine, alluma. Assis dans son panier, immobile comme une statue, Mister Leonard fixait le mur en face de lui, prêt à sauter en l'air. Warren l'appela par son nom, mais il ne cilla pas. Son regard avait quelque chose d'inquiétant. Pouvait-il être endormi ? À pas de loup, Warren s'approcha et posa la main sur sa tête, qui remplissait à peine sa paume. La pauvre bête tremblait de tous ses membres. Warren s'agenouilla dans le panier et la prit dans ses bras, s'efforçant de calmer les tremblements de sa cage thoracique saillante, la berçant comme un enfant.

13

« Ne me regarde pas, grogna Lyle en enfilant son jean. Je déteste mon cul.

– Moi, je le trouve très beau, répondit Hector.

– On dirait un navet. »

Hector haussa les épaules. « Il y a des légumes très sexy.

– C'est une blague ?

– Tu me plais beaucoup. » Il reprit son air sérieux, celui qu'elle préférait. « Tu ressembles à… Je ne sais pas. À un ange, par exemple. »

Installés dans la guérite, ils écoutaient la musique planante et apocalyptique d'Hector. Lyle le regarda redresser le badge à son nom, qui était la tête en bas, ce qui ôtait au petit fer à cheval ses pouvoirs de porte-bonheur. Ils avaient à nouveau fait l'amour contre le mur, avec moins de précipitation, mais autant de brusquerie et d'approximation. Elle se sentait presque pressée de rentrer chez elle, comme après une journée de randonnée. « C'était formidable », avait dit Hector, alors qu'elle n'avait pratiquement pas bougé. Apparemment, le niveau exigé n'était pas très élevé. C'était comme le test d'éducation physique qu'elle avait dû passer à l'entrée au collège : elle s'en était mal sortie, n'avait réussi à faire qu'une seule pompe, mais on lui avait tout de même remis un certificat. Quant au désir laborieusement éveillé par le poème d'Hector, des pompes auraient été aussi efficaces.

Ce qu'elle attendait avec impatience, c'était après, lorsqu'ils restaient assis dans la tiédeur de la guérite, à écouter le bruissement du vent et à regarder les arbres frissonner à la lumière du lampadaire. Parfois, elle et Hector se massaient mutuellement le dos ; elle dénouait les muscles de ses maigres épaules à la peau couverte de boutons. La rue déserte à trois heures du matin lui donnait l'impression qu'ils étaient seuls au monde. Les aiguilles de la pendule cassée indiquaient définitivement trois heures trente-sept. Elle appuya sur la touche « Arrêt » du radio-cassette.

« Hé, protesta Hector. Elle était bien, cette chanson !

– Moi aussi, je l'aime bien, mentit-elle. Mais j'ai mal au crâne. Sans doute à cause d'hier soir.

– Tu as la gueule de bois ?

– Je me suis encore soûlée avec Shannon Jarrell. Après le boulot. »

Il se tourna vers elle. « Shannon ? Je croyais que tu la détestais.

– Elle n'est pas si nulle.

– Ce n'est pas elle qui a failli te faire virer ? Et qui est toujours en train d'admirer ses jambes ?

– Cette fois, on a attendu la fermeture du magasin. Il n'y avait plus personne. » Lyle s'assit sur le sol et tira sur ses genoux son T-shirt avec l'inscription COMME UN ESTURGEON. « Elle est plus intelligente qu'elle n'en a l'air. Elle fait une liste de mots nouveaux pour avoir plus de vocabulaire. Quand tu es aussi belle qu'elle, tout le monde te prend automatiquement pour une idiote. »

Hector sourit jusqu'aux oreilles. Ce sourire avait quelque chose d'agaçant. De condescendant. *Tu auras beau faire des efforts,* semblait-il dire, *tu seras toujours riche.* Il vint s'asseoir près d'elle, dans son uniforme imprégné d'une odeur de sexe humide et boisée.

« Comment se fait-il que tu n'aies pas parlé de nous à tes parents ? demanda-t-il, l'air de rien.

– Ils en chieraient une pendule.

– Je n'ai que dix-neuf ans.

– En Californie, c'est un détournement de mineure. »

Il fronça les sourcils. « Ça me fait tout drôle de voir ta mère à la grille. Comme si elle ne se doutait de rien. Hier on a parlé espagnol, et elle m'a dit que tu étais enceinte.

– Quoi ?

– *Embarazada.* Je crois qu'elle voulait dire “embarrassée”. » Il contempla la rue déserte. « Tu es venue deux fois chez moi. »

Pour la première fois, Lyle le soupçonna de nourrir des arrière-pensées, de ne pas l'avoir invitée uniquement par amour. C'était une sorte de défi. Il existait une différence de classe entre eux. Elle se demanda si ce n'était pas en partie ce qui l'attirait chez lui.

« En tout cas, reprit-il, je croyais que tu te fichais de l'opinion de tes parents.

– Exact.

– Alors où est le problème ?

– Que veux-tu que je fasse ?

– Tu pourrais commencer par me faire visiter ta maison. » Il se mit à rire. « Ou le garage ! À ce qu'il paraît, c'est un endroit formidable. »

C'était la première fois qu'il faisait de l'ironie. « D'accord, répondit-elle calmement. Il faut d'abord que je leur en parle.

– Quand ?

– Je n'en sais rien. Bientôt. »

Elle s'attendait à ce qu'il lui demande une date plus précise, l'espérait même. Au lieu de quoi il semblait lui faire confiance, ce qui la mit encore plus mal à l'aise.

« Hier, un clown s'est fait descendre dans notre quartier.

– Ah bon ?

– On lui a tiré dessus d'une voiture.

– Seigneur. » Elle l'enlaça, se blottit contre lui. « Pourquoi tu dis que c'est un clown ?

– Parce que c'en était un. Un vrai clown. Maquillé et en tenue. Il se rendait à une fête d'anniversaire, celle d'une gamine qui vit en bas de la rue.

– Seigneur… Qui irait tirer sur un clown ?

– Beaucoup de gens, j'imagine. » Il haussa les épaules. « Le plus bizarre, c'est que la fête a été maintenue. Avec un de ces châteaux gonflables, tu sais ? On voyait les gosses sauter à l'intérieur en criant comme des fous. »

Il avait beau être un mauvais poète, il y avait chez lui quelque chose de triste et de troublant qui rappelait à Lyle un poème sans doute écrit par quelqu'un d'autre. Elle jeta un coup d'œil au pick-up d'Hector éclairé par le lampadaire, avec le mot CAMÉLÉON sur la plaque minéralogique. Elle le trouva incroyablement émouvant.

« Ma mère flippe, poursuivit-il. Elle veut vendre la maison pour aller vivre à la campagne.

– Pourquoi elle ne le fait pas ?

– Elle en parle depuis des années. *El campo, el campo.* Elle est convaincue de ne pas avoir les moyens.

– C'est vrai ?

– Elle a de l'argent à la banque. Elle fait des économies. Voilà pourquoi elle refuse de mettre ma grand-mère en maison de retraite. Elle veut être sûre d'avoir de quoi s'acheter une maison. Et pendant ce temps-là, Abuelita continue à s'enfuir de chez nous et à revenir avec des éclats de verre plein les pieds. » Faisant saillir ses biceps à la manière d'un monsieur Muscle, de la paume il se frappa le coude. « Au Mexique, ça veut dire “radin”. Mon père faisait ce geste chaque fois que ma mère l'accusait de trop dépenser. »

Lyle ne connaissait pas ce genre de problèmes. Le sien, c'était de souhaiter la mort des gens, pas de s'inquiéter à l'idée de se faire tuer elle-même. L'idée lui vint d'aider la famille d'Hector. Ce n'était pas un plan prémédité, plutôt l'envie de *faire* spontanément une bonne action au lieu de se promener avec un sticker débile sur le pare-chocs de sa voiture. Elle fouilla dans la poche de son jean et sortit la carte de visite de son père, qu'elle y avait glissée. « Papa possède plusieurs maisons. Qu'il a fait construire, tu sais. Il m'a dit qu'il les vendait vraiment pas cher. » Elle tendit la carte à Hector. « Tiens. Tu peux l'appeler, si tu veux. À son bureau. »

Hector éclata de rire. « Quoi ? Des maisons de ce quartier ?

– Non. » Elle tenta de se remémorer ce qu'avait expliqué son père. « Elles se trouvent quelque part dans le désert.

– Elles sont vraiment pas chères ?

– Très en dessous des prix du marché, d'après lui. »

Hector étudia la carte en silence. Il la tenait entre le pouce et l'index comme une diapositive. Lyle éprouva une vague fierté, comme si quelqu'un au sein d'un auditoire la regardait. Ce quelqu'un ressemblait à sa mère, mais fumait et portait des bottes de cuir. Elle mit le radio-cassette sur TUNER : un morceau de rock rendu inaudible par les grésillements, puis les accords sirupeux de « I Just Called to Say I Love You ».

« Dieu que je hais cette chanson », dit-elle.

Hector n'écoutait pas. « Je crois que je suis amoureux de toi, murmura-t-il.

– Du fond du cœur ? » demanda-t-elle, inclinant la tête comme Stevie Wonder. Elle se moquait d'un aveugle.

« Non. Plus profond. »

Le cœur de Lyle battait à tout rompre. « Ne dis pas de bêtises. Comment ça, plus profond ?

– Je n'en sais rien. Du tréfonds de mon cœur.

– Du tréfonds ?

– Tu sais bien. Tout au fond. »

Elle retroussa le nez pour se donner l'air débile. Secrètement, elle imaginait un trou sous terre, aussi sombre qu'un abri anti-nucléaire, où serait tapi l'amour d'Hector pour le cas où le monde exploserait. Une dévotion qui survivrait à tout. Cette idée lui plaisait. Elle caressa la main d'Hector, voyant d'ici la tête que ferait Shannon lorsqu'elle lui raconterait ça.

14

Camille arrosait les agapanthes, essayant de comprendre pourquoi les chemises de Warren étaient étendues sur les rosiers. Six d'entre elles avaient été mises à sécher côte à côte, comme une guirlande de bonshommes en papier. À l'évidence, Warren les avait lavées lui-même. Elle s'en serait moins inquiétée s'il ne portait pas ses chemises au pressing depuis quinze ans. C'était une belle journée ensoleillée, avec un petit vent qui faisait onduler l'herbe de la pelouse. Camille tira sur le tuyau et arrosa toutes les chemises, l'une après l'autre, les regardant s'assombrir sous le jet.

Il lui arrivait de douter que Warren ait une liaison, et puis il rentrait du travail en baskets avec cet air épuisé, apeuré, honteux, ou bien il se jetait sur le téléphone sans laisser à Camille le temps de répondre. Le dimanche précédent, au dîner, il avait bu cinq verres d'eau. Quoi qu'il lui cache, il pouvait à peine soutenir son regard. Il lui avait commandé de nouveaux meubles, mais si c'était pour se donner bonne conscience, peine perdue.

Dans la maison, elle quitta son châle en cachemire et l'accrocha à la patère de la cuisine. Elle le portait désormais par défi, même s'il faisait chaud. Les enfants pouvaient toujours se moquer d'elle. Qu'est-ce qu'ils y connaissaient, à la mode ? Ils auraient beau siffler sur son passage comme des cow-boys, la vendeuse de Nordstrom, elle, avait dit que ce châle était « magnifique ». Quand elle était retournée au magasin quelques jours plus tard, la jeune femme l'avait reconnue et drapée dans le châle, prenant ses collègues à témoin comme si Camille était l'incarnation du glamour.

Elle alla dans la salle de bains pour changer de tampax, jeta le vieux à la poubelle. Le stress avait dû perturber son cycle. Elle aurait dû nager dans l'euphorie, ou du moins éprouver un merveilleux sentiment de soulagement. Ne venait-elle pas de griller cigarette sur cigarette pendant plusieurs semaines, priant le ciel pour que le problème disparaisse et avalant la fumée comme autant de gorgées de poison ? Inconsciemment, en tout cas. En fin de compte, elle n'était pas enceinte ; sur ce plan, ses problèmes étaient résolus.

Or elle se sentait déçue, mystérieusement déçue.

Elle se dirigea vers la cuisine où les enfants étaient attablés. Ils semblaient y passer leur vie. N'utilisaient-ils donc jamais les autres pièces ? Elle enjamba Mister Leonard, qui regardait d'un air pitoyable les enfants vider un sachet de Cool Ranch Doritos.

« Pourquoi tu as arrosé les chemises de papa ? demanda Lyle.

– Parce qu'il les a laissées dans le jardin. »

Lyle parut se satisfaire de cette réponse. Ses frères aussi, d'ailleurs. Depuis la soirée au salon où elle s'était énervée, ils la traitaient tous trois avec une étrange déférence. Elle désigna le sachet sur la table. « Ça signifie quoi, au juste, "Cool Ranch" ?

– “Délicieux”, répondit Dustin.

– Et que ça ne peut pas s’appeler “Crotte en poudre” », ajouta Lyle.

Dustin ferma les yeux. « Je vois un ranch, c’est cool, et on passe un super bon moment avec les Doritos. »

Camille hocha la tête et se mit à laver la cafetière.

« Hé, reprit Dustin, tu ne nous parles pas d’équilibre alimentaire ?

– Vous êtes assez grands pour prendre vos responsabilités. »

Ils eurent l’air frustrés. Elle s’interrogea : ne se trompait-elle pas sur leur compte ? Plus ou moins consciemment, ne s’attendaient-ils pas à ce genre de remarques ? Jonas semblait particulièrement contrarié. Pour la troisième fois de la semaine, il était en orange de la tête aux pieds. Elle avait oublié de lui acheter de nouvelles chaussettes orange chez Nordstrom. Sans doute la raison pour laquelle, l’air mécontent, il évitait son regard, fixant obstinément la table.

Lyle se leva comme si la présence de sa mère l’agaçait, mais Camille trouva un prétexte pour la suivre jusqu’à sa chambre. Elle éprouvait une irrésistible envie de se confier à sa fille, de lui parler des amours extra-conjugales de Warren, mais aussi de son chagrin troublant et inattendu de découvrir qu’elle n’était pas enceinte. Penchée devant le miroir de sa salle de bains, Lyle l’ignorait royalement, un tube de rouge à lèvres à la main. Rose vif, nota Camille avec stupeur.

« Où vas-tu ?

– Je sors. »

Camille hocha la tête. La pièce empestait le parfum. Le rouge à lèvres, déjà… Et maintenant de l’eau de toilette ? « Qu’arrive-t-il à Jonas ? Il a des ennuis ? »

Lyle haussa les épaules. « Peut-être qu'il a mal aux pieds.

– Qu'est-ce que tu racontes ?

– Tu devais aller le chercher à l'escrime, aujourd'hui. À quatorze heures. Il t'a attendue pendant une heure, puis il est rentré tout seul à pied du gymnase.

– Merde ! » Camille baissa les yeux. « J'avais l'esprit ailleurs. Je suis en train de réécrire le commentaire de *De la terre à mon corps*. J'ai eu une mauvaise semaine.

– Dis plutôt un mauvais été. »

Camille releva la tête, essayant de chasser l'image de son fils remontant péniblement Portuguese Bend Road en tenue d'escrime. « C'est ce que pense Jonas ?

– Pourquoi il s'habille en orange, à ton avis ?

– Aucune idée.

– Bon sang, maman, réveille-toi. Il t'envoie un message. L'autre jour, je l'ai déposé au centre commercial, et il n'arrêtait pas de dire qu'il pourrait se faire enlever comme Mandy Rogers. Ça avait l'air de lui plaire !

– Pourquoi voudrait-il être Mandy Rogers ?

– Tu plaisantes, ou quoi ? C'est la fête. Tu es passée près de la maison de Mandy, récemment ? »

Camille sentit son cœur se serrer. À la pensée de la pelouse de Mandy Rogers, qui disparaissait sous les prières, les chapeaux de cow-boy en miniature, les fleurs et les déclarations d'amour, elle eut envie de pleurer. Impossible de voir ça sans penser à Lyle. Que deviendrait-elle si sa fille disparaissait ? Elle avait beau se répéter que ses fils comptaient autant pour elle, qu'elle souffrirait autant de les perdre, en son for intérieur elle savait que ce n'était pas vrai. Un jour, quand Lyle était toute petite, elle l'avait enfermée dans la voiture par erreur. Totalement anéantie, avec un sentiment d'impuissance, elle avait regardé sa fille hurler, trépigner, se débattre de l'autre côté de la vitre pour tenter d'échapper au siège de bébé dont elle était prisonnière. C'était comme assister à une noyade. Elle avait dû abandonner Lyle et courir jusqu'à la cabine téléphonique la plus proche. Elle revoyait encore ces quinze minutes, les pires de son existence : la police qui n'arrivait pas ; Lyle pleurant si fort qu'elle s'en griffait le visage ; elle-même secouée par les sanglots, essayant de détacher une brique d'un mur pour briser la vitre de la voiture.

Elle eut envie d'une cigarette – un besoin impérieux, viscéral – puis s'en voulut. Sur l'étagère trônait un poste de radio branché près de la baignoire. Devant la stupidité de cette installation, elle se ressaisit. « Lyle, pour l'amour du ciel. Ne mets pas ça ici.

– J'aime bien l'écouter sous la douche.

– Tu vas t'électrocuter. » Elle fixait des yeux la radio ornée d'un sticker avec le mot PANTERA. « Où tu l'as trouvée ?

– On me l'a donnée.

– Qui ça ?

– Hector », dit calmement Lyle.

Un garçon. Camille s'en réjouit pour elle, malgré un étrange sentiment de perte. « Un élève de ta classe ?

– Non. Il est plus âgé. » Lyle tripotait sa ceinture. « D'ailleurs, tu le connais.

– Ah bon ? »

Lyle se tourna vers Camille comme pour quêter son approbation. Une adolescente pâle et gauche avec du rouge à lèvres. Se pouvait-il que son hostilité, son incompréhensible agressivité ne soient en fait que de la peur ? « Hector, répéta Lyle. Le gardien de la résidence. »

Camille éclata de rire. « Celui qui a une moustache ? »

Lyle rougit. Son visage faisait peur à voir, lèvres pincées comme celui d'une vieille femme. Impossible de détacher les yeux de ce rouge à lèvres.

« Il ne parle pas anglais.

– Il parle parfaitement anglais, protesta Lyle en claquant la porte de l'armoire à pharmacie. Il avait quatre ans quand sa famille est arrivée ici. De toute façon, ça change quoi ?

– Il y a un sticker en espagnol sur sa radio, lâcha Camille, faute de mieux.

– C'est un groupe rock. Mon Dieu, pourquoi je réponds à ces questions ? » Lyle fronça les sourcils, toujours le rouge aux joues, mais pas à cause de la gêne. « On fait l'amour, maman. Je suis bien placée pour savoir comment il parle anglais, non ?

– Tu couches avec un homme que tu connais à peine ?

– Je le connais très bien.

– Il a un permis de travail ?

– Waoh ! Je savais que tu frimais avec tes bonnes actions, mais pas que tu étais raciste.

– Je ne suis pas raciste. Ne m'insulte pas, s'il te plaît. Je pense juste que tu ne devrais pas coucher avec un inconnu.

– Avec un Mexicain, tu veux dire. Un gardien, qui plus est. »

Camille ne releva pas. « Sais-tu seulement où il habite ?

– Évidemment ! Il m'a même montré sa maison.

– Parce qu'il a une maison ?

– Les hispaniques n'ont pas le droit d'en avoir une ?

– Je n'ai pas dit ça. Je me demande juste comment il a pu se l'offrir.

– Il vit en colocation. Pour partager les frais. » Lyle regardait sa mère droit dans les yeux, sa bouche rose éclairée par un large sourire. « C'est là qu'on fait l'amour. »

Camille en resta muette. Elle tourna les talons, regagna la cuisine et remplit l'évier d'eau, imaginant des types à casquette de base-ball graisseuse qui se succédaient derrière un œilleton pour assister aux ébats de sa fille. Troublée, elle chassa de son esprit cette image raciste. Pour qui se prenait ce salaud ? Il avait dû piéger d'autres adolescentes. C'était le job idéal pour coucher avec des filles de bonne famille. Les mains tremblantes, elle feuilleta son agenda, trouva le numéro de la direction d'Herradura Estates. Elle décrocha en se demandant si elle réussirait à se contrôler, mais ne put se résoudre à composer le numéro. C'était plus fort qu'elle : elle ne supportait pas l'idée que sa fille la méprise jusqu'à la fin de ses jours. Peut-être Warren saurait-il que faire. Il avait dit qu'il passerait la journée à son bureau avec les architectes. Son cœur se serra. Elle l'appela, impatiente d'entendre sa voix.

Une musique assourdissante envahit l'allée. Le groupe Pantera ? Prête à intervenir, elle jeta un coup d'œil par la fenêtre, mais ce n'était qu'une belle blonde affalée au volant d'une coccinelle décapotable. Elle portait un débardeur et des lunettes noires. Lyle sortit de la maison dans l'un de ses T-shirts trop grands, son sweat noué autour de la taille, riant à une plaisanterie incompréhensible. Avec son rouge à lèvres criard, elle avait le visage d'une adulte. Camille fondit en larmes. Plantée là, elle regarda la décapotable reculer dans l'allée tandis que le téléphone sonnait sans fin.

15

En route pour Antelope Valley où il devait retrouver les Granillo, Warren resta sur la voie de droite au cas où la Renault perdrait son pot d'échappement. Le paysage apocalyptique qu'il apercevait depuis l'autoroute l'apaisait presque : Go Kart World, Toyota Planet, le royaume de la tôle d'acier. Il l'avait si souvent vu qu'il ne s'en indignait même plus. Tout en surveillant les voitures qui le doublaient et réintégraient la file devant lui, leur trajectoire pareille à celle des ondes autour d'une pierre tombée dans l'eau, Warren répétait la tirade qu'il placerait en faisant visiter à Mme Granillo sa Durango numéro 4, la maison de ses rêves. À en juger par sa voix au téléphone, il avait une chance. Pas question de commettre la même erreur qu'avec le couple de Riverside. Si elle l'interrogeait sur le chantier à proximité, il répondrait que c'était le futur centre commercial. Il en rajouterait, chanterait les louanges de la Mojave International Galleria, vanterait à cette femme modeste les mérites des somptueux commerces climatisés aux prix imbattables.

Pour la première fois depuis des semaines, ses angoisses s'atténuaient. Comme un poids qu'on lui aurait ôté de la poitrine. Il allait vendre cette maison ; le bouche-à-oreille ferait le reste. Il récupérerait ses meubles, sa carte Visa, peut-être même sa voiture. Bien sûr, il faudrait quitter Herradura Estates, mais il sauverait sa peau et celle de sa famille.

Contournant les montagnes San Gabriel, il prit la route 14 et entama la longue descente dans la vallée, désert lunaire qui s'étendait à perte de vue, hérissé de yuccas. Leurs feuilles se dressaient en tous sens vers le soleil comme les pensées d'un fou. Ces arbustes et le désert Mojave semblaient surgir de nulle part. Warren les trouvait toujours aussi beaux – impressionnants, même – mais c'était à regret, comme on respecte un ennemi.

Il chercha des yeux les champs de coquelicots où il y avait autrefois des terrains à vendre, essayant de repérer quelques touches vermillon dans les collines, mais tout était grillé par la sécheresse estivale.

Il quitta la route, suivit le long chemin de terre jusqu'à un pâté de maisons flambant neuves – sa ville-fantôme à lui – et se gara le long d'une pelouse censée évoquer des parties de croquet, des pique-niques en l'honneur de la fête nationale. Il n'avait plus les moyens de payer les factures d'eau astronomiques, et l'herbe ressemblait à un paillasson brunâtre assorti au désert. Gravés sur une dalle trônant au milieu de la pelouse, les mots AUBURN FIELDS le narguaient. Ce nom était une idée de Larry. Il suggérait une nature vivante, même de couleur auburn, mais quand Warren en avait fait la remarque, Larry lui avait ri au nez. « Tu as raison, avait-il dit. On aurait mieux fait d'appeler ce lotissement "Terre brûlée". »

Warren prit une profonde inspiration. Les Granillo étaient déjà là, garés près de l'entrée. La chaleur le gifla lorsqu'il descendit de sa voiture pour les saluer. De petite taille, vêtue avec une élégance un peu tapageuse, Mme Granillo portait des escarpins et une robe sans manches laissant voir ses bras à la chair flasque. Ses nombreux bracelets s'entrechoquèrent quand elle lui serra la main. Elle lui présenta son fils, qui tripotait nerveusement sa moustache. Il ne tendit pas la main.

« Je vous connais ! s'exclama Warren, surpris. Vous êtes un collègue de Lyle ?

– Je suis gardien. À Herradura Estates.

– Exact ! » Warren se rendit compte qu'il fronçait les sourcils. « Eh bien ! Qui l'eût cru ? Elle a vraiment sollicité tout le quartier. »

Le fils Granillo rougit. « On est amis.

– Bien sûr. Je ne voulais pas dire…

– Mon fils l'aime beaucoup », ajouta Mme Granillo.

Warren les dévisagea, son optimisme entaché d'une vague tristesse. Pour l'aider dans sa sale besogne, Lyle avait-elle feint de se lier avec ce jeune homme à l'air maussade ? Et maintenant la mère et le fils étaient là, imaginant une sombre complicité entre sa fille et lui.

Mme Granillo s'avança vers la barrière rouge et blanche, l'examina avec une méfiance polie. Larry l'avait fait installer d'emblée, avant même que la première maison soit construite. Sa seule présence augmentait de quinze pour cent la valeur du lotissement. D'après Larry, c'était « le miel qui attirerait les abeilles ».

« Je n'ai jamais vécu dans une résidence sécurisée, déclara Mme Granillo en regardant autour d'elle. Il n'y a pas de gardien ?

– Ça marche tout seul. » Pour en apporter la preuve, Warren sortit de son portefeuille une carte magnétique et la glissa dans la fente. La barrière s'éleva brutalement. « Il y a une caméra vidéo. Reliée à un moniteur, à une société de gardiennage prête à intervenir en cas d'anomalie. »

Mme Granillo éclata de rire. « Ne dites pas ça à mon fils. Il serait au chômage. »

Warren leur fit franchir la barrière et les emmena sur les allées goudronnées desservant des maisons presque identiques. À l'époque où ils choisissaient les couleurs, il n'en revenait pas qu'il puisse exister autant de nuances de brun : alezan, havane, bistre. L'idée, c'était d'imiter les tons du désert. Et comme dans le désert, on cherchait désespérément une trace de vie à l'intérieur de chacune de ces maisons. Derrière le petit lotissement s'étendait un immense terrain nu : des parcelles désertes, nivelées sans raison, et sur lesquelles étaient empilées des poutres encore enserrées dans des câbles métalliques.

« *Mira* », dit Mme Granillo en pénétrant dans Durango numéro 4. Elle désignait le lustre en plastique suspendu au plafond de l'entrée. « Je n'arrive pas à croire qu'un jour j'aurai un *candelabra.* » Elle jeta un coup d'œil à son fils qui contemplait le lustre d'un air sceptique. « Si seulement Jorge était là...

– Jorge ? s'enquit poliment Warren.

– Mon mari. Il est mort il y a trois ans. C'était le rêve de sa vie : devenir propriétaire. »

Ils entrèrent dans la salle de séjour. Mme Granillo s'approcha de la cheminée et se remit à parler de son mari, qui lui rappelait sans cesse les feux de leur enfance dans le Chiapas. Warren ne réussit pas à lui expliquer que la cheminée était à usage purement décoratif. Il montra à la mère et au fils la climatisation, l'éclairage encastré, les portes coulissantes et les placards intégrés. Chaque fois qu'il lui indiquait un nouvel équipement, Mme Granillo mentionnait son mari et son regret qu'il ne soit pas là pour voir ça.

« Oh, Jorge l'aurait tellement aimée, cette salle de bains ! » Son visage s'illumina. « Il maudissait toujours notre baignoire qui fuit. Mais je n'ai pas le choix. Je dois faire la toilette de ma mère tous les jours.

– Votre mère vit chez vous ?

– Oui, *claro*. On est trois. » Du regard, elle chercha son fils qui avait disparu dans une pièce voisine. « Elle est malade dans sa tête. Comment vous appelez ça ? *Esta un poco tocada.*

– Alzheimer ? »

Elle acquiesça. Warren transpirait. Une étrange sueur froide et argentée, comme sous un autre climat. Le fils de Mme Granillo les rejoignit dans la cuisine, l'air toujours aussi renfrogné. Il dit quelque chose à sa mère en espagnol. Sans répondre, elle se dirigea vers l'évier, inspecta le broyeur, appuya sur l'interrupteur fixé au mur. L'appareil démarra au quart de tour. Elle testa la douchette, arrosant la fenêtre par erreur.

« Regarde, dit-elle à son fils. Je n'aurai plus à me pencher pour faire la vaisselle.

– Pas sûr. C'est vraiment loin de tout.

– *Eso es !* Personne ne nous dérangera.

– Comment tu surveilleras Abuelita, si tu dois faire soixante kilomètres en voiture pour acheter à manger ? »

La balle était dans le camp de Warren. Par la fenêtre il regarda le chantier au loin, la pelleteuse qui émergeait d'un gigantesque nuage de poussière, bourdonnant comme un moustique dans le désert. Une grue tendait son long cou de dinosaure au-dessus du nuage. Ce n'était sûrement qu'un effet de son imagination, cette acidité qui flottait dans l'air.

« Ils construisent un supermarché, expliqua-t-il, évitant le regard de Mme Granillo. Un grand supermarché. Et un centre commercial.

– Où ça ? demanda le fils Granillo.

– Là. On l'aperçoit d'ici. » Pour qu'ils voient mieux, Warren les conduisit vers les baies coulissantes qui ouvraient sur la terrasse. Il se sentait plus à l'aise – moins dégoûté – en s'adressant à la vitre. « Ils creusent les fondations pendant que nous parlons.

– Si près d'ici ?

– En fait la région connaît une croissance foudroyante. La demande est forte. »

Le fils lui lança un regard sceptique, alerté par quelque chose dans sa voix. Warren s'efforça de soutenir son regard. C'était la famille de ce garçon ou la sienne, se répéta-t-il. Mme Granillo ouvrit la porte d'un placard, la referma, la rouvrit.

« Du bois massif, précisa Warren. De l'érable.

– Très joli. »

Son fils se remit à parler en espagnol, examinant l'intérieur du placard. Warren crut entendre le mot *barato*.

« Que dites-vous ? »

Le jeune homme parut gêné. « Je dis que ça ressemble à du contreplaqué. À l'intérieur. J'ai installé des placards tout un été pour aider mon oncle.

« La plupart sont en contreplaqué, expliqua Warren, fronçant à nouveau les sourcils. Ce qu'il faut éviter, à mon avis, ce sont les panneaux de particules.

– En fait, les deux se déforment avec le temps. Vous auriez dû voir les carcasses qu'on a remplacées. » Le jeune homme ouvrit un tiroir. « On dirait que c'est collé, marmonna-t-il.

– Ça n'est pas grave, déclara Mme Granillo. Si tu savais ce que j'ai vu pendant quinze ans. Au moins la peinture ne s'écaille pas, avec tout ce plomb dangereux pour les bébés. »

Son fils s'approcha de l'évier, tourna le robinet d'eau chaude qui produisit un grincement. « Ce robinet n'a pas été installé correctement.

– Je peux demander au plombier de passer demain.

– Très gentil de votre part, dit Mme Granillo.

– *Y esto es plástico* », lui souffla son fils en touchant la barre murale pour les torchons.

Warren le foudroya du regard. Écarlate, le jeune homme releva le menton comme s'il s'attendait à des insultes. Warren comprit soudain que pour lui, c'était une question d'amour-propre. Cette vente allait lui échapper parce que, pour une raison mystérieuse, ce garçon voulait prouver sa compétence. Warren eut envie de crier, de le supplier, de lui baiser les pieds. En désespoir de cause, il empoigna la barre murale, l'arracha facilement du mur. Les deux séries de trous laissés par les vis ressemblaient à des visages stupéfaits.

« Nous pouvons remplacer les accessoires. Par du chrome. Ce que vous souhaitez. »

Mme Granillo et son fils ouvrirent des yeux ronds. Warren s'imagina en train de tout saccager, d'abord les accessoires de cuisine, puis les murs, la moquette, les lustres en plastique. Il posa doucement la barre murale sur le plan de travail.

« Écoutez. Honnêtement, je sais que certaines finitions ont été choisies… pour leur prix de revient. Mais je vous assure que la construction est d'excellente qualité. On ne plaisante pas sur l'essentiel. » Il s'adressa à Mme Granillo. « Avec l'argent que vous allez économiser, vous pourriez installer cinq cuisines neuves, si vous le souhaitiez. »

Elle regarda son fils, qui semblait un peu moins tendu. Peut-être avait-il obtenu ce qu'il voulait : amener Warren à reconnaître que la cuisine avait été aménagée à l'économie. Ils se rendirent dans la salle de bains, où le jeune homme ne critiqua ni les barres murales en plastique ni le lino qui se soulevait dans un coin sous l'effet de la chaleur. Pour la première fois, Warren s'aperçut qu'il portait un T-shirt fait maison avec l'inscription : J'♥ LE DÉTROIT DE BEHRING. Une vague prémonition lui donna la chair de poule.

« On va réfléchir », dit le fils Granillo à la fin de la visite.

Warren reprit espoir. « Je vous en prie. Mais n'attendez pas trop. Vous êtes la sixième famille à qui je fais visiter une maison Durango cette semaine.

– Est-ce qu'ils vont construire un cinéma dans le centre commercial ? Et une pharmacie ? demanda la mère en contemplant la grue.

– Bien sûr que oui.

– Ly ne m'a jamais dit que c'était dans un coin si perdu, lâcha le fils.

– Ly ? répéta Warren.

– Lyle. » Le jeune homme rougit, jeta un coup d'œil à sa montre. « On va se renseigner, mama. En partant on ira poser la question aux ouvriers du chantier. Ils doivent bien savoir ce qu'ils construisent. »

16

Rat Beach. La plage était calme, presque déserte. Lyle la longeait avec Shannon, esquivant les vagues, appréciant la chaleur du sable sous sa voûte plantaire. Il n'y avait pas de vrais rouleaux, mais quelques surfeurs étaient quand même dans l'eau, les cheveux séchés par le soleil. Lyle marchait à côté de Shannon, les joues roses de jubilation comme si elle escortait une personnalité. Les estivants posaient leur livre ou remontaient négligemment leurs lunettes noires, feignant l'indifférence. Le bikini de Shannon dévoilait sa longue silhouette, son corps parfait à l'exception d'un unique grain de beauté sous le nombril. Curieusement, celui-ci apparaissait moins comme un défaut que comme un service : le VOUS ÊTES ICI sur un plan. Lyle cachait son ventre à elle sous un drap de bain soigneusement noué autour de sa taille. À condition d'en oublier l'existence, de se concentrer sur les puces de mer devant elle, de ne pas regarder ses pieds pâles aux veines bleutées, elle se sentait presque belle, comme si les vacanciers l'admiraient elle aussi.

Shannon l'avait invitée à l'accompagner à la plage. La phrase exacte était : *Je te parie que tu pourrais bronzer si tu essayais.* Lyle avait compris plus tard seulement qu'il s'agissait d'une invitation, alors qu'elle fermait la caisse pour la nuit et que Shannon lui avait demandé, le plus naturellement du monde, quand elle pouvait passer la prendre pour leur « séance de bronzage ». Lyle avait aussitôt cherché une excuse, mais la perspective d'aller à la plage avec Shannon Jarrell, de baigner toute une journée dans son aura et d'en capter quelques parcelles, était trop séduisante pour qu'elle refuse.

Elles choisirent un emplacement près du poste de secours. Shannon enleva sa casquette de base-ball et secoua sa chevelure comme dans un spot publicitaire pour une marque de bière. Lyle s'assit sans dénouer son drap de bain.

« Tu ne veux pas t'allonger ?

– Minute, répondit Lyle. Je me repose.

– Tiens. » Shannon lui tendit un flacon de lotion solaire auto-bronzante Hawaiian Tropic, indice 6. *Pour un hâle aussi naturel que dans les îles*, annonçait l'étiquette. Slogan raciste ou égalitariste ? Lyle ne savait pas trop. Elle rendit le flacon à Shannon.

« Je ne peux pas me mettre ça. Je grillerais comme une chips. »

Shannon fronça les sourcils. « Bien sûr que non. Je m'en mets tous les jours.

– J'ai ce qu'il me faut. »

Lyle fouilla dans son sac et sortit son écran total. Hochant la tête avec dégoût, Shannon s'enduisit l'épaule de sa lotion huileuse. Elle dégageait un parfum aussi suave et dangereux qu'une piña colada.

« L'écran total, c'est pour les enfants, dit-elle. Pourquoi pas une couverture, tant que tu y es ? Tu ne veux donc pas bronzer ? »

Si, Lyle voulait bronzer ; elle s'était même acheté un bikini au centre commercial. Elle regarda Shannon s'inonder de lotion, puis se masser méthodiquement de haut en bas – la poitrine, le ventre, les jambes – jusqu'à ce que tout son corps brille. Comme si elle se transformait en statue de verre. Peut-être qu'elle avait raison, et que Lyle était parano. Peut-être Lyle sous-estimait-elle sa capacité à bronzer comme une femme des îles. Si Shannon pouvait se contenter de l'indice 6, pourquoi pas elle ? Après tout, ça représentait six fois son indice naturel de protection. Objectivement, c'était beaucoup. Lyle aurait payé cher pour être seulement deux fois moins pâle. Elle remit l'écran total dans son sac. Lorsqu'elle réclama la lotion hawaïenne, Shannon parut presque fière d'elle et approuva de la tête, puis proposa de lui enduire le dos de cette huile tiède au parfum de noix de coco.

Le haut du corps luisant, Lyle dénoua son drap de bain et s'installa. N'ayant pas osé apporter de livre, elle était obligée de rester étendue au soleil comme Shannon. Dans un premier temps elle trouva la vie de femme des îles plutôt relaxante, mais très vite elle se mit à transpirer. Ou plus exactement à fondre comme un glacier. La sueur ruisselait de ses aisselles. Formait de petites flaques dans son cou. Lui picotait les yeux et dégoulinait sur ses tempes. Lui emplissait peu à peu les oreilles, si bien qu'elle n'entendait plus que les battements sourds de son cœur. Elle jeta un coup d'œil à Shannon immobile, comme plongée dans le coma. Elle semblait pouvoir rester là éternellement. Lyle eut beau fermer les yeux et s'efforcer de penser à son futur bronzage, ignorer cette sensation de rôtir à la broche, son corps paraissait enfler contre sa volonté, tripler ou quadrupler de volume, jusqu'à ce qu'elle se sente aussi monstrueuse que le bibendum Michelin du défilé en l'honneur du Rose Bowl. Elle rouvrit les yeux pour tenter de chasser cette image déplaisante. Son nombril ressemblait à une minuscule baignoire de sueur. Elle était en train d'attraper un coup de soleil – horrible et définitif –, à moins que ce ne soit encore un effet de son imagination.

Que dirait Hector s'il la voyait ? Elle en eut honte d'avance.

Un garçon hirsute aux cheveux mouillés courait à petites foulées dans leur direction, sa planche sous le bras. Lyle mit ses lunettes noires, mais n'eut pas le temps de recouvrir ses cuisses. Il s'approcha de Shannon et secoua la tête comme un chien, lui aspergeant le visage d'eau. Furieuse, elle se redressa, en appui sur les coudes. Il avait quelques poils autour des mamelons.

« Tu me rends dingue, dit-il. Je ne dors plus.

– Ne dis pas n'importe quoi. » Shannon gloussa.

Il grimaça. « J'ai l'impression d'être un gosse juif à Noël. »

« C'était qui ? demanda Lyle après son départ.

– Un défoncé. Il va à Miraleste.

– Charlie sait que tu le connais ?

– Tu rigoles ? » Shannon leva les yeux au ciel. « Il est bien assez jaloux comme ça. »

Lyle le regarda retraverser la plage en courant pour rejoindre un petit groupe. Quatre surfeurs qui dévorèrent Shannon des yeux, tel un repas qu'ils ne pouvaient s'offrir. Voilà peut-être comment on se sentait, quand on était belle : trop chère. On pouvait flirter avec tous les garçons qu'on voulait, puisqu'on savait qu'ils n'avaient pas les moyens.

« Tu fais quoi ce week-end ? dit Shannon. J'organiserais bien une petite fête. Juste quelques amis. Mes parents seront en Irlande. »

Flattée, Lyle en resta bouche bée. Elle s'en voulut d'éprouver une telle jubilation. « Mince, je ne peux pas. On part camper. »

Shannon haussa les épaules. « Pas grave.

– À Joshua Tree Park. On y va tous les ans en famille. Quatre heures de voiture avec ma mère, c'est la mort.

– Ta mère est une chieuse ?

– Non, juste une sale raciste. »

Shannon la dévisagea, visiblement impressionnée. « Je crève de chaud. Allons nous baigner.

– Vas-y. Je reste ici.

– Comme tu veux. »

Sur son drap de bain, Lyle regarda Shannon descendre nonchalamment vers l'eau et plonger dans une vague qui semblait délicieusement fraîche. Sa tête refit surface, luisante comme une otarie. La vérité, c'était que Lyle mourait d'envie de se baigner. Elle aurait voulu plonger dans cette vague comme Shannon pour échapper à la chaleur et à l'ennui. Mais elle était trop mal à l'aise. Cela supposait de traverser la plage avec son ventre tout blanc et ses fesses rebondies. Elle savait qu'elle ne devrait pas s'en soucier : personne ne faisait vraiment attention à elle, mais, du coup, elle s'en voulut encore plus.

Plus tard, Shannon décida d'aller s'acheter une barre glacée Snickers au bar de la plage. Lyle remit son T-shirt, renoua son drap de bain autour de sa taille. Alors qu'elle espérait se sentir mieux dans sa peau après une heure sur le sable, elle se trouvait encore plus laide qu'avant. Non seulement elle était d'une pâleur anormale, mais en plus elle sentait la transpiration. Plusieurs jeunes maîtres-nageurs se poursuivaient avec d'énormes poignées d'algues ; Shannon et elle allaient devoir faire un grand détour pour les éviter. Les jeunes gens regardèrent dans leur direction et ricanèrent. Lyle crut qu'ils se moquaient d'elle. Près du bar, la plage était plus fréquentée, un dédale de corps. On aurait dit que tous les regards convergeaient sur elle et sur Shannon, que tout le monde se demandait comment elles pouvaient être amies.

Sous les falaises, près du grillage, un type tout mince assis dans un transat essayait de régler le radio-cassette à ses pieds. Hector. Accompagné de sa grand-mère. Lyle éprouva d'abord un sentiment de soulagement. Des accords de heavy metal retentirent sur la plage. Hector se retourna et elle vit son short en jean trempé, son ceinturon. Une toison noire en forme de delta scintillait sur son torse.

Découvrant sa présence, il sursauta, puis son visage s'éclaira. Il lui fit signe de la main. Humide, sa moustache avait l'air terne et ratatinée. Dans un anorak rose, couleur antigel, sa grand-mère se recouvrait les pieds de sable, indifférente à la musique assourdissante diffusée par le radio-cassette. Lyle baissa la tête et continua de marcher droit devant elle.

« Qui c'était ? demanda Shannon.

– Qui ça ?

– Le type qui vient de te saluer.

– Aucune idée. »

Shannon la dévisagea bizarrement. « Il fait des travaux chez toi ?

– C'est la première fois que je le vois.

– Bi-zarre. » Shannon jeta un coup d'œil par-dessus son épaule. « Il nous fixe. Quel malade ! » Elle se pencha vers Lyle, feignit de lui parler à l'oreille. « Je pense que tu devrais te le faire.

– Quoi ?

– Retourne le voir et baise-le à lui péter la cervelle. »

Lyle se força à rire. « C'est ça.

– Regarde bien ! »

Shannon se mit à marcher à reculons et baissa une bretelle de son haut de maillot de bain, exhibant un triangle de sein pâle en direction d'Hector. Presque aussi blanc que les jambes de Lyle. Écroulée de rire, elle pivota sur elle-même et se remit à marcher normalement.

« On est foutues. » Elle rabattit sa casquette de base-ball sur ses yeux. « Il va nous violer. »

Il y a plus de sept mille terminaisons nerveuses dans chacun de nos pieds. Lyle avait lu ça quelque part. Elle essaya de les sentir en marchant. Était-ce une forme de protection, d'avoir tant de nerfs dans un endroit si peu pratique ?

« Ça va ? dit Shannon.

– Oui. Juste un peu mal à la tête. »

Au bar de la plage, Shannon demanda une barre Snickers au garçon à la caisse, un adolescent boutonneux avec des lunettes embuées qui lui donnaient l'air d'un hibou. Il ressemblait à ces lycéens qui portaient des trenchs au printemps et jouaient chaque après-midi à Donjons & Dragons dans la cour. « Cinq dollars pour le potentat, déclama-t-il avec un faux accent anglais quand Shannon lui tendit l'argent. Pas un vrai tribut, mais ce n'est pas un vrai roi ! »

« Quel taré, dit ensuite Shannon, assise à une table en bois. Qu'est-ce que ça veut dire, d'abord, "potentat" ?

– Une sorte de dirigeant », murmura Lyle.

Shannon lécha le chocolat sur ses doigts et sortit son cahier de son sac. Lyle regardait quelques gosses jouer au ping-pong sur la digue. Elle avait la nausée. Lorsqu'elle se tourna vers Shannon, celle-ci avait ajouté un mot à sa liste : POTINTAT. Curieusement, Lyle se sentit encore plus mal. Elle dit à Shannon qu'il y avait une faute d'orthographe.

« Tant pis. Du moment que je le reconnais.

– Comment ça ?

– Au test d'admission à l'université. C'est un questionnaire à choix multiples. »

Lyle eut un haut-le-cœur. Shannon remit le cahier dans son sac. Elle sourit, lui tapota la main. « Allons retrouver notre ami le défoncé. Je te parie qu'il a quelque chose pour accompagner cette barre Snickers.

– Pars devant. Je crois que j'ai laissé mon portefeuille avec nos affaires. »

Lyle remonta sur le sable chaud vers le grillage. Il n'était pas trop tard. Elle pouvait encore aller présenter des excuses, embrasser Hector sur la bouche, lui expliquer tant bien que mal qu'elle ne l'avait pas reconnu à cause de ses lunettes noires. Il ne la croirait sans doute pas. Son drap de bain se dénoua, mais elle continua de courir vers la falaise, même si elle voyait qu'il était déjà parti.

Ce soir-là, dans le salon, elle était affalée sur la chaise longue que son père avait rapportée du jardin. Elle avait la peau en feu, irradiant par tous ses pores. Comme une machine impossible à éteindre. Si elle bougeait d'un centimètre, essayait de lever le bras pour se gratter le nez, son corps était parcouru par une douleur insupportable. Pouvait-on mourir d'un coup de soleil ? Cette perspective la réconforta. Ses jambes semblaient particulièrement mal en point. Visuellement, impossible de les décrire. Elles étaient « rouges », de la même manière que l'univers était « vaste ».

Elle ferma les yeux et rêva qu'elle muait comme un serpent rampant dans l'herbe fraîche, laissant par terre un amas de peau brûlante.

Elle grelottait. Bizarre, puisqu'elle mourait de chaud. Il y avait une contradiction, mais elle n'avait pas les idées assez claires pour la résoudre.

À la télé, monsieur Roarke questionnait une fillette dont les parents avaient été tués dans une catastrophe aérienne. Tattoo, l'adorable nain, contemplait ses pieds d'un air poignant. Elle avait cru qu'une rediffusion de *L'île fantastique* lui remonterait le moral, mais le soleil des Tropiques et les touristes en maillot de bain retournaient le fer dans la plaie. La télécommande gisait sur la moquette à ses pieds, là où elle était tombée de l'accoudoir. Depuis vingt minutes elle essayait de l'attraper avec ses orteils, ne réussissant qu'à l'éloigner un peu plus.

Elle referma les yeux. Son cœur battait plus vite que d'habitude, réveillant la brûlure sur sa nuque. Elle tenta de se distraire en pensant à l'époque où elle pouvait encore bouger. Du temps où sa peau était fraîche et indolore, elle s'asseyait au pied du canapé, T-shirt remonté jusqu'au cou, et sa mère lui écrivait des choses délicieuses sur le dos. D'abord le contact de son ongle, aussi léger qu'une fourmi, puis la courbe mystérieuse qui formait une lettre aussitôt disparue. Elles avaient joué à ce jeu tout un été quand Lyle était petite. C'était bien mieux qu'une conversation, car sa mère exprimait des choses qu'elle n'aurait jamais dites à voix haute : pas seulement JE T'AIME, mais : MA BELLE PETITE FILLE A CINQ ANS, ou bien : ICI VIT LA FILLETTE LA PLUS GENTILLE DE LA GALAXIE. Comme si c'était son esprit qui parlait, et non sa bouche. Les phrases préférées de Lyle étaient toutefois celles qu'elle oubliait ou n'arrivait pas à suivre, à cause de mots soudain trop étranges, complexes et alambiqués, dans lesquels sa mère était tout entière contenue. Lorsque les phrases touchaient à leur fin – une légère pression en guise de point, comme si sa mère appuyait sur une sonnette –, Lyle se demandait toujours si elles avaient vraiment existé.

Couvrant la voix chantante et veloutée de monsieur Roarke, la porte du fond s'ouvrit et plusieurs garçons débarquèrent dans la cuisine. Ils avaient l'air en pleine forme. Mister Leonard aboya deux ou trois fois sans conviction avant que leurs paroles parviennent aux oreilles de Lyle.

« Bon sang, qu'est-ce qui t'est arrivé ? »

Elle rouvrit les yeux. Dustin, en train de croquer une pomme, était accompagné de Mark Biesterman et de Brent Tarwater. Ils avaient l'air incroyablement verticaux.

« Laissez-moi tranquille, s'il vous plaît, dit-elle dans un souffle.

– Surexposition aux UV. Principale cause du cancer de la peau », diagnostiqua Biesty.

Tarwater ramassa la télécommande et la remit à sa place sur le téléviseur. « Tu ne devrais pas la laisser par terre. Quelqu'un pourrait l'écraser. »

Dustin vint s'accroupir près de Lyle. « Waoh, tu es vraiment mal en point. » Il ouvrit de grands yeux. Compassion ou inquiétude, elle n'aurait su le dire. « Tu as le visage complètement… bouffi, en fait. L'écran total, tu connais ?

– Est-ce que vous pourriez tous me foutre la paix, s'il vous plaît ?

– Quelle mouche te pique ces temps-ci ? » Dustin tourna les talons. « Un type a appelé tout à l'heure. Je venais te prévenir, mais tu n'en as sans doute rien à faire. Un certain Victor, je crois. »

Il fit un petit signe à Biesty et à Tarwater qui éteignirent la télé en sortant. L'écran grésilla dans le silence ambiant. De nouveau seule, Lyle définit les différentes étapes de sa mission. Opération Réintégration de sa Chambre. Si elle arrivait jusque-là, elle pourrait appeler Hector et lui demander pardon. Elle lui expliquerait la situation : en fait, Shannon lui avait monté la tête, elle ne l'avait pas reconnu tout de suite, puis, gênée par l'attitude de Shannon, elle n'avait pas osé lui dire bonjour ; il comprendrait sûrement et continuerait à l'aimer « du tréfonds de son cœur ».

Mais il fallait d'abord réussir à bouger. À se lever et à traverser la cuisine, en s'exposant aux attaques ridicules et néanmoins périlleuses de Mister Leonard. Serrant les dents, elle tenta de s'asseoir dans la chaise longue, au prix d'une horrible sensation de brûlure dans chaque bras. Après deux tentatives, elle capitula. Même si ce n'était pas Sa spécialité, elle implora Dieu de faire une bonne action, et la troisième tentative fut la bonne : elle parvint à se redresser en tremblant de douleur, comme si on venait de lui arracher un sparadrap géant. Elle claquait des dents. Après avoir repris son souffle, elle amena peu à peu ses fesses au bord de la chaise longue avec un vague sentiment de triomphe. Sentiment qui s'intensifia lorsqu'elle se leva et se mit à marcher. Le moindre pas représentait une victoire. Peut-être qu'elle n'était pas athée, au fond. Dans son short qui frottait contre ses cuisses tel du papier de verre, elle progressa au ralenti vers la cuisine. Un vrai calvaire.

Heureusement Mister Leonard dormait au soleil dans son panier, agitant les oreilles et poussant de petits gémissements.

Lyle passa près de lui à pas de loup, continua sa route sur le carrelage délicieusement frais jusqu'à sa chambre où elle serait en sécurité, referma la porte derrière elle. Pantelante, elle s'assit sur son lit et regarda par la fenêtre. Un paon se promenait dans le jardin, encombré par ses plumes, traînant sur l'herbe un fascinant tapis d'yeux. Elle écouta ses miaulements insolites, compatissant à son triste sort.

Tant qu'elle en avait le courage, elle décrocha son téléphone pour appeler chez Hector. Elle mit un temps fou à composer le numéro. Il y eut cinq sonneries, qui lui parurent une éternité. Alors qu'elle allait raccrocher, Hector répondit, essoufflé comme d'habitude. Pendant une fraction de seconde, elle s'imagina qu'il lui avait déjà pardonné.

Elle essaya de tout lui expliquer : la plage, Shannon, son sentiment de honte, mais ce fut un torrent de mots qui sortit de sa bouche. La respiration d'Hector semblait s'être arrêtée. La ligne était mauvaise ; elle distinguait de lointains murmures.

« Hector ? Je ne sais plus où j'en suis ni ce que je dis. » Dès qu'elle avait entendu sa voix, son projet de rejeter toute la responsabilité sur Shannon s'était envolé. Elle s'efforça de retenir ses larmes. « Je ne crois pas que je t'en voudrais, si tu me détestais. »

La grand-mère d'Hector se mit à hurler en bruit de fond, à maudire la télé. Quelque chose au sujet des policiers et de leurs affreuses lunettes noires. Hector devait être en train de dîner, sur le point de partir travailler.

« Je meurs de peur. J'ai tellement de coups de soleil que je ne peux plus bouger. » La respiration d'Hector revint, à peine audible. « J'ai les bras qui enflent. Ils vont sûrement se couvrir de cloques. Je devrais peut-être aller à l'hôpital.

– Tu as mal ? demanda-t-il enfin avec sollicitude.

– Oui.

– Dans tout le corps ? »

Elle éprouva une voluptueuse impression de soulagement. « Partout. Je ressemble à une betterave rouge.

– Bien fait. Je te souhaite de mourir d'une insolation. »

Il raccrocha. Elle reposa le combiné, espérant qu'Hector allait rappeler. Tout était encore possible. Elle grelottait, en proie à des nausées, à une soif inextinguible. Il fallait qu'elle prenne un bain, un bain froid, mais comment se débarrasser de ses vêtements ? Elle ouvrit le tiroir de sa table de chevet, sortit la paire de ciseaux dont elle se servait pour décorer ses T-shirts. Avec précaution, elle entreprit de découper son short en commençant par la taille, d'un côté, puis de l'autre, à la manière d'une secouriste. C'était son préféré, mais tant pis. Elle répéta l'opération avec son T-shirt et le slip de son bikini, laissant le tout en tas sur le lit.

Entièrement nue, elle se dirigea vers la salle de bains. Curieusement, elle avait encore ses ciseaux à la main. Même lorsqu'elle s'installa en frissonnant dans la baignoire. L'eau froide calma ses brûlures pendant quelques minutes, puis elles revinrent, pareilles aux requins qui ne lâchent pas leur proie. Elle appuya la lame des ciseaux contre sa cuisse. Si seulement sa mère pouvait rentrer du travail. Elle passait sa vie à réaliser ces documentaires débiles. Lyle revit une scène de *La Dépression a encore frappé*, celle où Jill, l'adolescente perturbée qui n'a envie que d'une chose, « disparaître », vide dans sa paume un flacon de comprimés avec un air sinistre. C'était une de leurs scènes préférées, à Dustin et à elle : il leur arrivait encore de la regarder quand leur mère n'était pas là, criant « Vas-y ! Fais-le ! » en direction du téléviseur.

Pourtant, elle n'avait pas envie de disparaître. Si elle était sur *L'île fantastique*, elle dirait à monsieur Roarke ce qu'elle souhaitait : être encore après son suicide. Voir les membres de sa famille sortir son corps de l'eau rougie par le sang, en sanglotant comme des enfants. Ils comprendraient enfin ce qu'ils perdaient. Est-ce que tout le monde n'avait pas ce fantasme ? Elle s'imagina le visage de sa mère, enlaidi par un chagrin délectable. Et Hector. Jamais il ne s'en remettrait. *Je te souhaite de mourir*, avait-il dit. Il l'aimerait toute sa vie, rongé par le remords.

Mais on n'était pas sur *L'île fantastique*. Aucun hôtelier aux pouvoirs surnaturels ne la ressusciterait pour lui permettre de savourer sa vengeance.

Elle posa les ciseaux sur le rebord de la baignoire, où elle ne risquait pas de marcher dessus.

Sur l'étagère au-dessus du siège des toilettes, la radio donnée par Hector était toujours branchée au même endroit. Lyle avait oublié de l'allumer. S'installant en diagonale dans la baignoire, elle leva tant bien que mal une jambe vers le mur et appuya sur le bouton avec son gros orteil. La musique à plein volume la fit sursauter. « I'll Tumble 4 Ya ». Elle considérait que Culture Club s'abaissait encore un peu plus avec cette chanson, mais en écoutant les paroles pour la première fois – *Noyés au cœur de la ville, plus que jamais à l'apogée de notre splendeur* –, elle leur trouva un agréable parfum d'apocalypse. À titre d'expérience, elle s'enfonça dans l'eau jusqu'au menton et leva son autre jambe vers le mur pour voir si elle pouvait coincer la radio entre ses pieds. Le jeu s'appelait Récupérer la Radio. Objectif : attraper la radio avec les pieds. En s'immergeant jusqu'au lobe des oreilles, elle put l'agripper avec ses orteils et soulever de quelques centimètres la voix de Boy George.

Elle entreprit alors de déplacer la radio. Pour continuer le jeu et se tester. S'amuser. Rien de sérieux. Juste pour essayer, comme lorsqu'elle offrait une minuscule cuillerée de crème glacée aux clients du « Cornet Parfait ». Elle donna encore un petit coup à la radio, pour qu'elle dépasse de l'étagère. Devant l'absence de réaction – ni sonnerie ni sirène –, elle la poussa encore un peu. Cyndi Lauper conjuguait le verbe « danser ». Centimètre par centimètre, Lyle déplaça la radio jusqu'à ce qu'elle soit à moitié dans le vide, dangereusement prête à tomber.

Elle commençait à pencher. En direction de la baignoire.

Jambes tendues, Lyle la plaqua contre le mur. Réussit à l'immobiliser avec ses pieds. La radio était en équilibre instable. Le cœur de Lyle battait à tout rompre. Elle s'efforça de reprendre ses esprits. Elle pouvait essayer de la remettre en place avec ses mains, mais comme elle était au fond de la baignoire, impossible de l'atteindre sans plier les genoux. Trop risqué. Il y avait aussi la solution de la pousser doucement pour la ramener au milieu de l'étagère. Elle tenta de la redresser avec ses pieds en pliant légèrement les genoux, mais la radio glissait, et Lyle dut la plaquer une nouvelle fois contre le mur, les jambes tremblantes.

Elle était prise au piège. La radio aussi. Comme à Hollywood, l'une entraînait l'autre dans sa chute. Une goutte de sueur coula dans son œil. La voix élégante de Cyndi Lauper fit place aux hurlements oppressants de « 99 Luftballons ». Lyle ne savait pas trop ce qu'étaient des « luftballons », mais ils semblaient lui offrir une échappatoire.

Elle appela au secours. Cria et hurla. Dustin devait être

dans le garage, en train de répéter ses morceaux assourdissants.

Ses jambes commençaient à lui faire mal, indépendamment des coups de soleil. Une sorte de douleur lancinante dans ses muscles. L'eau ruisselait le long de ses mollets et tombait goutte à goutte dans la baignoire avec un « plink » de mauvais augure. Combien de temps pourrait-elle tenir ? Dix minutes ? Un quart d'heure ? Elle avait des fourmis dans les pieds ; s'ils s'engourdissaient complètement, comme ils semblaient vouloir le faire, comment retiendrait-elle la radio ?

Au moins avait-elle une certitude. Elle voulait rester en vie. Danser sous le jet de l'arrosage automatique. Goûter à la cocaïne. Respirer l'odeur d'une serviette-éponge au sortir du sèche-linge. Rembobiner une cassette avec son petit doigt. Jeter de la neige depuis le télésiège sur des skieurs sans méfiance. Lire *Ulysse* de Joyce. S'abrutir avec les dernières chansons à succès. Tant pis si elles étaient nulles. Elle voulait écouter la prochaine, et celles d'après.

Sa mère rentra du travail pendant « Cruel Summer ». Les jambes en coton, Lyle entendit la clé tourner dans la serrure de la porte du fond. La radio était désormais perpendiculaire à la baignoire. L'espace d'une seconde, entendant Mister Leonard bondir de son panier, Lyle faillit en lâcher prise de soulagement. Elle appela sa mère. Au bout d'une minute interminable, celle-ci apparut dans l'embrasure de la porte, vêtue de son ridicule poncho à pompons.

Ses yeux allaient de la radio au corps nu de Lyle dans la baignoire. Dans un premier temps, avant qu'elle ne mesure la gravité de la situation, les mots *Je t'avais prévenue* semblèrent traverser son regard.

« Tu peux prendre cette radio, s'il te plaît, avant que je sois morte ? »

Sa mère la récupéra entre les pieds de Lyle, arrachant la prise au passage. Les jambes de Lyle s'abattirent dans la baignoire. Elle tremblait vraiment de tous ses membres. Alors seulement, sauvée d'une mort certaine, elle se rappela ses coups de soleil. Elle sortit péniblement de la baignoire, les doigts blêmes et fripés par leur long séjour dans l'eau. Comment décrire le visage de sa mère ? Inquiet, désemparé, et merveilleusement maternel. C'est devant l'amour exprimé par ce visage – qui ne souhaiterait jamais sa mort – qu'elle sentit les larmes rouler sur ses joues. Elle se blottit dans le poncho, entre les bras de sa mère ouverts comme deux ailes. Celle-ci la serra contre son cœur, très fort, sans se douter le moins du monde que sa fille souffrait le martyre.

17

« Je ne suis pas une vraie sorcière, déclara Taz.
– Qu'est-ce que tu es, alors ?
– Bonne question. »

Garés devant la résidence Sea View, ils attendaient le début d'une fête. Le nom de la résidence amusait Dustin. Non seulement ils se trouvaient à Torrance, assez loin de la mer, mais la vue se résumait à une poubelle bancale remplie d'emballages de pizzas, à laquelle était attaché un cadre de vélo rouillé. Spectacle déprimant qui achevait de troubler Dustin. Il se sentait merveilleusement ignoble. Il venait de coucher avec la sœur de sa petite amie dans des conditions minables, sur la banquette arrière de sa voiture. Il l'avait aidée à sortir en cachette de chez elle à l'insu de Kira, attendant au bout de la rue pendant qu'elle escaladait sa fenêtre, après quoi ils avaient fui Herradura Estates comme des voleurs, Taz accroupie à l'avant de la Dodge telle une détenue en cavale. C'était lui qui avait eu l'idée de ce plan. Il avait appelé chez les Shackney pendant que Kira faisait du shopping avec sa mère, dans l'espoir que Taz décrocherait. Lorsqu'elle lui avait parlé de la fête organisée par un ami de Breakfast, il avait proposé de l'y emmener en voiture.

Difficile de situer ce plan sur l'échelle des mauvaises actions – son euphorie l'empêchait de quantifier – mais c'était sans doute assez grave.

Ils étaient donc garés devant une résidence d'un quartier magnifiquement délabré de L.A. L'eyeliner de Taz avait coulé d'un côté, lui dessinant un œil au beurre noir. Ils avaient fait l'amour à toute vitesse, s'arrachant leurs sous-vêtements et se jetant l'un sur l'autre avec une telle férocité qu'il avait failli oublier de sortir un préservatif de la boîte à gants, tant il était impatient de ne plus voir le sourire narquois de Taz. Après, il s'était passé quelque chose d'étrange. Elle s'était cramponnée à lui avec l'énergie du désespoir, à lui en faire mal, l'enserrant dans ses bras comme un boa constrictor. Il s'était même demandé si elle n'essayait pas de le tuer. Il avait mal agi et elle tentait de lui briser les côtes. Seulement après qu'elle eut lâché prise, l'air presque surprise de le trouver sur elle, il avait vu qu'elle n'était pas en colère. Dix minutes plus tard, il ressentait encore une douleur dans les côtes en les touchant. Rien de tel avec Kira qui l'étreignait tranquillement, comme s'il ne devait jamais la quitter.

Il alluma une cigarette et baissa la vitre pour ne pas empuantir la Dodge. Il avait un poids sur la poitrine, un sentiment de culpabilité de plus en plus oppressant qu'il préféra ignorer. « Comment tu t'es retrouvée dans un internat ? demanda-t-il.

– Tu tiens vraiment à le savoir ?

– Oui. »

Elle haussa les épaules, souffla en l'air pour écarter sa mèche blanche de ses yeux.

« Je m'arrachais les ongles.

– Quoi ?

– Avec des tenailles. » Elle secoua le paquet de Dustin pour faire sortir une cigarette, puis prit celle qu'il fumait pour allumer la sienne. « Il a fallu m'emmener aux urgences.

– Bon sang !

– Même Kira n'est pas au courant. »

Dustin se sentit deux fois plus oppressé. « Tu t'es arraché tous les ongles ?

– Seulement ceux de la main gauche. Je ne suis pas ambidextre. » Elle éclata de rire comme si c'était une blague. « Ça m'a pris une semaine : je n'ai pas tout fait en une seule fois.

– Mais qu'est-ce qui t'a pris ? »

Nouveau haussement d'épaules. « Pour être dans le coup. Qui peut savoir ?

– Tu saignes.

– Quoi ?

– Ton oreille. Merde. Si seulement tu pouvais arrêter de faire ça ! »

Elle se renfrogna, tamponnant son oreille avec le col de son chemisier. « Tu parles comme Kira. Elle me casse tout le temps les pieds avec ça. »

Dustin contemplait le préservatif usagé, mou et informe, sur le sol à ses pieds. Comment pouvait-on avoir envie de s'arracher les ongles ? Mais « avoir envie » n'était sans doute pas l'expression qui convenait. « Demain, c'est l'anniversaire de notre rencontre, déclara-t-il pour changer de sujet.

– Toi et Kira ?

– Ça fera un an. »

Taz lui lança un regard noir. « Putain, tu ne veux quand même pas un cadeau ! »

Elle descendit de la voiture, tirant sur son chemisier avant de partir vers la fête d'un pas lourd. Dustin n'en revenait pas. Il s'imaginait qu'elle serait heureuse d'apprendre à quel point elle pourrissait la vie de sa sœur. Il termina sa cigarette et rejoignit Taz à la fête sur laquelle flottait une odeur de gâteaux. Elle était dans le séjour avec Suzie et quelques autres, à boire des canettes de Milwaukee's Best. Une fille de son âge, assise au pied du canapé, baissait la tête comme en prière. Derrière elle, un type aux bras tatoués se penchait sur sa nuque avec un objet qui ressemblait à un stylo fixé sur une brosse à dents déformée ; une aiguille dépassait de l'extrémité du stylo, que le type trempait sans cesse dans une soucoupe contenant de l'encre. Un petit moteur était attaché avec du scotch à l'autre extrémité.

« Tu l'as fabriqué toi-même ? » s'enquit Dustin pour rompre la glace. Personne ne lui avait adressé la parole depuis son arrivée.

« Non, je l'ai trouvé sur un trottoir. »

Dustin n'était pas certain que ce soit une blague. À tout hasard, il s'esclaffa. Un autre type, avec un coton taché de sang dans une narine, lui demanda qui il était.

« En fait, on est des amis de Breakfast.

– Du moment que tu ne piques pas de disques…

– Regardez ! s'exclama Suzie, désignant quelque chose. Ce vieux cochon remet ça ! »

Dustin jeta un coup d'œil à la fenêtre d'où l'on voyait parfaitement l'immeuble d'en face, plongé dans l'obscurité. Au fond d'une pièce, la lumière vacillante d'un immense écran de télévision : deux femmes à genoux en train de faire une fellation. Curieusement, Dustin eut envie de mettre la main devant les yeux de Taz. Face à l'écran, dans le halo bleuâtre, on distinguait l'arrière d'un canapé où personne n'était assis.

« Je vois sa main ! s'écria le garçon au coton dans la narine. Pris sur le fait !

– Il y a vraiment quelqu'un dans la pièce ? interrogea Dustin.

– Il est couché tout nu sur le canapé, expliqua Suzie, et il regarde en accéléré jusqu'aux passages les plus chauds. »

Dustin alla dans la cuisine. Près de l'évier, Breakfast partageait une bouteille d'Old Crow avec la beauté de l'autre soir. Elle se présenta, dit qu'elle s'appelait Yissel comme si elle le voyait pour la première fois. Dans un coin, un inconnu qui semblait âgé d'une trentaine d'années tapait sur une vieille machine à écrire. Il était torse nu sous son blouson de cuir noir. Au milieu de sa poitrine décharnée, juste sous le sternum, il y avait un creux assez profond pour y loger une balle de tennis.

« Tu veux un gâteau de malchance ? dit Yissel.

– Bien sûr. »

Elle plongea la main dans un saladier posé sur la table de la cuisine et tendit à Dustin un petit gâteau chinois jaunâtre. Il l'ouvrit, en sortit un bout de papier dissymétrique sur lequel il lut : TU MOURA AVANT TES PARENTS. Ça le fit rire. Il prit un cookie au chocolat dans une assiette sur le plan de travail et le fourra dans sa bouche. Il lui trouva un goût terreux. Lorsqu'il leva les yeux, tout le monde dans la cuisine le dévisageait.

« Tu l'as mangé en entier ?

– Oui. » Il sentit ses cheveux se dresser sur sa tête.

« Eh bien, dit l'homme au blouson de cuir. Il va régresser à l'état fœtal.

– Bon voyage ! »

Breakfast avait l'air préoccupé. « Ne t'en fais pas. Ce n'est que du hasch. »

Dustin acquiesça de la tête pour montrer qu'il n'était pas inquiet. Il avait fumé du hasch plus d'une fois. Yissel lui sourit et lui posa la main sur l'épaule, expliquant que chacun d'eux allait également manger un cookie. Aucun souci à se faire. Quand elle prit le sien, Dustin remarqua pourtant qu'elle y touchait à peine.

Il alla dans la salle de bains pour se passer de l'eau sur le visage. Il se serait bien fait vomir, mais l'idée de s'enfoncer l'index dans la gorge le dégoûtait. De toute façon, ils exagéraient sûrement. Comment auraient-ils su qu'il avait l'habitude du hasch ? Il entra dans la chambre voisine, entièrement peinte en violet. Des Jésus un peu kitsch, des calendriers mexicains et des photos noir et blanc de femmes nues aux seins d'une taille surréaliste décoraient les murs. Deux futons couverts de traces de pieds boueuses occupaient l'essentiel de la pièce. Un pistolet trônait sur la commode, l'étiquette avec le prix encore accrochée à la détente. On aurait dit un vrai. EN CAS DE MALHEUR, TIREZ, pouvait-on lire sur l'étiquette. Dustin passa entre les futons pour regagner le séjour où Taz se faisait tatouer l'avant-bras.

« Hé là ! Tu es sûre de toi ? »

Elle le regarda tendrement. « Tu avais promis, papa. À condition que je finisse mon assiette. »

Tout le monde se tordit de rire dans la pièce.

« Dis-lui ce que c'est, lança Suzie. Une gorgone !

– C'est une gorgone, répéta Taz.

– Merde ! grogna le tatoueur. J'avais compris “orgue”.

– Quoi ?

– Tu sais bien. Comme Hieronymus Bach. »

Taz fronça les sourcils. « Ce putain d'instrument de musique ? Dans une église ? »

Le type haussa les épaules. « Si tu voulais une gorgone, il fallait t'exprimer clairement. Articuler.

– Tirons-nous », souffla Dustin à l'oreille de Taz. Cette fête, et cet endroit, finissaient par lui rappeler un de ces films étrangers où il ne se passe rien, mais où tout le monde est plus ou moins dérangé.

« Qu'est-ce que tu racontes ? » dit Taz.

Dustin s'assit sur le canapé. À l'autre bout de la pièce, près de la chaîne stéréo, le type avec du coton dans la narine semait la pagaille parmi les disques, les sortant un par un de l'étagère et les faisant glisser de leur pochette sur le sol. Il ouvrait des yeux ronds comme des pièces de vingt-cinq cents. La moquette, vite recouverte, miroitait comme un étang de vinyle. Le type se mit à marcher sur les disques, les écrasant méthodiquement avec les gestes saccadés d'un robot, se balançant inexorablement d'avant en arrière

« Qu'est-ce qui te prend, bordel ? demanda Suzie.

– Littéralement, ou métaphoriquement ? » Il inspecta la pièce du regard, apparemment surpris de voir qu'il n'était pas seul. « Littéralement, je suis en train de détruire tous mes disques.

– Et métaphoriquement ?

– Je porte des chaussures de ski.

– Grand Funk Railroad, lança Breakfast qui suivait la scène depuis la cuisine. *E Pluribus Funk*. C'était mon album préféré au cours moyen. »

Un groupe américain, pensa Dustin, contemplant les disques brisés. Il voulait le dire à voix haute, mais son cerveau embrumé lui faisait prendre ses désirs pour des réalités.

Il avait la gorge sèche et commençait à se sentir mal. « Un groupe américain, répéta-t-il, à voix haute cette fois.

– Tu l'as déjà dit.

– Qui a invité ce con ? demanda le type avec du coton dans la narine.

– C'est le copain de Taz », dit Suzie.

Taz gloussa, puis examina la moitié de tatouage sur son avant-bras. « Absolument pas.

– Elle n'a pas de copain. Un miracle de la science. »

Dustin ne voulait pas penser à ça. Il se sentait de plus en plus mal. Ses pieds, surtout, étouffaient dans ses Converse. Ils ne tenaient plus dans cet habitat fabriqué par l'homme. Avec précaution, il délaça ses baskets et les lança sur la moquette. Aucun soulagement. Il retira également ses chaussettes. Ses pieds purent respirer, mais de nouvelles inquiétudes surgirent. Il découvrit que ses orteils n'avaient pas tous évolué de la même manière. Certains avaient des touffes de poils noirs héritées du singe. Levant les yeux, il s'aperçut que tout le monde fixait ses pieds.

Yissel raconta qu'à l'âge de treize ans, elle avait découvert la présence d'un kyste sur son dos. L'histoire était tortueuse et difficile à suivre. D'après ce qu'en comprit Dustin, le kyste contenait des poils et des dents, et il avait fallu l'enlever avant qu'il tourne mal.

Il décida de sortir fumer une cigarette. Opération toute simple en apparence, mais qui entraîna une série d'acrobaties. Dehors, la pluie s'était mise à tomber. L'eau de la piscine frémissait à la lumière des projecteurs. La pluie ne faisait aucun bruit, d'où un certain manque de crédibilité. Sur ce plan, elle ressemblait au film porno dans l'appartement d'en face : en accéléré, il semblait montrer des clowns décharnés et hyperactifs en train de se laver les dents avec la même brosse. Du voyeur, Dustin n'apercevait qu'un bras grassouillet qui dépassait du canapé, télécommande à la main. Horrifié, il comprit que c'était lui le propriétaire de ce bras. Par un étrange coup du sort, il contemplait son propre avenir. Il avait couché avec la sœur de sa petite amie, mais ça prouvait juste quel bouffon il était. Tout le monde le détestait ; il n'avait aucun talent ; il ne deviendrait jamais célèbre. Ne venait-il pas de se faire traiter de con par plusieurs personnes dans la pièce ? Pas un seul individu au monde ne l'aimait. Même ses parents, qui l'avaient pourtant élevé, se moquaient bien qu'il soit mort ou vivant. Ils connaissaient la triste vérité : il se retrouverait seul dans un appartement, à regarder des films pornos les volets ouverts.

Il délirait. Un nénuphar géant lui apparut ; il le vit même se matérialiser devant lui avec le visage sombre de son père.

Son cœur battait de plus en plus vite. Incontrôlable. Un autre lui-même farfelu et déjanté, sorti d'un dessin animé. Dustin s'assit à même le sol humide de l'allée et porta l'index et le majeur à son cou, prenant son pouls comme Mme Shackney. Il avait appris à le faire à l'école primaire. Compter pendant dix secondes, puis multiplier par six. Il regarda sa montre, s'efforça de suivre les bonds minuscules de la trotteuse tout en comptant.

Deux cent soixante-quatre. Est-ce que c'était possible ?

Courageusement, il retourna à l'intérieur affronter les autres, qui lui parurent plus petits, moins identifiables sur le plan anatomique. Ils le dévisagèrent, l'air pleins d'espoir. Ils semblaient s'attendre à ce qu'il dise quelque chose. S'il parvenait à tenir des propos sensés, n'importe quoi pour les gagner à sa cause, peut-être se laisseraient-ils convaincre de lui sauver la vie.

« Quoi de neuf dehors ? lança Breakfast.

– Les nénuphars sont en fleurs. »

Les amis de Taz apprécièrent visiblement. Ils rirent si fort que l'un d'eux – le tatoueur – renversa de la bière sur la moquette. Les gouttes restèrent quelques instants en surface, sorte de rosée monstrueuse. Taz demanda à Dustin si ça allait, les yeux fixés sur les deux doigts avec lesquels il continuait de prendre son pouls. À sa grande surprise, elle paraissait réellement inquiète.

« Non, répondit-il. En fait ça ne va pas du tout. Je suis en train de faire un infarctus. »

Cette réplique eut moins de succès. Il crut entendre des huées.

« Oh là. Pas cool. La mort n'est pas vraiment la bienvenue.

– Mauviette, dit l'homme au blouson de cuir. Tu n'as absolument pas un infarctus.

– Ah bon ?

– Moi j'en ai eu un, déclara-t-il fièrement. Si c'était ça, je le saurais.

– Combien de space cakes tu as mangés ? interrogea Suzie.

– Space cakes ? »

Taz échangea un regard avec Breakfast. « Allo, le standard, on a un problème.

– Tu sens encore ton bras gauche ? » demanda Breakfast.

Dustin fit non de la tête. En vérité, il en avait oublié l'existence. Ses quelques éclairs de lucidité, il les réservait à son cœur aux battements si rapides qu'il avait renoncé à les compter. Celui-ci s'était transformé en créature extraterrestre. L'ami intime, rassurant et loyal, avait fait place à un inconnu avec un badge. *JE M'APPELLE :* TON CŒUR.

Dustin quitta la pièce et se mit en quête d'un téléphone. Il allait devoir appeler lui-même les urgences. Mais s'il les appelait, on découvrirait qu'il avait du cannabis dans le sang et il serait arrêté pour possession de stupéfiants, même si son cœur lui jouait des tours. Il avait peur, envie de vomir, et il était pieds nus. Après des recherches longues et mouvementées, il tomba sur une pièce meublée avec des futons. Différente, en apparence, de celle qu'il avait vue un peu plus tôt. Bizarrement, pourtant, elle était presque identique à la première, jusqu'au pistolet sur la commode. Sans un regard pour l'arme, Dustin prit le combiné sur lequel, au moins, ne figurait aucune consigne.

Il décida d'appeler Kira. Elle saurait quoi faire. Elle avait des idées de génie dans les moments critiques. Il l'aimait à la folie ; elle était la seule à pouvoir le comprendre ; comment avait-il pu croire que Taz méritait qu'il risque de perdre Kira pour toujours ? Il composa le numéro des Shackney. Plusieurs sonneries se succédèrent, si interminables qu'il se demanda s'il n'allait pas mourir avant que quelqu'un décroche. Alors qu'il perdait espoir, le répondeur se déclencha et la voix préenregistrée de monsieur Shackney lui aboya dans l'oreille, le priant de laisser un message.

« Kira, tu es là ? Je suis en train de faire un infarctus. Mon… euh… mon rythme cardiaque pulvérise tous les records. » Silence. Il s'entendait respirer, haletant, dans la pénombre de la cuisine des Shackney. Et leur cuisine aussi, il l'entendait respirer à l'autre bout du fil. Le ronronnement infatigable de leur frigo dernier cri. Dire que c'étaient peut-être ses dernières paroles. Son ultime chance de se faire pardonner. « Kira, il faut que… mon Dieu, aide-moi… Taz est là. On est à une fête. On a… Je n'arrive même pas à prononcer le mot. On l'a fait. Avec ta petite sœur. Je dois avoir quelque chose d'anormal. La veille de l'anniversaire… de notre rencontre. »

Il raccrocha et ferma les yeux, attendant la mort. Il claquait des dents. Il venait de soulager sa conscience, mais ne se sentait pas mieux pour autant. Il s'assit par terre, enserra dans ses bras ses genoux repliés. Il aurait voulu se retrouver dans son jardin, s'enfouir dans le tas de feuilles ratissées par son père. C'est ce qu'il faisait quand il était petit. Il se laissait tomber de tout son poids sur les feuilles encore chaudes, s'enfonçait dans la fraîcheur de celles du dessous, jusqu'à la couche du fond, collante et moite, à l'odeur suave d'épinards pourrissants. Il restait là jusqu'à ce que son père vienne le chercher. C'était sombre, froid, inquiétant, mais il y avait la certitude que son père viendrait. Ça faisait partie du jeu. Il soulevait Dustin avec ses grandes mains, le tirait vers la lumière dans son pull couvert de feuilles, le secouait doucement comme un cadeau.

Dustin rouvrit les yeux ; quelqu'un était penché sur lui dans la chambre violette, une manche retroussée tout en haut de l'épaule. Taz. Son visage semblait devenir violet lui aussi, se fondre dans le décor.

« S'il te plaît, supplia-t-il.

– S'il te plaît quoi ?

– Aide-moi. »

Elle le regarda tristement. Une tristesse sans doute pas uniquement causée par sa mort prochaine. Il avait la sensation déprimante qu'elle était amoureuse de lui, mais préférerait mourir plutôt que de le montrer. À moins que ce ne soit encore un effet de son imagination. Voilà bien le seul trait incontestable de la condition humaine : on mourait sans avoir jamais su ce que pensaient les autres.

Il attendit qu'elle soit partie, puis décrocha et appela chez lui.

18

Warren traversa Torrance aux rues scintillantes de pluie avec Dustin assis près de lui, tout au bord du siège du passager. Son fils n'était pas dans son état normal. Les pupilles dilatées, une jambe tressautant mécaniquement, il regardait fixement l'arc de cercle décrit par les essuie-glace branlants. De temps à autre il se tournait vers son père – l'air hagard comme dans un parc d'attractions – avant de se remettre à contempler la route. C'était le hasch, avait-il dit. Warren avait du mal à le croire. Lui-même en avait fumé une fois à l'université, avant de rencontrer Camille, et n'avait ressenti d'autre effet qu'un fourmillement insistant dans un pied. Là, c'était bien autre chose. Dustin avait discouru au téléphone sur son rythme cardiaque, sur un possible infarctus, mais quand Warren avait fini par arriver sur les lieux – hors d'haleine et affolé – son fils avait prétendu s'être trompé. Warren l'aurait quand même bien emmené aux urgences, mais Dustin s'était agrippé si fort à sa manche, avec un regard si implorant qu'il avait saisi cette occasion de lui faire plaisir.

« Je voudrais être un chien », déclara soudain Dustin, toujours assis en équilibre instable. Le plafonnier était allumé, empêchant de bien voir la route ; Warren avait voulu l'éteindre, mais Dustin s'était mis à crier d'une voix bizarre.

« Un chien ?

– Tu peux faire tout ce que tu veux. Tout le monde te pardonne. Tu as même ta propre maison.

– Je te préfère en être humain, dit Warren.

– Une niche… », murmura Dustin en fronçant les sourcils. Ce mot semblait l'impressionner ou l'offenser, difficile à dire. Il posa les yeux sur les pantoufles de Warren comme s'il les voyait pour la première fois. « Je t'ai réveillé ? demanda-t-il avec inquiétude.

– Non. On jouait au Monopoly. »

Dustin jeta un coup d'œil à la pendule du tableau de bord. « À une heure du matin ?

– Lyle peut à peine bouger. Jonas et moi avons dû la distraire. » La pluie s'était transformée en une petite bruine ; Warren arrêta les essuie-glace. « Ta mère passe la nuit à son bureau. »

Dustin regarda sa jambe tressauter. Il paraissait vexé. C'était une habitude qu'avaient Warren et les enfants, quand Camille s'absentait : jouer au Monopoly jusque tard dans la soirée, parfois pendant des heures. Ils mettaient l'argent dans leur portefeuille, le sortant avec un air faussement peiné. Warren sentit dans sa poche les billets aux couleurs acides : une liasse imposante, mais sans valeur.

« Lyle a pris le fox-terrier ?

– Comment ?

– C'était son pion préféré. Elle le mettait dans la petite brouette, les pattes en l'air. » Il dévisagea son père, comme s'ils discutaient d'un sujet de la plus haute importance. « Tu ne t'en souviens pas ?

– Écoute, mon garçon. J'ai quelque chose à te dire.

– Je n'en reviens pas que tu aies oublié », lâcha Dustin avec dépit.

Ils prirent un virage dans un bruit de ferraille, si vite que la Barbie suspendue au rétroviseur s'inclina violemment. Que voulait-il dire à son fils, au juste ? Tout ? Défoncé, inoffensif, Dustin risquait moins de le détester. Peut-être même aurait-il tout oublié le lendemain matin. Il produisait un étrange bruit animal ; Warren ne se rendit pas tout de suite compte qu'il claquait des dents.

« S'il te plaît, papa. J'ai besoin de ton aide. »

Warren leva le pied. « Qu'y a-t-il ?

– J'ai fait… quelque chose. Une connerie. »

Il commença à raconter, un flot de paroles. Warren avait du mal à suivre ; il comprit seulement que Dustin, croyant à tort qu'il allait mourir, avait confessé sur le répondeur de Kira avoir couché avec la petite sœur de celle-ci. Kira écouterait le message le lendemain et romprait aussitôt. Dustin avait besoin de l'aide de Warren pour subtiliser la cassette avant que les Shackney ne découvrent la vérité.

« C'est vrai ? Tu as couché avec la sœur de Kira ?

– Non.

– Alors pourquoi avoir dit ça ? »

Dustin ferma les yeux et se tassa sur son siège. « Merde, souffla-t-il. Tu ne peux pas m'aider, pour une fois ?

– Qu'est-ce que tu suggères ? De casser une vitre pour s'introduire chez eux pendant leur sommeil ?

– Non ! Surtout pas de bruit ! » Il expliqua que la sœur de Kira laissait sa fenêtre ouverte la nuit pour sortir en cachette. Elle était encore à la fête, sans doute à se demander où il était passé et à saccager la Dodge. Warren pourrait entrer par cette fenêtre sans que personne ne remarque rien. « Moi, je suis trop… défoncé pour le faire.

– Dust, je suis un adulte. Je ne peux pas entrer chez un voisin par effraction. »

Pendant une seconde, Dustin eut de nouveau son air hagard, puis il se remit à contempler le tableau de bord. Malgré l'absurdité de la requête, Warren se sentit étrangement heureux. Il espérait – attendait même avec impatience – une occasion d'aider son fils. Contre toute attente, celui-ci fondit en larmes. Un son lointain, à peine audible, comme s'il venait d'une autre pièce. Warren ne l'avait pas entendu depuis l'enfance de Dustin. Les pleurs firent place à des sanglots. Hormis le tintamarre persistant du pot d'échappement, c'était le seul bruit dans la voiture. Ils exprimaient une véritable peur, la panique ou le désespoir.

Warren décida de répondre à cette supplique. Quelle que soit la raison réelle, Dustin avait besoin de lui.

Ils entrèrent à Herradura Estates ; au sommet du canyon, il éteignit les pleins phares et tourna dans John's Canyon Road pour atteindre la maison des Shackney. La pluie avait cessé et les rues humides miroitaient sous le faisceau de ses phares. Il se gara le long d'un trottoir de manière à ne pas être vu. Flottant au-dessus de la pancarte HACIENDA DE SHACKNEY, la lune gibbeuse, à demi cachée par les branches d'un gattilier, ressemblait à un œuf fendu d'un coup de cuiller. Warren demanda à Dustin où se trouvait la chambre de la sœur de Kira, essayant de se rappeler ce que son fils lui avait expliqué.

« La première fenêtre de derrière », marmonna Dustin. Il ne pleurait plus, mais il avait le visage blême, l'air absent.

Sa lèvre supérieure était enduite de morve. Warren attendit, sans obtenir aucune information supplémentaire.

Il descendit de voiture, longea l'allée à pas de loup, évita un ver de terre détrempé qui se tortillait sur le goudron. Son T-shirt flottait au vent. Il dépassa un panneau sur la pelouse de devant : PROTECTION ASSURÉE PAR NORCO. Il se représenta ce Norco sous les traits d'une brute hispanique avec une dent en or, patrouillant sur les lieux armé d'un cric. Hormis la lumière crue de la lanterne du porche, la maison était dans l'obscurité. Il entra par la grille du jardin et suivit sans bruit le sentier dallé conduisant vers la pelouse de derrière. L'herbe mouillée trempa intégralement ses pantoufles. Il s'en moquait. Il avait les idées claires, l'esprit libéré de ses soucis habituels. Il se sentait presque en forme. Il s'imagina l'expression de Dustin lorsqu'il lui rapporterait la cassette, son sourire de gratitude.

Le jardin derrière la maison était immense, un champ de bataille pour jouets ; le trampoline brillait au clair de lune tel un étang. Warren le contourna silencieusement, évitant de justesse un arceau de croquet caché dans l'herbe. Il s'accroupit, le cœur en travers de la gorge. Il ne trouva pas tout de suite la chambre de la sœur. Lentement, comme un voleur, il traversa un bosquet de buddleias pour accéder à la fenêtre ouverte, sans prêter attention au craquement sinistre d'un escargot écrasé sous sa pantoufle. Il risqua un coup d'œil à l'intérieur de la pièce éclairée par la lune. Personne. Il enjamba l'appui de fenêtre – brève et douloureuse pirouette – et pénétra dans la maison des Shackney. Cette chambre aurait pu être celle de Dustin : même désordre spectaculaire, des vêtements partout, des assiettes sales sur le lit, des T-shirts dépassant des tiroirs de la commode. Il y flottait une odeur familière de trognon de pomme pourri. Même le poster ornant le mur était identique : ce type aux cheveux dressés sur le crâne qui avait l'air d'assommer un phoque à coups de guitare.

Warren slaloma entre les vêtements qui jonchaient le sol, ouvrit la porte le plus doucement possible, s'engagea dans le couloir avec précaution. La lumière jaillit et il se figea sur place, pétrifié. Personne en vue. Alors qu'il reprenait sa progression, la lumière s'éteignit, le plongeant dans le noir.

Lorsqu'il arriva à tâtons dans la cuisine, vaguement guidé par une lueur au-dessus du fourneau, toute similitude avec sa propre maison avait disparu. La pièce, monumentale, était équipée d'une cave à vins, d'un fourneau de marque Viking, d'un réfrigérateur assez grand pour contenir une demi-carcasse de bœuf. Quand Warren l'ouvrit, une pêche atterrit à ses pieds. Il tenta de la remettre à l'intérieur, mais ce frigo était tellement rempli de viande, de produits laitiers et de diverses variétés de moutarde qu'il ne trouva pas de place. Il se retourna, la pêche toujours à la main. Sur le plan de travail trônait une bouteille de Châteauneuf-du-Pape, l'étiquette du prix bien en vue : soixante-quatre dollars. Il ne connaissait pas ce vin, mais le nom lui-même semblait évoquer tout ce qu'il y avait de meilleur au monde ; rien à voir avec les sonorités germaniques qui avaient accompagné son enfance. Il revit les adolescentes du Seven Seas Club en train de bronzer en maillot de bain, jambes harmonieusement repliées.

Il traversa le carrelage, inspecta du regard la salle de séjour cossue, sorte de salle d'exposition pour fauteuils et canapés cuir assortis. Il s'y avança dans ses pantoufles trempées, s'assit au bord d'un canapé, face à un téléviseur géant dans un meuble oriental surmonté d'un paon sculpté. C'était le plus grand poste de télévision qu'il ait jamais vu. Les Shackney avaient dû faire fabriquer ce meuble sur mesure. Il demeura quelques instants immobile, dégustant sa pêche et laissant le jus couler le long de son bras. Il avait froid aux pieds, mais aucune envie de se lever. L'écran de télévision lui renvoyait son reflet, sombre comme celui d'un fantôme.

Il ferma les yeux et s'assit confortablement. Il aurait pu se trouver n'importe où, dans une église ou un palais, tant la maison endormie semblait silencieuse. Il avait l'étrange impression d'être là chez lui, de pouvoir s'endormir et être éveillé par un baiser.

De retour dans la cuisine où ses pantoufles laissaient des traces humides, il vit le répondeur clignoter calmement sur la tablette du téléphone. Il y posa sa pêche dégoulinante de jus. Un seul geste à faire pour s'assurer l'amour et la gratitude de son fils : voler la cassette. Il appuya sur la touche commandant l'ouverture, mais elle ne marchait pas. Elle paraissait bloquée. Il tenta d'ouvrir le logement de la cassette avec son ongle, mais il risquait de se l'arracher. Pas question de pisser le sang dans la cuisine des Shackney. Il secoua l'appareil, dans l'espoir de déloger la cassette par magie. En vain. Une goutte de sueur roula sur son nez. Cette cassette emprisonnée le narguait de ses yeux de chouette. Il envisagea d'effacer le message, mais ne trouva pas la touche du volume, et il ne voulait pas réveiller quelqu'un.

Il allait falloir voler ce répondeur. Il n'y avait pas d'autre solution. Glissant la main derrière la tablette, le long du cordon, il débrancha l'appareil et le cala sous son bras.

Il resta planté là, serrant le répondeur contre lui comme un ballon de foot. À cause de l'importance de l'enjeu, de la certitude que l'avenir de son fils était entre ses mains, il ne put s'empêcher de se sentir héroïque.

Il pivota sur lui-même. La bouteille de Châteauneuf-du-Pape, avec sa superbe étiquette Art Déco, attendait sur le plan de travail. Il s'en empara également. En route vers la chambre de la sœur de Kira, accélérant le pas pour échapper à l'éclairage automatique, il trébucha sur le tapis du couloir et faillit lâcher la bouteille de vin. Après s'être rétabli, il leva les yeux : il y avait un gosse debout à l'autre bout du couloir, le visage bouffi de sommeil. Le fils Shackney. En slip. Dans la lumière éblouissante du couloir, il avait l'air doux comme un agneau. Il cligna deux ou trois fois des yeux à la vue de Warren avant de remarquer le butin de celui-ci, son regard effrayé allant de la bouteille au répondeur.

Warren se précipita dans la chambre de la sœur et sauta par la fenêtre, perdant une pantoufle sur la pelouse spongieuse. Son pied claquait sur le sol de l'allée. Dans la voiture il mit le contact, démarra sans regarder derrière lui, fit demi-tour sur la chaussée luisante et patina quelques secondes avant de pouvoir s'éloigner, le fracas du pot d'échappement réveillant le labrador des Dunkirk dont les aboiements s'atténuèrent peu à peu. Les yeux de Warren le piquaient ; il avait le souffle court et une douleur rappelant l'angine de poitrine l'oppressait. La bouteille de vin roulait à ses pieds. Lorsqu'ils furent à bonne distance, il prit le répondeur resté sur ses genoux et le tendit à son fils, qui leva les yeux de la bouteille pour contempler l'appareil avec stupeur à la lumière d'un lampadaire. Il eut un mouvement de recul.

« Bon sang, papa ! Est-ce que tu arrêteras un jour de me pourrir la vie ? »

19

Le studio d'enregistrement était exigu, humide et froid. Penché sur le micro, Mikolaj récitait au mieux – dans son anglais approximatif – le nouveau script écrit par Camille pour clarifier les choses : les enfants en T-shirt n'appartenaient pas à des équipes sportives. Il avait du mal à prononcer « trompe de Fallope ». Son accent posait problème, mais Camille pensait que ce serait plus perturbant de faire dire cette partie du commentaire par une voix féminine, sans raison valable. Derrière la console, elle essayait de synchroniser les paroles de Mikolaj et ce qu'elle voyait sur le moniteur. Même s'ils étaient assis de part et d'autre d'une table large de deux mètres, les relents de bain de bouche imprégnant l'haleine de Mikolaj arrivaient jusqu'à elle.

« Ces enfants ré-présentent les spermatozoïdes qui remontent la trompe de Philippe.

– Pas “ré-présentent”, rectifia-t-elle. “Représentent”. Comme dans “recours”.

– Quel recours ?

– C'est pour te montrer comment prononcer. La première syllabe. »

Elle était à deux doigts de tout laisser tomber, de démissionner et de brûler ce film avant que quiconque puisse le voir. Ce vendredi était la date limite pour le soumettre à la commission. L'heure du déjeuner était largement passée ; depuis la veille elle réécrivait le script, dormant quelques heures sur le canapé de la salle de repos. Son unique allié, un alcoolique polonais, croyait que « Fallope » était un prénom. En plus, il faisait extrêmement froid pour la saison, et la moitié de leur équipe semblait avoir pris des vacances. La situation était grave, se dit-elle en tripotant les pompons de son châle.

Elle avait des picotements dans les yeux, se sentait si épuisée qu'elle commençait à douter de sa propre prononciation. Pour achever de l'énerver, Mikolaj lui sourit. Il se pencha de nouveau vers le micro et, se tenant la poitrine à deux mains, émit un cri guttural à vous faire dresser les cheveux sur la tête. Il fallut quelques secondes à Camille pour comprendre qu'il chantait. « *Je suis ton seul recours. Je vole à ton secours.* » Camille éclata de rire.

« Je t'ai fait rire, dit-il. C'est un grand jour.

– Je ris tout le temps, mentit-elle.

– Je croyais que tu étais comme les communistes : trop occupée pour prendre le temps d'être heureuse. »

La queue de cheval de Mikolaj s'était défaite, lui recouvrant les épaules de mèches grasses. Camille remarqua qu'il avait le front constellé de minuscules cicatrices. Même injectés de sang, ses yeux avaient une étrange beauté, d'un vert incroyablement profond, comme l'intérieur d'une roche.

« Ça ne t'ennuie pas si je fume ? » demanda-t-il.

Camille fit non de la tête. Tout content, il sortit un paquet de tabac de la poche de son jean et se roula une cigarette.

La flamme de son briquet s'inclina vers une extrémité tandis qu'il tirait sur l'autre.

« Pourquoi tu me regardes ?

– Pour rien, répondit-elle. Tu me rappelles quelqu'un.

– Je ne rappelle personne, déclara-t-il fièrement, soufflant la fumée par les narines. Tu veux que je t'en roule une ?

– Non. J'ai les miennes. » Elle fouilla dans son sac. Il ne restait que deux cigarettes dans le paquet. Elle en prit une, laissa Mikolaj l'allumer et se sentit aussitôt plus détendue.

« On est les seuls fumeurs à travailler ici », fit-il observer.

Camille fut étrangement flattée. « Ma famille n'apprécie pas.

– Pourquoi ?

– Aucune idée. Ça ne doit pas correspondre à l'image qu'ils ont de moi.

– Ah, d'accord. Ton vrai moi est dans un endroit secret. » Il contempla la table. « Comme moi qui veux faire des films, des films célèbres, et qui me retrouve ici à parler de trompes. »

Peut-être n'était-il pas ivre. Peut-être les Polonais étaient-ils tous comme lui : ils laissaient sortir des vérités, des secrets, toutes ces choses sales et gênantes qu'on cache d'habitude. Elle avait entendu parler de bébés nés avec le cœur en dehors du corps. Il avait des pellicules dans les sourcils ; on aurait dit de la poussière tombée du plafond.

« Quelque chose ne va pas ? » demanda-t-il gentiment.

Elle éprouva le besoin irrésistible de se confier à cet étranger que rien ne semblait choquer – peut-être même de lui parler de la liaison de Warren – mais soudain elle se rappela le mot qu'elle avait trouvé dans le tiroir de son bureau. « Ma fille a failli s'électrocuter, dit-elle finalement. Avec une radio.

Je lui avais interdit de la mettre près de la baignoire, mais elle ne m'a pas écoutée.

– Quel âge elle a ?

– Seize ans. »

Il se cala contre le dossier de sa chaise, laissant un nuage de fumée entre eux. « Bon. Elle est à l'âge où on n'écoute pas. C'est sa spécialité.

– Quand elle était petite, je pensais avoir une relation privilégiée avec elle. Plus qu'entre la plupart des mères et de leurs filles. Je lui chantais des chansons à longueur de journée, sur tout ce qu'on faisait, comme dans un opéra. J'étais, comment dire ? Totalement sous le charme. Elle me dévisageait avec ses grands yeux bleus. *Chante encore, chante encore.* Comme si rien n'était vrai tant que je n'en faisais pas une chanson. » Camille tira une bouffée sur sa cigarette, la fumée aussi chaude dans ses poumons que la lumière du soleil. « Tu savais que les lionnes mangeaient parfois leurs lionceaux par erreur ? Elles veulent les lécher, et puis elles se laissent emporter et les dévorent. »

Mikolaj la regarda d'un air bizarre. « Tu aimerais manger ta fille ?

– Non, bien sûr. Je veux simplement dire que c'est ce que je ressentais parfois.

– Waoh…

– Et que je ressens encore. Même quand elle se paie ma tête. »

Il parut impressionné. « En Pologne, on ne mange jamais nos enfants. Seulement sur un plan symbolique. »

Il écrasa son mégot dans une tasse avec un reste de café froid – grésillement agréable à l'oreille. Camille se leva pour continuer à synchroniser le film. Pourvu que Mikolaj ne veuille pas se confier lui aussi ! En fait, elle n'avait pas envie d'en savoir davantage sur lui. Ça risquait de nuire à l'un de ses fantasmes. Celui où Warren rôdait de l'autre côté de la fenêtre, jaloux de la voir fumer une cigarette avec un Européen au visage triste qui lui laissait des lettres d'amour déprimantes.

« Cette veste me plaît », dit Mikolaj quand elle se réinstalla derrière la console. De la tête il désigna le châle.

« Ah bon ?

– Beaucoup. Tu ressembles aux cow-boys des magazines. »

Elle décida de prendre cette phrase pour un compliment.

« Mon mari déteste ce châle.

– Ah », dit tristement Mikolaj.

Elle rougit. « Trop cher pour lui, sans doute.

– Il devrait s'installer en Union soviétique. Il ne sait pas à quoi sert l'argent. »

Elle fronça les sourcils. « On devrait surtout se remettre au travail. Il est presque dix-sept heures.

– D'accord. L'efficacité américaine. L'heure c'est l'heure. »

Il tapa du poing sur la table, à la manière d'un juge avec son marteau. Sa grande main nerveuse et solitaire était pareille à un animal. Sans réfléchir, elle posa la sienne dessus. Il sursauta, son front se rida. Il parut contrarié. Elle n'avait pas pensé à la suite. L'air grave, il fit le tour de la table et la saisit par les épaules, la soulevant comme une étagère. Il posa ses lèvres sur les siennes, la bouche insistante et maladroite, sa langue heurtant celle de Camille tel un poisson, le goût du bain de bouche faisant place à une saveur rance, du vin blanc resté trop longtemps au soleil, aussi déstabilisante que les boutons de la console qui lui rentraient dans les fesses

– était-elle assise ou en train de tomber ? Soudain il recula et le baiser disparut aussi vite qu'il était venu ; l'étreinte des doigts de Mikolaj brûlait encore les bras de Camille.

Ils avaient le souffle court. Baissant les yeux, elle vit qu'il bandait. Une odeur de laine grillée se répandit soudain.

« Ta cigarette ! cria-t-il.

– Quoi ?

– Elle brûle ta veste ! »

Camille écarta brusquement la main, lâcha sa cigarette. Il y avait un trou de la taille d'une pièce de vingt-cinq cents dans son châle. Comme pour ponctuer cet épisode, le téléphone se mit à sonner dans la pièce voisine. Elle courut répondre. Le couloir désert lui parut différent, d'un jaune plus clair, bien que les murs ne sentent pas la peinture fraîche.

« Je dois partir », dit-elle lorsqu'elle réapparut quelques instants plus tard. Elle rassembla ses affaires sans un regard pour Mikolaj. « Mon mari est en prison. »

20

« Il y a une chose que je ne m'explique toujours pas », déclara l'homme assis en face de Warren. Il buvait bruyamment à même une boîte miniature de Frosties, dans laquelle il avait versé le contenu d'une petite brique de lait pour écolier. Il avait réclamé le tout – lait et céréales – à un surveillant. Avec la véhémence d'un ivrogne, il brandit la boîte : Tony le Tigre et son sourire euphorique devant un bol de céréales couleur rouille. « Pourquoi est-ce qu'il porte un bandana autour du cou ?

– Qui ça ?

– Le tigre. Enfin, merde, qui porte un bandana autour du cou ?

– Aucune idée. » Warren tourna la tête vers la cuvette métallique des toilettes dans un coin de la pièce. Sur le rebord, un poil pubien était enroulé sur lui-même comme un minuscule ressort. Warren voulait profiter en paix de son arrestation, nadir de son existence présente.

« Putain ! », s'exclama l'homme. Il lui mit la boîte sous le nez comme pour lui montrer une photo de sa femme. « Ce bandana est même brodé à son nom. Dis-moi si ce n'est pas un petit T-O-N-Y que je vois là. »

Un filet de lait sur le menton, il semblait attendre une réponse. Warren fut contraint de regarder : le prénom était bel et bien brodé sur le bandana, preuve des goûts aristocratiques du tigre. À l'évidence, le message était destiné aux individus les moins privilégiés de ce monde. Si chacun restait à sa place, personne ne jouerait les riches ni ne s'introduirait chez ses voisins pour voler leurs biens. *Vol sans effraction*. Voilà ce que le policier qui avait pris ses empreintes avait ensuite tapé à la machine dans son rapport. Quand Warren avait demandé pourquoi il ne mettait pas « cambriolage », le type l'avait dévisagé comme s'il était demeuré : « Vous avez la folie des grandeurs, ou quoi ? »

Warren avait eu tout le temps de réfléchir aux conséquences de ses actes. Il avait redouté que les flics débarquent la veille au soir, trouvent Dustin défoncé et l'arrêtent lui aussi, mais ils n'étaient venus que dans l'après-midi. Douze heures d'insomnie et d'angoisse. Heureusement, il n'y avait pas eu d'esclandre. Ils lui avaient demandé poliment de les suivre au commissariat, l'avaient conduit jusqu'à leur véhicule sans faire usage de la force. Sur l'échelle des événements humiliants, ça aurait pu être pire. Il aurait pu y avoir des larmes, des armes, des menottes. Cela dit, l'humiliation faisait partie de ces choses qui, comme les cercueils, se suffisaient plus ou moins à elles-mêmes. En descendant l'allée la tête basse et tremblant de peur, il avait jeté un dernier coup d'œil vers sa maison, à temps pour voir Dustin sortir du garage : il tenait sa guitare par le manche, le médiateur scintillait entre ses dents. Derrière lui, Lyle et Jonas regardaient par la fenêtre du salon comme des inconnus. Il se consolait en se disant que les policiers ignoraient une partie de la vérité ; il avait espéré qu'après leur avoir donné sa version des faits – et reconnu l'absurdité de voler le répondeur des parents de la petite amie de son fils – il pourrait repartir avec un simple rappel à la loi.

Mais en arrivant au commissariat, à la vue de M. Shackney et de son fils qui attendaient, le visage las et grave, il avait compris son erreur. On n'était pas dans le bureau du proviseur. Sur la table de la salle d'interrogatoire, dans un sac en plastique transparent avec l'inscription PIÈCE À CONVICTION, se trouvait sa vieille pantoufle – celle sur laquelle Mister Leonard avait uriné quand il n'était encore qu'un chiot. À côté, un petit tableau intitulé LISTE DES OBJETS VOLÉS avait été minutieusement rempli. Plus que tout, ce tableau avait alerté Warren sur la gravité de la situation. Avec le recul, il ne pouvait pas en vouloir à M. Shackney d'avoir porté plainte. Ça paraissait sûrement pire qu'un coup de folie : quel genre de père entrerait par effraction chez un voisin, à la demande de son fils défoncé qui, d'habitude, ne supportait pas sa compagnie ?

L'homme à la boîte de céréales se leva pour pisser, l'obligeant à écouter son jet éclabousser la cuvette. Warren se demanda comment il pourrait affronter Camille et lui avouer la vérité. Elle devait être en route pour le commissariat, se renseigner sur une éventuelle libération sous caution dans l'un des bureaux sinistres sur le trottoir d'en face. Il redoutait les explications qu'il lui faudrait fournir, mais se sentait vaguement soulagé : il touchait le fond. Il allait pouvoir vider son sac.

Lorsqu'il fut libéré – une heure plus tard ? deux ? – son compagnon de cellule avait sombré dans un sommeil ponctué de pets. Camille attendait Warren devant la salle d'interrogatoire. Le visage blême, l'air égaré, les yeux cernés. Son rouge à lèvres avait teinté de rose la commissure gauche de sa bouche comme après un baiser. En d'autres circonstances, l'idée aurait fait rire Warren. Il ne l'imaginait pas plus avoir une liaison que faire un strip-tease lors d'une soirée. Mort de honte, il ne proposa même pas de la serrer dans ses bras.

Ils montèrent dans la Volvo, les quelques affaires de Warren enfermées dans un sac en papier sur ses genoux. Il avait l'étrange impression d'être redevenu un petit garçon par un de ces matins glauques après la mort de son père, quand sa mère, hébétée de fatigue, le conduisait à l'école. La nuit avait fini par tomber ; le halo des lampadaires trouait le brouillard. Il s'épaissit tandis qu'ils gagnaient les collines de Palos Verdes. La mise en examen n'avait pris que quelques minutes ; l'audience aurait lieu en septembre, dans un peu plus d'un mois. Camille sortit une cigarette de son sac, l'enfonça dans l'allume-cigares et se mit à souffler la fumée par la vitre ouverte, la bouche de travers telle une vieille fumeuse. Elle semblait raide comme un piquet. Sans un regard pour lui, elle fixait des yeux la lueur fantomatique des lampadaires.

« On est ruinés, Camille. On n'a plus un sou. »

Elle se tourna vers lui, moins inquiète que perplexe.

« La Chrysler n'a pas été volée, mais saisie. » Il jeta un coup d'œil par la vitre ; le brouillard avait englouti les repères familiers. « Toutes nos économies y sont passées. Toutes. J'ai investi jusqu'au dernier cent. »

Une libération, ce torrent de mots. Il attendait la scène qui allait suivre. La colère, les reproches, le mépris abyssal. Il chercha le regard de Camille, mais, les yeux toujours fixés sur la route, elle paraissait nier l'évidence.

« On est vraiment ruinés, expliqua-t-il plus lentement. Il va falloir déménager. Vendre la maison. Et Dieu sait quoi d'autre. »

Contre toute attente, elle s'esclaffa, sorte d'aboiement comme si elle souffrait du syndrome de Tourette. À l'entrée de la résidence, la barrière se leva dès que Bud les reconnut dans le brouillard devenu si opaque qu'on distinguait à peine la route ; les maisons, les pelouses jonchées de jouets semblaient s'être évanouies. Des nuées humides et salées s'engouffraient par la vitre de Camille. Sa cigarette semblait éteinte. Quand ils tournèrent dans John's Canyon Road, alors que Camille déclenchait l'allume-cigare d'un coup de pouce, une silhouette surgit devant eux dans le brouillard, de la taille d'un enfant. Warren hurla. Camille freina à fond ; plaqués contre leur siège par leur ceinture, ils s'arrêtèrent dans un crissement strident et une odeur de caoutchouc brûlé.

Un paon. En train de faire la roue au beau milieu de la route. Les yeux verts à l'extrémité de ses plumes luisaient à la lumière des phares, magnifiquement surpris. De près, son aigrette ressemblait à un minuscule bosquet d'arbres. Il gonfla ses plumes, fit osciller sa queue avant de reprendre une forme plausible et de s'éloigner en se dandinant, disparaissant avec sa longue traîne dans le brouillard.

Warren lâcha son sac en papier. Il avait oublié la beauté des oiseaux ; à leur arrivée en Californie, Camille et lui les observaient inlassablement depuis leur maison, postés à la fenêtre comme s'ils guettaient des extra-terrestres. Désormais ils étaient pour lui une nuisance, toujours à manger ses fleurs.

« Pardon », souffla-t-il à Camille. Pour tout, voulait-il dire.

Pas de réponse. Alors que la voiture était arrêtée au

milieu de la route, Camille ne semblait pas vouloir repartir. L'allume-cigare jaillit avec un petit bruit sourd dans l'obscurité. « On va toujours camper samedi ? demanda-t-elle.

– Quoi ?

– Dans le désert. Comme chaque année pendant les vacances. On est vraiment fauchés au point de ne pas pouvoir s'offrir des flocons d'avoine ? »

Warren sentit le poids sur sa poitrine s'envoler comme les oiseaux d'un arbre. Le visage de Camille était à peine visible. « Je n'en sais rien.

– On reste une famille, dit-elle. Même si on n'en a pas l'air. »

Il n'osait pas bouger, de peur de la faire sursauter. *Je vais être jugé pour vol*, eut-il envie de lui rappeler, mais la gratitude qui l'étreignait l'empêcha de parler. La nappe de brouillard d'où avait surgi le paon semblait ondoyer à la lumière des phares, comme hantée par sa présence.

« L'autre jour, j'ai oublié d'aller chercher Jonas à l'escrime. Il a dû rentrer à pied dans sa tenue. »

Elle croisa son regard, un œil caché par une mèche de cheveux. Son visage exprimait une tristesse qui n'avait rien à voir avec lui. Il lui caressa le genou. Le corps de Camille se détendit et parut s'emplir de lumière, apparition miraculeuse ; il fallut que des pleins phares éclairent l'habitacle pour que Warren comprenne qu'il y avait une voiture derrière eux.

Camille appuya sur l'accélérateur et ils s'enfoncèrent dans le brouillard. Chez eux, elle se gara dans l'allée, descendit de voiture, demeura quelques instants dans le halo pâle des fenêtres. On voyait un cercle de col roulé rose à travers son poncho. Warren la rejoignit devant la pelouse.

« Il y a un trou dans ton poncho.
– Je sais.
– Pardon. Ton châle. »

Elle leva les bras, déployant la frange de pompons comme elle l'aurait fait avec un poncho. Elle tira un coup de pistolet imaginaire en l'air. Pour rire, comprit Warren, stupéfait, même si elle avait l'air le plus sérieux du monde.

21

Debout devant le miroir de la salle de bains, Jonas souleva son blouson derrière lui et le déploya telle une cape, s'efforçant de ne pas ressembler à une proie à quatre pattes. Sinon, il était fichu. Les pumas affamés ne savaient pas bien compter le nombre de pattes.

« Qu'est-ce que tu fais là ? » demanda Dustin. Il venait d'apparaître à la porte, en tongs et T-shirt marron. Autant s'enduire de sang et boiter comme un cerf blessé.

« Je m'entraîne pour échapper aux pumas.

– On va au parc national de Joshua Tree. Faire des brochettes avec des marshmallows », rétorqua son frère.

Jonas désigna les tongs de Dustin. « Si tu tombes, un fauve t'attaquera par-derrière et te bousillera la moelle épinière.

– Ne me donne pas de faux espoirs. »

Attitude typique de Dustin, ces derniers temps. Toute la famille semblait au bord de l'implosion. Dustin espérait se faire dévorer par un puma ; son père s'était fait arrêter pour une raison mystérieuse dont personne ne voulait parler ; sa sœur, toujours couverte de cloques, ne quitterait pas sa tente pour éviter le soleil brûlant ; et malgré ça, ils partaient quand même passer le week-end dans le désert, *parce qu'ils le faisaient chaque année*. Sa mère le lui avait expliqué plusieurs fois, comme pour se convaincre elle-même que c'était une bonne idée. Il se demanda si sa famille n'était pas un organisme moribond. À l'image de ces mantes religieuses qui se font manger par leur partenaire, mais continuent de s'accoupler malgré leur tête manquante.

On le trouvait bizarre, excentrique, mais c'étaient eux qui étaient fous. Pourquoi aller dans le désert, où il n'y avait ni eau ni électricité, et où l'on risquait encore plus de se prendre pour l'ami imaginaire de quelqu'un ? Jonas avait bien assez de mal à croire en lui-même. Il pouvait traîner une journée entière à la maison, répéter ses postures d'escrime ou s'abrutir devant la télé pendant que les autres membres de la famille s'activaient autour de lui, se jetaient sur le téléphone ou partaient en claquant la porte sans lui accorder un regard. Comme si le vrai Jonas avait été kidnappé et enfermé dans un endroit introuvable. Ce sentiment, il ne pouvait le confier à personne, car il ne le comprenait pas lui-même. Depuis peu sa mère l'embrassait plus souvent, peut-être pour se prouver qu'il était bien là, mais son besoin incessant de se rassurer donnait encore plus à Jonas l'impression d'être un fantôme.

Il alla dans la cuisine où Lyle remplissait des bouteilles d'eau dans l'évier. Un sachet de marshmallows attendait sur le plan de travail. Après l'avoir ouvert d'un coup de dents, Jonas empala un marshmallow à l'extrémité d'une brochette et mit le gaz à fond, transformant le brûleur en méduse bleutée. Rôtir un marshmallow était tout un art. Il fallait le faire tourner le plus lentement possible à une vingtaine de centimètres de la flamme, de façon à ce qu'il se colore comme par magie, sans se ratatiner. Il leva les yeux vers sa sœur à la peau écarlate dans l'espoir de l'impressionner, mais elle regardait déjà le marshmallow se caraméliser. Comme si elle s'identifiait à lui. Jonas rapprocha la brochette du brûleur et Lyle grimaça. Pour attirer l'attention de sa sœur, il pouvait aller jusqu'à la torture mentale.

« Tu as vraiment besoin de faire ça ici ?

– La cuisinière est là. Je m'entraîne. »

Leur mère surgit dans la pièce, Mister Leonard sur les talons, toujours claudicant. Elle observa le marshmallow de Jonas avec fascination, puis se pencha pour embrasser son fils sur le front. Il aurait voulu qu'elle le regarde avec la même fascination pour faire revenir le vrai Jonas. Au lieu de quoi elle saisit un marshmallow dans le sachet et se le fourra dans la bouche, mastiquant comme un cheval. Lyle et Jonas ouvrirent des yeux ronds.

« Tu viens vraiment de manger un marshmallow, maman ? demanda Lyle. Au petit-déjeuner ?

– Gloups ! » Sa mère s'empara du sachet et s'adressa à Jonas avant de quitter la pièce : « On part dans cinq minutes. N'oublie pas d'éteindre le gaz. »

Jonas acquiesça de la tête, de nouveau concentré sur son marshmallow. Tout noir d'un côté, et complètement ratatiné.

« Maman a réellement dit "Gloups" ? demanda Lyle.

– Ça a dû lui échapper », répondit Jonas.

Lyle sortit de la cuisine aussi lentement qu'un astronaute et Jonas s'attabla avec son marshmallow brûlé. Tandis qu'il le mangeait, des larmes blanchâtres tombèrent sur le journal ouvert devant lui. Il le referma pour cacher les taches et tout devint silencieux autour de lui. En première page, le père de Mandy Rogers faisait face à une forêt de micros. Il était debout devant sa maison, une photo de sa fille à la main. On pouvait lire en gros titres : MANDY ROGERS RETROUVÉE MORTE À ANAHEIM ; UN SUSPECT ARRÊTÉ. Sous la photo du père de Mandy, une citation : *J'espère qu'on tuera ce malade, même si c'est le dernier homme sur terre.* La maison était parfaitement calme. Jonas contempla son pantalon de velours orange, sa Lacoste orange toute froissée, et il crut soudain entendre un déclic sinistre, comme celui d'une porte qu'on ferme à clé. Il alla se changer dans sa chambre, les jambes tremblantes, redoutant de voir son reflet dans le miroir de la penderie. L'air semblait traverser son corps, tel un tourbillon de poussière. Quelqu'un klaxonna dans l'allée. Il écarta ses rideaux et jeta un coup d'œil dehors où sa famille attendait qu'il se matérialise.

22

Pour Lyle, il n'y avait pire châtiment que de voyager à l'arrière de la Volvo, encore handicapée par ses coups de soleil et au son des cornemuses des Boys of Killarney. Même dans ses visions les plus délirantes de l'enfer, elle n'avait pas inclus de kératose du coude. Ni d'interprétation de « Hotel California » à la flûte irlandaise. Au souvenir de son expérience presque fatale dans la baignoire, elle regretta que la radio ne soit pas tombée dans l'eau, la faisant frire comme un beignet. Ça lui aurait épargné les Boys of Killarney, sans parler de ce week-end dans le désert Mojave.

« On ne pourrait pas écouter les informations ? » suggéra-t-elle, interrompant une version trépidante de « Go Your Own Way ». Sa mère continuait à piocher dans le sachet de marshmallows posé sur le tableau de bord. Personne n'avait dû l'informer qu'ils étaient à base de sucre et de saindoux.

« Il n'est question que de Mandy Rogers, protesta sa mère, essuyant la poudre de marshmallow sur ses doigts. Je ne veux pas que Jonas écoute ça.

– C'est affreux, quand on y pense, dit son père. Cette pauvre gamine qui est…

– Warren ! » s'écria Camille. Elle se tourna vers l'autoradio.

« Cette pauvre gamine qui est quoi ? insista Lyle.

– D-É-C-O-U-P-É-E E-N M-O-R-C-E-A-U-X », épela Warren.

Dustin pouffa de rire. « Désolé de te décevoir, papa, mais Jonas sait épeler.

– Pourquoi on lui a fait ça ? » demanda l'intéressé.

Camille se retourna promptement sur son siège : « Et si on oubliait un peu cette histoire ? »

Jonas grimaça, comme si le fait d'oublier Mandy Rogers était la pire chose qui soit.

« Par ailleurs, reprit sa mère, on n'est pas sûr que ce soit elle.

– Ses vêtements étaient enterrés dans le jardin de ce type, dit Dustin. Qui d'autre veux-tu que ce soit ?

– Elle a pu s'échapper. Il y a longtemps.

– Soyons réalistes. On a retrouvé une paire de cisailles tachées de sang.

– Dustin ! s'indigna sa mère.

– Pardon. C-I-S-A-I-L-L-E-S. »

Un rayon de soleil tombait sur le jean de Lyle, la brûlant comme au fer rouge. Les Boys of Killarney se lancèrent dans une version en gaélique de « Feelin Groovy » qu'on pouvait seulement qualifier d'avant-gardiste. Mister Leonard se mit à hurler à la mort à l'arrière. Après l'incident de la baignoire, Lyle s'était brièvement convaincue qu'elle aimait sa famille, qu'elle choisirait peut-être même une université dans un rayon de cent cinquante kilomètres. Sa meilleure amie vivait en France, Hector la méprisait, et malgré tous ses efforts elle ne serait jamais Shannon Jarrell. Sa famille était tout ce qui lui restait. En fait, elle avait eu un accès de folie. Sa famille était bien tout ce qui lui restait, mais ça n'avait rien de rassurant.

Lorsqu'ils quittèrent l'autoroute pour déjeuner, les Boys of Killarney avaient cédé la place à « Partager la lumière : les grands succès du chœur des enfants de l'orphelinat de Sofia ». Le père de Lyle s'arrêta dans un McDonald's, devant une statue grandeur nature de Ronald McDonald. Le clown avait perdu un bras, mais pas son sourire de psychotique. « On vous sert dans une minute, annonça-t-il avec un accent mexicain.

– *Gracias*, répondit Camille, se penchant vers la vitre de Warren.

– Maman, par pitié ne parle pas espagnol, dit Lyle.

– Pourquoi ?

– Parce que tu t'adresses à une machine. C'est ridicule.

– Bien sûr que non. On est dans une région hispanique. Quatre-vingts pour cent des employés des fast-foods californiens sont d'origine hispanique. »

Lyle désigna le clown manchot qui s'apprêtait à prendre leur commande. « Ronald McDonald n'est pas hispanique !

– Qu'en sais-tu ? »

Lyle lança un regard incrédule à sa mère. « Tu trouves que le prénom Ronald sonne espagnol ?

– Je m'interroge, intervint Dustin. Ritchie Valens a bien changé de prénom.

– Dans son pays, il s'appelait peut-être Ronaldo, renchérit Jonas.

– Ce n'est pas la question ! »

Warren hocha la tête. « McDonald, pour moi ça sonne écossais. »

Lyle descendit de la voiture. Elle ignorait où elle allait, mais si elle restait une seconde de plus avec sa famille, elle deviendrait violente. Le soleil était si chaud qu'elle sentait sa peau griller lentement à travers ses vêtements, douleur associée à l'odeur des frites. Les larmes aux yeux, elle traversa le parking sans se retourner. L'absence de trottoirs l'obligeait à marcher sur le bas-côté. Les routiers la dévisageaient en la doublant en trombe. Si elle trouvait une cabine téléphonique, elle essaierait de joindre Hector pour la onzième fois de la semaine. Peut-être qu'avec le bruit de la circulation et en apprenant qu'elle était à la rue, il se laisserait attendrir et ne lui raccrocherait pas au nez.

Près d'un magasin qui s'appelait « Cigarettes bon marché ! » elle dénicha une cabine, appela Hector, tomba sur une voix de synthèse qui lui demanda de rajouter soixante cents. De rage, elle martela l'appareil avec le combiné. Voyant qu'il ne se briserait pas, elle leva les yeux : dans l'air qui ondulait sous l'effet de la chaleur, Dustin se dirigeait vers elle, brandissant un bras à rayures rouges et blanches qui semblait saluer de sa main aux doigts écartés. Le bras de Ronald McDonald.

« Regarde ce que j'ai trouvé ! »

Elle ne put s'empêcher de rire. Plus exactement, l'éclat de rire sortit tout seul. « Il était où ?

– Dans la poubelle derrière le parking. Dépassant comme celui d'un zombie. »

Dustin glissa une cigarette entre deux doigts de couleur jaune et l'approcha de sa bouche pour l'allumer. Il tendit le bras à Lyle telle une offrande. Il était d'une légèreté surprenante. À l'ombre du mur, ils se le passèrent et se le repassèrent pendant quelques instants, fumant la cigarette coincée entre l'index et le majeur de Ronald McDonald.

« Tu te souviens quand je t'ai appris à fumer ? demanda Dustin.

– Ce n'est pas toi qui m'as appris.

– Tu rigoles ? Je t'ai montré comment souffler la fumée par les narines sans t'étouffer.

– Je ne vois absolument pas de quoi tu parles. »

Sourcils froncés, Dustin contempla le bras rouge et blanc. « Regarde un peu la taille de cette main. Je te parie que ça excite les filles qui font les frites. »

Un type à chapeau de cow-boy sortit du magasin et Dustin lui fit signe avec le bras géant. Lyle n'en revenait pas qu'elle et son frère soient adolescents. Comme si c'était la veille encore qu'ils jouaient à chien ou chat sous leur canot pneumatique retourné, ou écrivaient fébrilement *Le pays des oiseaux sous-marins*, le livre qu'ils avaient imaginé l'été de ses sept ans. Elle revoyait parfaitement la couverture : d'étranges oiseaux nageant dans l'océan ou installés dans leurs nids sous-marins, tandis que des bancs de poissons traversaient le ciel au-dessus d'eux. Ce qu'ils avaient pu s'amuser tous les deux, à créer ce monde inversé ! Ils avaient passé un mois entier à étudier tous les détails, grisés par leur création, inventant une interminable litanie d'événements. *Au pays des oiseaux sous-marins, les plongeurs du ciel bondissent à bord des avions. Les gens chantent « Triste Anniversaire ». Les stars de cinéma ont d'horribles visages.* Amoureusement, ils avaient tout recopié à la main avec un dévouement monacal, illustrant chaque page comme dans un manuel scolaire. Jamais plus Lyle ne s'était autant amusée.

Désormais, elle et Dustin seraient bien sûr incapables d'écrire un livre ensemble – aucun ado ne faisait ça – de même que dans un an ou deux, sans doute, ils ne pourraient plus sortir un bras géant d'une poubelle pour s'en servir comme fume-cigarettes. Quel que soit le sort qui les attendait, il semblait insupportable et tragique.

« Tu essayais d'appeler qui ? » demanda Dustin.

Lyle regarda ses pieds. « Un garçon. Qui me méprise.

– Tu l'aimes ?

– Je ne sais pas. Il a une moustache. »

Dustin lui repassa le bras géant. « J'ai le même genre de problème.

– Avec un type moustachu ? demanda-t-elle, l'air soudain intéressée.

– Avec Kira, en fait. Elle ne me parle plus. Papa leur a volé leur répondeur, et maintenant monsieur Shackney ne veut même plus me la passer. Il m'a interdit d'appeler, sinon il me fera arrêter moi aussi. Il me l'a dit plus brutalement.

– Je croyais que papa s'était introduit chez eux pour récupérer quelque chose que tu avais oublié. Ton portefeuille. »

Dustin pouffa de rire. « C'est maman qui t'a raconté ça ? »

Lyle se sentit ridicule. Franchement, elle souffrait trop à ce moment-là pour se soucier des détails. En fait, elle ignorait presque tout de la vie de son frère.

« Désolé, pour tes coups de soleil.

– Ça va mieux.

– Tu as encore mal ? »

Elle fit oui de la tête. Elle crevait de chaud dans son jean ; la sueur lui dégoulinait le long des jambes. La voiture, au moins, était climatisée. Elle finissait par sembler relativement plus attirante que la perspective de vivre dans la rue et de mourir de faim.

« Il vaut mieux que maman ne voie pas cet endroit », dit Dustin. Il jeta un coup d'œil à l'enseigne lumineuse « Cigarettes bon marché ! » qui grésillait au-dessus de l'entrée. « Papa s'est arrêté au 7-Eleven. Pour que maman puisse racheter des marshmallows, je crois.

– Non !

– Si. Elle est dans le magasin. Ça pourrait être une scène d'un de ses films. » Il se voûta comme un junkie, se mit à claquer des dents, feignit de sortir un billet de sa poche. « *Dame mas* marshmallows, *por favor*.

– Arrête, protesta Lyle. J'ai mal tellement je ris. »

Au camping, Dustin aida son père à planter les tentes avant la tombée de la nuit, enfonçant les piquets avec une pierre. Ça faisait partie des traditions familiales. Il fallait trouver une grosse pierre dans le désert et la rapporter au camping, risquant au passage de se faire piquer par un scorpion, au lieu d'avoir avec soi l'excellent maillet qui était dans le garage. On devait également avoir l'air de s'amuser, s'arrêter fréquemment pour admirer la vue, laquelle – du point de vue de Dustin – consistait en quelques arbustes laids comme des poulpes, aux branches dressées tels des tentacules.

À genoux dans le sable pour finir d'enfoncer un piquet, il regretta de ne pas être dans son garage avec une Budweiser. Derrière le bâtiment des toilettes, une femme escaladait lentement la paroi d'un rocher, suspendue par un seul bras lorsqu'elle plongeait la main dans son sac de magnésie. Sa queue de cheval pendait dans le vide tel un fil à plomb. Sa façon de se balancer, sa beauté sans apprêt lui rappelaient Kira. Il ignorait ce que sa petite amie savait au juste ;

si elle ne l'appelait plus, c'est qu'elle connaissait plus ou moins la vérité. La manière dont elle avait pu avoir vent de ses infidélités restait un mystère. Il avait effacé le message compromettant bien avant que la police ne confisque le répondeur. Il ignorait même comment Taz était rentrée chez elle le soir de la fête, mais il voyait d'ici la scène : les Shackney debout pour l'accueillir, l'interrogatoire dans la cuisine afin de lui arracher des aveux. Le tout sous le regard satisfait du petit frère qui suivait la discussion dans le couloir avec un sourire gourmand.

Le lendemain matin, au réveil, le remords étreignait tellement Dustin qu'il avait du mal à respirer. Son châtiment pour avoir trompé Kira. C'était du moins ce qu'il avait cru jusqu'à ce qu'il regarde sous ses bras et découvre les ecchymoses grisâtres sur ses côtes.

« Oh là, je suis totalement déshydraté », déclara son père en s'essuyant les mains sur son jean. Il disait toujours ça quand ils campaient, comme s'ils étaient perdus au milieu du Sahara et n'avaient pas une bonne trentaine de litres d'eau avec eux. Pour compléter le tableau, il portait un chapeau de safari, lanière nouée sous le menton. De la tête, il indiqua le camping voisin où quelques adolescents écoutaient un morceau d'AC/DC. « C'est de la bonne musique ?

– Si on aime le heavy metal, marmonna Dustin.

– Qu'est-ce que c'est ?

– Du rock. En plus brutal et spectaculaire. »

Dustin jeta un coup d'œil à Lyle qui lisait à l'arrière de la Volvo, impatient que sa mère et Jonas reviennent de leur promenade avec Mister Leonard. Deux jours plus tôt, quand M. Shackney avait appelé pour les informer qu'il prévenait la police, Dustin s'était surpris à espérer que son père soit arrêté. Il devait payer pour s'être aussi magistralement planté et lui avoir gâché son avenir. Mais lorsque les policiers l'avaient emmené en prison pour de bon – qu'il avait baissé la tête pour s'installer à l'arrière du véhicule, recroquevillé dans un coin comme un criminel, avec le même air ahuri et apeuré qu'un gosse – Dustin ne s'était pas senti spécialement heureux. Lui aussi s'était recroquevillé sur lui-même, comme s'il venait de tuer quelqu'un par erreur.

Plus tard, décrivant la scène à Biesty, il avait éprouvé un sentiment différent. Une étrange sursaut d'amour-propre. Le récit de l'arrestation de son père au grand jour sonnait comme une chanson interdite. Biesty avait paru impressionné, mais pas autant que lorsque Dustin avait montré les ecchymoses sur sa cage thoracique, lui expliquant comment elles étaient arrivées là.

« Tu crois que là-bas ils auraient, hum, des bières ? » demanda son père, fixant des yeux le pick-up des autres campeurs. Le vent apportait l'odeur âcre du cannabis.

« Aucune idée.

– Et si j'allais voir ? »

Dustin haussa les épaules et se baissa pour réparer une de ses tongs. Son père, libéré sous caution, voulait maintenant boire une bière avec lui. Dustin le suivit jusqu'à la Volvo où Lyle s'abritait toujours du soleil, puis dans le campement voisin où ils s'arrêtèrent devant une grande glacière, près d'un foyer creusé à même le sol. Une petite culotte rose comme un baiser séchait sur un rocher. Courtoisement, le père de Dustin alla toquer sur le toit du pick-up, au-dessus du siège du passager, avant de se pencher pour parler aux jeunes gens à l'intérieur. Le moteur rugit et le pick-up s'ébranla dans un nuage de poussière pour rejoindre la route, patinant quelques secondes avant de s'éloigner à la vitesse d'un dragster. Le père de Dustin revint sur ses pas :

« Même pas eu le temps de me présenter.

– C'est ton chapeau, dit Dustin. Ils t'ont pris pour un ranger. »

Son père s'approcha de la glacière, jeta un coup d'œil à l'intérieur, sortit un pack de bières ruisselant.

« Tu comptes l'emporter ? lança Dustin, incrédule.

– Ils ne s'en apercevront même pas. De toute façon, j'ai déjà un casier judiciaire. »

Ils repartirent vers leur campement, escaladant une masse rocheuse qui surplombait leurs tentes. Au sommet, son père lui tendit une bière ; assis côte à côte au soleil, ils contemplèrent ce paysage de gigantesques rochers ovoïdes, couverts d'hommes et de femmes araignées. La canette glacée engourdissait la main de Dustin. Le genre de détail dont on ne parlait pas aux copains. Ce qu'il préférait, en buvant une bière, c'était le contact de la canette, sentir ses doigts gourds comme ceux d'un vieillard à cause du froid.

« Magnifique, même avec tous ces alpinistes, reprit son père en dégustant sa bière.

– Avec ces grimpeurs, tu veux dire.

– J'ai vraiment l'impression d'avoir foutu ta vie en l'air », lâcha-t-il.

Dustin haussa les épaules. « Honnêtement, elle était déjà foutue.

– Vous avez rompu, Kira et toi ?

– On dirait.

– Désolé. »

Visiblement rongé par le remords, son père serrait sa Pabst Blue Ribbon entre ses paumes. Dustin s'abstint de lui avouer que ce n'était pas à Kira qu'il pensait sans cesse, mais à sa petite sœur de quinze ans, celle-là même qui hantait ses rêves. La nuit précédente, elle était nue sur un bûcher, entourée par une foule menaçante de chasseurs de sorcières. Dustin était arrivé à cheval pour la sauver et l'emmener au triple galop dans les bois, où les nuits glaciales les avaient contraints à tuer le cheval, à lui ouvrir le flanc pour pouvoir y dormir sans mourir de froid. D'un romantisme débridé, certes, mais pas déplaisant. À la fin du rêve, ils étaient vieux, quarante ans au moins, la chevelure de Taz aussi blanche que sa mèche.

Au pied du rocher, Jonas et sa mère rentraient au campement, les bras chargés de branchages épineux. Mister Leonard se dirigea en boitillant vers les pierres qui entouraient le foyer, décrivant des cercles autour d'elles et gratifiant chacune d'un jappement mélodieux.

« Il est au paradis ou en enfer ? demanda son père.

– Difficile à dire. »

Lyle émergea de la Volvo ; Jonas et sa mère entassaient du bois pour le feu. « On est en train de boire une bière ! » cria son père du haut de son rocher en brandissant le pack. Lyle, Jonas et Camille se tournèrent vers Dustin, s'attendant à le voir blêmir de honte.

Assis près du feu, Warren regardait sa famille faire des brochettes de marshmallows. Quoi de plus mystérieux que la diversité des approches pour une tâche si simple ? Camille approchait son marshmallow des flammes à intervalles réguliers, sans le quitter des yeux ; Lyle, assise le plus loin possible, faisait rôtir le sien au bout d'une branche de plus d'un mètre de long ; Jonas, l'Épicure du marshmallow, maintenait le sien en hauteur, le faisant tourner comme un sanglier à la broche ; Dustin enfonçait le sien au milieu des flammes et ne le retirait qu'une fois la brindille en feu, la laissant s'égoutter dans le sable tel un cierge avant de l'éteindre.

« Votre père a quelque chose à vous dire », déclara Camille entre deux brochettes de marshmallows. Warren avait espéré qu'envers et contre tout elle lui épargnerait ce moment. Il ne voulait pas gâcher le week-end. La bière qu'il avait volée le rendait hésitant et sentimental, encore plus attendri que d'habitude par le visage de ses enfants prêts à l'écouter.

« Vous vous souvenez de la Chrysler ? » commença-t-il lentement, incapable de les regarder en face. Une étincelle jaillit du feu et il la chassa de ses cheveux. Il devait être un peu ivre.

« Tu as trop bu ? demanda Lyle.

– Elle n'a pas été volée. » Warren expliqua tout par le menu : la Chrysler, les meubles, les économies envolées, les interdictions bancaires. La décharge qui avait sonné le glas d'Auburn Fields. Le fait que les vingt mille dollars de salaire annuel de Camille ne suffiraient pas à rembourser l'emprunt de la maison. Une fois lancé, il ne pouvait plus s'arrêter. Comme s'il dévalait une pente sur une luge. Il ne leur cacha rien. Afin que les choses soient claires et que personne – y compris lui-même – ne nourrisse de faux espoirs, il précisa que la maison serait saisie quelques semaines plus tard.

Lorsqu'il eut fini, il mourait de faim. Les marshmallows de Lyle et de Dustin brûlaient et se couvraient de bulles. Tout autour d'eux les insectes stridulaient, aussi indifférents que les arbres et les rochers.

« On va habiter où ? demanda Jonas.

– Aucune idée. Dans un endroit moins cher.

– Pourquoi pas Torrance ? » suggéra Dustin.

Warren préféra ne pas répondre. Son fils n'avait sans doute pas compris.

« Moi non plus, je n'ai pas passé un très bon été », dit Lyle.

Warren écarquilla les yeux. « Ah bon ?

– J'ai vu Hector à la plage et j'ai fait comme si je ne le connaissais pas. Mon copain. Hector Granillo. Le gardien. Je crois que j'avais honte. » Elle plongea sa branche dans le feu. « En fait, je l'ai délibérément ignoré. »

Un silence respectueux accueillit cet aveu.

« C'est le type avec un déambulateur ? ironisa Dustin.

– Non !

– Je croyais pourtant qu'il s'appelait Hector.

– Herman, plutôt, rectifia Camille. Il a une polyarthrite.

– Eh bien moi, j'ai couché avec la sœur de Kira. Taz Shackney.

– Tu as couché avec elle ? s'écria Lyle. Une fille qui a l'âge de Jonas ! »

Dustin se renfrogna. « Elle n'a pas l'âge de Jonas. Elle a presque seize ans. Les Shackney l'ont appris et depuis, Kira me déteste. »

Camille le dévisagea. « C'est vrai ?

– J'ai tout avoué sur son répondeur. Voilà pourquoi papa a été arrêté. »

Warren jeta du petit bois dans le feu. Il était trop anéanti pour réagir. Les regards convergèrent sur Camille, aux doigts tout blancs à cause des marshmallows.

« Et toi, maman ? s'enquit Lyle.

– À part la réalisation d'un film auquel personne ne comprend rien ? » Sourcils froncés, elle grattait dans le sable avec une brindille. « J'ai eu quelque temps peur d'être enceinte, et puis j'ai soupçonné à tort votre père d'avoir une liaison. Alors j'ai mis de l'urine dans son café.

– Tu as fait pipi dedans ?

– Non, j'ai pris un flacon d'urine pour le laboratoire d'analyses.

– Nom de dieu ! s'exclama Dustin, hilare.

– Waoh, maman. C'est toi qui remportes la palme.

– Ça n'a rien de drôle », protesta Camille en s'essuyant les yeux avec son pull. Warren était incapable de dire si elle riait ou si elle pleurait. Avoir bu quelques gouttes d'urine de sa femme lui semblait un châtiment dérisoire.

« Le mahatma Gandhi buvait sa propre urine, dit Jonas. Je l'ai vu sur la chaîne PBS.

– Tu as vraiment cru que j'avais une liaison ? murmura Warren.

– Oui.

– Rien à craindre de ce côté-là, maman, assura Lyle. Du moins pas tant qu'il portera ce chapeau. »

Warren défit le nœud sous son menton. Il ne s'était pas rendu compte qu'il avait gardé son chapeau. Comme le châle de Camille, ç'avait été un sujet de plaisanteries lorsqu'il l'avait rapporté du magasin.

« Et toi, Jonas ? demanda Lyle.

– Laissez-moi deviner, dit Dustin. Tu as oublié de retourner sur ta planète.

– Ha-ha…

– Si tu fais vraiment partie de la famille, il va falloir que tu apprennes à merder. »

Plus tard, ils déroulèrent leurs duvets, préférant dormir à la belle étoile plutôt que sous la tente. Warren le savait, la réaction de ses enfants n'était que momentanée ; une fois confrontés à la réalité, il y aurait de la colère et des reproches, des disputes, des changements d'école et de lycée, toutes sortes de pertes imprévues, et pourtant il préférait profiter du sursis qui lui était accordé. Camille installa son duvet près du sien, ce qui le surprit. Il faisait assez clair pour distinguer le visage des enfants. Immobiles dans leur duvet, ils ressemblaient à des momies. Il pensa à tous ces week-ends où ils avaient fait du camping dans le Wisconsin, véritable chronique de la souffrance. Les expéditions à Hidden Lake. Les « vacances » à St. Croix Park. À Quetico, au Canada, où ils avaient percé leur canoë sans pêcher un seul poisson, obligés de se nourrir de pudding au tapioca pendant trois jours. Malgré ces désastres, il y avait toujours la beauté du ciel nocturne, l'émerveillement devant les étoiles. La présence réconfortante des autres membres de la famille. Voilà ce qu'il préférait par-dessus tout : se trouver en pleine nature avec ses enfants, sous l'immensité du ciel où ils se sentaient plus unis que chez eux. Il se rapprocha de sa femme, s'attendant à ce qu'elle se raidisse ou lui tourne le dos.

« À gauche ou à droite ? dit-elle.

– Comment ?

– La fermeture de ton duvet. La mienne est à gauche. »

Celle de Warren était à droite. Ils sortirent de leurs duvets respectifs, les superposèrent et remontèrent la fermeture en veillant à ne pas coincer le tissu. À chaque extrémité il restait une ouverture, les deux fermetures n'étant pas de la même longueur. Ils se glissèrent à l'intérieur et se blottirent l'un contre l'autre, dans la chaleur partagée de leurs deux corps. La chevelure de Camille gardait l'odeur du feu de bois. Les buveurs de bière du campement voisin n'étaient toujours pas rentrés. Warren glissa la main sous le T-shirt de Camille, suivit du doigt le merveilleux tracé de sa colonne vertébrale ; inondé de gratitude et de soulagement, il attendit d'être sûr, à leur respiration apaisée, que ses enfants dormaient.

23

Hector était au lit, grelottant sans raison. Quelque chose n'allait pas. Il mourait de froid alors qu'il avait gardé son jean et son pull. Sitôt descendu de son pick-up à deux heures et demie du matin, il s'était couché tout habillé, trop soûl et trop fatigué pour nourrir Raoul. À présent il tremblait si fort qu'il se demandait s'il n'allait pas vomir. Il n'avait pas seulement la gueule de bois ; il se sentait vraiment malade. Son corps était sans forces, brûlant de fièvre, un amas de membres douloureux.

Il se leva malgré les maux de tête pour s'occuper de Raoul, s'approcha de la cage grillagée à l'angle de la pièce. Personne sur les branches où le caméléon se perchait d'habitude. Il s'accroupit pour mieux voir. Recouvert de Cheerios, de morceaux de cookies et de restes de nourriture, le fond de la cage ressemblait à l'assiette d'un petit enfant. Il ferma les yeux quelques secondes, croyant à une hallucination, mais quand il les rouvrit, ce fut encore pire. Raoul gisait dans un coin de la cage, sur un lit de flocons d'avoine. Du même gris qu'un phoque, les pattes raides. Recourbée à l'extrémité comme une note de musique, sa queue occupait une moitié de la cage.

Hector le souleva délicatement à deux mains. Le caméléon avait la froideur et la rigidité d'un jouet. Hector se dirigea vers le salon où sa grand-mère regardait deux femmes en manteau de fourrure se crêper le chignon à la télévision. Leurs vociférations semblaient l'amuser. Il lui montra Raoul.

« Tu l'as tué.

– *Sí ?* demanda-t-elle, souriante.

– *Lo mataste ! Está muerto !* Qu'est-ce qui t'a pris de le nourrir ? »

Elle tendit les mains vers le cadavre de Raoul comme s'il s'agissait d'un cadeau. Hector le mit hors de sa portée et entreprit de fouiller la pièce.

« Tu es à moitié morte, dit-il en anglais d'un ton moqueur. Pourquoi tu ne meurs pas pour de bon ? »

Il se rendit dans la cuisine, trouva une boîte à chaussures sous l'évier et y installa le caméléon, enroulant doucement sa queue pour qu'elle ne se brise pas, trop peiné pour avoir honte. Il s'assit devant la table, la boîte à chaussures sur ses genoux. Derrière son chagrin d'avoir perdu Raoul, il y avait le désir, attisé par la fièvre, de se faire plaindre en montrant à Lyle ce qu'il était devenu à cause d'elle. Il n'en revenait toujours pas qu'elle soit impliquée dans le projet véreux de son père. *À votre place, honnêtement, je ne vivrais pas à moins de quinze kilomètres d'ici, sauf si vous aimez l'odeur de la merde.* Voilà ce que lui avait dit un ouvrier du chantier, après lui avoir expliqué pourquoi ils creusaient en plein désert. Hector n'imaginait pas que Lyle puisse être au courant des malversations de son père jusqu'à ce qu'il la voie à la plage, où elle ne lui avait même pas fait signe. Elle marchait les yeux fixés sur le sable, trop mal à l'aise pour croiser son regard.

Il alla à la fenêtre, écarta les rideaux, regarda sa mère

étendre la lessive. Chaque fois qu'elle se penchait vers le panier à linge, elle se massait le dos avec une grimace, fermant les yeux. La voir souffrir ainsi augmentait sa propre détresse. Il claquait des dents. Il sortit son blouson de la penderie et l'enfila. Il trouverait le moyen de se venger des Ziller ; un jour l'inspiration viendrait, un cadeau du ciel.

« Où est-ce que tu vas encore ? » lui demanda sa mère en espagnol, alors qu'il se dirigeait vers son pick-up. Pour la première fois, il eut honte de sa plaque minéralogique. Sa mère jeta un coup d'œil à la boîte à chaussures qu'il tenait à deux mains, puis à ses vêtements froissés. « Quand est-ce que tu t'es douché pour la dernière fois ?

– Ne commence pas.

– Tu es habillé comme en hiver. » Elle s'approcha et il eut un mouvement de recul, serrant la boîte contre son cœur. « Qu'est-ce qu'il y a, *mijo* ? Tu t'es fâché avec cette fille ? »

Il s'esclaffa. « Non. Je l'ai empoisonnée avec des Cheerios. »

Elle recula d'un pas. « Qu'est-ce qui ne va pas, Hector ? Tu me fais peur. »

Il grimpa dans le pick-up, traversa Anaheim et prit la direction de la colline verdoyante de Palos Verdes qui se dressait, tel un volcan, au-dessus des cheminées d'usines. Il tremblait si fort qu'il avait du mal à conduire. Penché sur le volant, il tentait de déchiffrer les feux de circulation qui se brouillaient devant ses yeux. Il avait beau s'être promis de l'oublier, l'épisode sur la plage s'imposa de nouveau à lui. N'y avait-il pas eu autre chose, avant ce froncement de sourcils ? Un sourire fugitif ? Il devenait fou à force de se demander si le visage de Lyle s'était réellement éclairé à sa vue ou non, ou si ce n'était qu'une illusion. Parfois, se raccrochant au moindre espoir, il se disait qu'il avait tout interprété de travers. Peut-être qu'elle l'aimait ; il s'agissait d'un malentendu ; elle ne l'avait pas vraiment reconnu.

Non, elle l'avait très bien vu, mais ne s'était même pas donné la peine de faire un signe de la main. Qu'elle continue à téléphoner et à pleurer toutes les larmes de son corps : il ne s'abaisserait pas à la consoler.

Près de l'entrée d'Herradura Estates, il se gara assez loin pour ne pas être vu et longea discrètement le bas-côté, tenant toujours sa boîte à deux mains. Bud lisait un magazine dans la guérite. Hector aurait bien tenté de le convaincre de le laisser entrer, mais n'étant pas venu travailler depuis une semaine, il préféra ne pas se montrer. La pendule qu'il avait cassée avec Lyle était toujours accrochée au mur, arrêtée à l'heure où ils avaient fait l'amour pour la première fois. Le genre de détail, lourd de menaces, qu'on voit en rêve. Hector s'accroupit pour franchir la barrière à l'insu de Bud, puis il suivit John's Canyon Road et tourna dans High Street, endormie et inoffensive avec ses deux rangées d'arbres, où il marcha jusqu'à la maison des Ziller. Il écrasait des noix de sapindus sous ses baskets. Aucune voiture dans l'allée ni sous l'auvent du garage. Quelque chose dans l'apparence de la maison, dans ce silence inhabituel, lui disait que les Ziller n'étaient pas là.

Il décida d'attendre leur retour. Mais, d'abord, il allait jeter un coup d'œil à l'intérieur. Visiter la maison une bonne fois, même si Lyle ne l'avait jamais invité. C'était une belle journée ensoleillée, les abeilles voletaient au-dessus des rosiers bordant l'allée, mais il avait trop de fièvre pour apprécier la chaleur du soleil. Il contourna le garage, se retrouva devant une fenêtre aux volets ouverts. Mit le nez contre la vitre. Une chambre, sans doute celle des parents de Lyle. Sur le mur face au lit, un dessin glauque de Pac-Man entouré de nuages.

Posant la boîte à chaussures dans un massif d'azalées, Hector ramassa un des galets à ses pieds, le porta à son cœur, puis en donna un coup dans la vitre qui vola en éclats. Il attendit de voir si l'alarme se déclenchait. Ce serait presque un soulagement. Rien. Il récupéra sa boîte et enjamba de son mieux le rebord de la fenêtre, évitant un stalactite de verre au-dessus de sa tête.

Cette chambre était aussi glaciale qu'une grotte. Il n'arrivait pas à réfléchir. Toujours avec sa boîte, il longea le lit, puis un étroit couloir décoré de tableaux merdiques, et se retrouva dans ce qui paraissait être le salon des Ziller. À l'exception d'une vieille chaise longue et d'un poste de télévision, il n'y avait aucun meuble. La chaise longue était bancale, avec une crotte d'oiseau ressemblant à une meringue sur un accoudoir. Il se baissa pour ramasser un bout de pop corn enfoui dans la moquette. Son cœur se libéra d'une partie de sa colère. Il aurait voulu se pelotonner dans la chaise longue et s'endormir, mais avait peur de ne jamais se réveiller. Il leva les yeux vers les fenêtres au-dessus de la télé. Soigneusement tirés, les rideaux ne laissaient filtrer qu'un mince filet de lumière. Dans l'entrée, du vieux matériel de camping était entassé près de la porte, avec ce qui ressemblait à un télescope encore dans sa boîte. Pour la première fois, Hector se dit que les Ziller étaient sans doute en voyage.

Il pénétra dans la cuisine, aux rideaux également tirés. Un bagel carbonisé, noir comme un fossile, dépassait du grille-pain. Sur le plan de travail, juste à côté, se trouvait une liste manuscrite, intitulée : CHOSES À EMPORTER EN CAMPING. Hector claquait encore des dents. Il se demanda s'il allait mourir. Terrassé par la fièvre, il posa sa boîte à chaussures sur le plan de travail, se dirigea vers le fourneau et alluma un brûleur pour tenter de se réchauffer à sa flamme. Il se brûla les doigts sans réussir à chasser le froid qui le paralysait. Sur l'étagère au-dessus du fourneau était alignée une impressionnante collection de tisanes et de thés. « Citron gingembre ». « Un soir dans le Montana ». « Rêve de fleur de lotus ». Du regard, il chercha une théière, avant d'attraper une petite casserole accrochée à une barre sous le placard et la remplir d'eau. Une tisane ferait peut-être tomber sa fièvre. En grelottant, il retourna devant le fourneau. Sans le faire exprès, il projeta un peu d'eau sur la flamme qui se mit à siffler et à crachoter sous la casserole.

Jamais l'eau ne réussirait à bouillir. Pas s'il restait devant.

Il reprit sa boîte à chaussures et longea de nouveau le couloir. Il reconnut aussitôt la chambre de Lyle. Le mur recouvert de livres de poche ; le poster de Morrissey avec son look de dandy ; les *calaveras* qui le narguaient sur l'appui de fenêtre, déguisés en mariés : tout ce que Lyle lui avait décrit au téléphone. Même l'odeur, mélange de tabac et de parfum, était vaguement familière et lui montait à la tête. Doucement, malgré ses mains tremblantes, il sortit Raoul de sa boîte et le déposa sur l'oreiller de Lyle. Il essaya de lui enrouler la queue, mais elle était aussi rigide qu'un crayon. Le caméléon semblait avoir rapetissé et son immobilité était obscène. À le voir ainsi – minuscule, fragile, mort pour l'éternité – Hector eut un sentiment de honte.

Ses maux de tête revinrent. Il alla d'un pas chancelant vers le bureau de Lyle. Se cramponnant d'une main à la chaise, il ouvrit un tiroir et contempla le fatras de cassettes, de lettres, de photos, stupéfait de reconnaître son écriture sur un bout de papier. Le poème qu'il avait donné à Lyle. Tout chiffonné, il se déchirait par endroits. Glissée dessous, une autre feuille : un poème différent, l'écriture de Lyle. Sans titre, il commençait au milieu de la page. Hector le sortit du tiroir, s'efforçant de maîtriser ses tremblements pour arriver à le lire :

Moustache
Deux mots en un seul
Mousse et tache
À moins que ce ne soit tâche
Comme s'il fallait que j'en bave
Une tâche à finir
Ou bien la formule de mon envie de toi

Moustache

Pas de poils piquants pour m'embrasser
Un caméléon à la télé
Un pick-up rouge qui n'est pas le tien
Un château gonflable
Une pendule arrêtée à notre heure
L'autre nom de mon cœur

Hector sentit ses jambes se dérober sous lui. *Une pendule arrêtée à notre heure.* Il relut le poème, s'attarda sur la dernière strophe. Il se rappelait ce château gonflable, les cris de joie de ces gosses qui rebondissaient inlassablement, leurs cheveux au vent pareils à des ailes. À quel moment en avait-il parlé à Lyle ? Tant bien que mal, il plia le poème en quatre et le mit dans sa poche. Il tenait à peine debout. Il se sentit ridicule. Pas à sa place. Comme lorsqu'on se réveille dans un endroit inconnu, sur le canapé d'un copain, et qu'on ne sait pas où l'on est. Des sifflements lui vrillaient les oreilles. S'il rentrait chez lui, s'il se remettait au lit dans sa chambre, sa mère s'occuperait de lui.

Il laissa Raoul sur l'oreiller de Lyle. Sans quitter des yeux le sol devant lui, il réussit à reprendre le couloir en sens inverse, à retrouver le salon et la porte d'entrée. Il la referma avec soin derrière lui. Pendant quelques instants, le gazouillis des oiseaux lui fit tourner la tête. Puis, le dos voûté, il descendit l'allée des Ziller jusqu'à son pick-up, se demandant vaguement – l'espace d'une seconde – s'il n'avait pas oublié quelque chose.

24

Warren s'habilla dans l'air glacé qui blanchissait son haleine et grimpa au sommet du rocher, là où brillait le soleil. Ses rayons le réchauffèrent aussitôt. Comme s'il avait changé de pièce. En contrebas, pelotonnés dans leurs duvets, les autres membres de la famille dormaient paisiblement autour du foyer, jambes repliées pour se protéger du froid – autant de points d'interrogation. Le cercle qu'ils formaient le fascinait. L'ombre où ils reposaient bougea imperceptiblement, refluant telle la marée et éclairant un à un leurs visages qui semblaient remonter des grands fonds.

Il se sentait heureux et paresseux. La nuit précédente, une fois les enfants endormis, Camille et lui avaient fait l'amour, les chevilles entravées par leur pantalon de pyjama. Il s'était réveillé à l'aube, encore irradié par une sensation de bien-être. Sa famille s'en sortirait, à condition qu'ils se serrent tous les coudes et se confient leurs échecs. Il en avait l'intime conviction, mais n'osait pas bouger de peur qu'elle se dissipe.

En fin d'après-midi, il fit le trajet de retour cramponné au volant pour empêcher le vent de déporter la voiture à droite ou à gauche. Des boules d'amarante jaillissaient devant eux. Jonas insista pour écouter une émission de radio intitulée

« À la recherche des OVNIS », dont l'animateur interviewait un « photographe de l'invisible ». *J'ai demandé aux orbes bleus de me faire un petit spectacle,* disait-il, *et ils y ont vraiment mis du leur.*

« Ils devraient avoir honte, déclara Lyle.

– C'est quoi un "orbe bleu" ? demanda Jonas.

– Un orbe qui a eu une mauvaise journée », répondit Warren, pour détendre l'atmosphère.

Personne ne rit. Il jeta un coup d'œil dans le rétroviseur ; Dustin n'avait pas ouvert la bouche depuis qu'ils s'étaient arrêtés pour déjeuner. À force de la mâchouiller, sa paille de chez McDonalds était tout aplatie et déchiquetée. À défaut d'un sourire, Warren espérait une forme de connivence – un signe de tête ou un regard rappelant la complicité avec laquelle ils avaient partagé ce pack de bières. Il se concentra sur la route. Devant eux, traversé par des éclairs, un nuage de mauvais augure bouchait l'horizon.

« Depuis quand sais-tu qu'on est ruinés ? » demanda Dustin à l'arrière. Sa voix était lente, mais assurée, comme s'il avait longuement préparé sa question.

« Depuis janvier, sans doute. Je ne sais plus.

– Et pour UCLA ? »

Warren évita son regard. « Ces boules d'amarante sont incontrôlables. Une vraie ceinture d'astéroïdes.

– Bon sang, papa. Tu ne les as même pas contactés, c'est ça ?

– On en parlera plus tard.

– On aurait pu demander une bourse ! Ou un prêt ! La rentrée universitaire est en septembre. »

Warren le dévisagea : dressé sur son siège, il ressemblait à un diable sortant de sa boîte. L'odeur de la pluie envahissait la voiture, un curieux mélange de suavité, de lisier et de roussi. « Je croyais que la fac, c'était pour les "valets du capitalisme". Tu ne voulais pas devenir une star du rock ? »

Les traits de Dustin se durcirent. Warren était allé trop loin. C'était ridicule, une façon d'inverser les rôles. La pluie tambourinait sur le toit, quelques gouttes isolées suivies par des trombes d'eau. Il mit les essuie-glace en route et observa son fils dans le rétroviseur, prêt à lui présenter des excuses, mais Dustin, casque enfoncé sur les oreilles, regardait le paysage défiler, absorbé par sa musique.

Une fois chez eux, Warren se gara dans l'allée et profita du silence pour tenter de remettre de l'ordre dans ses idées. Sur la banquette arrière, les enfants – Dustin compris – étaient affalés du même côté, comme après avoir pris un virage à angle droit. Même Camille dormait, la joue contre l'appuie-tête. Warren attendit encore un peu, pour prolonger l'impression que le monde s'était arrêté. Dans le coffre, Mister Leonard émettait des ronflements de grand vieillard. C'était le seul bruit dans la voiture, avec celui du ventilateur. Une hirondelle se posa brièvement sur le capot avant de repartir d'un coup d'aile. Dustin ouvrit les yeux, bâilla. Son casque avait glissé du côté gauche et se retrouvait coincé derrière son oreille comme une prothèse auditive.

« On se débrouillera pour t'envoyer à l'université, déclara Warren. Je te le promets. » Il détourna les yeux du rétroviseur. « En fait j'ai contacté le service des bourses, mais ils n'ont jamais rappelé.

– Tu pourras sûrement voler assez de vin pour payer mes frais d'inscription. »

Dustin descendit de voiture et partit vers la maison, s'arrêtant pour récupérer ses cigarettes dans sa poche. Ses cheveux étincelaient au soleil. Un gosse d'une ironie si impitoyable, pourquoi se donner tant de mal pour l'apprivoiser ? C'était comme une maladie ou une malédiction. Fallait-il baisser les bras ? Jeter l'éponge et laisser Dustin fixer les règles, occuper le terrain avec son mépris ?

Il éprouverait peut-être un immense soulagement, comme lorsqu'on s'écroule sur son lit après une longue journée de voyage.

Camille, réveillée, contemplait le pare-brise en clignant des yeux. Warren aurait voulu lui avouer qu'il avait confondu amour et paternité, et qu'il le regrettait amèrement, mais il savait qu'il se mentait à lui-même. Il continuerait à quêter l'amour de Dustin par tous les moyens, même si cette quête était vaine.

Leur fils se dirigeait vers la maison, cigarette aux lèvres. Il s'immobilisa sur la pelouse, sortit son briquet. L'espace d'un instant, il parut invincible. Les oiseaux semblèrent interrompre leurs chants, sous le charme, dans un silence interrogateur.

Et puis, quelque chose d'étrange : une déflagration, un souffle venant des arbres. Tout fut terminé en une fraction de seconde, mais Warren vit l'explosion comme une lente succession de catastrophes. Le bruit, d'abord : cette déflagration titanesque. Puis la maison, implosion de bois et de verre, comme si quelqu'un avait vidé un sac de l'air qu'il contenait. Dans le ciel, des lueurs d'éruption volcanique. Et une sorte de galop au-dessus de sa tête, tandis qu'autour de la voiture le monde volait en éclats.

Sa première pensée fut : *Enfin libre.*

Alors il aperçut Dustin. Il se tordait de douleur sur la pelouse, battait des bras pour éteindre les flammes. Warren saisit une couverture sur la banquette arrière, s'élança vers la pelouse, se précipita sur son fils, l'enveloppa dans la couverture sans voir la fumée ni sentir la répugnante odeur de bacon grillé qui lui emplissait les narines ; il roula sur l'herbe avec Dustin transformé en torche, l'étreignit, le secoua en tous sens jusqu'à ce que la couverture cesse de ressembler à une bête sauvage, ne prenant conscience des horribles plaintes étouffées que lorsqu'elles cessèrent : son fils était vivant dans ses bras, haletant, aussi muet qu'un poisson, et pourtant Warren ne bougea pas, ne parla pas, ne lâcha pas prise, indifférent aux hurlements du reste de la famille, à cette puanteur de bois et de chair brûlés, jusqu'à ce qu'il ouvre les yeux, découvre la longue traînée d'herbe carbonisée et cet ange noir sur la pelouse, là où son fils avait battu des bras, si petit comparé au spectacle d'apocalypse offert par la maison : la cuisine, les chambres et l'entrée transformées en pyramide de feu, le chuintement assourdissant de la chaleur, les T-shirts qui s'envolaient des fenêtres sans vitres, pareils à des fantômes.

DEUXIÈME PARTIE

Été 1986

25

Lyle baissa la vitre de la Renault, exposant son visage à l'air brûlant du désert. Son T-shirt lui collait à la peau. Pourquoi est-ce qu'elle n'avait pas fait réparer la climatisation ? Après avoir changé le pot d'échappement à ses frais, elle avait décidé de se passer du superflu, oubliant qu'elle vivait dans le désert Mojave. Avec les coyotes et les lièvres qui se jetaient sous vos roues dans l'espoir d'abréger leur triste existence. Étourdie par la chaleur, elle regarda dans le rétroviseur et vit un vautour à l'air affamé tournoyer derrière elle, sa tête rouge braquée comme une arme.

Voilà un mois qu'elle n'était pas retournée chez elle. Grand sujet de conversation, la rareté de ses visites. L'automne dernier, quand ses parents l'avaient autorisée à s'installer chez Bethany pour lui éviter quatre heures de route par jour, ils avaient insisté pour qu'elle rentre chaque week-end. Pour elle, ça allait de soi. À l'époque, Dustin portait encore un masque de contention et ne pouvait pas prendre un bain sans aide. Elle ne se voyait pas ne pas rentrer. Bethany avait beau être sa meilleure amie, avoir des parents très gentils et généreux, c'était quelqu'un pour qui le comble de la souffrance se limitait à se démêler les cheveux. Elle passait son temps à regretter la France et la tarte Tatin. Elle se serait damnée pour une part de tarte Tatin. Et quand elle ne parlait pas de tarte Tatin, elle roucoulait au téléphone avec son petit ami français aux dents de lapin. Pour Lyle, c'était presque un soulagement de retrouver la maison, d'affronter la gravité de la situation, la souffrance indéniable de son frère handicapé par ses brûlures.

Au printemps, pourtant, elle avait cessé de faire le trajet chaque week-end. Son édito pour le journal du lycée – « Impitoyablement vôtre » – lui prenait beaucoup de temps. Ses cours de mise à niveau pour l'université et les révisions pour les examens lui donnaient un surcroît de travail, sans parler de ses vingt heures hebdomadaires au « Cornet Parfait » local. Ses parents croyaient peut-être que le poste de gérante était une sinécure ?

Elle venait de donner sa démission et rentrait chez elle pour les vacances, ses bagages entassés à l'arrière de la Renault. Le mot « vacances » était synonyme d'oisiveté, mais la perspective de passer trois mois avec sa famille au milieu du désert Mojave l'angoissait. Lorsqu'elle quitta l'autoroute pour s'engager sur la route non goudronnée qui menait à Auburn Fields, elle fut assaillie par une puanteur familière, odeur d'œufs pourris et de chou bouilli. Comme un pet monstrueux dont les relents ne se dissipaient jamais. Elle remonta la vitre. À sa gauche, derrière une imposante clôture grillagée, la décharge. Telle une gigantesque empreinte de pas pleine d'eau de pluie, un étang artificiel bleu azur miroitait au soleil. Un « bassin d'épuration ». Quelles substances toxiques épurait-il ? Et pourquoi était-il de ce bleu renversant ? Lyle se perdait en conjectures.

Elle suivit la longue route poussiéreuse jusqu'à l'entrée

d'Auburn Fields aux pelouses d'un brun merdique. Comme toujours, la barrière était ouverte. Lyle fit un signe de la main à la caméra de surveillance, en panne sous son abri métallique, pour qu'elle se sente utile. Derrière le pâté de maisons vides, le désert s'étendait à perte de vue. Aucun voisin : les derniers occupants – les Jimenez – avaient déménagé en mai. Lyle traversa le lotissement avec la sensation d'avoir survécu à une guerre atomique ; elle imagina les différents intérieurs, le sol jonché de cadavres, les familles surprises en plein dîner comme à Pompéi, ou devant la télé.

Une camionnette de la poste bloquant l'entrée de l'allée du garage, elle se gara dans la rue. Elle descendit de voiture, sortit son sac de voyage du coffre. Le facteur bronzé et coiffé d'une sorte de casque colonial cessa de trier le courrier sur ses genoux et la dévisagea.

« Salut ! » dit Lyle avec le sourire.

Il lui sourit en retour. Puis, d'un geste lent comme s'il lui tendait un cadeau, il lui fit un doigt d'honneur. Elle crut avoir rêvé, mais quand elle rouvrit les yeux, le doigt d'honneur était toujours là.

Elle traversa la pelouse – un lopin de terre craquelée – avec son sac trop lourd et le déposa dans l'entrée. Dans le petit bureau où son père aimait s'asseoir pour faire ses mots croisés, elle aperçut un futon et les chaussures de sa mère alignées le long du mur. Un humidificateur était posé sur la table de travail, à côté du miroir de sa mère, ouvert comme un triptyque. Lyle poursuivit son chemin, préférant ignorer ce dernier développement. Son père était assis devant la table de la cuisine, seul. En chemise et cravate, il s'acharnait sur une pièce d'un cent avec une paire de ciseaux. Les taches de transpiration sous ses aisselles ressemblaient à des croissants de lune.

« Le facteur vient de me faire un doigt d'honneur.

– Il ne faut pas trop lui en vouloir. » Son père interrompit ses efforts pour contempler la mallette près de lui, remplie de couteaux étincelants. « À cause de nous, il doit faire un détour de trente kilomètres.

– Jamais il n'avait été grossier.

– Vingt minutes aller, vingt minutes retour. Le stress s'accumule. »

Elle s'attendait à ce que son père l'embrasse, lui dise au moins bonjour. Mais il se concentra de nouveau sur sa pièce d'un cent, tenant les ciseaux à deux mains et serrant les dents.

« Qu'est-ce que tu fais ? » demanda-t-elle.

Il était tout rouge. « J'essaie de couper cette satanée pièce en deux.

– Pourquoi ?

– Pour convaincre mes clients d'acheter des ciseaux. C'est censé les impressionner. » Il capitula. La pièce semblait définitivement coincée entre les deux lames des ciseaux. « Ted, notre formateur, en a percé une avec un tire-bouchon. Très efficace. »

Lyle se fraya un passage jusqu'à l'évier pour boire un verre d'eau, trébuchant sur une bosse du lino qui se décollait par endroits. Depuis qu'il était représentant en coutellerie, son père employait souvent des adjectifs comme « efficace » ou « énorme ». Ironiquement, peut-être, mais elle n'en était pas sûre. Dans l'évier une pile d'assiettes sales, certaines encore pleines, l'empêcha d'approcher son verre du robinet. Elle voulut utiliser la fontaine du réfrigérateur, mais la manette était cassée et l'eau s'écoulait goutte à goutte. Tandis qu'elle attendait d'en avoir une gorgée, Jonas entra par la baie vitrée coulissante qui ouvrait sur l'étendue désertique tenant lieu de jardin, accompagné d'une odeur de boules puantes. Il avait une tortue à la main. Elle était réfugiée dans sa carapace à motifs trapézoïdaux. Jonas lui-même avait tellement bronzé qu'il ressemblait à un reptile. Il se promenait avec insouciance dans le désert alors qu'il était responsable de la catastrophe. S'il n'avait pas laissé la cuisinière allumée, et si, pour commencer, il n'avait pas fait rôtir des marshmallows dans la cuisine, la veilleuse ne se serait pas éteinte, emplissant la maison de gaz, et Dustin serait encore en pleine santé.

« Encore une tortue ! dit son père.

– Pas n'importe quelle tortue. Une tortue du désert. »

Sa mère surgit de l'entrée, l'air horrifié. « C'est une espèce en voie de disparition !

– Menacée seulement, rectifia Jonas.

– S'il te plaît remets-la dehors », murmura Camille. Elle semblait au bord des larmes.

« Sans leur capacité d'adaptation, ces tortues seraient vraiment en voie de disparition.

– Capacité d'adaptation ! Tu te sentirais comment, si on te sortait de ton lit ?

– Ta mère sait de quoi elle parle », déclara Warren, adressant un sourire à Camille. Pas un sourire complice, plutôt celui destiné à une fillette qui viendrait de vous battre aux échecs. Elle se renfrogna et détourna le regard. Lyle eut l'impression qu'ils se supportaient à peine. Mister Leonard arriva lentement du séjour et contempla la tortue dans sa carapace avec une envie non dissimulée. Par miracle il était encore vivant, ce qui lui conférait une sorte d'aura. Il entonna une espèce de chant d'amour. La carapace émit un sifflement menaçant.

« Joli duo, dit Warren.

– Jonas, mets-moi immédiatement cette tortue dehors, ordonna Camille. Je ne plaisante pas. Tu n'es pas allé près de la décharge, j'espère ? »

Il haussa les épaules. « Qu'est-ce que ça peut faire ? De toute façon, on va mourir d'une leucémie.

– Au fait, intervint Lyle, je viens de rouler pendant une heure et demie dans le désert sans climatisation. »

Sa mère la serra dans ses bras. « Bienvenue à la maison, ma chérie.

– Où est Dustin ? »

Pour la première fois, ses parents échangèrent un regard. « Sans doute dans sa chambre, dit sa mère. Devant la télé. »

Lyle traversa le séjour déprimant, l'entrée avec son lustre en plastique déprimant, puis longea le couloir tout aussi déprimant jusqu'à la chambre de Dustin. Elle déplorait non seulement le côté kitsch de la maison, mais les efforts de son père pour faire croire qu'elle était aussi agréable que la précédente. Même le motel où ils avaient vécu les deux premiers mois, quand Dustin était à l'hôpital, valait mieux : au moins, elle avait une salle de bains dans sa chambre, avec une cabine de douche sans scorpion velu caché dans la bonde, prêt à lui piquer le pied. Quand elle se plaignait à son père des scorpions, ou de cette puanteur dans ses cheveux dont tous les shampoings du monde ne viendraient jamais à bout, il la regardait comme si elle parlait d'une autre maison. Ironie du sort, c'était la même que celle qu'il avait tenté de vendre à la mère d'Hector. Lyle le savait parce qu'Hector lui avait envoyé une lettre quelques mois après l'explosion. Plusieurs lettres, en fait. Il avait son adresse depuis le jour où il avait visité Auburn Fields. Même si elle était trop anéantie par l'état de Dustin pour répondre, elle les avait ouvertes aussitôt, avec le même petit frisson que lorsqu'elle les avait vues dans la boîte. Or elles étaient très convenables, décevantes, pleines d'un remords incompréhensible. Les heures passées à l'hôpital auprès de son frère rendu fou par la douleur, à le regarder pleurer, jurer et hurler sans savoir qu'elle était là, lui avaient prouvé qu'elle n'aimait pas Hector. Lorsqu'on aimait vraiment, il fallait accepter d'être invisible. Or ce qui lui plaisait, c'était attirer l'attention d'Hector, se sentir désirée : rien à voir.

Lyle frappa à la porte de la chambre de Dustin, se demandant s'il entendrait malgré le grondement cataclysmique à l'intérieur. Pour rendre l'atmosphère encore plus déprimante, il regardait la télé dans sa chambre. L'un des points sur la liste des CHOSES À NE PAS FAIRE AVANT CINQUANTE ANS, juste après *Courir à petites foulées avec une haltère dans chaque main*. À la pensée de son frère enfermé dans cette chambre toute la journée et scotché devant un film, elle se sentait inutile et désemparée. Elle hésita avant de tourner la poignée, atterrée de voir que sa main tremblait.

« C'est le meilleur moment ! » s'écria Dustin en désignant l'écran. Allongé sur son lit, il contemplait le torse nu de Sylvester Stallone accroupi à bord d'un hélicoptère. Il aimait les films avec des explosions, moins par ironie que par bravade. « Quand Rambo cache un bazooka sous son siège !

– Avant d'avoir écrit *Une saison en enfer*, ou après ? »

Dustin leva pour la première fois les yeux vers elle, l'air contrarié. Elle avait à chaque fois un choc en le voyant : ce visage méconnaissable, tacheté et décoloré d'un côté, la joue pareille à une écorce violacée. Même reconstruite, la paupière supérieure restait mi-close comme celle d'un boxeur, retombant sur l'œil. Elle était censée retrouver progressivement une apparence normale, mais Lyle avait des doutes. À cause des cicatrices qui se rétractaient sur la joue de Dustin, sa paupière inférieure se déformait à son tour : on apercevait l'intérieur, petite poche d'un rose nacré. À peine, mais assez pour que l'œil ne soit plus qu'un globe oculaire. Lyle alla arrêter le magnétoscope alors que Rambo tirait à coups de bazooka sur des communistes effarés.

« Hé là ! », protesta Dustin en grattant son maillot de contention. Fait sur mesures à l'hôpital, il était censé atténuer les cicatrices – modeste ambition, comme pour la chirurgie réparatrice. Difficile de croire qu'un maillot élastique puisse avoir d'autre effet qu'empoisonner un peu plus l'existence de Dustin. Comme le gant à sa main droite, il devait le porter vingt-trois heures par jour. « Une seconde peau », avait dit le spécialiste des brûlures ; en réalité, il ressemblait plutôt à une combinaison de plongée.

« Chausse-toi, dit Lyle. Je t'invite au restaurant.

– Pas faim.

– Tu peux mettre ton… ton masque, si tu veux. »

Remarque uniquement dictée par la sollicitude, mais Lyle comprit à l'expression de Dustin qu'elle aurait mieux fait de se taire. Il leva sa main gantée. Pour garantir un minimum de dextérité, les doigts du gant étaient coupés aux extrémités comme ceux d'une mitaine. Lyle ne saisit pas tout de suite ce qui se passait : grimaçant de douleur, Dustin déplia ses cinq doigts. Puis, avec la lenteur d'un pont basculant, il redressa lentement le majeur. Lyle n'était rentrée que depuis une demi-heure, mais déjà deux personnes lui avaient fait un doigt d'honneur.

« Je ne savais pas que tu pouvais, dit-elle.

– Je me suis entraîné. »

Dustin insista pour qu'ils aillent au Taco Bell et, même au prix d'un détour de quinze kilomètres par Lancaster, Lyle était soulagée de l'avoir convaincu de sortir de sa chambre. Aussi difficile que d'attirer un animal sauvage hors de sa tanière. Il n'avait pas mis son masque, mais cachait son œil sous d'imposantes lunettes noires à verres réfléchissants qui lui donnaient l'air d'un shérif. Pourtant, quand vint son tour de commander, la caissière du Taco Bell se tourna vers Lyle, demandant à voix basse : « Et pour votre ami, ce sera quoi ? »

« Je n'en reviens pas qu'elle se soit adressée à moi », dit Lyle, furieuse, quand ils s'assirent.

Dustin haussa les épaules.

« Ça ne te dérange pas ?

– Au moins elle ne m'a pas montré du doigt.

– Parce qu'on te montre du doigt ? demanda Lyle, stupéfaite.

– Qu'est-ce que tu crois ? J'ai vu des gens reculer sur un parking pour mieux me dévisager. » Il mordit dans le Burrito Supreme qu'il tenait de sa main valide. « Parfois c'en est même comique. L'autre jour, au cinéma, j'achetais mon ticket et un type est rentré dans un pilier. »

La climatisation du restaurant était si mal réglée que Lyle grelottait dans son T-shirt trempé de sueur. Dustin aussi semblait avoir froid, même s'il avait mis un pull en plus de son maillot de contention. Quand Lyle défit l'emballage de son taco, il fit une grimace ; elle oubliait toujours d'éviter de froisser du papier.

« Désolée.

– Ne t'excuse pas. C'est pire. »

Elle faillit lui demander comment il pouvait regarder des explosions toute la journée et lui en vouloir pour un malheureux emballage de taco, mais bien sûr l'épreuve qu'il traversait défiait toute logique. Sur la banquette voisine, une petite fille en robe rose s'était retournée et le contemplait, deux doigts dans la bouche. Curieusement, elle avait le crâne presque chauve, mais orné d'un énorme nœud rose. Trop occupé avec son burrito, Dustin n'avait rien remarqué.

« Avant, tu n'aimais pas les Taco Bell, dit-elle. Tu te rappelles ? Tu détestais l'odeur de la nourriture mexicaine.

– Non, c'était toi.

– Sûrement pas !

– J'ai toujours aimé les tacos.

– Tu les avais en horreur ! Un jour on t'en a acheté, et il a fallu les donner à Mister Leonard. »

Dustin eut un geste d'agacement. « Oui, mais maintenant il y a le Burrito Supreme. »

On aurait cru entendre Jonas. Lyle retira les minces lanières de laitue de son taco en regrettant amèrement d'être rentrée pour les vacances. Les raisons qu'elle avait invoquées pour ne pas venir chaque week-end n'étaient que des prétextes. Afin d'éviter d'affronter la souffrance de Dustin. Elle le regarda manger sans rien dire, puis ce fut plus fort qu'elle.

« Que deviennent les Toxic Shock Syndrome ? »

Nouveau haussement d'épaules. « Aucune idée.

– Tu écris encore des chansons, quand même ?

– J'ai vendu ma guitare.

– Dustin, tu n'as pas fait ça ! »

Il brandit sa main gantée comme si elle appartenait à quelqu'un d'autre. « Qu'est-ce que tu voulais que je fasse d'autre ? Que je joue avec mes dents ?

– La kiné a dit qu'il faudrait un an. Elle voudrait que tu t'entraînes.

– De toute façon, mon ampli est mort. Les dégâts causés par la fumée. Tu sais combien coûte un ampli neuf ?

– Papa et maman t'auraient aidé, si c'était une question de fric. »

Il regarda par la fenêtre. « Bon sang, Lyle, grandis un peu ! Papa en est à vendre des couteaux. »

Cesse de t'apitoyer sur ton sort, faillit-elle répliquer. Mais de quel droit ? Elle n'avait pas froid en permanence ; son visage n'était pas violet d'un côté ; elle n'avait pas été obligée de renoncer à s'inscrire à l'université pour travailler dans un vidéo-club en plein désert. Elle jeta un coup d'œil à la banquette voisine. La petite fille chauve avec son nœud rose sur la tête dévisageait toujours Dustin en suçant ses doigts comme une demeurée. Pourquoi sa mère ne disait rien ?

« Qu'est-ce qui leur arrive, à papa et maman ? » demanda-t-elle pour changer de sujet.

Dustin repoussa son plateau. « En fait, ils se disputent moins depuis qu'ils font chambre à part.

– J'ai vu le futon.

– Ils se parlent seulement quand il y a des factures à payer.

– Mon Dieu.

– De toute façon, maman n'est jamais là. C'est papa qui fait la cuisine.

– Je n'en reviens pas qu'elle passe tout ce temps sur la

route pour aller travailler. Moi, ça m'a pris une heure et demie, et encore il n'y avait pas d'embouteillages. »

Dustin fronça les sourcils. « Jamais je n'aurais cru que je regretterais le porc à la polynésienne. Hector est venu dîner l'autre soir, et papa nous a servi des œufs au plat. »

Lyle contempla son reflet dans les lunettes de Dustin. « Trop bizarre, que vous soyez devenus amis.

– Il a une passion pour les animaux de compagnie. C'est logique. » Dustin eut un petit rire. « En tout cas, il est le seul à ne pas faire comme si de rien n'était.

– Et Biesty ?

– Tu veux dire "Mark ?" Il est à l'université et a passé l'âge des surnoms. On dirait qu'il est entré dans une secte : toujours à me sourire et à me répéter que j'ai un look "phénoménal". Maintenant, de toute façon, il a ses amis de UCLA. »

Lyle regarda son frère boire les dernières gouttes de Coca au fond de son verre, se demandant si son cœur contenait autre chose que de l'amertume. Même si elle n'avait répondu à aucune des lettres d'Hector, celui-ci avait pris la route pour venir la voir et s'était retrouvé à discuter avec Dustin dans la cuisine pendant une heure. C'était après son installation chez Bethany. Curieusement, Hector et Dustin s'entendaient bien. Dustin disait sans doute vrai : il avait quelque chose d'un animal de compagnie qui plaisait à Hector. Avec son excentricité, sa santé précaire, il ressemblait un peu à un lézard exotique. Et, comme un lézard, il ne bougeait pas beaucoup.

La petite fille tout en rose fixait toujours Dustin. Subitement, il retira ses lunettes et poussa un grognement satanique, montrant les dents tel un tigre. La fillette éclata en sanglots.

« Vous l'avez collé comment, ce putain de nœud ? Avec de la Superglu ? lança Dustin à la mère.

– Enfin, Dust », chuchota Lyle.

Il se retourna vers son verre de Coca. « Un des principaux passe-temps, par ici. Faire peur aux enfants. »

Ils n'échangèrent pas une parole pendant le trajet de retour. À cause du soleil, Lyle clignait des yeux en conduisant. Ils passèrent devant un McDonald's à la sortie de Lancaster, ultime trace de civilisation ; Dustin serra les dents comme s'il avait reçu un coup. Lyle comprit pourquoi il avait tant insisté pour aller au Taco Bell : il avait peur, l'odeur de viande grillée l'angoissait. Elle revit cette première semaine d'hospitalisation, la chair calcinée qui rappelait un barbecue et imprégnait jusqu'à ses propres vêtements. Abruti par la morphine, Dustin gisait dans la pièce surchauffée, sous une toile d'araignée de cathéters. Elle se rappelait surtout qu'il lui avait paru gigantesque : un vrai Bibendum, la moitié supérieure du corps couverte de bandages, ses jambes maigres dépassant comme s'il avait été écrasé par un rocher. Inquiète du risque d'hypothermie, l'infirmière montait sans cesse le thermostat. Malgré ses avertissements, Lyle avait insisté pour rester tandis que la jeune femme changeait le pansement du bras de Dustin, noirci par les produits cicatrisants. Une indicible puanteur. Après lui avoir lavé le bras avec de l'eau stérilisée, l'infirmière avait humecté un tampon de gaze et commencé à débrider les plaies, à frotter la peau pour l'assouplir, quelques centimètres carrés à la fois comme si elle cirait un meuble, détachant de temps à autre un lambeau blanchâtre ou le découpant avec des ciseaux avant de jeter le tout – la peau et la gaze – dans une poubelle. Impossible d'assister à ce genre de scène sans mettre son cerveau en veilleuse.

À l'approche de la maison, Lyle regarda au loin les hauteurs écrasées de soleil, qui, à cette distance, semblaient rouge orangé. Les champs de coquelicots. La nudité du désert faisait ressortir les fleurs comme en rêve. Un mois plus tôt elles n'étaient pas là, Lyle en avait la certitude. Un vent violent ébranlait la carrosserie ; quelques instants plus tard, la colline entière parut onduler, immense vague orange poussée par le vent.

« Il a plu, ces derniers temps ? » demanda Lyle à Dustin qui n'avait pas quitté la route des yeux.

« Aucune idée », répondit-il.

26

Dustin aimait travailler au vidéo-club, parce que les réactions des clients à la vue de son visage l'amusaient. Ça lui donnait un prétexte pour les haïr. Non pas qu'il en ait eu besoin : la ville de Lancaster regorgeait de gens qui se disputaient sa haine. Ils portaient des lunettes enveloppantes et des T-shirts proclamant : DIEU MERCI, JE SUIS LIBRE ! ou bien : JESUSAUVE, ou encore : JE SUIS POUR LE CONTRÔLE DES ARMES À FEU… JE TIRE DES DEUX MAINS. Dustin avait pris l'habitude de demander à ce type de clients s'ils aimaient observer les oiseaux. À ce moment-là, ils ouvraient les yeux. Un vague temps d'arrêt, une petite grimace inconsciente, puis ils regardaient poliment ailleurs comme s'ils n'avaient rien vu. C'était ce regard qui indignait le plus Dustin. Pourquoi ne le dévisageaient-ils pas franchement ?

« Mince, vous l'avez raté de peu », disait-il lorsqu'ils lui demandaient pourquoi *Rambo II* était encore sorti.

Il avait toujours mis un point d'honneur à se ficher de ce qu'on pensait de lui. Maintenant c'était facile, une raison de se lever le matin.

Il ouvrit la fermeture-éclair de son maillot de contention pour se gratter. La démangeaison semblait vivante. Profonde et incessante. Sous les marques rouges laissées par ses ongles, il distinguait le fantôme de l'ancienne peau sur laquelle on avait greffé la nouvelle, léger filet déployé sur son avant-bras tel celui d'un pêcheur. Mieux valait ne pas regarder. C'était un vendredi calme où il n'y avait pas grand-chose à faire, hormis se gratter et s'abrutir devant des films d'action sur le magnétoscope du magasin. Cet après-midi-là, pour changer, *Les Dents de la mer*. Brody avait raison de vouloir faire sauter le requin à l'aide d'une bouteille d'oxygène. Déloyal, mais créatif. Au moment il où grimpait en haut du mât du bateau en train de sombrer pour viser la bouteille, le téléphone sonna.

« Avez-vous des films pour adultes avec des gens de petite taille ? » demanda une voix d'homme. Rauque et entrecoupée de reniflements, comme enrhumée. Dustin détestait les clients qui parlaient de « films pour adultes » au lieu de « films pornos ».

« Vous voulez dire avec des nains ?

– Oui. Des films pour adultes. Avec des nains. »

Dustin attendit et l'homme toussota. « Qui êtes-vous ? Un pervers ?

– Je suis un nain ! » répondit l'homme avec indignation avant de raccrocher.

Honteux, Dustin remit le combiné en place. Dans le même temps, il se félicitait que les nains existent. Ils étaient encore plus visiblement déglingués que lui. Il éprouvait le même sentiment au sein de son groupe de parole à l'hôpital de jour, devant des patients sans nez, ou dont on avait fixé la mâchoire inférieure avec une broche pour l'empêcher de s'enfoncer dans leur cou. Il avait beau s'efforcer de ne pas penser à l'hôpital, le souvenir de ces deux mois effroyables rôdait inlassablement autour de lui comme le requin des *Dents de la mer*. Les films lui changeaient les idées, mais pas très longtemps : tôt ou tard le passé revenait parasiter ses pensées.

Heureusement, il avait tout oublié des deux premières semaines. Sauf ses cauchemars, défilé de tortures insoutenables : prisonnier d'un tas de feuilles mortes en flammes, dépecé vivant par des créatures démoniaques. La suite ressemblait à un cauchemar, mais Dustin était éveillé, ou du moins conscient, flottant dans un océan de morphine. Oscillant entre veille et sommeil comme au rythme des vagues. Apprenant qu'il était gravement brûlé, il avait cru à une Troisième Guerre mondiale. Les Russes avaient attaqué. Il ne se souvenait pas de l'explosion, mais lorsqu'on lui raconta ce qui s'était passé – la cigarette, l'embrasement de la maison – ça lui parut trop bête pour être vrai.

C'était Lyle qui avait réussi à le convaincre que le reste de l'humanité vivait toujours normalement. Pour le lui prouver, elle avait apporté un Egg McMuffin. Il n'avait pas pu y toucher – il était encore nourri par une sonde – mais la perfection de cet œuf en forme de palet de hockey, ingénieusement posé sur un lit de fromage orangé dépassant du muffin, constituait une preuve irréfutable.

Avec le recul, difficile de croire qu'il ait pu être si ignorant. À l'exception de Freddy Krueger, l'homme aux griffes d'acier, il n'avait jamais vu de grand brûlé. Durant ces premières semaines, avant que les terminaisons nerveuses n'aient repoussé, il s'étonnait qu'on le garde à l'hôpital. Il était furieux de ne pas pouvoir répéter avec son groupe. Même momifié par les pansements, le bras droit dans une attelle, il ne pensait qu'à ça. Toxic Shock devait se produire le week-end suivant dans une fête à Redondo. (Du moins le croyait-il ; en réalité, la fête avait eu lieu deux semaines plus tôt.) Il ne comprenait pas que sa vie était finie.

Quand il voulut parler de ce concert à sa famille, aux infirmières et aux médecins – *Il faut que je rentre à la maison pour répéter !* – tout le monde acquiesça de la tête en souriant poliment, comme s'il prétendait avoir rendez-vous avec le Christ.

En désespoir de cause, il avait arraché tous les cathéters et couru vers la porte, l'attelle de son bras battant comme une aile. Il savait que ses jambes n'étaient pas brûlées et ne s'étonna donc pas de pouvoir courir. Ce qui le surprit, en revanche, c'est qu'une infirmière aussi frêle que sa grand-mère ait pu l'arrêter dès la porte : elle l'avait saisi par le bras et la douleur fut si vive, si atroce que, trahi par ses sphincters, il souilla son pyjama d'hôpital. Cette même infirmière toute menue lui tenait le pénis quand il urinait ; curieusement, il fallut cette dernière humiliation pour que, oubliant la douleur, il prenne conscience de sa fragilité.

C'était la seule tentative de fuite dont il se souvenait. Mais il était apparemment un grand arracheur de cathéters. Un jour il se réveilla paralysé, bras et jambes attachés au cadre du lit par des liens en plastique. Il se mit à hurler, à jurer. On le détenait contre sa volonté ; son père poursuivrait le personnel soignant en justice dès qu'il serait au courant. Il préviendrait les chaînes de télévision ; on fermerait l'hôpital. Bizarrement, quand il avait vu Dustin pieds et poings liés tel un prisonnier de guerre, son père n'avait pas appelé la police. Il s'était borné à lui apporter un miroir. Dustin n'avait toujours pas vu son visage. Il voyait ses bras, bien sûr, mais le nitrate d'argent les noircissait tellement qu'il était difficile de dire à quoi ils ressemblaient dessous. Dans la chambre et dans la salle de bains, il n'y avait pas de miroir ; jusque-là, Dustin n'avait pas compris que c'était intentionnel.

L'infirmière lui avait enlevé ses pansements, lançant d'étranges regards inquiets en direction du miroir que tenait son père. Celui-ci avait le même air inquiet, comme s'il était sur le point de sauter d'un avion, et Dustin avait pris peur à son tour, le cœur battant à tout rompre. Son père lui avait tendu le miroir. Dustin s'était concentré sur l'individu qui le regardait. La paupière droite, rétractée, révélait un globe oculaire saillant, aux veines pareilles à de minuscules éclairs d'orage. Un œil de poisson. Juste en-dessous, la joue était ridée, couverte de taches et brillante comme le glaçage d'un gâteau. La bouche se tordait légèrement d'un côté. Dustin avait cligné de l'œil gauche et le monstre dans le miroir aussi.

Sa première pensée avait été : *Je n'ai plus de visage.*

Il n'avait plus jamais tenté de s'enfuir.

Peu après, il avait commencé à souffrir. C'était violent et indicible. Le mot « douleur » ne suffisait pas ; il n'y avait aucun équivalent dans le dictionnaire. Les changements de pansements étaient éprouvants, mais ce n'était rien à côté des bains. La simple vue de la salle d'hydrothérapie le plongeait dans une terreur primitive, incontrôlable. Il se mettait à trembler, avait des idées de suicide. L'infirmière spécialisée, une Russe avec des lunettes aux verres épais comme de la glace, l'installait dans un bain bouillonnant et commençait à le torturer, nettoyant son bras ou son torse avec un gant de toilette, retirant les lambeaux de peau morte à l'aide d'une pince à épiler. Il avait l'impression qu'elle lui passait une râpe à fromage sur la chair. Il se défoulait sur elle. Hurlait, la traitait de salope, de grosse conne. Dans les recoins les plus sombres de son cœur, il puisait des injures qui n'avaient même pas de sens. *Sale pute aux joues flasques. Connasse avec de la merde dans les yeux. Tortionnaire Olga de la Gestapo.* Il avait honte, mais c'était plus fort que lui. Parfois il se fourrait des gants de toilette dans la bouche – deux ou trois à la fois – pour que tout le service ne l'entende pas brailler comme un bébé.

Comparées aux bains, les greffes étaient une partie de plaisir. On l'installait sur la table d'opération et il se réveillait avec le dos ou les fesses à vif là où on lui avait prélevé de la peau. Ils appelaient ça « la récolte ». Comme s'il était une plante. Un jour, revenant de la salle d'hydrothérapie, il avait vu l'appareil servant aux prélèvements : une monstrueuse machine à couper la viande qui trônait sur un chariot. Le pire, c'était quand on refusait de lui mettre des pansements sur les fesses. Plus d'une fois, l'infirmière avait dû l'aider à décoller son postérieur du matelas, comme un sparadrap. Dès qu'il se mettait à hurler, elle lui disait de s'estimer heureux : il n'était brûlé qu'à quarante pour cent, possédait beaucoup de zones saines pour les prélèvements. Nul besoin d'utiliser la peau d'un cadavre.

« Qu'est-ce que ça peut me faire ?

– Vous préféreriez qu'on vous greffe la peau d'un inconnu ? demanda doucement l'infirmière. Je parie que votre corps n'est pas du même avis.

– Ce n'est pas mon corps. Ne dites pas ça.

– Quoi qu'il en soit, il ne s'en tire pas si mal. Au bout du couloir, il y a un type brûlé à quatre-vingts pour cent qui n'a plus de jambes. »

Ce n'était pas la première fois qu'on lui disait de s'estimer « heureux ». Il devait se réjouir d'avoir survécu, de ne pas se retrouver seul, de ne pas avoir perdu la vue. Ça le laissait perplexe. Ce n'était pas plutôt sa famille qui aurait dû s'estimer heureuse ? Ou les milliards d'individus qui vaquaient tranquillement à leurs occupations sans jamais être la proie des flammes ? Ou encore cette putain d'infirmière qui lui répétait qu'il avait de la chance ? Lorsqu'on ne pouvait pas faire ses besoins seul, que les chirurgiens devaient vous fabriquer une nouvelle paupière avec la peau de vos fesses, que vous aviez l'air d'un zombie incapable de faire un clin d'œil, et qu'il faudrait un an ou plus avant de retrouver une apparence vaguement humaine, dans quel monde de merde aurait-il fallu vivre pour s'estimer heureux ?

Dès que la greffe de peau sur son bras commença à prendre, l'ergothérapeute voulut qu'il retrouve son autonomie. Il était censé mettre lui-même son pyjama d'hôpital. Il devait l'enfiler par la tête grâce à la force des bras dont Dieu l'avait doté. À ceci près que ce n'étaient plus les bras qu'il avait reçus à la naissance. Il ne pouvait pas les lever plus de trente centimètres sans défaillir de douleur. Et sa main droite était inutilisable. Ses doigts, collés les uns aux autres comme ceux d'un GI Joe, ressemblaient à des nageoires sans vie. Il n'en revenait pas d'avoir pu, dans une autre vie, s'habiller chaque matin sans y penser. L'ergothérapeute finit par revoir ses ambitions à la baisse et se concentra sur « l'autonomie aux toilettes ». C'était le nouvel objectif : s'essuyer les fesses sans aide. Ça paraissait un droit humain élémentaire : pouvoir aller seul aux toilettes et en ressortir présentable. À la première tentative, pourtant, Dustin découvrit que c'était un privilège. Il pouvait prendre du papier-toilette avec sa main valide, mais, malgré toute sa bonne volonté, il n'arrivait pas à l'approcher suffisamment pour s'essuyer. Son bras lui faisait trop mal. Après un quart d'heure d'efforts, tremblant d'épuisement et le visage ruisselant de sueur, il avait dû se résoudre à appeler une infirmière à l'aide.

Neuf mois plus tard, il regardait le générique de fin des *Dents de la mer* au Mojave Vidéo-club, guettant la liste des figurants. Souvent, ils lui restaient davantage en mémoire que les films eux-mêmes. *Voisin armé. Prostituée tenant un beignet. Homme évitant les débris.* Il aimait particulièrement ce dernier. Il avait forcément quelque chose d'un misanthrope. Si on était occupé à éviter des choses tombant du ciel, comment pouvait-on se soucier de son prochain ? Dustin alla ranger une cassette au rayon « Comédies », s'efforçant de la mettre en haut de l'étagère pour respecter l'ordre alphabétique. Il tressaillit de douleur. Parfois il lui fallait plus de trente secondes pour atteindre le haut de l'étagère. Il ne faisait pas ses exercices de rééducation. À quoi bon ?

Pendant qu'il éjectait la cassette, une fille avec le pied dans un plâtre violet entra en s'appuyant sur des béquilles. Elle se tourna vers lui, le surprenant par sa beauté. Curieusement, son plâtre et ses béquilles semblaient la rendre encore plus belle. Instinctivement, Dustin détourna le visage, fit semblant de compter l'argent dans la caisse. Elle le regarda distraitement, puis se dirigea vers le rayon « Nouveautés ». Comme souvent, son cerveau se divisa, et il pensa à ce qu'il aurait fait avant l'explosion. Il aurait pu lui conseiller un film : *Repo Man*, par exemple, ou *Le Loup-garou de Londres*. Il aurait pu flirter avec elle. Son film choisi, il aurait pu lui dire, nonchalamment accoudé au comptoir : « Vous n'allez quand même pas le regarder seule ? » Mais il ne fit rien de tout cela. Il compta les pièces d'un cent dans la caisse. Treize. Puis il disparut dans les toilettes, feignit de se laver les mains et attendit qu'elle s'en aille.

27

À la réunion des représentants, Ted, leur chef d'équipe régional, fit le tour de la pièce et demanda à chacun d'entre eux de partager une anecdote intéressante sur la semaine écoulée. Warren trouvait Ted assez fascinant. D'abord, il roulait dans une Porsche 911 décapotable qu'il appelait « Baby ». Un jour que Ted racontait son week-end, Warren avait cru durant toute la conversation qu'il parlait de sa petite amie, jusqu'à ce qu'il se félicite d'avoir changé les joints à rotule. Rouler en décapotable semblait n'avoir aucun effet sur ses cheveux, sculptés avec du gel au point qu'on aurait pu casser un œuf dessus. Le visage sous ce casque avait une étrange forme carrée. Ted ressemblait moins à quelqu'un de la télé qu'au téléviseur. Ce qui fascinait le plus Warren, pourtant, c'était sa façon d'applaudir lui-même chacun de ses propos, sans doute pour inciter l'auditoire à en faire autant. Efficacité stupéfiante. Difficile de regarder quelqu'un s'applaudir sans applaudir soi-même, par gêne et dans un besoin puéril de faire plaisir.

Les autres membres de l'équipe, visiblement moins gênés, restaient assis sur leurs chaises en plastique comme aux Alcooliques Anonymes, indifférents au local minable et déprimant, à son unique poster sur un mur, avec les mots : BLADECO : LE COUTEAU QU'IL VOUS FAUT. C'étaient tous des étudiants, ce qui faisait de Warren, de vingt-cinq ans leur aîné, le doyen de l'équipe. Il était même plus âgé que Ted, qui aimait à répéter qu'il n'avait que vingt-neuf ans, possédait une voiture de cinquante mille dollars et prenait chaque année ses vacances de Noël aux Bermudes. Situation potentiellement humiliante pour Warren, à ceci près que BladeCo donnait les mêmes chances à tous et ne pratiquait aucune discrimination d'aucune sorte. Le chiffre d'affaires était le seul credo. Peu importait qu'on soit lépreux ou cul-de-jatte, du moment que l'argent rentrait.

« Merci pour cette anecdote édifiante, Delio », dit Ted, après que l'intéressé eut raconté par le menu comment il avait convaincu une femme avec un déambulateur d'acheter un assortiment complet de couteaux de cuisine en lui faisant cadeau d'une spatule. Personne ne fit observer que le prix de la spatule serait déduit de la commission perçue par Delio. « Je profite de cette occasion pour vous informer que Delio est notre représentant du mois, avec trente-six rendez-vous et la somme fantastique de six mille vingt-huit dollars de chiffre d'affaires. Ce qui signifie, car BladeCo tient à récompenser ses meilleurs éléments, qu'il participe automatiquement au tirage pour gagner un voyage à Cancun ! Qu'en dites-vous ?

– Énorme ! répondirent-ils tous d'une seule voix.

– Seulement ? Pas énormissime ?

– Énormissime ! »

Warren s'était abaissé à faire beaucoup de choses, y compris à vendre des couteaux à des vieilles dames en fauteuil roulant, mais impossible de se résoudre à crier

« Énormissime ! » Sinon il ne pourrait plus jamais se regarder dans une glace. D'ailleurs, ce n'était même pas un vrai mot. Ted l'avait inventé parce que « énorme » rendait insuffisamment hommage à BladeCo.

« Warren, dit-il en vérifiant sa liste d'émargement, je ne vous ai pas entendu crier "énormissime" ?

– Non.

– Pourquoi ?

– Je préfère m'abstenir, si ça ne vous dérange pas. »

Le visage de Ted s'assombrit quelques instants, tel celui d'un serveur apprenant que son client ne boira que de l'eau. Il y avait derrière ces discours mobilisateurs des relents de désespoir qui rappelaient à Warren sa propre situation. Sans doute Ted avait-il quelque chose à vendre lui aussi, aux grands patrons de BladeCo, et Warren et le reste de l'équipe étaient ses produits.

« Vous faites pourtant partie de l'équipe, ce qui m'incite à penser que nous sommes tous dans le même bateau. Et, corrigez-moi si je me trompe, l'expression "esprit d'équipe" – Ted désigna une pancarte sur laquelle il avait lui-même écrit ces mots – suppose que nous soyons tous égaux. Ni meilleurs ni pires que nos collègues. »

Warren pouvait difficilement le corriger. « Désolé, je ne me sens pas meilleur. »

Ted se tourna vers Austin, un adolescent aux joues constellées d'acné. « Voyez-vous une objection à crier "Énormissime !", Austin ?

– Non, chef. Énormissime !

– Et vous, Shara ?

– Énormissime !

– Carl ? »

L'intéressé, qui dormait tout éveillé, se redressa brusquement sur sa chaise. Il avait des taches de café sur sa cravate. « Oui ?

– Vous sentez-vous en quelque façon offensé de crier "Énormissime !" ?

– Pardon ?

– Si on vous demandait de crier ce mot, y verriez-vous une objection ?

– É-mor-ni-ssime ! »

Ted ne releva pas. « Je crois que ça ne pose aucun problème aux membres de l'équipe. Ce qui signifie que vous les laissez tomber. Si tel est le cas, comment allons-nous réussir ensemble à dépasser le chiffre d'affaires de notre concurrent Quickcut – Hou ! Hou ! – pour la deuxième année consécutive ? »

Le voisin de Warren lui donna une claque sur l'épaule. « Allez, ne fais pas ta chochotte. Ce n'est jamais qu'un mot. »

Warren regarda autour de lui, la mort dans l'âme. Ses collègues semblaient tous d'accord : c'était un mot inoffensif. Ils attendaient tous qu'il le dise, semblant même partager l'animosité de Ted envers Quickcut, le Darth Vador de la coutellerie, au point qu'ils commençaient à considérer Warren comme un traître. Il se demanda si perdre le peu de dignité qui lui restait en un lieu où personne ne s'en apercevrait ressemblait à la chute d'un arbre au milieu de la forêt.

« Énormissime, dit-il doucement.

– Merci Warren. » Ted eut un large sourire qui paraissait traduire une joie sincère. « Témoignons notre soutien à notre collègue Warren qui a peut-être – simple supposition, corrigez-moi si je me trompe – besoin d'un peu de réconfort aujourd'hui. »

Après la réunion, Ted l'appela dans son bureau où il le fit attendre pendant qu'il s'absentait pour aller aux « chiottes ». Warren inspecta du regard la pièce aux murs aveugles. Hormis la photo d'une fille en bikini dans un cadre posé sur la table, elle-même tournée vers une fenêtre imaginaire, ce bureau était aussi nu qu'une cellule de prison. Warren revit la journée qu'il avait passée à la prison de Palos Verdes. Une véritable humiliation, encore qu'après celles subies à BladeCo, elle semblait avoir préfiguré la suite. Au moins les Shackney avaient-ils abandonné les poursuites après l'explosion. Qui le tirerait d'affaire, désormais ? Il avait quarante-cinq ans. Personne ne voulait embaucher un homme de son âge, surtout s'il avait fait des études de droit sans décrocher son diplôme. Il avait cherché un emploi de bureau juste après leur installation à Auburn Fields, mais après trois mois d'entretiens, la jeune femme de l'agence avait fini par perdre patience et lâcher sans méchanceté : « Si vous aviez seulement dix ans de moins, on pourrait vous trouver un poste d'assistant juridique. » « Pourquoi pas de secrétaire, tant que vous y êtes ? » avait-il dit pour plaisanter, mais elle n'avait pas ri. Le même après-midi, il avait vu dans le journal la petite annonce de BladeCo lui demandant s'il voulait gagner trente mille dollars en trente jours. Il n'y avait pas cru, bien sûr, mais dans un premier temps, même cinq mille dollars auraient suffi. Il ne se voyait pas tenir une caisse dans un magasin ; la perspective d'être son propre patron et d'aller voir des clients en voiture paraissait moins dégradante. Au moins aurait-il la possibilité de gagner sa vie.

Pour cela, naturellement, il fallait réussir à vendre des couteaux.

« Vous avez des problèmes familiaux, en ce moment ? »

s'enquit Ted à son retour, inclinant la tête avec une apparente sollicitude. Dieu merci, Camille avait du travail. Warren se demandait souvent ce qu'ils seraient devenus sans son assurance-maladie. Ils auraient été totalement ruinés.

« Pourquoi cette question ?

– En fait, c'est vous qui avez le chiffre d'affaires le plus bas cette semaine. Seulement quatre rendez-vous, et aucune vente. Plus cette attitude... négative pendant la réunion. » Il balaya l'air de la main comme si c'était déjà oublié.

« J'ai plusieurs rendez-vous lundi.

– Rien qui nuise à votre travail, donc ? »

Warren contempla la fille sur la photo, qui baissait sa bretelle de bikini avec un mouvement d'épaules aguicheur. Photo sûrement découpée dans un magazine, d'ailleurs. « Pour être honnête, oui, j'ai des ennuis. »

Ted hocha la tête. « C'est temporaire ? Ou quelque chose de plus grave ? »

Warren comprit que Ted souhaitait le virer et cherchait un moyen de le faire sans écorner son image, soigneusement entretenue, de chef sympathique qui inventait des mots amusants. Il espérait que ça se ferait tout seul. L'unique chance de Warren était de jouer sur la contradiction entre son licenciement et l'image de Ted. Il parla à ce dernier de l'accident de Dustin – honteux de s'en servir pour se faire plaindre –, du refus de son fils de se lever certains jours ou de faire les exercices qui empêcheraient ses cicatrices de se rétracter. Ils envisageaient de l'envoyer voir un psychiatre, mais ce n'était pas couvert par leur mutuelle. Or ils étaient toujours endettés à cause d'Auburn Fields. Si le lotissement n'avait pas encore été saisi, c'était parce qu'il ne valait rien. Aucun promoteur sain d'esprit ne miserait dessus, étant donné la proximité de la décharge. Le récit terminé, Ted parut nerveux et mal à l'aise, comme si Warren venait d'avouer avoir trompé sa femme.

« Eh bien, dit-il, avec un nouveau hochement de tête. C'est une tragédie, aucun doute là-dessus, mais j'ai une équipe à diriger, et pour le premier match de la saison, ce qui est un peu le cas, on ne fait pas jouer un obscur défenseur. On choisit son meilleur attaquant.

– Donnez-moi une semaine, implora Warren. C'est moi qui ferai le meilleur chiffre d'affaires. »

En rentrant chez lui, il se demanda comment il y parviendrait. Il allait devoir oublier ses scrupules. Lundi il se présenterait chez les Glaze, son premier rendez-vous, et ne repartirait pas sans avoir vendu le contenu de sa mallette. Il adopterait une attitude positive. S'il fallait se servir de Dustin, tant pis. Il raconterait le moment où il avait pour la première fois vu son fils dans la chambre surchauffée de l'hôpital, la tête enflée comme un potiron. Il portait encore sa chemise noircie, en lambeaux. Sa main bandée était aussi grande qu'un gant de base-ball. En nage sous les gigantesques lampes chauffantes installées près du lit, l'infirmière avait entrepris de lui refaire ses pansements, et Warren s'était étonné qu'elle ne lui enlève pas sa chemise. Il avait alors pris conscience que ces lambeaux grisâtres, c'était la peau de son fils. Il avait eu un mouvement de recul. Dustin s'était subitement redressé et avait tendu le bras, rouge, luisant, monstrueux, parlant d'une voix trop déformée – trop animale – pour qu'on le comprenne.

Sauve-moi, avait cru entendre Warren. C'est du moins ces mots qui résonnaient dans ses cauchemars.

Il s'était efforcé d'oublier ces souvenirs, et pourtant ils hantaient son sommeil. L'un d'eux, en particulier : Dustin transformé en torche vivante qu'il serrait contre lui, roulant avec lui sur la pelouse. L'étrange fumée qui le faisait suffoquer. Jamais, bien sûr, il n'arriverait à décrire cela à quiconque. Comment expliquer que la chair de son fils l'étouffait ? Qu'elle envahissait ses poumons ? Et puis la couverture soudain immobile, haletante, et à l'intérieur aucun autre bruit qu'un petit crépitement sourd, impossible à effacer de sa mémoire. Toute la journée et toute la nuit, à demifou de douleur à l'hôpital, Warren avait toussé, crachant des mucosités noirâtres qui contenaient des parcelles de son fils.

Il franchit la barrière éternellement levée d'Auburn Fields et entra dans le lotissement désert, celui-là même qu'il avait laborieusement conçu avec l'architecte de façon à rentabiliser l'espace, tout en préservant une certaine convivialité. De même que les pécheurs de Dante croupissaient en enfer, Warren se retrouvait dans ce pâté de maisons vides où flottait une odeur pestilentielle. Un châtiment diaboliquement à la mesure de ses propres péchés. D'abord il avait installé sa famille en Californie, dans une maison très au-dessus de leurs moyens. Alors qu'il aurait pu faire machine arrière, il s'était obstiné, investissant les économies destinées à financer les études de ses enfants. Il avait menti à de braves gens pour dissimuler l'existence de la décharge. Il recueillait ce qu'il méritait : la maison qu'il avait crapuleusement tenté de vendre à d'autres.

Il gara l'Oldsmobile le long du trottoir. Il l'avait achetée pour cinq cents dollars à des étudiants, à l'époque où sa famille et lui vivaient dans un motel. Contre toute attente, elle était en bon état. Seul défaut : un gigantesque sticker sur le pare-brise arrière, représentant un crâne bleu, blanc et rouge frappé par la foudre. Les étudiants avaient assuré qu'il se décollerait facilement, mais rien à faire, et Warren avait capitulé au bout de dix minutes de vaines tentatives.

Il attendit dans la voiture, peu pressé d'affronter ses enfants affamés. Le désert bruissait autour de lui, parasité par un grésillement permanent. Avec ses deux heures de route quotidiennes, Camille rentrait rarement avant vingt heures. Elle était si exténuée que lui parler, c'était comme perdre du sang à proximité d'un requin. Impossible de lui dire bonsoir sans déclencher une dispute. L'été précédent, il avait été bouleversé lorsqu'elle lui avait pardonné ; toutes leurs difficultés, leur éloignement l'un de l'autre, avaient paru se dissiper en même temps que le poids du secret. Mais les épreuves traversées par Dustin avaient montré que ce répit n'était qu'une cruelle plaisanterie. Si Camille ne lui avait fait aucun reproche, si le pardon avait semblé représenter la réponse à leurs problèmes, ce n'était plus vrai. Ces derniers temps, il ne pouvait plus croiser son regard sans se sentir personnellement responsable des brûlures de Dustin.

Dans la cuisine, debout devant le frigo, Jonas maintenait la porte ouverte comme pour gaspiller le plus d'énergie possible. Pour une raison incompréhensible, il portait ses lunettes de ski. Warren se crispa. Il avait beau savoir que Jonas avait laissé le gaz allumé par erreur, dès qu'il le voyait planté devant le frigo grand ouvert, ou laisser des traces de boue sur la moquette après avoir oublié d'enlever ses chaussures, un sentiment proche de la haine l'étreignait. Il s'en voulait de réagir ainsi, mais, depuis l'accident tragique de Dustin, il ne s'inquiétait plus de préférer un de ses fils à l'autre : c'était un fait auquel on ne pouvait rien, comme l'erreur de Jonas.

Lyle entra et inspecta le contenu du placard au-dessus du

fourneau. La mélamine se détachait à l'angle de la porte. Le porte-torchons arraché un an plus tôt par Warren était encore sur le frigo, sous une couche de poussière.

« Où est Dustin ? demanda Warren.

– À ton avis ? » dit Lyle. Comme en écho, une rafale de coups de feu crépita dans la chambre de son frère. « On mange quoi, au dîner ?

– Il doit y avoir une pizza au congélateur.

– On en a mangé hier soir, protesta Jonas, et avant-hier soir aussi. »

Lyle et Jonas regardèrent Warren comme si c'était sa faute. Au supermarché, il les laissait acheter ce qu'ils voulaient, en partie pour dégager sa responsabilité. « Vous auriez préféré quoi ?

– Des légumes, peut-être, suggéra Lyle.

– L'équilibre alimentaire, tu connais ? renchérit Jonas.

– Oui. » Warren se tourna vers Lyle. « Pourquoi ton frère a-t-il mis ses lunettes de ski ?

– Je voulais couper des oignons pour faire une omelette, répondit Jonas. Mais on n'a plus d'œufs. J'ai quand même décidé d'en éplucher quelques-uns, dans l'espoir que tu le saurais par télépathie et que tu rapporterais des œufs. Une sorte de danse de la pluie, mais ça n'a pas marché. »

Warren jeta un coup d'œil dans le congélateur. En dehors de la pizza, il ne restait qu'un sac d'épinards blanc de givre, un pot de crème glacée chocolat-pépites, et quelque chose appelé Pixie Chips. « Il y a des épinards surgelés.

– Comme plat principal ? demanda Lyle.

– Pourquoi on ne ferait pas des sandwichs bacon, laitue, tomates ? proposa Warren.

– On n'a pas de tomates. Ni de bacon.

– On a un peu de bacon séché », dit Jonas.

Warren vérifia l'intérieur du placard. « Et même une boîte de tomates !

– Mais elles sont cuites !

– Écoutez, je fais de mon mieux. Il va falloir être un peu moins difficiles. »

Warren mit les épinards dans le four à micro-ondes, vida le jus des tomates, les trancha tant bien que mal. Jonas et Lyle le regardaient sans un mot. Après avoir fait griller des toasts, il déposa une cuillerée d'épinards gluants sur l'un d'eux, recouvrit de quelques morceaux de tomates, saupoudra le tout de bacon séché. Il prépara trois sandwichs de la même manière. Une métaphore du désespoir : il ne s'attendait pas à ce que ses enfants les consomment. Lorsqu'il eut fini, il transféra deux sandwichs sur la table de la cuisine, où Jonas dévora le sien sans se faire prier.

Lyle contempla son dîner. Puis elle alla chercher son appareil-photo dans la pièce voisine et mitrailla le sandwich sous tous les angles. Elle reposa l'appareil. « Mon Dieu, vous entendez ça ? » Les coyotes recommençaient à pousser leur cri aigu. « Qu'est-ce qui leur prend ?

– Ils sont peut-être simplement en chaleur », marmonna Warren.

Lyle fronça les sourcils. « Ou alors… l'ennui les a rendus fous. »

Warren quitta la cuisine, emportant le troisième sandwich dans la chambre de Dustin. Elle empestait la bière, les draps moites, et quelque chose d'autre – les peaux de bananes pourries – même si Dustin lui-même dégageait une odeur exotique plutôt féminine, celle de la lotion hydratante qu'il consommait au même rythme que les Budweiser. Une vieille boîte à pizza ouverte, avec une unique part racornie à l'intérieur, trônait sur le magnétoscope. Dustin leva distraitement les yeux avant de se concentrer à nouveau sur John Wayne qui inspectait une brochette de scalps humains. *La Prisonnière du désert*, son nouveau film préféré. Avant l'explosion, Warren se demandait pourquoi son fils passait tant de temps à lire des articles sur des groupes punks, ou des magazines confidentiels comme *SweatBomb* ou *Narcoleptic Assassin*. À présent, il se serait réjoui de le voir faire n'importe quoi au lieu de regarder la télé. Il avait même eu envie de lui confisquer le poste, sans en trouver le courage.

Il tendit le sandwich à Dustin, qui ne lui accorda même pas un regard. Bizarrement, l'étrangeté de son œil à la paupière tombante faisait paraître la pièce plus silencieuse. Warren jeta un coup d'œil à sa montre : dix-huit heures trente. Ils étaient censés faire les exercices de rééducation. À la clinique, quand l'ergothérapeute les avait aidés à concevoir un programme, elle avait pris Warren à part pour l'avertir qu'il risquait de se heurter à « une certaine résistance ». Il se rappela avec nostalgie la naïveté de sa réponse : « Rien d'insurmontable. » Il n'avait pas prévu l'intensité de la haine que lui vouerait son fils, ni le déchirement et l'épuisement de devoir chaque jour revenir à la charge.

Il alla chercher la poignée de musculation dans un panier à l'angle de la pièce.

« Un amen, et qu'on en finisse, Révérend, lança Dustin. C'est pas l'heure des prières. » Voilà une semaine qu'il parlait comme John Wayne ; Warren avait la désagréable impression qu'il ne cherchait pas à être drôle.

« Tu te souviens de ce qu'a dit l'ergothérapeute ? Tu vas avoir des contractures.

– Elle est comanche ? »

Warren lui adressa un regard las. « Tu veux rejouer de la guitare, non ?

– Non, Doc, répondit-il d'un ton mélodramatique. Du didgeridoo. Je veux en jouer une dernière fois avant de mourir. »

Warren souleva le bras de son fils, lui glissa la poignée entre les doigts, mais Dustin la jeta à terre comme s'il avait deux ans. Il était coutumier de ce genre de comportement. Warren alla récupérer la poignée dans un coin, le dos traversé par une douleur fulgurante.

« Il faudra te rouvrir le bras et faire une nouvelle greffe, dit-il. C'est ça que tu veux ? Tu as oublié quelle partie de plaisir c'était ?

– Pas question qu'on m'opère à nouveau.

– Sauf le visage, tu veux dire.

– Non », répondit doucement Dustin. Il prit la télécommande sur sa table de chevet et monta le son du téléviseur. « Fini la chirurgie. »

Un frisson parcourut la colonne vertébrale de Warren. La même sensation qu'en voyant Dustin à l'hôpital, en train de mettre un cube dans une boîte à formes : l'ergothérapeute l'avait acclamé comme s'ils étaient aux Jeux olympiques. On devait lui refaire la joue le mois suivant, première d'une série d'opérations de chirurgie plastique. « On a attendu tout ce temps pour que tu cicatrises. Ils vont te refaire un visage normal.

– "Normal", ironisa Dustin. C'est toi qui veux absolument que je redevienne normal. Tu n'as que ce mot à la bouche, bordel !

– Ce n'est pas vrai.

– Tu es tellement pressé que je sois à nouveau présentable !

– Ce n'est pas vrai, répéta Warren. Je voudrais juste que tu aies les mêmes chances que les autres. »

Dustin ricana. « Pourquoi ? Pour que j'aille à UCLA ? De toute façon, tu n'avais pas les moyens de m'y envoyer.

– On pourrait mettre de l'argent de côté, murmura Warren.

– D'accord. Tu peux toujours m'apprendre à vendre des couteaux. »

Warren s'écarta du lit. Il ne savait comment répondre à cette méchanceté : ce n'était plus l'agressivité délibérée d'avant, destinée à impressionner les copains de Dustin, mais une hostilité quotidienne, assumée, qui semblait engluer Warren comme un insecte. « J'essaie de t'aider, Dust. Tu pourrais te montrer un peu plus gentil.

– Tu as fait quoi, pour m'aider ? »

Je t'ai sauvé la vie, faillit-il répondre. Sans doute Dustin réussit-il à lire dans ses pensées, car il fit une drôle de tête devant la télé. Plus exactement, son drôle de visage se contracta bizarrement, une affreuse crispation de la peau qui fit palpiter ses narines. *Si tu avais vraiment voulu m'aider*, disait ce visage, *tu m'aurais laissé crever dans les flammes.*

Warren quitta la pièce, remportant le sandwich avec lui. Sans raison, il s'arrêta dans le couloir et regarda une bestiole en forme de champignon ramper sur le mur. Il resta un long moment planté là. Après chaque visite dans la chambre de Dustin, il devait faire un effort pour se remettre à marcher, se concentrer sur chaque pas comme s'il grimpait à une échelle. Dans la cuisine, Jonas avait remis ses lunettes de ski et tranchait un oignon, obtenant les mêmes cercles concentriques que ceux d'un tronc d'arbre. Une nouvelle fois, Warren regretta que ce ne soit pas son plus jeune fils qui ait été brûlé. Il aurait volontiers échangé la vie de Jonas contre le Dustin d'avant. Il aurait voulu attraper Jonas par le col de sa chemise pour faire advenir ce sacrifice. Au lieu de quoi il s'assit devant la table de la cuisine et se força à manger le sandwich, désormais détrempé et répugnant. Il eut un haut-le-cœur, mais mordit quand même dedans, encore et encore, pour se punir de ses mauvaises pensées.

28

« On va se cuiter et faire semblant d'être des mormons, déclara Biesty avec un large sourire. Comme au bon vieux temps.

– Aucun souvenir », mentit Dustin.

Il regardait les panneaux autoroutiers d'un vert scintillant défiler au-dessus d'eux. Ils roulaient vers Manhattan Beach, où quelques-uns des amis fortunés que Biesty s'était faits à UCLA louaient une maison pour l'été. Il n'était pas allé à une seule fête depuis l'explosion, et pour Biesty cette soirée était sacrée : il avait décidé que Dustin devait y être ; pas moyen de le convaincre du contraire. Il était même venu le chercher à Antelope Valley dans sa vieille Karmann-Ghia cabossée. Dustin le soupçonnait de s'en vouloir de n'être pas venu le voir assez souvent, et d'être parti à l'université alors que Dustin restait croupir chez lui. En fait, croupir chez lui était l'une de ses activités préférées, mais depuis la dernière dispute avec son père, il avait envie de prendre l'air.

« Donc le groupe joue ce soir », dit Biesty. Il jeta un coup d'œil à Dustin avant de changer de voie.

« Quoi ?

– Oui, Film à Grand Spectacle. »

Dustin ouvrit des yeux ronds. « Putain, c'était mon idée, ce nom.

– Ah bon ? » Biesty sourit, imperturbable. « Dès que ton bras sera guéri, ce sera toi notre guitariste. Voilà pourquoi je voulais te présenter aux autres. »

Il klaxonna une Mercedes qui tentait de s'insérer dans leur file, faisant un doigt d'honneur par le toit ouvrant. Toujours avec ce sourire qui lui donnait l'air d'appartenir à une secte. S'il cessait de sourire, le visage de Dustin risquait de le prendre au dépourvu et de s'imposer dans leur amitié comme une copine qu'on n'a pas envie de voir. Dustin sortit son collyre de la poche de son jean et renversa la tête en arrière, soulevant ses lunettes noires pour s'en mettre quelques gouttes dans les yeux. Sa greffe de paupière était censée avoir réparé son canal lacrymal, mais on savait ce que valaient les promesses des médecins.

« En plus, il y aura une surprise ce soir, ajouta Biesty. Ça devrait te plaire.

– Qu'est-ce que c'est ?

– Si je te le disais, ce ne serait plus une surprise. »

Biesty inséra une cassette dans le lecteur, une mélodie dissonante à deux guitares. Dustin réussit à éjecter la cassette avec son pouce.

« Le nouveau Hüsker Dü, précisa Biesty. Tu n'aimes pas ?

– Non.

– Ça a l'air de bien se vendre. » Il ouvrit la boîte à gants. « Tu veux quoi ? J'ai un album de X. *Wild Gift*.

– Pourquoi pas un peu de silence, pour changer ? »

Biesty le dévisagea avec son sourire ridicule, avant de tendre le bras pour récupérer les cassettes qui avaient glissé sur les genoux de Dustin. La vérité, c'était que Dustin ne supportait plus le genre de musique qu'il aimait avant. Ils quittèrent l'autoroute pour pénétrer dans Manhattan Beach, dédale de rues étroites, de magasins de souvenirs et d'articles de plage. Dustin sentit l'angoisse monter. À vingt heures trente il faisait encore jour, même si derrière ses lunettes noires tout paraissait étrange. Ils croisèrent une jeep pleine de types torse nu avec des planches de surf à l'arrière, liens volant au vent comme des tentacules. Incroyable que des gens continuent à trimballer ces morceaux de polystyrène, à les cirer et à flotter sur l'océan, debout pour affronter les vagues. En ville, quelques filles se promenaient en bikini, le haut de leur maillot visible sous leur T-shirt. Le cœur de Dustin se serra. Il dévorait des yeux les boutiques de surf, les restaurants mexicains, les bars bondés. Ils semblaient appartenir à un autre monde. Il y pensait souvent depuis l'explosion, mais il en avait oublié le clinquant et l'invulnérabilité. C'était comme regarder par les hublots d'un vaisseau spatial ; difficile d'imaginer qu'il ait un jour vécu là, partagé le même air.

Ils achetèrent des burritos à un vendeur ambulant et les mangèrent sur le parking. Après quelques bouchées, Dustin remit le sien dans le sac, l'estomac trop noué pour pouvoir avaler quoi que ce soit. Une fois sur place, alors que Biesty était déjà dehors, il ne bougea pas de la voiture, mains jointes sur les genoux. Le siège s'inclinait ; il pouvait rester là, dormir, même.

« Allez », dit Biesty.

Pas de réaction. Biesty se pencha à l'intérieur par la vitre du passager, toujours avec son sourire exaspérant.

« Qu'est-ce que tu comptes faire ? Passer la nuit ici ?
– Oui, murmura Dustin.

– Mon Dieu. » Biesty le dévisagea. « Mais tu trembles ? » Il cessa de sourire et remonta dans la voiture. « Ta… tête ? C'est ça le problème ? » Visiblement, le sujet le gênait. Voilà le pire : qu'un événement horrible puisse faire voler votre vie en éclats, et mettre ensuite tout le monde mal à l'aise, comme un pet. « Écoute, personne ne fera attention. On boira un coup. Comme au bon vieux temps.

– Ah, le bon vieux temps », dit amèrement Dustin.

Biesty baissa les yeux. Dustin savait qu'il faisait des efforts, mais ça ne suffisait pas. Ça ne suffirait jamais, puisque ça supposait que quelqu'un puisse arranger les choses. L'air de rien, Biesty fouilla dans la boîte à gants et sortit une paire de lunettes de soleil à lourde monture noire, agrémentée de quelques paillettes argentées. Il les chaussa, prêt à se rendre à la fête ainsi affublé. Ils ressembleraient tous deux à des bouffons. Sans l'avouer, Dustin lui en fut reconnaissant.

La fête avait lieu dans un jardin. Des planches à voile en plus ou moins bon état étaient alignées contre la palissade. Dans un coin de la pelouse, près d'un nain de jardin sodomisant un cerf en plastique, on avait cloué un drapeau jamaïcain sur la cabane à outils. Biesty présenta Dustin aux membres du groupe ; ils lui serrèrent la main avec précaution, preuve qu'ils étaient au courant. Sur le T-shirt du batteur, on pouvait lire : UCLA : UNITED COLORS IN LOS ANGELES. Dustin fut soulagé de ne pas avoir à les prendre au sérieux. Pendant que Biesty aidait à installer la sono, il se mit en quête de bière, se frayant un passage parmi des surfeurs en train de fumer un joint sur l'escalier de la terrasse. Ils le dévisagèrent ouvertement. Dustin pénétra dans la maison, sombre comme une église à cause de ses lunettes. Un couple s'embrassait au milieu du couloir. On voyait que le type bandait, et il ne s'en cachait pas, comme s'il arborait une cravate aux tons criards.

« Tu cherches quelque chose ? demanda-t-il, fixant le gant de Dustin.

– La bière. »

Dustin s'éloigna. « Qui a invité Michael Jackson ? » lança le type, ce qui fit glousser sa copine. Dustin trouva le fût de bière sous une table de jeux chargée de pichets d'alcool. Il en prit un rempli de vodka et alla s'enfermer dans une chambre déserte. Celle d'un garçon, à en juger par la décoration. Un poster avec un surfeur rattrapé par une vague translucide, en équilibre instable tel un danseur de claquettes à la fin de son show. Sur le mur près du lit, une photo de *Sports Illustrated* avec un mannequin aux seins nus prenant la pose à l'extrémité d'une jetée, les fesses judicieusement recouvertes de sable. Elle les montrait à l'objectif comme pour en faire cadeau à l'humanité. Dustin arracha la photo et la roula en boule. Puis il s'assit sur le lit et but plusieurs gorgées de vodka, tenant à deux mains le pichet trop lourd qui lui faisait mal au bras. Sa peau le démangeait atrocement. Il ouvrit la fermeture-éclair de son maillot de contention et se gratta jusqu'au sang.

Il resta longtemps dans cette chambre, à boire de grandes lampées de vodka. À l'extérieur, le niveau sonore augmentait : les invités, de plus en plus soûls, riaient à gorge déployée et se vantaient de leur cuite de la nuit précédente. Quelle bande de tarés ! Dustin se demanda si Dieu épiait parfois les conversations et regretta qu'Il n'ait pas de mitrailleuse. Quelqu'un martela la porte de la chambre à coups de poing. Puis Dustin entendit son prénom, la voix de Biesty décrivant ce qu'il portait. Il eut l'impression d'être invisible. À l'angle de la pièce, dans un aquarium empli de corail, flottait un hippocampe solitaire. Amorphe, l'air sans vie, il se laissait porter par le courant telle la moitié perdue d'un monogramme. Dustin avait toujours vu les hippocampes comme des créatures libres et heureuses – c'était son animal favori à l'école primaire – mais il trouva ce spectacle étrangement gratifiant.

Le groupe se mit à jouer peu après. En titubant, Dustin alla tirer les rideaux et resta à la fenêtre, d'où il avait vue sur la terrasse et sur la pelouse en contrebas. Il y avait foule. Il n'en revenait pas de voir tant de monde. Biesty chantait dans le micro d'une voix de crooner, l'histoire d'un type qui prélève son cerveau pour en faire un animal de compagnie. Il n'arpentait plus la scène à la manière d'Iggy Pop, mais restait bien droit devant le micro avec ses lunettes noires qui lui glissaient sur le nez. Les paroles – si on pouvait appeler ça des paroles – ne voulaient rien dire. Et la musique n'avait plus rien de punk. Elle était lente, mélodieuse ; le guitariste grattait les cordes comme un chanteur de folk. Dustin s'attendait à les voir quitter la scène sous les huées et les jets de gobelets en plastique. Or les spectateurs semblaient apprécier. Il y avait même des filles qui connaissaient les paroles et dansaient sur la pelouse en renversant de la bière sur elles. Pour le refrain, la musique s'intensifia sans raison, envolée soudaine et caricaturale, Biesty hurlant « Allez, lâchez-vous ! » tandis que l'auditoire sautait sur place comme les Muppets. Dustin n'en croyait pas ses yeux. La chanson suivante était sur le même modèle, de la guimauve pop avec un crescendo appuyé à la fin. Il regarda tout le concert derrière la fenêtre, le cœur serré.

« Ah, te voilà », dit Biesty quand Dustin vint le voir à l'entracte. Il était en sueur, rayonnant, encore grisé par son passage sur scène. Dustin tenta de se concentrer sur son sourire ridicule, tâche rendue difficile par le visage flou de Biesty. Il percuta une des planches à voile appuyées contre la palissade, qui en entraîna deux autres dans sa chute. « Seigneur. Tu es bourré ?

– Je promène mon cerveau », répliqua Dustin.

Le sourire de Biesty disparut. « Tu n'as pas aimé la musique ?

– Parce que c'était de la musique ?

– Je croyais que ça te plairait. Une rencontre entre Bad Brains et les Beatles. »

Dustin ricana. « Putain, c'est la meilleure ! Tu devrais ajouter "sous acide". Rencontre sous acide entre Bad Brains et les Beatles.

– Le public a eu l'air d'aimer », déclara le guitariste d'un ton condescendant. Il portait un T-shirt avec les mots : CONFUCIUS IS SEXY.

« Normal. Des groupies de Jimmy Buffett. Promotion Sigma Chi Delta. »

Le guitariste parut contrarié. Vue de près, l'inscription sur son T-shirt était : CONFUSION IS SEX, titre d'un album de Sonic Youth. « La plupart ne fréquentent pas les clubs d'étudiants.

– Ce n'est pas à toi que je parle, nom de Dieu ! Va plutôt travailler tes accords. »

Biesty enleva ses lunettes noires et les mit dans sa poche. Il retrouva le visage qu'il avait toujours eu. « Je pensais que ce soir, tu oublierais peut-être de déconner. Que tu pourrais même plaire au groupe.

– Le "groupe" ? Écoutez-moi ça ! Vous avez des T-shirts à votre nom ?

– Des T-shirts ? dit le guitariste, narquois.

– J'oubliais, intervint Biesty. Toxic Shock Syndrome était en route pour la gloire.

– Sans doute, si on avait eu un chanteur digne de ce nom. »

Biesty éclata de rire. « On est cent fois meilleurs que Toxic Shock Syndrome. »

Dustin comprit soudain que c'était vrai. Fou de rage, il se rua sur la guitare électrique abandonnée contre un ampli, glissa la lanière sur son épaule, trébucha en voulant monter le son et faillit s'étaler de tout son long. Incapable de tenir un médiateur, il se mit quand même à jouer, frappant les cordes de son poing ganté et entamant le délicieux riff de « Los Angeles ». Son bras demandait grâce. Dustin avait vaguement conscience des sons qu'il produisait et du fait que l'auditoire s'était tu, que tous les regards convergeaient sur lui. Des gens lui criaient de poser la guitare. Par défi il s'approcha du micro, le fit tomber. Un gobelet en plastique l'atteignit en pleine poitrine. Quelqu'un voulut le faire descendre de la scène et il le repoussa de toutes ses forces, le bourrant de coups de poing avec son unique main valide, ce qui déclencha l'hilarité générale – plus un concert de huées. Enfin, quelqu'un d'autre le prit par surprise et récupéra la guitare, assez lentement pour que Dustin se retourne le poing levé et récolte une vive douleur dans la mâchoire, aussi fulgurante que réconfortante, avant de s'écrouler dans l'herbe sur le dos, sans guitare, le monde tanguant à la manière d'un bateau.

Une boue tiède au goût douceâtre lui emplit la bouche. Aucune main secourable ne se tendit pour l'aider à se relever. Chancelant, il traversa la foule – un tourbillon de visages –

pour quitter la fête, et dans la rue il s'écroula de nouveau, sous un lampadaire, sa mâchoire l'élançant au rythme de son pouls. Il cracha sur la chaussée : un mélange de salive et de sang. Le monde lui parut plus lumineux, plus coloré, comme s'il sortait d'une grotte. Il retira son gant, se gratta la main. Combien de temps il resta assis là, impossible à dire ; il entendit le groupe se remettre à jouer, la voix énergique de Biesty chanter : *Mes fringues ont leur intégrité, je ne peux pas m'en débarrasser.*

« Sacré spectacle ! »

Il leva les yeux et découvrit deux filles devant lui, qui n'en firent bientôt plus qu'une. Une adolescente en sweat-shirt Billabong et en tongs. Vêtements de plage et cheveux blonds mis à part, elle ressemblait étrangement à Taz.

« Tu n'es pas celle que je crois, dit-il avec colère.

– Comment le sais-tu ?

– Où est passé ton look satanique ? Et ta mèche de sorcière ?

– Teinte en blond. »

Il la dévisagea de nouveau, plissant les yeux pour mieux la voir. L'air mal à l'aise, elle tripotait le grain de beauté sur sa lèvre supérieure et tentait d'éviter son regard. Comme tout le monde. À sa grande consternation, il ne retrouvait plus ses lunettes noires. Du fond de son ivresse, il sentit que tout était fini. Dans ses fantasmes, qu'il se repassait en boucle, elle le regardait droit dans les yeux et lui parlait comme avant, plus grossière que jamais, indifférente à sa laideur. Il lui demanda ce qu'elle faisait là.

« Mark m'a appelée. Il m'a dit que tu venais.

– Biesty ? Vous vous connaissez ?

– Il a téléphoné un jour en se faisant passer pour un éducateur. C'est ce qu'il a raconté à ma mère.

– Tu ressembles à une majorette. »

Taz se renfrogna. « Ça devait être une surprise. Ma présence. Il m'a dit que tu lui avais parlé de nous deux. » Elle ne quittait pas ses pieds des yeux. « Il voulait que je te revoie.

– Eh bien me voilà. Tu me trouves comment ? »

Elle haussa les épaules avec découragement. « Honnêtement ? Je ne t'ai pas reconnu. »

Dustin grimaça. Il voulait à la fois entendre la vérité et qu'elle lui soit épargnée. Il espérait que Taz s'en irait, disparaîtrait dans les vapeurs d'alcool dont elle avait surgi, mais elle s'assit près de lui sur le trottoir. Sa nouvelle couleur de cheveux la faisait paraître mutine, inoffensive ; elle semblait avoir pris du poids. Tout était foutu, tout ; rien ne se conformait jamais à ce qu'on souhaitait. Son corps le démangeait à en pleurer. Il pleura bel et bien. C'était plus fort que lui. Taz finit par le regarder en face, au bord des larmes et le visage grave. Dustin avait besoin de sa compassion et en même temps s'en offusquait.

« Laisse-moi tranquille.

– Tu es sûr ?

– Casse-toi. Tu veux que je te l'écrive ? »

Taz se leva. Elle s'éloigna, ses tongs claquant sur le trottoir au rythme de la chanson de Biesty. Dustin aurait voulu lui crier de revenir, lui demander pardon pour sa propre souffrance, mais il ne supportait pas l'idée qu'elle le voie pleurer d'un seul œil.

29

Jonas voyait bien que les autres membres de la famille le détestaient. Ils ne le faisaient pas exprès, mais la vérité transparaissait malgré tout. Elle était palpable le matin, lorsqu'il mangeait son muesli et que son père le regardait avec insistance enlever les morceaux de dattes. L'après-midi, où elle filtrait sous la porte de Dustin avec le bruit de la télé. Ou bien dans le refus persistant de Lyle de jouer avec lui à Risk ou à Stratego, alors qu'elle contemplait le plafond à longueur de journée comme un zombie. Et le soir aussi, quand il laissait la porte du four à micro-ondes ouverte et que sa mère le lui reprochait d'une voix lasse et cassante, comme si elle regrettait qu'il ne soit pas une cigarette.

Quelle différence entre cette voix et celle qui revenait sans cesse dans sa tête, même pendant son sommeil ! *N'oublie pas d'éteindre le gaz.* Il les entendait comme si c'était hier, les paroles de sa mère, déformées par sa bouche pleine de marshmallows. Parfois, il revoyait même sa propre main sur le bouton du gaz, tournant jusqu'à ce que la flamme s'éteigne, image aussi nette que celle d'un film. Il se rappelait avoir fermé le gaz. Mais non, puisque son frère était brûlé, défiguré. Le cerveau pouvait vous faire croire n'importe quoi.

La plupart de ses journées, Jonas les passait dans le désert. Quel soulagement de ne plus être obligé d'aller à l'école, cet endroit sinistre où les professeurs étaient en short, et son casier métallique si chaud qu'il devait glisser la main dans une chaussette pour l'ouvrir ; où personne ne lui adressait la parole sauf la voix déformée dans sa tête, et où il avait achevé de se transformer en fantôme. Dans le désert, au moins, il y avait des choses extraordinaires. Des scorpions qui s'entre-dévoraient. Des rats qui bondissaient dans toutes les directions tels des kangourous. Des guêpes qui traînaient des tarentules par une patte. Des mues de serpent rêches comme du papier ; des nids d'oiseaux aussi petits que des lentilles de contact ; des squelettes de lézard accrochés à des buissons de créosote, fragiles comme des cristaux de glace. Un jour, près de la maison, il avait vu un roadrunner poursuivre un crotale, son aile droite déployée à la manière d'une cape de matador. Quand le serpent avait attaqué, l'oiseau l'avait attrapé par la queue et fait claquer tel un fouet, lui fracassant la tête sur le sol, plusieurs fois de suite.

Jonas aimait rester absolument immobile sous le soleil brûlant, pour se transformer en buisson. Il faisait une plante crédible. Peut-être trop. Un jour, un colibri écarlate vint se percher sur son visage et boire au coin de sa paupière, lui léchant l'œil de sa minuscule langue. Sensation agréable et désolante à la fois. Par la suite, il ne put se débarrasser de l'impression que ses yeux étaient des fleurs qui s'ouvraient quinze heures par jour.

« Un colibri m'a léché l'œil », dit-il un peu plus tard à sa sœur. Assise sur le canapé du salon, elle lisait un livre intitulé *L'Espion qui venait du froid.* Jonas essaya d'imaginer un monde où il faisait plus froid dehors que dedans. Dans le désert, il avait trouvé une paire de patins à roulettes rouillés et les attachait à ses baskets, stupéfait que ce soit la même pointure.

« C'est un message codé ? demanda Lyle.

– Non.

– Ça ne veut pas dire, par exemple : “Les Allemands de l'Est ont récupéré le microfilm ?”

– Non, ça ne veut rien dire. »

Lyle retourna à son livre, l'air profondément déçu. Elle avait toujours cet air-là, comme si elle se liquéfiait d'ennui et que chacun contribue en quelque sorte à cette liquéfaction. Jonas alla en patins à roulettes dans la cuisine, où sa mère nettoyait le frigo. On avait beau être samedi, il n'en revint pas de la voir à la maison au milieu de la journée. « Un colibri m'a léché l'œil.

– Très sympathique, mon chéri.

– Je crois qu'il était en manque de sel. »

Camille secoua une brique de jus d'orange. « C'est vous qui allez vous lécher mutuellement les yeux, si votre père ne trouve pas le temps d'acheter à manger. Et regardez-moi toutes ces bières ! Il veut en faire boire combien à Dustin ?

– J'ai aussi trouvé des patins à roulettes, dit Jonas.

– S'il te plaît, va demander à ton père ce qu'il a prévu pour le dîner. »

Jonas s'exécuta. Toujours en patins à roulettes, il se rendit dans la chambre de son père, laissant sur le tapis du couloir deux traces parallèles comme les rails d'un train. Warren était assis sur le lit, un stylo à la main et un journal ouvert sur les genoux. Il essaya de sourire quand son fils cadet entra bruyamment dans la pièce. Il détestait Jonas encore plus que

Dustin ne détestait son frère, raison pour laquelle il se forçait toujours à lui sourire.

« Éducateur en milieu ouvert, lut son père avec un hochement de tête. Trois petites annonces à la suite. Qu'est-ce que ça peut être, un “milieu ouvert” ?

– Maman voudrait savoir ce que tu as prévu pour le dîner, puisque tu n'achètes que des bières.

– Ah bon, c'est ce qu'elle t'a dit ? »

Jonas fit oui de la tête. Il exagérait parfois les messages de sa mère ; son père l'écoutait alors avec une attention touchante. « Un colibri m'a léché l'œil.

– S'il te plaît, va plutôt demander à ta mère comment elle réagirait si, brûlée à quarante pour cent et hospitalisée, après avoir souffert au point de ne pouvoir même pas pisser seule, elle rentrait à la maison, réclamait quelques bières, et que là, son propre père avait la mesquinerie de lui refuser le plaisir de boire une malheureuse Budweiser ! »

Jonas repartit vers la cuisine sur ses patins à roulettes. Depuis que ses parents ne se parlaient plus, ils avaient pris l'habitude de communiquer par son intermédiaire. Il était heureux de les aider – il se sentait utile – mais ces derniers temps les messages devenaient plus agressifs et difficiles à mémoriser. Il transmit de son mieux la question de son père, omettant le passage sur l'impossibilité de pisser seule. Le visage de sa mère, toujours la tête dans le réfrigérateur, s'empourpra. « S'il veut qu'en plus de tous mes autres problèmes je tombe dans l'alcool, la réponse est non. » Elle referma le frigo. « Même pas de lait ! Tu es censé mettre de la bière dans ton muesli ? »

« La réponse est non, rapporta Jonas à son père.

– Non à quoi ?

– Elle ne veut pas tomber dans l'alcool.

– Mais qu'est-ce qu'elle raconte ?

– Elle veut également savoir si tu me donnes de la bière au petit-déjeuner.

– Bien sûr ! C'est la base de notre alimentation. Matin, midi et soir ! » Il prit la canette de Budweiser posée sur sa table de chevet et la tendit à Jonas. « Rends-moi service. Retourne dans la cuisine et bois une grande gorgée de bière devant ta mère. Ensuite tu jettes la canette et tu te lèches les babines. D'accord ? »

Jonas repartit une fois encore vers la cuisine, la main éclaboussée par la bière lorsqu'il vacilla en roulant sur le bord du tapis. Il n'avait jamais bu de bière et ne tenait pas spécialement à essayer, mais il ne voulait pas décevoir son père. Il attendit que sa mère lève la tête pour porter la canette à ses lèvres, ferma les yeux afin d'atténuer l'amertume et le goût de métal, si prononcés qu'il eut un haut-le-cœur.

« C'est ton père qui a eu cette brillante idée ? » demanda sa mère, l'air furieuse.

Jonas acquiesça. Elle commença une phrase, puis s'interrompit à la vue des patins à roulettes. Son expression s'adoucit aussitôt, ses traits se détendirent. On aurait cru voir quelqu'un retirer un masque. Sans un mot, elle lui prit la canette des mains et la vida dans l'évier, se penchant comme pour empêcher Jonas de voir son visage.

Il quitta la cuisine, passa devant la chambre de son père – lequel, debout dans l'embrasure de la porte, attendait que Jonas apporte un nouveau message – et sortit de la maison par le garage. L'image de son père plein d'espoir lui nouait l'estomac. Il savait qu'il était la cause de la mésentente de ses parents. Pour se changer les idées, il enleva ses patins à roulettes et les posa près de son VTT dans l'allée du garage. La sonnette chromée sur le guidon, étincelante au soleil, l'aveuglait. Drôle d'idée, un vélo dans un endroit pareil, avec un seul pâté de maisons dont on était condamné à parcourir la rue dans les deux sens. La sonnette aussi représentait un peu une énigme. Il n'y avait aucun piéton ; dans ce lotissement désert, au silence assourdissant, la présence d'une sonnette posait presque un problème métaphysique.

Parfois, Jonas s'en servait quand même et son *dring* désolé lui serrait le cœur.

Il grimpa avec précaution sur le vélo brûlant, tira sur son short pour se protéger les cuisses. La chaleur du siège lui cuisait la peau malgré le tissu. Debout sur les pédales, il traversa le pâté de maisons en faisant tinter sa sonnette. Les maisons vides lui renvoyèrent l'écho. Il lui arrivait d'imaginer que, s'il sonnait assez fort, les portes s'ouvriraient, la rue s'emplirait d'enfants, de jouets, de battes de base-ball, de skateboards, de tricycles avec des rubans aux couleurs de l'arc-en-ciel jaillissant comme des algues des poignées du guidon. Mais rien n'apparut et il eut plus que jamais l'impression d'être un fantôme. Un jour, par défi, il avait fait le tour du pâté de maisons une centaine de fois, mais personne n'étant là pour saluer la performance, il avait fini par douter de sa réalité.

Il abandonna son vélo en lisière du lotissement et s'aventura une nouvelle fois dans le désert. L'escrime lui manquait. Les films qu'il regardait avec sa famille en jetant du popcorn sur l'écran lui manquaient. Le petit-déjeuner qu'ils prenaient tous les cinq dans la cuisine de leur ancienne maison lui manquait. Et puis les parties de Monopoly, de Battleship, de Connect Four. Les éclats de rire de Lyle et de Dustin quand il leur parlait des hot-dogs qu'il inventerait, comme celui au sucre et à la gelée de groseille. Mais c'était surtout sa mère qui lui manquait ; certains soirs, elle ne rentrait même pas avant qu'il soit couché. Il ne la voyait pas de la journée. Pourtant c'était sa faute si elle devait passer tant de temps sur la route pour aller travailler, sa faute si toutes ces choses avaient disparu ; alors il méritait bien d'errer dans le désert tel un animal.

Un faucon décrivait des cercles dans le ciel au-dessus de lui, sans doute en quête d'une proie. Jonas l'envia d'avoir un but, lui. Il décida de prier pour Mandy Rogers. Il ignorait quand il avait commencé à prier pour elle : sans doute l'année précédente, lorsqu'on avait retrouvé son cadavre enterré dans le jardin de quelqu'un, découpé en morceaux. C'était une habitude glauque, mais il ne pouvait s'en empêcher. Parfois il imaginait un jardin avec des morceaux de cadavre remontant à la surface, des pieds et des poings d'enfant s'ouvrant au soleil.

Il aurait voulu que sa famille cesse de le détester, alors il priait pour trouver quelque chose qui l'aiderait à se faire pardonner. Quoi, et où, il n'en avait pas la moindre idée.

Il s'enfonça dans le désert, marchant le plus doucement possible pour n'effrayer aucune créature. Beaucoup de choses étranges se présentèrent – un lézard gonflé comme un ballon, un petit tas d'ailes de fourmis volantes – mais rien qui semble répondre à ses prières.

Jour après jour, ne rentrant chez lui qu'à l'heure des repas, Jonas chercha. Il n'avait rien d'autre à faire et se rappelait que Jésus avait erré dans le désert pendant quarante nuits. Dans son sac à dos, il transportait de l'eau, des biscuits apéritif, et un couteau suisse au cas où il se ferait mordre par un serpent.

Ses lèvres étaient tellement gercées qu'elles se recouvraient de croûtes. Il avait de plus en plus de mal à distinguer ses pensées du vent brûlant qui sifflait à ses oreilles. Sa solitude n'avait rien à voir avec celle qu'il connaissait chez lui : elle était immense, respirable, presque une compagnie puisque toutes les autres créatures la respiraient aussi.

Le troisième jour, il découvrit une décharge près de l'autoroute. Il avait déjà trouvé sur son chemin ce genre de dépôt sauvage : vieux postes de télé, batteries de voiture, même un jacuzzi en plastique qui semblait tombé du ciel. Mais cette décharge-là paraissait différente. Elle avait quelque chose de malsain. Un aquarium contenant des plantes grillées par le soleil, un tricycle avec l'étiquette du prix encore attachée au guidon, une maison de poupées au toit transpercé par un couteau de chasse. Celui qui avait abandonné ces objets était-il vraiment leur propriétaire ? Sous le tricycle, une guitare acoustique au manche cassé en deux. Un morceau pendait au bout d'une des cordes comme une truite. Sur la table d'harmonie, un sticker : FINIS TA BIÈRE : EN INDE LES ADOS NE BOIVENT PAS.

Jonas récupéra la guitare cassée, se demandant si Mandy Rogers n'aurait pas exaucé ses prières. Il espérait quelque chose d'un peu plus biblique. Mais Dustin avait vendu sa guitare ; si Jonas pouvait réparer celle-là, la remettre en état, peut-être que son frère recommencerait à jouer. Il arrêterait de regarder la télé à longueur de journée et reformerait un groupe ; le reste de la famille pourrait se réjouir. Tout redevenait possible.

Longeant la décharge pour rentrer chez lui, il jeta un coup d'œil par-dessus la clôture : tapi au bord du bassin d'épuration, un coyote lapait son propre reflet. Son arrière-train n'avait pas un poil de fourrure. On aurait dit un caniche. Il s'interrompit et contempla Jonas quelques instants, les yeux hallucinés, injectés de sang. Jonas brandit la guitare et le coyote parut approuver. Puis l'animal courut vers la clôture, l'escalada presque d'un bond, retomba de l'autre côté et s'enfuit dans le désert.

30

Ethan tira dans les yeux du Comanche mort, se mettant ainsi le révérend à dos. Dans *La Prisonnière du désert*, tout le monde en voulait à tout le monde, raison pour laquelle Dustin admirait le film. Il revint en arrière pour regarder à nouveau Ethan tirer dans les yeux du Comanche, impressionné par le visage placide de John Wayne. Hector tressaillit.

« Pourquoi il fait ça ?

– Tu n'as donc rien écouté ? dit Dustin. Les Comanches ne peuvent pas entrer sans yeux dans le monde des esprits. Celui-là est condamné à errer au gré des vents.

– Waoh. C'est dur. »

Dustin vérifia qu'Hector ne se payait pas sa tête. Il n'était pas habitué à tant de sincérité, surtout à propos d'un film avec John Wayne. Lyle aurait lâché une remarque sarcastique : *Au gré des vents ? Au moins il ne crèvera pas de chaud.* Voilà pourquoi il appréciait la présence d'Hector, la seconde raison étant qu'il ne cherchait pas à minimiser les difficultés de Dustin. Quand celui-ci expliquait que son bras lui faisait souffrir le martyre, qu'il avait envie de le couper, jamais Hector ne laissait entendre qu'il exagérait ; il semblait aussi accablé que s'il était question de son propre bras. Contrairement aux autres, il ne reprochait pas à Dustin de s'apitoyer sur son sort.

Il portait encore son uniforme de la « Jungle des animaux » – pantalon vert et chemisette assortie – ce qui signifiait qu'il arrivait directement du travail. Son dévouement rendait Dustin perplexe : jamais encore il n'avait eu d'ami comme Hector. D'ailleurs il n'avait jamais eu d'ami avec des parents mexicains, ou obligé de travailler dans une animalerie pour payer ses cours du soir. Au lycée de Palos Verdes, si un garçon avait dit qu'il voulait devenir vétérinaire, il aurait été la cible de moqueries dans les couloirs. Alors qu'Hector se baissait pour enlever du sol un plateau couvert de restes de petit-déjeuner, Dustin vit quelque chose dans la poche de sa chemisette, une boule de fourrure. Elle avait l'air vivante. Il se redressa sur son lit.

« Qu'est-ce que tu trimballes ?

– Je te présente Ginger. Un sucre volant.

– Ça existe ?

– C'est une sorte d'écureuil volant. » Il continua de ranger les objets jonchant le sol comme si le fait de transporter un animal dans sa poche était la chose la plus naturelle au monde. « Un marsupial. »

Il mit plusieurs canettes à la poubelle et sortit la petite boule de fourrure entre le pouce et l'index, tel un vieux kleenex. La bestiole cligna des yeux. Elle avait vaguement l'air d'une gerbille, jusqu'à ce qu'on remarque les rayures sur sa tête, ses yeux énormes, et l'apparence étrangement humaine de ses doigts minuscules qui se cramponnaient à l'index d'Hector comme à une branche. On aurait dit un croisement de chauve-souris et d'opossum.

« C'est un animal qui vit la nuit, précisa Hector.

– Oh là, tu ne te promènes quand même pas toute la journée avec ça.

– J'en ai déjà eu un, un mâle, mais je ne m'en suis pas assez occupé. Quand ils dépriment, ils ont les pattes arrière paralysées. Ils ne peuvent plus bouger et ils meurent. » Hector caressa la tête du petit marsupial. « Ils sont interdits en Californie ; c'est un vendeur de l'animalerie – un fanatique des jeux d'argent – qui me les rapporte de Las Vegas. »

Dustin ne lui demanda pas pourquoi il se croyait obligé de posséder un animal interdit. Il avait l'air d'aimer se compliquer la vie. Curieusement, cette créature aux yeux d'insecte donna soif à Dustin. « Et si on se buvait une Budweiser ? » dit-il.

Hector remit Ginger dans sa poche et alla chercher des bières dans la cuisine. En général, il faisait tout ce qu'on lui demandait. Dustin se voyait parfois comme un animal exotique, sa chambre devenant un vivarium géant où Hector venait le nourrir et s'occuper de lui. Ce fantasme lui plaisait, il n'en avait pas honte.

Hector revint avec deux verres remplis de bière. D'habitude il ne buvait pas d'alcool avec Dustin avant la tombée de la nuit, mais il fallait un commencement à tout. Peut-être Dustin y était-il pour quelque chose. « On boit à quoi, mon révérend ?

– À mon père qui est décédé aujourd'hui. Enfin, il y a quatre ans », répondit Hector en lui tendant son verre.

Dustin écarquilla les yeux.

« Il est mort ? »

Hector acquiesça de la tête.

« Alors, dis qu'il est mort. J'ai horreur du mot "décédé". C'est de la fausse pudeur. »

Dustin récupéra la télécommande et coupa le son de la télé. Parfois il avait honte de sa dureté. Hector prit le flacon de Tabasco sur le plateau du petit-déjeuner et en versa quelques gouttes dans sa bière, comme si c'était un steak.

« Qu'est-ce que tu fais ?

– C'est comme ça que mon père buvait sa bière. Une *michelada*. Tu connais ?

– Ton père était fou. » Dustin tendit le bras pour atteindre son collyre, faisant paraître le geste plus douloureux qu'il ne l'était vraiment. Le devançant, Hector prit lui-même le flacon sur la table de chevet et se pencha pour instiller quelques gouttes dans l'œil de Dustin, puis sécha celles qui avaient coulé à l'aide d'un kleenex. « Le docteur Akashi avait dit trois mois. La paupière aurait dû retrouver sa taille normale. Tu trouves qu'elle présente mieux ? »

Hector hocha la tête. « Non. Pas Vraiment.

– Tu es bien la seule personne que je connais à ne pas t'extasier sur mon apparence », dit Dustin, reconnaissant.

Hector se détourna comme pour cacher sa peine. Toute expression de gratitude de la part de Dustin semblait l'attrister. Jamais celui-ci n'avait rencontré quelqu'un d'aussi bizarre. Il se souvint de la première fois qu'il l'avait vu devant la maison, garé le long du trottoir, cramponné au volant de son pick-up comme s'il était coincé dans un embouteillage. Il était resté là près d'une heure. Dustin s'en était d'abord amusé, avant de le prendre en pitié et d'aller lui dire que Lyle ne vivait plus avec eux. Pour la retrouver, il fallait retourner à Palos Verdes. Hector avait eu un mouvement de recul à la vue de Dustin, portant sans le faire exprès la main à son visage comme s'il se regardait dans un miroir.

Dustin fixait le plafond où une ampoule nue pendait au-dessus dc sa tête. Son père n'avait pas pris la peine d'installer un plafonnier ; à cause d'un faux contact, les ampoules grillaient au bout d'une semaine. « Taz a appelé ce matin.

– La petite sœur de ta copine ?

– Oui, ma copine. Qui est venue me voir très exactement une fois à l'hôpital. » Dustin but une longue gorgée de bière. « Quoi qu'il en soit, Taz a un nouveau copain. Un joueur de lacrosse qui habite Brentwood. Son père aura peut-être enfin quelqu'un avec qui parler sports.

– Il sait qu'elle t'a appelé ?

– Tu rigoles ! Il aurait sauté dans sa voiture pour venir m'écorcher vif. » Dustin parut songeur. « Elle a son permis, et elle conduit la vieille BMW de ses parents. Tu te rends compte ! Elle était punk jusqu'au bout des ongles, et maintenant elle s'habille tout en fluo. »

Hector, lui-même dans des vêtements vert asperge, s'assit. « Les gens ne changent pas beaucoup, à l'intérieur. Ce que je veux dire, c'est que son apparence extérieure n'a peut-être pas tant d'importance. »

Dustin ne put s'empêcher de rire. L'idée selon laquelle c'était ce qu'on avait à l'intérieur qui comptait le plus, même pour ceux qui vous aimaient, paraissait incroyablement désuète. Il avait lu quelque part que les bébés au physique ingrat se faisaient dix fois plus crier dessus que ceux avec un visage d'ange.

« En tout cas, reprit Hector, elle semble s'intéresser à toi.

– Bien sûr. Par charité.

– Tu crois que c'est pour ça qu'elle t'a appelé ? »

Dustin haussa les épaules. « Honnêtement, je préférerais qu'elle me fiche la paix. »

Il ne voulait surtout pas devenir le prétexte à faire une

bonne action. Au souvenir de Taz qui osait à peine le regarder, il remit ses lunettes noires. Sur l'écran, Ethan et son neveu adoptif étaient assis autour d'un feu de camp. Dustin croyait parfois voir leur tête s'embraser, leur visage en technicolor se liquéfier tel de la cire.

« Comment vont les autres ? s'enquit Hector, pour changer de sujet.

– Les autres ?

– Ta famille.

– Qu'est-ce que ça peut faire ? » Dustin soupçonna Hector de vouloir des nouvelles de Lyle, mais sans doute avait-il peur de poser la question. « Dommage que je ne puisse pas changer de famille et qu'on me reprenne l'ancienne, comme avec les voitures. Je commencerais par Jonas. Difficile de trouver pire. "Excusez-moi, auriez-vous un gosse qui ne fasse pas sauter votre maison ?"

– Ce n'est peut-être pas sa faute, dit doucement Hector.

– Une maison n'explose pas sans raison.

– Je me demande juste si… enfin, s'il ne se sent pas trop coupable.

– Pourquoi est-ce qu'il ne devrait pas se sentir coupable ? Il a bousillé ma vie. » Dustin vida son verre de bière. « De toute façon, il est trop dans son monde pour s'en soucier. On pourrait tous devenir des zombies bouffeurs de cerveaux qu'il ne s'en rendrait même pas compte. »

Dustin réclama une deuxième Budweiser. Il avait décidé de se soûler. L'alcool était presque aussi efficace que le sommeil. D'abord il atténuait les démangeaisons. Et puis les autres passaient au second plan. Au lieu d'être source de souffrance ou de plaisir, ils se fondaient dans le décor. Si l'ex-petit ami de votre sœur vous emmenait au Taco Bell, par exemple, vous pouviez vous incliner devant le couple sur la banquette voisine et dire : *Merci de votre hospitalité*, avant de vous asseoir à leur table. Vous pouviez même demander au type à la caisse, défiguré par un bouton de fièvre, comment il avait attrapé ça.

« Ce qu'il peut faire sombre, dans cette chambre ! se plaignit Dustin quand Hector revint avec une canette.

– Peut-être à cause de tes lunettes noires.

– C'est fait pour. Je m'imagine que c'est la nuit. Et que je ne suis pas un de ces losers qui se cuitent en plein après-midi. »

Hector ouvrit la bouche pour répondre, puis se ravisa. Il alluma – une pression de l'index, simple comme bonjour – et le monde explosa. Un bruit comme celui d'un ballon qui éclate. Quelque chose tomba en pluie sur le visage de Dustin.

« Chut, dit Hector. Tout va bien. » Il récupéra la canette dans la main de Dustin. « L'ampoule a grillé. Heureusement que tu avais tes lunettes.

– Je me suis pissé dessus, murmura Dustin, pétrifié.

– Mais non. Tu as juste renversé ta bière. »

Il entreprit d'enlever, un à un, les bouts de verre sur le visage de Dustin. Ses doigts avaient la légèreté d'un insecte. Dustin se faisait l'effet d'être une bombe désamorcée par des mains expertes. Tout en lui nettoyant le visage, comme s'il retrouvait soudain la mémoire, Hector fourra la main dans la poche de sa chemisette et en sortit Ginger, qui tremblait visiblement de tous ses membres. Il la caressa avec le gras du pouce jusqu'à ce qu'elle se calme et ferme les yeux. Ce devait être merveilleux de pouvoir remonter dans la poche de quelqu'un et s'endormir.

Hector mit la bestiole contre son oreille. Il lâcha prise et elle resta accrochée comme un protège-oreille. « C'est le seul tour qu'elle sache faire. »

Dustin pouffa de rire. À la vue d'Hector qui souriait bêtement, la boule de fourrure toujours contre son oreille, il attrapa même un fou rire. Hilarité dangereuse, à cause des éclats de verre qui tombaient sur son maillot de contention.

« Tu es mon seul ami », dit-il.

Aussitôt Hector se renfrogna et remit Ginger dans sa poche, l'air malheureux comme les pierres.

31

Assise sur la terrasse derrière la maison, Camille fumait une cigarette en regardant le soleil pointer à l'horizon. C'était le meilleur moment de la journée, quelques instants de paix avant de rejoindre l'interminable caravane d'automobilistes, avant que la chaleur n'exacerbe l'odeur du bassin d'épuration. En contrebas, Mister Leonard reniflait la terre du jardin. La pauvre bête pouvait à peine marcher. Il n'arrivait même plus à gravir les marches de la terrasse. Camille était obligée de le porter, la cage thoracique du vieux chien pareille entre ses doigts aux ressorts d'un matelas. Parfois elle se sentait plus proche de lui que de ses propres enfants. Difficilement explicable, hormis le fait qu'il préférait être dans ses bras et ne voulait pas qu'elle le pose.

Il s'arrêta devant un buisson de créosote et resta planté là, tremblant comme s'il souffrait vraiment. Camille prit conscience qu'il ne pouvait plus lever la patte. Pieds nus, elle descendit de la terrasse et s'approcha de lui, les orteils brunis par la poussière du désert. Elle s'agenouilla, lui souleva la patte le plus doucement possible. Il agita la queue au rythme lent d'un cantique. Voilà longtemps qu'il avait renoncé à marquer son territoire ; l'urine jaillit aussitôt, un goutte-à-goutte plutôt qu'un jet. Camille continua de lui tenir la patte jusqu'à ce qu'il ait fini, étrangement émue. Puis elle lui lâcha la patte, le regarda gratter vaguement la terre.

Fallait-il le faire piquer ? Dès que possible, elle en discuterait avec Warren. Ils n'avaient pas échangé plus de deux phrases au cours de la semaine écoulée. Au moins, lorsqu'elle le soupçonnait d'avoir une liaison, elle tenait une raison objective, définissable, de lui en vouloir. Désormais, leur mésentente était sans fin ni commencement ; à cause de la situation de Dustin, il n'y avait plus de « pourquoi ». Warren, vieilli et bizarre, tournait en rond dans la maison comme une feuille morte. *Anéantissement*. Le mot sonnait comme un lieu-dit. Un entrepôt de vieilles choses desséchées. Camille imagina une gare déserte, balayée par les vents, et l'homme qu'elle avait épousé abandonné là comme l'écorce d'un arbre.

Elle était parfois si en colère qu'elle ne supportait même pas de le voir. Il les avait tous transplantés pour réaliser son rêve imbécile, et ils se retrouvaient en plein désert, prisonniers de sa folie. Sans lui, ils seraient encore au bord du lac à Nashotah, à s'inquiéter des glands qui risquaient de boucher la gouttière. Dustin serait encore un beau garçon fou de musique qui emmenait des filles en cachette dans l'abri à bateau. Combien de fois n'avait-elle pas rêvé de donner sa démission et de retourner dans le Wisconsin avec les enfants, laissant Warren se débrouiller seul ? Impossible, naturellement : ils avaient besoin de son assurance-maladie, et Dustin devait rester là pour ses greffes de peau.

Elle en était à se demander si elle ne devrait pas quitter Warren pour de bon. Tellement de temps avait passé – près d'un an depuis l'explosion – que cette idée ne semblait pas irréalisable. Le Wisconsin était hors de question, mais elle pourrait trouver un appartement près de son bureau, à Torrance, peut-être, ou à San Pedro. Vivre de son maigre salaire. Elle emmènerait bien sûr Jonas avec elle ; Lyle choisirait ce qu'elle préférait. Le plus terrifiant, c'était Dustin. Il avait beau se morfondre, jamais il n'accepterait de partir avec elle : c'était un îlot protégé, cette maison dans le désert. Un refuge hors du monde. Si Camille déménageait, il y verrait une trahison.

Elle ignorait si elle aurait le courage de laisser derrière elle son fils défiguré, angoissé, accro à la télé.

Dans la cuisine, elle se lava longuement les mains, laissant l'eau chaude lui brûler les doigts. Elle nettoya également ses pieds sales dans l'évier, tant bien que mal, à l'aide de la douchette qui s'était remise à marcher sans raison. Elle revit l'époque où Dustin était encore à l'hôpital, en état de choc, et où l'infirmière lui vaporisait les pieds avec un brumisateur pour les maintenir propres. Faute de pouvoir tenir la main de Dustin, Camille restait assise au pied de son lit et lui serrait le pied entre ses doigts. Warren, Lyle, ou même Jonas serraient parfois l'autre pied, s'efforçant de calmer les accès de panique de Dustin, lui expliquant où il était et pourquoi il souffrait. D'une certaine façon, durant ce premier mois d'hôpital interminable, ils n'avaient jamais eu autant conscience de former une famille. Ils dormaient la tête posée sur les genoux de l'un ou de l'autre. Sanglotaient ensemble, blottis les uns contre les autres. Ils avaient fait la liste des restaurants préférés de Dustin et traversaient toute la ville pour aller chercher des repas auxquels il ne touchait pas. Ils avaient passé au crible un magasin de disques du centre commercial d'Old Towne pour trouver les mêmes posters que dans sa chambre, dont ils avaient ensuite recouvert les murs autour de son lit. Epuisés, abrutis de chagrin, leurs vêtements imprégnés de l'odeur de chair calcinée et de celle du nitrate d'argent, ils avaient même eu des fous rires chez Denny's ou à Pizza Hut, à taper du poing sur la table, quand Lyle imitait les infirmières. Que s'était-il passé ? Comment la mésentente s'était-elle installée à nouveau, plus profonde qu'avant ? Le mystère de la vie, ce n'était pas de savoir comment elle avait commencé, se dit Camille. C'était de comprendre comment des gens qui avaient toutes les raisons d'être proches pouvaient se retrouver sur des orbites aussi éloignées.

Tout en faisant chauffer du porridge dans le four à micro-ondes, Camille alluma le téléviseur portable installé au-dessus de l'évier et regarda un spot publicitaire avec un garçon en forme de cigarette. « Ne brûle pas ta vie par les deux bouts », recommanda à la fin une voix grave. Paradoxalement, ce spot donna à Camille envie de fumer. Elle sortait son paquet de sa poche quand des pas derrière elle la firent sursauter. Hector Granillo. Il transportait quelque chose à l'intérieur de son T-shirt : un tas de canettes de bière, tellement comprimées qu'elles ressemblaient à des palets de hockey.

« Vous m'avez fait peur », dit-elle. Elle jeta un coup d'œil à la pendule : six heures et demie du matin. « Vous avez passé la nuit avec Dustin ?

– J'ai dormi par terre. Je fais un peu de ménage.

– Ce n'est quand même pas lui qui a bu tout ça ?

– J'en ai bu quelques-unes moi aussi », répondit-il d'un ton peu convaincant.

Un frisson de crainte parcourut le dos de Camille. Au fond, elle était jalouse de savoir qu'il avait dormi dans la chambre de son fils. Que cet inconnu ait couché avec Lyle et impose maintenant sa présence dans la vie de Dustin l'indignait. « Si vous achetez des bières à mon fils, cria-t-elle, je peux vous faire arrêter ! »

Il parut mortifié. « Elles étaient déjà là. Au réfrigérateur. »

Il enjamba le corps endormi et ronflant de Mister Leonard pour mettre les canettes à la poubelle. Camille s'en voulut de l'avoir accusé à tort. Peut-être Warren avait-il raison d'acheter des bières à Dustin : si ça pouvait l'aider à lutter contre le désespoir…

Timidement, Hector sortit un sachet de gâteaux secs du placard. BISCUITS PROTÉINÉS POUR SINGES, pouvait-on lire sur le sachet. « On en donne aux singes dans les laboratoires, expliqua Hector.

– Ah bon.

– Ginger les adore.

– Ginger ?

– Mon sucre volant domestique. »

Camille, qui imaginait déjà une adolescente à la rue, et avec une haleine pestilentielle, fut tellement soulagée qu'elle ne chercha pas à en savoir davantage.

« Elle dort dans le tiroir à chaussettes de Dustin.

– Elle ne serait pas mieux chez vous ?

– Maman ne veut plus d'animaux domestiques chez elle sans surveillance. J'élevais des cafards siffleurs de Madagascar dans un petit terrarium, vous savez, mais un soir j'ai oublié de remettre le couvercle et ils se sont échappés. Depuis, ils se sont tellement reproduits qu'il y en a plein la maison.

– Mon Dieu, dit Camille.

– Heureusement, ils ne sifflent que s'ils sont en colère.

– En colère ? »

Hector acquiesça de la tête. « Ou effrayés.

– Sont-ils aussi gros que des cafards ordinaires ?

– Plus gros. Presque de la taille d'une souris. »

Camille éclata de rire. Impossible de s'arrêter. Penchée sur son bol de porridge, elle pleurait de rire. Elle en avait la goutte au nez et du mal à reprendre son souffle.

« Ça va, madame Ziller ?

– Je n'en sais rien.

– Un peu d'eau ? »

Elle fit signe que oui. Il remplit un verre d'eau du robinet et le lui tendit.

« Comment va Dustin ? demanda-t-elle.

– Il dort.

– En général, je veux dire. Est-ce qu'il… s'en sort ? »

Hector baissa la tête. « Il m'a raconté un rêve qu'il a fait pendant la nuit de lundi. Il était perdu et cherchait son chemin. Il entrait dans plusieurs maisons, essayait d'allumer la télé, mais ne trouvait pas le bouton. Finalement, un poste de télé s'est mis à parler – sans doute un extraterrestre – et lui a déclaré : "Ce monde n'est pas le vôtre."

– Moi je vais être en retard au bureau », dit Camille en regardant la pendule. Elle sortit son paquet de cigarettes de sa poche, découvrant avec un accablement démesuré qu'il était vide. « Mince. Je croyais qu'il m'en restait une.

– Attendez. »

Hector sortit, alla jusqu'à son pick-up et revint avec un sac plastique. Il fouilla dedans et tendit à Camille un paquet de Camel Lights, sa marque préférée.

« Je ne veux pas vous prendre vos cigarettes.

– Je ne fume pas, répondit-il avec gravité. Hier j'ai fait quelques achats pour la maison. »

Il fallut quelques instants à Camille pour comprendre qu'il parlait de leur maison. Il avait acheté les cigarettes pour elle. Ça avait quelque chose de bizarre, voire d'inquiétant. Pas question que ce docteur Dolittle de vingt ans dorme sous son toit et lui achète des cigarettes. Mais que faire ? C'était l'unique ami de Dustin, le seul à ne pas sembler lui rendre visite par devoir. Sans compter le fait que si elle s'acharnait sur lui, il faudrait rendre les cigarettes.

Elle rassembla ses affaires sur la pointe des pieds pour ne pas réveiller le reste de la famille. Lyle. Un mari auquel elle n'adressait plus la parole. Son fils tragiquement brûlé. En se dirigeant vers le garage, elle jeta un coup d'œil dans la chambre de Jonas et eut un choc : il s'était endormi tout habillé sur son lit. Il n'avait même pas pris la peine d'enlever ses chaussures. La gorge nouée, elle s'en voulut : de ne jamais être là, de l'abandonner dans le désert, d'avoir été tellement piquée à vif par la haine de Lyle durant les mois précédant l'explosion qu'elle en avait presque oublié l'existence de Jonas. Et puis il y avait ce soupçon qui l'effleurait parfois, plutôt une interrogation qu'elle titillait comme une dent cariée : n'aurait-il pas délibérément mis le feu à la maison ? Pour attirer l'attention sur lui. Une fusée éclairante au sens propre, impossible à ignorer. Comment pouvait-elle penser une chose pareille, sans parler des jours où elle supportait à peine la vue de son propre fils ? Elle en était malade.

Elle pénétra dans la chambre de Jonas, lui retira doucement ses chaussures. Son visage bronzé comme celui d'un gitan semblait incroyablement jeune. Dans le garage, elle alluma une cigarette avant de descendre l'allée en marche arrière avec la Volvo. L'éclat du soleil l'éblouissait. Elle passa la seconde et s'éloigna de la maison, mortifiée d'éprouver un pareil sentiment de soulagement.

32

Le cœur de Warren se serra dès qu'il le vit. Il avait tenté de vendre des couteaux dans des résidences, dans des appartements, et même à la caserne de Lancaster, mais pas dans un caravaning. Il quitta l'autoroute et passa lentement sous la pancarte « Mahogany Views », poursuivi par les aboiements féroces d'un rottweiler attaché à un pick-up. La ressemblance avec « Auburn Fields » ne lui avait pas échappé. D'humeur plus joyeuse, peut-être aurait-il savouré l'ironie de la situation. Or, que ce soit avec les Librojo, les Szelap ou les Medina, ses rendez-vous n'avaient rien donné. Rien à se mettre sous la dent. Ce caravaning était sa dernière chance – vaincre ou mourir – et dans l'immédiat les choses se présentaient mal.

Il gara l'Oldsmobile devant l'emplacement 27 et contempla les fenêtres à petits rideaux du mobile-home. Devant, une rangée de tournesols ployaient tellement la tête au soleil qu'on ne voyait pas leurs pétales. Il ne souhaitait pas harceler ces gens ni s'introduire dans leur vie bien rangée derrière ces rideaux. Mais la perspective de rentrer chez lui – où Dustin ressassait sa haine, où la porte fermée du bureau lui rappelait que Camille et lui ne faisaient plus l'amour – l'attirait encore moins.

Morose, il rassembla son courage et frappa à la porte-moustiquaire, se répétant son argumentaire. Une femme entrebâilla la porte et lui jeta un coup d'œil, le visage déformé par un rictus à peu près aussi accueillant qu'un fusil. Warren demanda si monsieur Ingram était là.

« Il fait la sieste.

– Nous avions rendez-vous.

– Quel genre de rendez-vous ?

– J'ai quelques couteaux à lui montrer.

– Mon Dieu. La semaine dernière, c'étaient des assiettes illustrées par Norman Rockwell. Une série limitée. Il en avait commandé vingt caisses par téléphone. » L'expression de Warren dut le trahir car la femme le dévisagea, ouvrant davantage la porte. Elle portait un jean moulant et un T-shirt avec l'inscription : VIVA LAS VEGAS. « La route a été longue ?

– Une demi-heure.

– Vous avez l'air de mourir de soif.

– Je suis un peu… déshydraté.

– Un verre d'eau ? »

Warren acquiesça et la suivit dans la cuisine. La cafetière contenait un verre gradué au lieu de l'habituel pot en verre. La femme remplit un verre d'eau du robinet et le lui tendit, s'excusant parce que son distributeur de glace était en panne. Ses sourcils aussi velus que des chenilles tranchaient tellement sur la délicatesse de ses traits qu'ils semblaient appartenir à un déguisement.

« Je m'appelle Melody, dit-elle. La, la, la… »

Elle le regarda boire comme si elle attendait qu'il parte. Elle portait quelque chose en sautoir : un fragment de poterie, blanc comme un os. Warren l'examina plus attentivement ;

il avait aussi la texture granuleuse d'un os. Pour ne pas être indiscret, il se tourna vers un cadre posé sur le réfrigérateur, une photo de Jésus faisant le signe de croix. Quelqu'un avait signé « Jésus-Christ » au bas de la photo. Warren avait vu toutes sortes de Jésus dans les maisons où il était entré, y compris une version holographique de l'Ascension, mais jamais encore de photo.

« C'est mon frère », expliqua Melody.

Warren hocha la tête. Il posa son verre sur le plan de travail.

« Il est imitateur de Jésus.

– Imitateur de Jésus ?

– Pour les défilés, les vidéos, ce genre de choses.

– Waoh…

– En ce moment, il est à Salt Lake City. Il participe à un spectacle pour les mormons. » De la tête, Melody désigna la photo. « C'est une blague. Enfin, ce qu'il appelle une blague. Il ne fait pas vraiment de photos glamour. »

Warren aurait pu trouver ça drôle, mais son découragement était trop grand. Les choses se présentaient vraiment très mal. Il posa néanmoins sa mallette sur la table de la cuisine et l'ouvrit.

« Désolée que mon père vous ait fait faire tout ce chemin, dit négligemment Melody. Mais on n'a pas besoin de couteaux.

– Je peux quand même vous présenter mon argumentaire ?

– Ça ne servira à rien, je vous le promets. »

Il décida de mentir. « C'est mon premier jour.

– Il faut que je répare l'antenne de la télé avant que papa se réveille. Il ne peut pas regarder ses émissions.

– J'ai vraiment besoin de m'entraîner. »

Elle le toisa, puis s'assit avec réticence sur une chaise en tripotant le fragment de poterie à son cou. Elle devait avoir entre vingt et trente ans, pas vraiment la tranche d'âge idéale pour un représentant en coutellerie. Mais il fallait tenir compte du fait qu'elle vivait encore chez son père. Chassant ces considérations, Warren se lança dans son argumentaire, sortit de sa mallette un couteau à trancher les tomates et décrivit la « lame brevetée » qui ne touchait jamais la planche à découper, seulement la tomate, d'où l'inutilité de l'aiguiser. Contrairement à une opinion répandue, les couteaux mal aiguisés étaient plus dangereux que ceux qui coupaient bien. « Vous saviez que, chaque année, plus de gens perdent leurs doigts à cause d'un vieux couteau de cuisine que sur leur lieu de travail ?

– Tous ?

– Comment ça, tous ?

– Vous avez dit "leurs doigts". J'imaginais que ces gens avaient perdu tous leurs doigts. »

Warren la dévisagea. « Désolé.

– C'est parce que vous débutez. »

Il lui tendit le couteau pour qu'elle teste par elle-même la forme ergonomique du manche. Elle ne parut pas spécialement impressionnée. Il expliqua que le manche des couteaux BladeCo, breveté lui aussi, pouvait supporter des températures allant jusqu'à cinq cents degrés, plus de deux fois la chaleur d'une flamme ordinaire. D'ailleurs, le matériau en question avait été conçu pour la navette spatiale.

« Vous êtes sûr qu'il faut parler de la navette spatiale ?

– Pourquoi pas ?

– Elle a explosé en vol, quand même.

– C'est vrai, mais pas les couteaux. » Il récupéra le sien avec un sentiment de honte. « Désolé. C'était pour rire.

– Je trouve ça de mauvais goût. Rire d'un sujet pareil. Personnellement ça ne me choque pas, mais vos clients ne vont pas aimer. »

Qui était cette femme ? Elle avait quelque chose dans les cheveux – une brindille – comme si elle avait dormi sous la tente. Avait-elle toute sa tête ? « Vous me suggérez de dire quoi ?

– Vous pourriez citer un factoïde.

– Un “factoïde” ?

– Un détail anecdotique. Un peu comme cette histoire de doigts. Par exemple, vous saviez que les chauves-souris tournaient toujours à gauche en sortant d'une grotte ? »

Warren fit non de la tête.

« J'ignore comment vous pourriez intégrer ça – à votre argumentaire, je veux dire – mais ça pourrait le rendre plus vivant. »

Apparemment, la stratégie adoptée par Warren ne marchait pas, mais il ne voyait pas comment abréger les choses. Il trouva une planche à découper près de l'évier et demanda un légume pour faire une démonstration. Melody lui apporta une carotte, qu'il se mit à trancher en rondelles aussi parfaites que des jetons de poker. Il s'était longuement exercé et s'enorgueillissait en secret de cette maîtrise. Alors qu'il finissait de débiter la carotte avec la dextérité d'un chef cuisinier – par désir, contre toute attente, d'impressionner Melody – la lame dérapa et lui coupa l'index. Une profonde entaille, juste au-dessus de la jointure. Elle se referma presque aussitôt et s'emplit de sang.

Warren appuya avec son pouce pour tenter d'arrêter

l'hémorragie, surpris par la quantité de sang. De sa main valide, il saisit la planche à découper, afin de faire disparaître la carotte ensanglantée dans la poubelle.

« Qu'y a-t-il ? demanda Melody, toujours assise.

– Il devait y avoir une tache de ketchup sur cette planche à découper. » Warren ressentait une douleur lancinante à l'index, qui lui portait au cœur. Peut-être ferait-il mieux d'aller à l'hôpital.

« Mon père..., commença Melody avec un hochement de tête. Vous devriez voir ce qu'il mange ! Il tartine ses muffins de margarine, en plus du beurre. Je n'arrête pas de lui répéter que c'est absurde, que la margarine est censée remplacer le beurre, sinon ça ne sert à rien ! Quand on entraîne une équipe de basket, on fait bien sortir un joueur du terrain avant de le remplacer, non ? Mais mon père aime ce mélange. » Elle se pencha en avant, examina la main de Warren. « Regardez ! Vous avez du sang jusque sur le poignet.

– Ce n'est rien.

– Vous saviez qu'Attila le Hun était mort d'un saignement de nez pendant sa nuit de noces ? »

Warren tamponna la coupure avec sa cravate dans l'espoir qu'elle absorberait le sang. Bleue, celle-ci vira au violet, l'imposante tache progressant vers le haut comme un thermomètre par temps chaud.

« Oh là là, c'est plus grave que je pensais, dit Melody. Asseyez-vous. Je vais chercher la trousse de secours. »

Warren s'exécuta et se laissa tomber sur une chaise. La tête lui tournait. Lorsque Dustin était petit, il faisait irruption dans la maison au moindre bobo, pour réclamer un sparadrap du même ton impérieux qu'un motard commandant une bière. Warren le revoyait encore s'avancer vers lui en bombant le torse. Dans la cuisine, Melody ouvrit une vieille boîte à hameçons, en sortit une compresse de gaze et serra l'index de Warren à lui faire mal. Elle lui souleva le bras plus haut que le cœur, pour « ralentir l'hémorragie ». Malgré sa brindille dans les cheveux, elle avait l'air de savoir ce qu'elle faisait. Le fragment de poterie autour de son cou se balançait au ras du visage de Warren. Ce fut plus fort que lui.

« C'est quoi, votre collier ? demanda-t-il.

– Mon crâne. Enfin, un morceau. Le médecin m'a proposé de le garder, en souvenir.

– Le médecin ?

– Le chirurgien, en fait.

– On vous a opérée ?

– Une craniotomie. » Elle lui lança un regard furtif, comme s'il risquait de ne pas la croire. « Tumeur au cerveau. »

Warren reprit vaguement espoir. « Mon père aussi en a eu une, dit-il.

– Bénigne ?

– Non, pas que je sache. Il est mort quand j'avais sept ans.

– Sans doute un astrocytome. En fait il n'y a pas de tumeurs bénignes. Les médecins les appellent comme ça dans leurs classifications, mais elles peuvent quand même vous tuer. » Les yeux baissés, elle fixait son collier. « Je le porte pour ne pas oublier ce que j'ai vécu, vous voyez. »

Warren regardait le morceau de crâne avec fascination. Il lui trouvait une familiarité réconfortante. Sentiment renforcé par la façon dont Melody lui soutenait le coude et lui serrait l'index comme un bébé.

« Je vous ai menti, lui avoua-t-il. Ce n'est pas mon premier jour.

– Je sais.

– Ah bon ? Pourquoi avoir critiqué mon argumentaire, alors ? »

Elle haussa les épaules. « Les occasions sont rares, dit-elle, songeuse. Oh, formidable ! Papa est réveillé. J'entends sa porte. »

Un vieillard aux sourcils broussailleux apparut dans la cuisine, édenté et en pyjama. Sa ressemblance avec Melody était criante. Celle-ci lui présenta Warren, lui expliqua la raison de sa présence. Le vieillard contempla la scène sous ses yeux – Melody soutenant le bras du visiteur, la trousse de secours sur la table – avant de s'arrêter sur la chemise de Warren, constellée de taches de sang.

« Surtout pense bien à demander la spatule gratuite, recommanda-t-il avant de quitter la pièce.

– Si seulement tous mes clients étaient comme lui, dit Warren.

– Il est prêt à acheter n'importe quoi, du moment qu'il y a un cadeau gratuit », déclara Melody.

Warren éclata de rire. Il reconnut à peine ce bruit : son propre rire. Il jeta un coup d'œil à son index. « Ça ne saigne plus ? » Il avait le bras tout engourdi.

« Bien sûr que non. Depuis longtemps. » Elle rougit. « D'ailleurs je me demande pourquoi je vous tiens encore le coude. »

33

Lyle s'ennuyait, s'ennuyait, s'ennuyait. Elle avait bien essayé de se dire que l'ennui en soi pouvait présenter un intérêt, et même posséder une certaine valeur artistique, mais, après avoir pris onze photos de son gros orteil exprimant tout l'éventail des sensations humaines – somnolence, effroi, etc. –, elle conclut que l'ennui mortel ne menait pas à la célébrité. Il engendrait seulement des troubles psychiques. Celui qui avait déclaré que seuls les gens ennuyeux s'ennuyaient méritait d'être assommé à coups de batte de base-ball. De toute évidence, il n'avait jamais habité un lotissement à l'abandon en plein désert, un endroit si chaud et si glauque que le facteur leur faisait un doigt d'honneur chaque après-midi, et que la plus proche bibliothèque, à cinquante kilomètres de là, contenait les œuvres complètes de Robert Ludlum, mais pas un seul roman immortel de George Eliot ou de Charles Dickens.

Au souvenir de la bibliothèque de Palos Verdes et de ses rangées de livres alléchantes, la tête lui tournait presque. La fraîcheur des allées entre les rayonnages. L'air où flottait une odeur de parfum, de poufs remplis de microbilles de polystyrène, de photocopies. L'endroit lui manquait autant qu'un amant perdu. Dire qu'à cette minute même elle aurait pu s'y trouver et lire tout son soûl, si son père n'avait pas dilapidé leurs économies, les condamnant à une existence de morts vivants.

Elle jeta un coup d'œil à l'exemplaire d'*Ulysse* de Joyce sur sa table de chevet. Un verre d'eau posé dessus tachait la couverture. Depuis deux semaines, les cercles se chevauchaient sur le livre comme autant de cellules en train de se diviser. Il serait temps de le lire, surtout si elle allait à l'université Columbia l'année suivante – son vœu le plus cher – mais, curieusement, elle ne pouvait se résoudre à l'ouvrir.

Plutôt que de continuer à prendre ses pieds en photo, elle descendit de son lit et s'habilla pour aller travailler au « Pumpkin Patch ». Elle avait trouvé cet emploi dans le journal deux semaines plus tôt. En fait, c'était son père qui lui avait montré la petite annonce. *Recherche serveuses naturellement douées, « nées pour servir »*. Bien qu'elle se soit demandé qui, au juste, était « né pour servir » – les bœufs ? – la perspective d'exploiter ses dons naturels l'avait séduite. En réalité, cela signifiait qu'elle devait déboutonner son chemisier, assez pour augmenter le montant de ses pourboires, mais sans que ça devienne indécent. Durant l'année écoulée depuis l'hospitalisation de Dustin, le corps de Lyle avait changé. Ou, plus exactement, la perception qu'elle en avait, ce qui revenait au même. Pour l'essentiel, il ne la dégoûtait plus autant. Elle pouvait se regarder dans une glace sans avoir envie d'aller se cacher sous le lit. D'ailleurs, elle commençait à prendre conscience de ses pouvoirs de séduction sur une certaine catégorie de mâles : elle avait déjà entendu des garçons dire « C'est du lourd ! » et siffler avec une certaine admiration teintée de moquerie, mais elle venait seulement de comprendre que la phrase en question pouvait s'appliquer à elle.

« Poh poh poh ! » lançaient-ils en portant leurs deux mains à leur poitrine d'un geste évocateur.

Retirant son T-shirt, elle sortit un chemisier blanc de la penderie et l'enfila par-dessus son soutien-gorge, laissant voir la naissance de ses seins à la peau pâle. Difficile d'imaginer comment ça pouvait produire le moindre effet sur un homme. Depuis Hector, elle avait couché avec plusieurs copains de lycée, des ados sans moustache qui l'avaient invitée au cinéma à l'heure du déjeuner ou suivie sur le parking, fixant le sol d'un air gêné – des garçons ennuyeux, timides, plus ou moins populaires, du genre à écouter U2 les yeux fermés et à porter le T-shirt du concert le lendemain. Ils étaient fans de groupes obscurs comme The Rhythm Method ou Möbius Striptease. Elle n'éprouvait rien pour eux, mais était trop flattée pour leur résister ; leur façon de trembler en lui déboutonnant son chemisier, maladroits comme des gamins, lui donnait l'impression d'être Shannon Jarrell. *Trop chère pour eux.* Comme ce fameux jour au « Cornet Parfait », où elle avait regardé Hector souffrir le martyre devant sa crème glacée. Après, c'était toujours la même chose : ils s'écartaient d'elle, la repoussaient doucement, et elle se sentait plus que malheureuse : non seulement elle retrouvait l'impression d'être nulle, mais, paralysée par la honte, elle se faisait l'effet d'un insecte répugnant, comme si elle ne supportait pas l'idée de sortir de la voiture ou de rallumer la lumière.

En avril dernier, elle avait confié ses états d'âme à Bethany, laquelle avait laissé entendre que le fait de coucher avec n'importe qui pouvait exprimer un sentiment de culpabilité.

Le pire, ce n'était même pas que Bethany ait employé l'expression « coucher avec n'importe qui » ; c'était l'explication qu'elle avait fournie pour justifier le prétendu sentiment de culpabilité de Lyle. Après tout, Lyle ne vivait-elle pas chez les parents de Bethany pendant que Dustin se morfondait dans le désert ? Et puis – « Je t'en prie, ne le prends pas mal, je ne dis pas que tu sois perverse » – ces trois garçons avec lesquels Lyle avait couché ne ressemblaient-ils pas un peu à Dustin ? Cheveux châtains, aimant la musique… Tellement ridicule que Lyle lui avait ri au nez. Et s'en était alors prise au copain français de Bethany, l'accusant d'être infidèle alors qu'il écrivait toutes les semaines et devait venir de France à la fin de l'été. Peut-être même avait-elle ironisé sur sa maigreur et ses dents de lapin. Cette dispute avait failli tuer leur amitié, même si le fait de vivre sous le même toit durant tout le printemps l'avait déjà mise à rude épreuve.

À présent, condamnée à se morfondre dans le désert comme son frère, Lyle se regarda dans le miroir jusqu'à ce que son reflet lui devienne insupportable, puis elle se lança à la recherche d'Hector, venu voir Dustin pour la troisième fois de la semaine. Elle s'ennuyait tellement qu'elle avait envie de tester son pouvoir de séduction sur lui. Elle ne voulait pas qu'ils redeviennent amants – elle se demandait même comment ils avaient pu sortir ensemble – mais éprouvait le besoin de titiller l'amour inconditionnel d'Hector, qui entrait dans sa vie et en repartait comme une chanson.

Il était dans la cuisine, accroupi devant un placard avec un tube à la main. S'entendant appeler par son prénom, il pivota sur lui-même, et le petit rongeur glauque qu'il emmenait partout avec lui sortit la tête de la poche de son T-shirt. Lyle trouvait celui-ci profondément inquiétant, avec son air de rat d'outre-tombe. Hector et sa bestiole n'accordèrent pas un regard aux seins de Lyle.

« Qu'est-ce que tu fais ? demanda-t-elle.

– Je recolle la mélamine.

– Elle est comme ça depuis des mois ! »

Hector haussa les épaules.

« Ici, on ne répare rien », expliqua Lyle. Elle désigna l'évier. « La douchette ne marche plus depuis le mois de janvier.

– Je l'ai réparée l'autre jour. Elle avait juste besoin d'un nouveau pommeau. »

Il lui tourna le dos et recommença à s'affairer avec son tube, le secouant d'une main. Lyle s'attarda quelques instants, se baissa ostensiblement pour caresser Mister Leonard, mais Hector ne parut pas relever sa présence. Pourquoi diable son ex-petit ami – qui habitait Wilmington – faisait-il des réparations chez eux ? Il y avait des choses qui lui échappaient, dans cette maison. Peut-être que les vapeurs toxiques de la décharge rendaient tout le monde fou.

Avec morosité, elle se demanda si Hector était encore amoureux d'elle.

Puisqu'on était samedi, elle s'arrêta devant la chambre de sa mère pour s'assurer que celle-ci était encore vivante. Comme de bien entendu, elle était agenouillée sur son futon informe, occupée à sortir des T-shirts d'un panier et à les répartir en plusieurs piles. Étrangement, la plupart étaient gris ou noirs. Lyle ignorait pourquoi ses parents faisaient chambre à part, mais en rejetait l'entière responsabilité sur sa mère. Nouvel exemple de son comportement dérangé. Avoir une mère fumeuse n'était pas si merveilleux qu'elle avait pu le croire. Son ancienne mère lui manquait, celle qui parlait espagnol, portait des gilets roses, et ne regardait pas son père d'un air supérieur.

Sa nouvelle mère leva les yeux des T-shirts qu'elle était en train de plier et contempla les vêtements de Lyle, s'attardant sur son chemisier partiellement déboutonné. Elle eut soudain l'air vieille et solitaire. Voir votre mère fixer vos seins, c'était un peu comme entendre sur un magnétophone sa propre voix essayant de prendre des intonations sexy.

« Que fais-tu en sortant du travail ? Je me disais qu'on pourrait peut-être aller voir un film à Lancaster.

– Impossible », répondit Lyle, soulagée de ne pas avoir à mentir. La perspective d'être assise dans le noir à côté de sa mère était au-dessus de ses forces. « Il faut que j'aille à la bibliothèque me renseigner sur les possibilités de faire du bénévolat. »

Sa mère soupira. « Tu ne crois pas que tu en fais suffisamment ici ?

– Je vais raconter quoi, dans l'essai que je dois joindre à mon dossier de candidature à l'université ? Une journée de la vie d'une tortue du désert ? Mme Silverberg dit qu'il me faut plus d'activités extra-scolaires pour sortir du lot. » Mme Silverberg était la conseillère d'orientation de Lyle.

« Ça pourrait être intéressant, les tortues.

– Super. Exactement ce qu'ils attendent, à Columbia. »

Sa mère s'interrompit, un T-shirt à moitié plié à la main. C'était troublant : il suffisait de prononcer le mot « Columbia » pour qu'elle se fige comme une statue. « Il faut qu'on en reparle. Parce qu'enfin, as-tu pensé au coût des études dans ce genre d'université ?

– Papa m'a dit que je pouvais obtenir une bourse. Ou un prêt.

– Un prêt ! Ton père n'a pas les pieds sur terre, au cas où tu ne l'aurais pas remarqué. Il croit encore qu'on va pouvoir se réinstaller à Palos Verdes. » Elle fronça les sourcils. Impossible, hélas, d'ignorer son avis comme avant – du temps où le père de Lyle subvenait aux besoins de toute la famille et où ils la trouvaient simplement agaçante. Elle plia les manches du T-shirt qu'elle tenait, les croisant comme les bras d'un mort. « De toute façon, Mme Silverberg n'avait pas dit que viser Columbia, c'était très ambitieux ?

– Je me suis inscrite à un cours de préparation au test d'admission. Ça commence la semaine prochaine.

– Ton père va sans doute obtenir un prêt pour ça aussi ? »

Lyle eut un sourire hautain. « Je travaille comme serveuse. J'ai tout payé moi-même. »

Par provocation elle défit un autre bouton de son chemisier avant de quitter la pièce. Sa mère voulait qu'elle croupisse là toute sa vie. D'ailleurs, c'était elle qui lui avait fait rater le test d'admission au printemps dernier. Elle avait insisté pour que Lyle revienne passer le week-end à la maison où ils fêtaient l'anniversaire de Jonas. Résultat : Lyle avait dû se lever à cinq heures du matin et faire une heure et demie de route pour arriver à temps au centre d'examens. Elle avait passé toute l'épreuve complètement hébétée, cochant certaines cases au hasard dans la panique.

Elle jeta un coup d'œil dans la chambre de Dustin, espérant dire du mal de leur mère, mais il regardait *La Prisonnière du désert* pour la énième fois. « L'heure est venue ! » lança-t-il en direction de l'écran. Difficile de savoir s'il récitait une réplique du scénario ou s'il parlait à la télé.

« Pourquoi Hector fait-il des réparations dans la cuisine ? demanda-t-elle.

– Aucune idée.

– Tu ne trouves pas bizarre qu'il soit tout le temps ici ? »

Dustin lui accorda enfin un regard ; son œil à la paupière tombante s'attarda sur son chemisier. Elle le reboutonna. « Pas plus bizarre que toutes tes tentatives pour le séduire, dit-il.

– Mon Dieu. Je n'essaie pas de le séduire. C'est ce qu'il pense ? »

Dustin haussa les épaules et retourna à son film.

« Peut-être qu'il prend ses désirs pour des réalités », lança Lyle.

Dustin s'esclaffa. « Voilà des mois que tout est fini entre vous. »

C'était tellement vrai que Lyle baissa les yeux. « En tout cas, je dis juste que c'est bizarre. Il n'arrête pas de t'apporter des choses.

– J'ai besoin de quelqu'un pour m'ouvrir mes bières.

– Tu parles de lui comme de ton secrétaire personnel. »

Dustin se renfrogna et monta le son avec la télécommande. « Je peux regarder mon film ? À moins que tu n'aies une bonne raison d'être ici ?

– Je ferais peut-être mieux de te tuer pour abréger tes souffrances », lâcha-t-elle.

Trop tard pour ravaler ses paroles. Un rictus hideux déforma le visage de Dustin. Lyle s'éclipsa et alla se préparer pour partir travailler. Elle n'aurait jamais dû essayer de lui parler ; ils se disputaient sans arrêt. Un an plus tôt, si on lui avait annoncé que son frère aîné, si beau, serait totalement défiguré, qu'il faudrait s'occuper de lui comme d'un infirme, elle se serait presque réjouie à l'idée de retrouver leur amitié d'antan. Jamais elle n'aurait imaginé qu'elle tenterait de s'inscrire dans une université new-yorkaise, tant elle était pressée de partir, ni que ce serait Hector qui s'occuperait de Dustin.

À la pensée de son frère allongé sur son lit, agressif, geignard et distant, elle avait envie de le secouer. Il la mettait hors d'elle. Et pourtant, elle ne pensait pas un mot de ce qu'elle venait de lui dire.

Au volant de sa voiture, elle tenta de ne pas se laisser endormir par le paysage d'un brun monotone. Pour se distraire, elle effleura le sticker de Columbia sur le tableau de bord. Elle s'efforçait de le toucher le plus souvent possible, afin que ce porte-bonheur traverse la peau de ses doigts et monte jusqu'à son cerveau, la transformant en candidate idéale. Elle aimait imaginer qu'elle était la seule à avoir reçu un sticker par la poste ; ils étaient si impatients de l'avoir comme étudiante qu'ils l'avaient glissé dans son dossier de candidature, tel un billet gagnant. Elle l'avait collé sur le tableau de bord pour se rappeler – quand elle roulait dans ce désert aride et dévorateur de rêves – qu'elle ne passerait pas sa vie là.

Au « Pumpkin Patch », elle s'ennuya encore plus que chez elle. En guise de représailles, elle soupirait ostensiblement et regardait par la fenêtre pendant que les clients commandaient, donnant l'impression qu'elle aurait préféré se damner qu'être là. Non sans honte, elle s'aperçut qu'elle se comportait comme Shannon Jarrell. À ceci près que jamais Shannon Jarrell n'aurait accepté de travailler au Pumpkin Patch. On était vraiment obligé de se bouger, même si ce n'était pas évident ce jour-là. Lyle n'avait la responsabilité que de quatre tables, occupées par des femmes sauf une, entourée de vieillards dont l'un avait un masque à oxygène. N'y aurait-il pas un moyen d'utiliser cet emploi dans un restaurant d'une chaîne merdique pour son dossier de candidature ? Elle pourrait intituler son essai : « Servir les autres : comment j'ai trouvé ma voie au Pumpkin Patch. » Peut-être quelqu'un allait-il entrer – un SDF, par exemple – et lui prodiguer des conseils durement acquis, lui apprendre le vrai sens du mot « nourritures ».

Elle crut que ses espoirs allaient se réaliser lorsqu'une jeune fille en fauteuil roulant arriva, poussée par sa mère, mais ils volèrent en éclats à la vue du visage de l'adolescente. Celle-ci ne lui prodiguerait aucun conseil. Elle avait la tête pendante ; les mains recroquevillées telles des tarentules ; la bouche ouverte, comme figée dans un bâillement. Jamais Lyle n'aurait pensé qu'une bouche puisse être « entrebâillée », et pourtant aucun autre mot ne semblait mieux convenir. La jeune fille donnait globalement l'impression qu'il aurait mieux valu qu'elle soit morte. Avec une appréhension croissante, Lyle regarda la gérante conduire la mère et la fille vers l'une des tables sous sa responsabilité, poser habilement un menu sur les genoux de l'adolescente.

« Ce n'est pas très poli de fixer les gens, vous savez », dit la mère, quand Lyle s'approcha pour prendre la commande. Elle avait les cils tellement recouverts de mascara qu'à chaque battement de paupières ses yeux semblaient sur le point de s'envoler.

« Je ne vous fixais pas.

– Bien sûr que si. Depuis que nous sommes entrées. »

Elle déplia sa serviette pour essuyer un filet de bave sur le menton de sa fille. « Ça fait quel effet, à votre avis, de se sentir fixé en permanence ?

– Vous devriez poser la question à mon frère », murmura Lyle.

Le visage de la femme se radoucit. « Lui aussi est handicapé moteur ?

– Il a été grièvement brûlé l'été dernier. Il a failli mourir. »

La jeune fille en fauteuil roulant partit d'un rire laborieux, sifflant. Pourquoi Lyle se souciait-elle de ce que cette femme pensait d'elle ? Sa fille aussi la mettait mal à l'aise. Elle tenta de prendre leur commande, mais la mère ne semblait pas vouloir la laisser partir.

« Vous êtes au lycée ?

– À l'université, répondit Lyle sans savoir pourquoi.

– Près d'ici ?

– Sur la côte Est. Je vis à New York.

– Donc vous êtes revenue pour vous occuper de votre frère. » Lyle ne démentit pas. La mère prit Lyle par le coude. « Vous ne le regretterez pas, dit-elle avec chaleur. Il ne voit peut-être pas toujours vos efforts, mais dans la vie, les vrais cadeaux sont parfois invisibles »

Elle sourit à sa fille, qui tendit la tête vers elle quelques secondes avant de s'écrouler à nouveau comme une poupée de chiffon. Un geste de tendresse si coûteux que Lyle vacilla.

« Ça va ? » demanda la mère.

Lyle hocha la tête.

« Il a de la chance de vous avoir. Vous devriez voir le nombre de jeunes handicapés qui se retrouvent dans des foyers. Si j'avais écouté le père de Jaynee… Mon Dieu, je ne crois pas qu'elle serait encore en vie. »

Lyle prit leur commande – « Des frites ! », dit la jeune fille passionnément, faisant sursauter Lyle de sa voix stridente –

puis elle alla taper le code des plats à la caisse. Par la fenêtre du fond, elle regarda le parking. Avec l'index, quelqu'un avait rajouté plusieurs lettres sur la portière de la Renault, si bien qu'on lisait désormais : LE CARCASSE. Lyle pensa au sticker de l'université sur son tableau de bord. Dustin avait plus d'une fois occupé le siège du passager à côté d'elle. Que pouvait-il penser ? *Putain, non seulement elle voulait l'abandonner, mais elle n'avait même pas la patience d'attendre !*

Elle reboutonna son chemisier. Elle s'occupa de ses autres clients, évitant le plus possible la mère et son horrible fille. Après leur départ, elle eut la surprise de trouver un pourboire représentant vingt-cinq pour cent de l'addition. Devant cet argent, elle se sentit encore plus méprisable. Soudain un jeune homme portant des lunettes noires réfléchissantes entra dans le restaurant ; le cœur de Lyle fit un bond dans sa poitrine, mais il avait le visage souriant, séduisant. Rien à voir avec celui de son frère.

34

« Comment peux-tu supporter cette odeur ? » dit Taz en se pinçant le nez. Son visage avait quelque chose de changé, une expression qui brisait le cœur de Dustin sans qu'il puisse dire pourquoi.

« On s'habitue.

– Ça sent comme un cadavre, mais qui serait dans un sauna. »

Ils se baladaient dans le désert, parce qu'il n'y avait rien d'autre à faire. Taz était venue jusqu'ici dans la vieille BMW blanche donnée par ses parents, qui la croyaient à Venice Beach avec des amis. Son envie soudaine de lui rendre visite était incompréhensible et il comptait lui demander de ne pas revenir. Le simple fait de la voir lui faisait mal. Il lui en voulait de sa BMW. De ses cheveux teints en blond. De n'avoir pas échappé à l'évolution sans surprises de l'adolescente moyenne. Tout le monde le décevait ; la solution était de disparaître avant que tous ces gens ne détruisent complètement l'image qu'il avait d'eux.

Le mascara de Taz commençait à couler sur ses joues. Elle portait un T-shirt Hanes trop grand, des leggings, des ballerines fluo. Ces vêtements étaient-ils vraiment ce qu'ils prétendaient être, un signe de guérison, ou bien une preuve supplémentaire d'instabilité ? Pour protéger ses cicatrices du soleil, Dustin avait mis le chapeau de cow-boy trouvé dans une poubelle derrière le vidéo-club ; il avait pris l'habitude de se promener avec à Lancaster, et d'appeler les gens « Boss » ou « Missy ». Du bout de sa chaussure, Taz retourna une grosse pierre, faisant apparaître une zone plus sombre.

« Méfie-toi des crotales !

– Tu es obligé de garder ce truc en permanence ? dit-elle, fixant des yeux le maillot de contention de Dustin.

– Pourquoi ?

– Comme ça. Tu dois avoir trop chaud.

– Moi, au moins je ne porte pas un de ces putains de bracelets rouges comme Madonna. »

Taz jeta un coup d'œil à son bracelet et baissa la tête. « Il vient de SOS-Ados, marmonna-t-elle. Mon groupe de parole.

– Ton groupe de parole ? » répéta-t-il avec un petit rire. Plus facile de l'humilier que d'expliquer sa propre déception.

« C'est censé nous empêcher de nous faire du mal. De nous "auto-mutiler".

– D'avaler du verre, par exemple ? »

Elle ne répondit pas. « Il y a une fille de mon groupe, Kendall, qui s'est cassé le bras volontairement. Elle l'a coincé dans un étau et a serré jusqu'à ce que l'os craque.

– Seigneur !

– Je sais que c'est ringard. Ce sont mes parents qui m'obligent à y aller. »

Il essaya d'imaginer Taz se broyant le bras dans un étau. Il se demanda si ce qu'il avait pris chez elle pour de la perversité – le fait de coucher avec le copain de sa sœur, notamment – ne serait pas mis, par d'autres, sur le compte du désespoir. « Mes parents aussi ont tenté de m'inscrire à un groupe de parole. À l'hôpital de Torrance. Je leur ai dit qu'il faudrait m'attacher à mon lit et m'y traîner de force. » Un petit vent en provenance de la décharge se leva et Taz fit la grimace. « Si tu trouves que ça sent mauvais, va donc passer quelque temps dans un service de grands brûlés.

– Je sais.

– Comment ça ?

– Je suis venue te voir. À l'hôpital. » Elle retourna une autre pierre, délogeant un lézard. « Je suis partie de chez moi en cachette et j'ai pris le bus. »

Dustin la regarda avec stupéfaction.

« Tu étais attaché à ton lit, abruti par la morphine. Je me souviens encore de la chaleur, de toutes ces lampes autour de ton lit. L'infirmière les appelait des lampes à frire.

– C'était quand ? Juste après l'explosion ?

– Je me suis fait passer pour ta sœur. »

Le feutre à l'intérieur du chapeau de Dustin était trempé de sueur. Il revit la fête chez Breakfast, où il se croyait à l'agonie et où Taz le dévorait des yeux comme si elle était amoureuse de lui, mais aurait préféré mourir plutôt que de l'avouer. Or voilà qu'elle lui avouait être venue le voir à l'hôpital de sa propre initiative. À l'insu de son père, alors que celui-ci en voulait à mort à Dustin. Elle pouvait désormais en parler sans son sourire narquois, puisqu'elle ne risquait plus rien. Dustin était devenu impossible à aimer.

D'où cette expression qui lui brisait le cœur, comprit-il. Taz ne lui souriait plus avec ironie, mais presque avec bienveillance.

Près de la décharge, elle s'arrêta devant un yucca aussi

grand qu'un chêne. À deux ou trois mètres du sol, un lapin était suspendu par les aisselles à une branche, ses pattes de derrière délicatement entrecroisées. À la place de ses yeux, deux trous béants grouillaient de mouches.

« Il a sauté là-haut tout seul ? demanda Taz.

– Un faucon l'a peut-être laissé tomber.

– Anesthésié par l'odeur, je parie. »

Ils regardèrent à travers la clôture grillagée entourant la décharge. Dans cette chaleur indicible, le bassin d'épuration avait la beauté d'un mirage, lisse et immaculé comme un miroir réfléchissant la course des nuages. Il était du même bleu qu'un lagon. Mal assorti à la puanteur, si intense que les yeux de Dustin le picotaient.

« Cet étang sert à quoi ? »

Dustin haussa les épaules. « Je crois que les boues toxiques se déposent au fond. »

Taz essuya son visage ruisselant de sueur. « En tout cas, il est drôlement attirant.

– Tu parles !

– Je suis sérieuse. Tu n'as pas envie de piquer une tête ?

– Non merci.

– On fermera la bouche. Allez, on escalade cette clôture. »

Toujours aussi folle, se dit Dustin avec soulagement. Il désigna son bras : rien que pour enlever son chapeau, il lui fallait une éternité. Elle se renfrogna, incapable de cacher sa déception.

« Je me baigne une minute et je ressors. »

S'agrippant au grillage, elle escalada la clôture comme une voleuse et se laissa tomber de l'autre côté. Dustin s'étonna de l'absence de barbelés, avant de se rappeler qu'ils étaient en plein désert. De toute façon, quelle personne sensée irait escalader cette clôture pour se baigner ? À pas de loup, Taz fit le tour de l'étang, puis enleva son T-shirt, ses leggings, sa culotte, et défit l'agrafe de son soutien-gorge. Elle n'avait plus que ses ballerines, ce qui lui donnait l'air ridicule et la faisait curieusement paraître encore plus nue. Sur son bras, le tatouage raté datant de la fête chez Breakfast ressemblait à une tache de charbon de bois.

Elle descendit la berge recouverte de plastique noir pour atteindre l'eau. Il vit les veines bleutées de ses seins, aussi fines que des nervures. Elles se reflétaient dans l'étang. Taz retira une de ses ballerines, sauta à cloche-pied, trempa son pied nu dans l'eau bleu lagon.

« Oh là là… J'ai l'impression que mon pied… disparaît. »

Dustin prit peur. « À ta place je n'irais pas.

– Pourquoi ?

– Et si tu… je ne sais pas, moi. Et si tu meurs ?

– Je ne vais pas mourir. Pas tout de suite, en tout cas. »

Elle retira son autre ballerine, la laissa sur la berge. Puis elle plongea dans son reflet, étrange créature à quatre pattes. Dustin attendit qu'elle remonte à la surface. La brise rida la surface de l'eau, effaçant toute trace du plongeon. L'appréhension qui nouait sa gorge se transforma en une peur panique qui le glaça. Peut-être les toxines avaient-elles désagrégé le corps de Taz tel un comprimé. Les insectes bourdonnaient autour de lui ; le silence semblait encore plus profond. Affolé, il se demandait s'il ne devrait pas courir jusqu'à l'autoroute pour appeler des secours quand Taz refit surface, hors d'haleine.

Souriante, elle regagna la berge et sortit de l'eau, son corps sans cicatrices scintillant au soleil. Elle se rhabilla, escalada de nouveau la clôture, se laissa tomber dans la poussière. L'eau avait assombri ses cheveux. Sa présence avait quelque chose de surnaturel, comme si elle revenait d'un autre monde. Dustin eut la sensation bizarre qu'il ne fallait pas la fixer trop longtemps.

« Tu pues, dit-il.

– Combien d'années de vie j'ai perdu ? »

Il eut un haussement d'épaules. « Cinq ?

– On va compter. Je veux mourir à vingt-cinq ans. »

Dustin remarqua les minuscules croûtes qui lui constellaient l'oreille comme dans ses souvenirs. Qu'avait-il donc à offrir à cette gamine de seize ans, et qu'est-ce qui pouvait bien la pousser à venir le voir ? Lui-même se sentait à peine vivant. Sur le chemin du retour, ils repassèrent devant le lapin mort qui se balançait doucement au vent. La tête couverte de mouches. Elle changeait sans cesse de forme, masque noir cuisant au soleil. Dustin l'aurait presque trouvée belle, cette tête aux contours changeants, mais il s'abstint d'en parler à Taz.

35

Au bureau, Mikolaj s'apprêtait à présenter son documentaire sur la reproduction : *Même les puces savantes le font*. Camille lui avait suggéré : *La conception, ça compte*, bien meilleur titre selon elle, mais il avait dû oublier sa suggestion, ou alors il n'en voulait pas. Quant au film lui-même, elle en avait vu quelques minutes dans la salle de montage : un petit rouquin avec un cheveu sur la langue, qui parlait de son « pénif ». Bien sûr, elle était navrée pour Mikolaj, mais son mauvais moi attendait avec impatience le verdict de la commission consultative. Il se croyait capable de réussir de meilleurs documentaires qu'elle ; qu'il découvre donc à ses dépens, comme elle avant lui, leurs exigences invraisemblables.

Au moins ne serait-elle pas tenue pour responsable. On l'avait mutée dans un autre département en septembre dernier, après son mois de congé pour s'occuper de Dustin. Cette mutation avait été présentée comme une promotion – à un poste de rédactrice en chef –, mais avec le recul, elle se demandait si ce n'étaient pas les retombées du désastre causé par *De la terre à mon corps*. Difficile de s'en offenser à l'époque, où l'état de Dustin lui occupait entièrement l'esprit.

Et il fallait reconnaître qu'elle se débrouillait bien à ce nouveau poste : la mise en page de la lettre d'information – l'assemblage des illustrations et des articles à la manière d'un puzzle – lui plaisait particulièrement. Mais ces derniers temps, depuis qu'on avait fait appel à Mikolaj comme réalisateur, elle se sentait trahie. Ce n'étaient pas seulement les nouvelles responsabilités de celui-ci qui agaçaient Camille. Il parcourait les couloirs avec sa queue de cheval ridicule, citant des noms de réalisateurs dont elle n'avait jamais entendu parler, comme s'il était un cadeau des dieux pour le département production. Il n'allait plus sur le parking sans lunettes noires. Il avait l'habitude exaspérante de noter ses idées sur ses mains, parfois même pendant qu'on lui parlait, si bien qu'en fin de journée, elles étaient tatouées de mots.

Pourtant, lorsqu'elle le vit faire les cent pas devant l'auditorium avant la projection, dans un costume marron et d'énormes chaussures en cuir, sans doute achetées d'occasion, Camille eut le cœur serré. Il était hagard, comme s'il avait passé une mauvaise nuit. L'ancien Mikolaj lui manquait, ses maladresses dignes d'un jeune chiot, et son mépris des conversations sur la pluie et le beau temps : ces temps-ci, il parlait plutôt de ses réunions aux Alcooliques Anonymes et de son « combat personnel ».

Elle lui offrit une cigarette, mais il fit non de la tête. « J'essaie d'arrêter. Pas donner bon exemple.

– Exact », dit Camille, allumant une Camel. Curieusement, depuis qu'il ne buvait plus d'alcool, son anglais se dégradait. Elle remarqua qu'il avait les mains propres, sans une seule idée écrite dessus.

« Je ai l'air inquiet ?

– La commission peut se montrer pointilleuse. Ne le prends pas personnellement. »

Il hocha la tête. Camille n'en revenait pas d'avoir un jour embrassé l'homme qui était devant elle, hébété par le manque de sommeil. Si Warren ne l'avait pas appelée de la prison ce soir-là, peut-être même seraient-ils allés plus loin. Après l'hospitalisation de Dustin, durant les mois éprouvants qui avaient suivi, Mikolaj et ce baiser impromptu lui étaient complètement sortis de l'esprit. Ni lui ni elle n'en avaient reparlé depuis. Entre-temps, il avait cessé de boire et acquis de nouvelles compétences : c'était un autre homme. Dénué d'intérêt.

Tandis qu'elle prenait place parmi les membres de la commission, écoutait leurs voix prêtes à en découdre, regardait Mikolaj s'affairer auprès du vidéo-projecteur installé au premier rang, elle sentit se réveiller une vieille attirance. Cette sensation s'intensifia quand elle le vit s'asseoir pour rassembler ses idées avant de rejoindre son pupitre, ses favoris noirs de sueur, son bloc-notes jaune sur les genoux. Dans ce costume et ces chaussures gigantesques, il ressemblait à un canard. Un canard en bois, un leurre. Camille mit quelques instants à comprendre qu'elle n'était pas attirée par lui, mais par la certitude qu'il allait à la catastrophe.

« Merci d'être venus voir mon nouveau film, annonça-t-il à l'auditoire. *Même les puces savantes le font.* » Silence. Il toussota. « Avez-vous quelques questions avant la projection ? »

Le rabbin Silverberg leva la main. « Je ne comprends pas le titre.

– Nous n'avons de temps que pour des questions, s'il vous plaît. » Mikolaj inspecta la salle du regard.

« Comment expliqueriez-vous le titre ? demanda le rabbin.

– Il est tiré d'*American Songbook*, de Cole Porter. C'est notre bande-son. "Les oiseaux le font, les abeilles le font, même les puces savantes le font." » Mikolaj chanta ces dernières paroles. Sa voix suave, angélique, sans accent polonais, contrastait tellement avec son apparence que le public en resta bouche bée. Peut-être allait-on demander à Camille de reprendre son ancien poste. Le père Gladstone finit par lever la main à son tour, rompant le charme.

« Cole Porter n'était-il pas homosexuel ?

– Quel rapport ? » lança Wendy Flesher du Planning Familial. Elle était assise – délibérément sans doute – dans la même rangée que le père Gladstone. Son pull s'ornait d'un immense badge avec l'inscription : SAUVONS L'AVORTEMENT LÉGAL.

« Eh bien je ne crois pas qu'il faille cautionner ce choix de vie.

– Vous sous-entendez qu'il fait référence à des puces mâles ?

– En fait, certaines puces aquatiques ne s'accouplent pas du tout. Leur reproduction est asexuée », intervint Lane Mazerra, qui enseignait les sciences à l'école primaire de Laguna.

Carl Boufis se retourna. « Elles se reproduisent par génération spontanée ?

– Oui. Comme si elles se clonaient elles-mêmes.

– Cette discussion est passionnante, dit Mikolaj, et je serais heureux d'en savoir plus sur la sexualité des puces. Mais dans ce film, il est question d'êtres humains. De filles et de garçons américains qui parlent de la conception.

– Vous ne craignez pas que ce soit un peu bêtifiant ? s'enquit le rabbin Silverberg.

– Bêti quoi ?

– Bêtifiant. Bébête. Trop enfantin. Pas question de renouveler les erreurs de l'an passé. »

Il y eut un silence gêné. Plusieurs membres de la commission jetèrent un coup d'œil en direction de Camille. Mikolaj se pencha sur son pupitre, sourcils froncés.

« Vous dites ça parce que je suis polonais ?

– Non », répondit le rabbin, l'air atterré. « Je ne... Je ne voulais rien dire de tel. »

Mikolaj sourit, et le rabbin rougit de soulagement. « Je plaisantais ; vous devriez voir votre tête. De toute façon, les Polonais sont vraiment bêtes, vous avez raison. Ils ont supporté le communisme soviétique pendant quarante-quatre ans. Mais je crois qu'on s'améliore. »

Des rires fusèrent dans l'auditoire. Camille était ébahie ; jamais il ne lui serait venu à l'idée de faire de l'humour aux dépens du rabbin Silverberg. Avant que la bonne humeur ne se soit dissipée, Mikolaj éteignit la lumière et projeta son film : une petite fille d'environ six ans expliqua d'où était venue sa petite sœur. Avec force soupirs, comme si elle s'adressait à une assemblée de demeurés, elle affirma d'un ton convaincu que papa avait planté une graine dans le nombril de maman. Ensuite des enfants de tous âges discutèrent de l'origine des bébés, certains – tel ce robuste garçonnet de cinq ans qui prétendait avoir été nourri « par un cordon » et être sorti du « petit trou qui sert à la grosse commission » – déclenchant l'hilarité des membres de la commission. Le film n'avait toutefois rien de bêtifiant. Il était réussi. Très réussi, même. Il n'y avait pas de commentaire, mais Mikolaj avait eu l'habileté de monter les différentes séquences de façon à mettre en valeur les enfants les plus éclairés – ceux sur lesquels il comptait pour informer le spectateur, parfois à l'aide de leurs propres dessins. Le film était drôle et divertissant, sans jamais insulter l'intelligence du public. Il ressemblait à un véritable documentaire, de ceux que l'on peut voir dans une salle de cinéma. En l'absence de script, puisque les enfants assuraient eux-mêmes le commentaire, on voyait mal ce que la commission pourrait trouver à redire.

Camille fut néanmoins stupéfaite par la chaleur de l'accueil réservé au film. Les membres de la commission entourèrent Mikolaj, lui serrant la main à tour de rôle et décrivant leurs scènes préférées. Camille voulut elle aussi le féliciter, sans réussir à l'approcher suffisamment pour attirer son attention. Il finit pourtant par lever les yeux et croiser son regard ; peut-être le sourire à la fois timide et triomphant qu'elle crut voir sur le visage de Mikolaj n'était-il qu'un effet de son imagination.

Elle resta toute la journée terrée dans son bureau, passant à toute vitesse devant celui de Mikolaj lorsqu'elle allait aux toilettes. Plus tard il vint frapper à sa porte, l'appela par son prénom avec son accent polonais ; elle fit semblant de ne pas être là, retenant son souffle jusqu'à ce qu'il soit parti. Une fois chez elle, elle se traîna hors de la Volvo, tenta de se dégourdir les jambes. Tous ces trajets en voiture n'allaient-ils pas finir par lui donner des rhumatismes ? Personne à la porte pour lui dire bonjour, lui prendre son sac ou lui demander comment s'était passée sa journée. La maison baignait dans une odeur de four à micro-ondes, de plats chinois mis à réchauffer. Camille longea le couloir, jeta un coup d'œil dans la chambre de sa fille ; assise sur son lit, Lyle lisait un livre intitulé *L'Agenda Icare*. Par-dessus le titre, elle avait écrit : *Le sexe d'Icare*.

« Tu ne devrais pas être à ton cours de préparation au test d'admission ? demanda Camille.

– Pas envie.

– Je croyais que tu avais payé des droits d'inscription ! »

Lyle leva à contrecœur les yeux de son livre. « C'est mon argent, d'accord ? »

Camille s'en voulait assez de l'obliger à payer ses cours. Si en plus elle les séchait… Elle se baissa, ramassa un emballage de Snickers à ses pieds. « Mais tu dois repasser ce test en octobre. C'est ta dernière chance.

– J'utiliserai mes résultats du printemps dernier.

– Il te faut mille quatre cents points. Ce n'est pas ce qu'a dit la conseillère d'orientation ? Tu ne seras pas admise à Columbia.

– Et alors ? » dit Lyle, toujours plongée dans son roman.

Camille écarquilla les yeux. « Donc tu as finalement décidé de t'inscrire dans une université de Californie, dit-elle, soulagée.

– En fait, j'aurais bien pris une année sabbatique. Pour rester ici donner un coup de main. »

Elle avait l'air de parler sérieusement. Sans doute la faute de Camille qui avait tenté de la dissuader d'aller à Columbia. Maintenant que Lyle semblait avoir renoncé à cette idée, Camille se retrouvait paradoxalement à souhaiter qu'elle y aille.

Elle quitta la pièce et frappa à la porte de Dustin, dans l'espoir d'avoir une petite conversation avec lui avant d'aller se coucher. Contre toute attente, il regardait autre chose que *La Prisonnière du désert* : un western spaghetti, Henry Fonda avec un chapeau noir et l'air du parfait assassin. Les paroles semblaient trop violentes pour les lèvres des acteurs. Elle enleva une assiette vide restée au pied du lit, s'assit près de Dustin. Ces derniers temps, il lui arrivait de regarder des films avec lui, sans rien attendre en retour. Apparemment, l'agressivité de Dustin s'accommodait de cette intrusion. C'étaient les seuls moments qu'ils passaient ensemble, et ils donnaient à Camille le sentiment d'accomplir un acte de résistance, si modeste fût-il.

« Comment faire confiance à un homme qui porte à la fois une ceinture et des bretelles ? » lançait Henry Fonda à son interlocuteur. « Ce type ne fait même pas confiance à son pantalon. » Camille jeta un regard furtif à Dustin ; il souriait béatement face à l'écran, comme une mère devant son nouveau-né. Voilà au moins quelque chose qui lui faisait plaisir. Elle attendit qu'Henry Fonda ait disparu de l'écran pour risquer une phrase.

« Aujourd'hui, j'ai compris quelque chose. »

Dustin se tourna vers elle ; son œil à la paupière tombante la faisait encore frémir. « Quoi donc ?

– Mes films. Mes documentaires. » Elle s'interrompit. « Il n'y a pas que celui sur la conception. Ils étaient tous médiocres. Pour ne pas dire carrément nuls. »

Il ne protesta pas. À sa grande surprise, elle en fut moins contrariée que reconnaissante. « Pas grave, dit-il. Même chose pour Toxic Shock Syndrome.

– Ton groupe ? demanda-t-elle, prise de court.

– Oui.

– Moi qui croyais que vous aviez du succès.

– Ça ne valait rien.

– Je suis sûre que c'est faux.

– On était mauvais. Les chansons étaient des impostures. Même le nom du groupe était débile. »

Il retourna à son film. Camille lui posa la main sur le pied et referma les doigts, comme du temps où Dustin était à l'hôpital. Elle ne serrait pas très fort, le tenait simplement. Dustin regardait ailleurs. Elle attendit un signe d'encouragement, même une simple crispation des orteils, n'importe quoi pour apaiser sa faim. Elle se nourrissait de si peu. Mais le pied resta immobile dans sa main, tel celui d'une statue.

Elle quitta la chambre de Dustin et se dirigea vers la cuisine, prit un Coca Light dans le frigo. Dehors, au pied de la terrasse, Warren promenait Mister Leonard, les dernières lueurs du jour embrasant étrangement la crête des yuccas. Warren avait encore sa cravate, peut-être pour bien montrer qu'il était allé travailler. La façon dont son mari accordait son pas à celui du chien, le suivant laborieusement de buisson en buisson, emplit Camille d'une tendresse insoutenable. Elle ne comprenait pas cette tendresse ni sa soudaineté. Elle pensa à l'extraterrestre du cauchemar de Dustin, à sa remarque grinçante : *Ce monde n'est pas le tien.*

Ce fut seulement après avoir détourné les yeux, débarrassée de l'image de Warren, qu'elle sut que sa décision était prise. Elle allait le quitter. Se libérer de la souffrance de son mari. Pas tout de suite, mais elle le quitterait. Pour prendre date avant que sa détermination ne faiblisse, elle décida de partir aussitôt après la mort de Mister Leonard.

Ça n'avait aucun sens, de choisir ainsi une date au hasard, mais qu'est-ce qui avait encore du sens dans cette vie ?

Les portes coulissantes s'ouvrirent et Warren s'avança dans la cuisine, portant Mister Leonard comme un bébé. Le vieux chien gémit quand il le déposa. Camille chercha le regard de Warren pour lui dire bonsoir, mais il releva brusquement la tête, moins par hostilité que mû par une défiance insolite, proche du remords. Il avait un sparadrap autour de l'index, ce qui rappela à Camille le jour où il avait failli se trancher le petit doigt sur le court de tennis. Il ouvrait une boîte de balles de tennis et s'était coupé l'auriculaire sur le rebord métallique, au ras de l'articulation, si profondément qu'on distinguait l'os, aussi fin qu'une brindille. Elle l'avait conduit aux urgences en soutien-gorge, lui ayant enveloppé la main dans son polo à elle plutôt que de lui enlever le sien. Mais ce n'était pas sa terreur à la vue du polo rougi par le sang, ni même sa gêne de se précipiter à l'hôpital à moitié dévêtue qu'elle revoyait. C'était son sentiment de fierté – de majesté, même – lorsque tous les regards avaient convergé sur eux dans la salle d'attente. Privée de son polo, enlaçant Warren, elle avait ressenti l'insatiable toute-puissance de l'amour. À présent leurs regards se croisaient enfin ; la cravate de Warren était couverte de poils de chien. Voilà vingt ans qu'ils étaient mariés. Camille se tourna vers l'évier pour cacher son visage.

« Mister Leonard devrait bien dormir », dit doucement Warren, comme pour la consoler.

36

Lyle inspecta du regard la salle pleine d'étudiants de UCLA, l'air complètement soûls. C'était sa première fête d'étudiants. Elle l'avait attendue impatiemment toute la semaine – s'ennuyant tellement dans le désert qu'elle croyait que son cerveau allait mourir, s'écouler par son oreille comme de la sève – et maintenant elle y était. Dans un appartement de Culver City. Avec de vrais étudiants en licence. Dans les rêves qui l'aidaient à s'évader de la routine, elle s'était imaginé des types minces avec des chemises des années soixante, assis les jambes croisées à écouter du jazz discordant et à faire des bons mots. Pas une bande de grands gosses qui se jetaient mutuellement des balles de ping-pong dans leurs gobelets de bière. C'était pourtant ce qui se passait dans le séjour, au son de « Addicted to Love ». Assis aux deux extrémités de la table, affublés de casquettes de base-ball, les intéressés embrassaient leur balle les yeux fermés avant de la lancer en direction d'un triangle de gobelets. La bêtise triomphante de leurs visages lui donnait raison d'avoir abandonné son cours de préparation au test d'admission, coupant court à d'éventuels regrets.

« Bière-pong », expliqua Shannon Jarrell. Déjà là depuis

quelque temps, elle était soûle elle aussi, une barrette beige posée sur les cheveux tel un insecte. C'était Shannon qui lui avait parlé de cette fête, affirmant que, par comparaison, celles du lycée ressemblaient à un goûter d'anniversaire. Lyle avait promis de la retrouver sur place. Elle avait réussi à convaincre Bethany et Gérard, son petit ami français, de l'accompagner. Gérard était là pour un mois et mourait sûrement d'envie de sortir un peu. Shannon se tourna vers lui pour éclairer sa lanterne. « Si la balle atterrit dans un gobelet, glouglou.

– Pardon ? fit Gérard.

– Il faut boire cul sec. S'en taper une.

– S'en "jeter" une, rectifia Lyle.

– Exact, dit Shannon. Ce n'est pas tout à fait la même chose, si tu vois ce que je veux dire. »

Gérard hocha la tête, l'air songeur. C'était son premier séjour aux États-Unis. « S'ils ont tellement envie d'une bière, pourquoi ils ne la boivent pas directement ? »

Shannon regarda Bethany avec commisération. Lyle n'avait pris conscience du physique ingrat de son amie – visage tout en longueur, léger duvet sous les oreilles – qu'en la voyant à côté de Shannon. « Il n'aime pas le sport ? s'enquit celle-ci.

– Au contraire, répliqua Bethany. Il est très sportif.

– C'est vrai qu'il ressemble à un jockey. » Shannon posa sa canette de Miller Genuine Draft sur le manteau de la cheminée, où elle se renversa. « Putain ! Merde ! Désolée ! »

Bethany eut un petit sourire et chuchota quelque chose à l'oreille de Gérard. Lyle commençait à regretter d'être venue. Elle avait invité Bethany parce qu'elle ne voulait pas venir seule, mais c'était visiblement une erreur. Bethany ne comprenait pas son amitié prolongée avec Shannon. Lyle avait tenté de s'expliquer, mais à vrai dire, elle ne la comprenait pas elle-même. Ça tenait à la beauté de Shannon. Non seulement à son aura flatteuse, irrésistible, mais aussi à la solitude dissimulée à l'intérieur, telle une perle fine.

Bethany et Gérard se mirent à parler français, comme pour les exclure de la conversation, elle et Shannon. « Glouglou », répéta Gérard, et ils s'esclaffèrent tous les deux. En effet, il ressemblait un peu à un jockey, avec ses grandes oreilles et son jean moulant à la française. Lyle aurait eu honte d'une telle pensée si Bethany ne l'avait pas laissée plus ou moins croupir dans le désert depuis l'arrivée de Gérard.

« Et celui-là, tu le trouves comment ? » lui demanda Shannon, désignant un des bière-pongistes. Il portait des lunettes noires par-dessus sa casquette de base-ball. « Il n'arrête pas de me regarder.

– Bof. Pas très sexy.

– Moi je m'en contenterais, gloussa Shannon.

– Tu as bu combien de bières ? »

Shannon haussa les épaules. « Cinq ou six. »

À l'autre extrémité de la table, un type barbu se renversa en arrière pour descendre sa bière d'un trait, laissant voir son gros ventre velu. Il ressemblait à ces joueurs de football américain dont la popularité reposait sur leur capacité à manger des aliments insolites. Il reposa brutalement son gobelet, la barbe ruisselante de bière. « Et celui-là ? Le barbu ? lança Shannon.

– Tu rigoles ?

– Il est plutôt mignon, à la manière de *Max et les Maximonstres*. »

Lyle ne sut que répondre. Que Shannon le trouve séduisant était étrangement réconfortant. Celle-ci éclata de rire.

« Je plaisante ! Mon Dieu. Je ne suis pas zoophile. »

Le garçon aux lunettes noires par-dessus sa casquette de base-ball l'invita à venir jouer, et elle rejoignit la table sans se presser. Personne n'invita Lyle. Elle en fut à la fois soulagée et vexée. Faute de réussir à attirer l'attention de Bethany et Gérard, elle alla dans la cuisine, puis sortit dans une cour intérieure entourée d'appartements identiques, où plusieurs invités étaient alignés au bord d'une piscine miteuse, une bière à la main. Avec les gobelets, les canettes et les vêtements qui flottaient à la surface de l'eau, la piscine ressemblait à celles des quelques fêtes où Lyle était allée pendant ses années de lycée.

Les yeux fermés, elle laissa la brise du Pacifique lui rappeler quel effet ça faisait d'avoir froid. En moins d'une heure, elle était passée de l'euphorie à une sorte d'écœurement. Un type portant un T-shirt avec l'inscription CANCUN PARTY PATROL s'approcha d'elle en titubant et lui raconta une blague raciste sur la reine d'Angleterre. Lyle prit congé, fit le tour de la piscine et tomba sur un beau garçon débraillé assis tout seul près du plongeoir. Mark Biesterman. Elle ne l'avait pas reconnu dans l'obscurité. Ses lunettes professorales avaient disparu et ses longs cheveux bouclés lui donnaient l'air de Lord Byron. Alors qu'il allait reculer son siège pour la laisser passer, il découvrit qui elle était et faillit en renverser sa bière.

« Qu'est-ce que tu fais là ? »

Elle haussa les épaules. « Je discute de la monarchie britannique. »

Il posa son gobelet de bière par terre comme s'il se sentait pris en faute. Lui non plus ne semblait pas beaucoup s'amuser. Au-dessus d'eux, un hélicoptère de la police décrivait des cercles dans le brouillard sans étoiles, son faisceau lumineux balayant mécaniquement le ciel comme une antenne. Lyle s'assit près de Biesty.

« Toutes les fêtes d'étudiants sont comme ça ?

– Pas vraiment, dit-il, un peu plus détendu. D'habitude il y a des batailles de confiture et des gens qui crient “Bouh !” »

Il but une gorgée de bière et contempla la piscine, évitant le regard de Lyle. En face d'eux, une fille envoya promener ses chaussures à hauts talons dans l'eau, l'une, puis l'autre, comme une strip-teaseuse. Un garçon en débardeur se mit à crier, puis arracha le filet recouvrant un buisson pour les récupérer.

« Comment va Dustin ? »

Lyle haussa de nouveau les épaules. « Tu veux une réponse honnête ?

– Je ne sais pas.

– Il ne sort pas de sa chambre. Hector et John Wayne sont les seules personnes auxquelles il adresse encore la parole.

– Qui est Hector ?

– Son meilleur ami. » Elle jeta un coup d'œil furtif à Biesty. « Enfin, depuis que tu es parti à l'université. »

Il fixa le fond de son gobelet, comme si quelque chose retenait son attention. Un insecte essayant d'échapper à la noyade. « J'ai voulu l'emmener à une fête, pour qu'il entende mon nouveau groupe. Il s'est ridiculisé.

– Tu devrais l'appeler, dit sèchement Lyle.

– Il ne voulait pas venir, ce soir ?

– Je l'ignore.

– Tu ne l'as pas invité ? »

Lyle baissa la tête. Ça ne l'avait même pas effleurée. « De toute façon, il ne serait pas venu », marmonna-t-elle, jetant une capsule métallique dans l'eau.

Biesty se radoucit. Il paraissait triste et solitaire, peut-être moins heureux à UCLA qu'il ne l'avait laissé croire à Dustin. Il posa son gobelet qui vacilla, le récupéra. Ses yeux s'attardèrent sur la jambe de Lyle. Elle prit conscience qu'il était soûl.

« On se payait parfois ta tête, avec le groupe, lâcha-t-il. Quand tu n'étais pas là. On t'avait surnommée l'Abominable Femme des Neiges. Dustin se mettait en colère et prenait ta défense. Il disait que tu étais plus intelligente que nous tous réunis. »

Lyle avait l'estomac noué. Elle rapprocha sa jambe, l'appuya contre celle de Biesty. Elle se vit faire, mystérieusement, comme en rêve. Elle ne commandait pas à sa jambe, n'était qu'une spectatrice impuissante. Biesty tressaillit et se redressa sur son siège.

« Qu'est-ce qui te prend ?

– Je ne sais pas. » Elle en aurait pleuré.

« Waoh. Parfait. Manquait plus que ça. » Il jeta son gobelet vide dans la piscine, où il flotta vers un radeau d'autres gobelets échoués dans un angle. « Tout ce que tu trouves cool et fabuleux quand tu es gosse, c'est du flan. Tu comprendras quand tu iras à l'université.

– Je n'irai pas, dit-elle doucement.

– Comment ça ?

– En fait, on ne peut pas tous se laisser pousser les cheveux et aller à des fêtes d'étudiants. »

Biesty ne la félicita pas pour ce noble et généreux sacrifice, ne déclara pas qu'elle était une sœur formidable. Elle se leva sans lui dire au revoir et regagna la fête, se frayant un chemin parmi une foule de gens qui dansaient sur « Takin' Care of Business » de Bachman-Turner Overdrive. Les paroles à la gloire de l'éthique puritaine du travail semblaient en contradiction totale avec les danseurs, dont l'un était coiffé d'une boîte sur laquelle on pouvait lire : LUMIÈRE NATURELLE. Lyle fut impressionnée par la beauté désespérée de ces mots. Pourtant, quand le chanteur arriva au couplet sur les heures supplémentaires, tout le monde l'acclama.

Elle longea le couloir à la recherche des toilettes, enjamba un type dans un bermuda en madras allongé sur le sol, inconscient. Il sentait tellement mauvais qu'elle se demanda s'il ne s'était pas fait dessus. Elle ouvrit une porte qui se révéla être celle du garage, avant d'en essayer une autre près de la cuisine, qui paraissait plus prometteuse. Elle frappa fort. N'obtenant pas de réponse, elle entrouvrit la porte et eut la surprise de voir Shannon Jarrell en prière, à genoux près d'un lavabo, la tête baissée. Ses cheveux formaient un rideau qui lui cachait le visage. Lyle frissonna, en proie à une joie malsaine. Sans bruit, elle ouvrit davantage la porte : il y avait un garçon debout devant Shannon, les poings sur les hanches, la tête en arrière comme s'il admirait une cathédrale. Son jean était tirebouchonné à ses pieds, laissant voir ses fesses poilues. Le gros buveur de bière barbu.

Lyle referma la porte, longea le couloir en sens inverse et quitta la fête, s'accroupissant derrière les buissons du parking pour se soulager avant de remonter dans sa voiture. Elle tenait à peine sur ses jambes. À cause de la lumière crue des lampadaires, elle oublia d'allumer ses phares jusqu'à ce qu'un automobiliste venant en face la klaxonne. Ce fut seulement en sortant de l'autoroute et en apercevant la lumière solitaire de sa maison qu'elle se rappela l'existence de Bethany et Gérard, oubliés à la fête. Curieusement, elle n'en éprouva aucun regret.

Elle aurait pu écraser Jonas dans le garage s'il ne s'était pas redressé à la dernière minute. Une guitare acoustique était posée dans des journaux déployés à ses pieds. Elle laissa la Renault sur l'allée et descendit de voiture.

« Les coyotes sont devenus fous, déclara-t-il. Ils tuent leurs petits.

– Je ne veux pas en savoir plus.

– J'en ai trouvé un près de la décharge, aujourd'hui. Complètement déchiqueté.

– Tu es sourd ou quoi ? » Elle regarda la bombe de peinture que Jonas tenait à la main. Serait-il devenu une sorte de tagueur ? Étant donné le peu qu'elle savait de lui, ça ne l'aurait pas surprise. « Qu'est-ce que tu es encore en train de faire ?

– Je répare cette guitare. Pour Dustin.

– À minuit et demi ?

– C'est une surprise. Je ne veux pas qu'il l'apprenne. » Il secoua la bombe de peinture. « Je veux peindre le nom de son groupe dessus. Toxic Shock Syndrome. Tu crois que ça lui plaira ?

– Tu abîmes les ciseaux de papa », maugréa Lyle. Elle se baissa pour ramasser la paire de ciseaux BladeCo, maculée de peinture orange. Elle entra dans la maison, se dirigea vers la cuisine, s'arrêta devant la porte de Dustin. La télé murmurait à l'intérieur ; il s'endormait souvent en la laissant allumée. Lyle tourna doucement la poignée, s'avança dans la chambre. Dustin était assis sur son lit, une bière à la main, le visage éclairé par la lumière grisâtre et intermittente de l'écran. Dans un coin de la pièce, autour de la poubelle, toute une constellation de canettes de bière.

« Tu viens pour me tuer ? demanda-t-il, fixant les ciseaux qu'elle avait à la main.

– Non.

– Dommage. »

Lyle posa la paire de ciseaux sur la table de chevet et se glissa dans le lit contre lui. Pas d'objection. Elle enleva une canette vide coincée sous ses reins, la lança dans la poubelle où elle rejoignit les autres.

« J'étais à une fête », dit-elle.

Dustin fronça les sourcils. « Tu t'es soûlée à mort ?

– Non. Je suis partie tôt. C'était plus que déprimant. »

Il la dévisagea. Son haleine sentait la bière tiède et les germes de soja. « Que s'est-il passé ?

– Je n'en sais trop rien. Ils jouaient au bière-pong. Et j'ai vu une fille soûle faire une fellation à un footballeur.

– Une suceuse.

– Quoi ?

– C'est comme ça qu'on appelle ce genre de gonzesse. Quand on joue au bière-pong. »

Lyle contemplait le plafond. La souffrance s'échappait du corps de Dustin comme une vapeur. Elle embrumait la pièce et vous empêchait de réfléchir.

« Biesty était là lui aussi, reprit-elle.

– L'étudiant modèle.

– Tu lui manques. Il m'a avoué qu'il t'avait écrit plusieurs lettres, mais qu'il avait trop honte pour te les envoyer. »

Le visage de Dustin s'éclaira quelques instants, malgré lui. Le mensonge de Lyle valait la peine. À la télé, Leonard Nimoy dissertait sur l'existence de Bigfoot devant des images floues montrant un homme déguisé en gorille. La contradiction entre la gravité du ton et la frivolité du sujet exaspéra

Lyle ; au fond, cela résumait tout ce qui n'allait pas dans ce monde, le décalage permanent entre les discours et la réalité.

« Je voudrais que le vie soit aussi intéressante que dans les livres, dit-elle. Voilà mon problème.

– Tout le monde a ce genre de problème. Une sorte de blessure. Impossible à réparer. » Dustin lui posa la main sur la tête, comme pour aspirer le problème. Il était ivre.

« Je croyais que tu ne m'aimais plus, souffla-t-elle.

– Mais je ne t'aime plus. » Il se tourna vers le mur. « C'est ça, mon problème. Je n'aime… personne.

– Et Taz ?

– Je l'ai aimée. Maintenant, je voudrais qu'elle me fiche la paix. »

Lyle ne bougea pas. Jamais il ne lui était venu à l'idée qu'il avait envie d'aimer les autres, sans y arriver. Ces innombrables listes de gens qu'elle détestait lui firent soudain honte : toute cette haine complaisante, délectable.

« Je peux dormir ici ? »

Il ne protesta pas. La télé s'emplit de voix, d'informations, et il s'assit pour l'éteindre ; la pièce devint noire comme une penderie. Lyle se débarrassa de ses chaussures. Des coyotes hurlaient au loin. On aurait non seulement cru qu'ils tuaient leurs petits par plaisir, mais qu'ils se roulaient dans leur sang.

« Je n'irai pas à l'université, l'an prochain. Je reste ici.

– Pourquoi ?

– Pour être là. Vous aider tous. »

Dustin ne réagit pas. Ce qu'elle aurait voulu dire, c'était : *Supplie-moi de rester.* La respiration de son frère s'amplifia, pulsation régulière. Lyle se demanda s'il dormait. Dans leur enfance, en s'assoupissant il lui donnait parfois un coup de pied sans le faire exprès, sursautait deux ou trois fois de suite dans son demi-sommeil. Elle resta les yeux grands ouverts, attendant l'un de ces coups de pied involontaires.

« Ne sois pas stupide », répondit-il.

37

« Tu savais que Léonard de Vinci pouvait écrire d'une main tout en dessinant de l autre ?

– Tu as lu ça où ? »

Melody haussa les épaules. « C'est important de faire travailler son cerveau. »

Ils étaient allongés dans la chambre de Melody, et par les volets entrouverts, Warren apercevait le petit jardin du mobile-home voisin où un cochon apprivoisé se prélassait dans la boue. Il éprouvait une haine inexplicable pour cet animal baptisé Twinkle. Comme lui, il passait ses journées sans rien faire. Comme lui, il était sans emploi et comptait sur la générosité d'autrui. Ce n'était même pas un vrai cochon, mais une version miniature de la taille d'un rottweiler. Depuis une semaine environ, Warren l'observait pour voir s'il lui arrivait de relever la tête : Melody avait affirmé qu'il était physiquement impossible pour un cochon de regarder le ciel.

Elle lui apprenait beaucoup de choses. Par exemple que douze nouveaux nés par jour sont remis à des gens qui ne sont pas leurs parents. Ou que l'Inde est le seul pays au monde doté d'une loi défendant les droits des vaches. Quel soulagement de se remplir la tête d'informations inutiles. Le corps de Melody n'avait rien à voir avec celui de Camille ; brun comme celui d'un Eskimo, avec des rondeurs confortables qui rappelaient à Warren des climats plus froids. Il aimait se nicher contre sa peau toute douce et s'imaginer qu'ils étaient en Alaska, où la chaleur du soleil ne déformait pas la chaussée. Elle lui laissait le côté gauche du lit. Insistait même pour qu'il dorme là. Puisqu'elle n'entendait plus de l'oreille droite – l'un des effets de la tumeur –, c'était leur seul moyen de se parler. Elle lui prit la main.

« Tiens, tu sens l'ouverture qu'ils ont laissée dans mon crâne ? Pour que le cerveau puisse se dilater. Il y a une petite zone souple. »

Elle lui montra l'endroit, promena l'index de Warren sur la minuscule bosse un peu molle, de la taille d'une pièce de dix cents, au-dessus de son oreille. Il essaya de se représenter l'ouverture. Se redressant légèrement, il replia la main à la manière d'une longue-vue et l'approcha de la tête de Melody, faisant semblant d'examiner l'intérieur de son crâne.

« Qu'est-ce que tu vois ?

– Des classeurs. Remplis de petits détails. »

Elle éclata de rire. « Il y en a un au nom de Warren Ziller ?

– Toute une étagère, en fait.

– Ne te donne pas trop d'importance. »

Twinkle se leva brusquement pour aller à l'autre bout de son enclos, et Warren se sentit coupable. Il n'appréciait pas que cette horrible créature semble plus occupée que lui. Camille et les enfants croyaient qu'il passait ses après-midi à chercher du travail – un emploi plus fiable que la vente de couteaux à domicile – qu'il parcourait la vallée pour se rendre à des entretiens d'embauche ou dans des agences d'intérim. Alors qu'un sentiment de culpabilité l'étreignait dès qu'il rentrait chez lui, ici il semblait pardonné d'avance. D'ailleurs, Melody préférait qu'il ne fasse rien. Même le père de Melody, qui passait le plus clair de son temps à recopier les numéros de téléphone qui s'affichaient sur l'écran de la télé, ne lui avait jamais demandé pourquoi il ne travaillait pas, ni ce qu'il faisait encore au lit à midi. C'était comme s'il avait trouvé par hasard un refuge dans le labyrinthe, un recoin secret où nulle caméra de surveillance ne pourrait le localiser.

La télévision bourdonnait dans la pièce voisine ; comme d'habitude, le père de Melody l'avait laissée allumée en partant prendre son repas quotidien au restaurant Denny's. Warren effleura le bout d'os pendu au cou de Melody ; il aimait bien l'idée qu'elle refuse de l'enlever, même quand ils faisaient l'amour. Elle non plus ne paraissait pas se sentir coupable de rester au lit toute la journée. Après avoir travaillé comme réceptionniste dans un cabinet dentaire, elle vivait de sa pension d'invalidité. Pour rire, elle replia à son tour la main telle une longue-vue et l'approcha du crâne de Warren, comme si elle aussi pouvait examiner son cerveau. « Tu ne me demandes pas ce que je vois ?

– Non.

– Ça ne t'intéresse pas ? »

Il lui tourna le dos, fixa les volets des yeux. Il se sentait soudain effrayé. « Qu'est-ce que tu vois ?

– Des choses tristes. Pas besoin d'en parler. » Elle sourit. « Avec mon ex-mari, il faut toujours parler de tout. On croit souvent que c'est ce que veulent les femmes, un présentateur de talk-show comme Phil Donahue, mais ce n'est pas vrai. Une opération du cerveau, ça permet d'apprécier le silence. »

Warren éprouva une profonde gratitude. Il ne voulait pas

gâcher ces après-midi en évoquant des problèmes intimes. Melody se leva, enfila le peignoir rose accroché à la poignée de la porte.

« Quoi qu'il en soit, j'ai une théorie concernant Phil Donahue, lança-t-elle depuis la salle de bains. Je pense que c'est un chien de berger réincarné en homme. Il est tellement énorme et plein de poils. Et toujours à courir après les femmes, même en studio. Comme les chiens. Personnellement, je trouve que ça ne se fait pas.

– Pourquoi tu acceptes cette situation ?

– Laquelle ?

– Je ne sais pas. Le fait que je sois sans cesse fourré ici. »

Elle ressortit de la salle de bains, l'air grave. Vus du fond de la pièce, ses sourcils broussailleux semblaient encore plus étrangers à son visage. « Quand tu es malade, tout le monde s'occupe de toi, comme si tu redevenais bébé. Sans doute que ça me plaît de m'occuper de quelqu'un pour changer. »

Pendant qu'elle se douchait, Warren remit son pantalon beige et sortit sans bruit du mobile-home, clignant des yeux dans cette chaleur ridicule. Le ciel était semé de nuages pareils à des petits bouts de kleenex. C'était seulement lorsqu'il se retrouvait seul face à lui-même qu'il se sentait infréquentable. Le cochon miniature le regardait du fond de son enclos, indifférent à la présence du ciel. Sans doute n'avait-il même pas conscience de son existence. Warren s'approcha et lui donna plusieurs petites tapes sur la tête, mais la malheureuse créature ne leva même pas les yeux.

Chez lui, ce soir-là, quand Lyle et Jonas se mirent à table, l'air affamé, mais se renfrognèrent à la vue du chili con carne qu'il leur faisait réchauffer pour la troisième fois, Warren ne put soutenir leur regard. La cuisine sentait mauvais, une odeur d'oignons pourris. Personne n'avait dû prendre la peine de sortir les ordures.

« Tu as trouvé du travail, aujourd'hui ? » demanda Lyle, essayant d'attraper un haricot avec sa cuiller.

Le cœur de Warren se serra. « On verra. Peut-être. J'ai décroché un entretien d'embauche.

– Où ça ? À Lancaster ?

– Oui.

– Pour quelle boîte ? »

Il se rappela une petite annonce vue dans le journal. « Chez un entrepreneur de pompes funèbres, en fait. Comme conseiller juridique. »

Jonas leva les yeux de son chili. « Tu auras droit à des cercueils gratuits ?

– Ça m'étonnerait. » Warren contempla son assiette. « De toute façon, c'est assez mal engagé. Je pense qu'ils recherchent quelqu'un de plus expérimenté.

– Tu fais de ton mieux, papa, dit Lyle. C'est le principal. »

Warren demanda aux enfants de l'excuser et disparut dans la salle de bains. L'ancienne Lyle lui manquait, son insolence de sale gosse ; il ne supportait pas cette nouvelle version de sa fille. La télévision était allumée dans la chambre de Dustin et il se força à frapper à la porte. Là, au moins, aucune compassion à attendre. La pièce empestait encore plus que la cuisine. Dans un coin, le panier contenant le matériel de rééducation prenait la poussière ; voilà longtemps que Warren n'incitait plus Dustin à faire ses exercices.

Sur l'écran, un homme – Henry Fonda, apparemment – retenait quelqu'un en otage dans la cour d'une prison, lui enfonçant le canon de son arme entre les deux omoplates.

« Tu regardes quoi ? demanda Warren.

– *J'ai le droit de vivre.*

– On dirait un mélo.

– C'est un film noir », rectifia Dustin avec agacement. Il avait posé sa canette de bière sur son ventre. « De Fritz Lang. »

Warren hocha la tête. « Tu aimes vraiment Henry Fonda.

– Exact. Je me le ferais bien. »

Dans le film, un homme vêtu comme un prêtre arrachait un télégramme à quelqu'un et se ruait dans la cour de la prison, implorant Henry Fonda qui lui tirait dessus à travers la brume. Dustin s'esclaffa. Warren s'aperçut qu'il était ivre. Camille avait raison ; il avait rendu leur fils alcoolique. Il eut envie de vomir.

« Bien joué ! s'exclama Dustin. Un prêtre de moins !

– Dust… »

Il leva la tête, mais Warren resta muet. À une époque, il avait trouvé le courage de lui apporter un miroir pour qu'il voie son visage. Dustin retourna à son film. « Ferme la porte en sortant », dit-il.

En fin de soirée, entendant Camille se garer dans l'allée après une épuisante journée de douze heures et rejoindre la cuisine d'un pas lourd, trop éreintée pour faire chauffer son chili avant de le manger, il se promit de ne plus retourner voir Melody. Lui qui n'était pas croyant se fit cette promesse avec la foi d'un converti. Malgré cet éclair de lucidité, il y retourna dès le lendemain, puis le surlendemain. La seule vue du caravaning depuis la route, hérissé d'antennes étincelantes tel un sapin de Noël, l'emplissait de gratitude et de soulagement. Le jeudi, alors qu'il faisait la sieste dans la fraîcheur moite de la chambre de Melody, il se réveilla seul, les couvertures à ses pieds, un étrange goût salé dans les narines. Il venait de rêver de Dustin, l'un de ses cauchemars préférés. Cette fois, pourtant, lorsqu'il déroulait la couverture dans laquelle il l'avait enveloppé, bravant l'atroce odeur de chair brûlée, son fils était redevenu un garçonnet de douze ans un peu gauche, magnifiquement indemne, avec un sourire grand comme un harmonica. Douze ans : l'âge de Jonas. *J'ai le droit de vivre*, disait le garçonnet. Warren s'assit sur le lit, le goût salé dans ses narines lui descendant dans la gorge. Il fallut qu'il touche son visage, qu'il sente ses joues humides pour comprendre qu'il avait pleuré dans son sommeil.

Encore nu, il tira légèrement les rideaux et vit quelqu'un d'autre que le cochon, un type torse nu, le portrait craché de Jésus, assis dans la bordure de gravier entourant le terrain du voisin. Il avait de longs cheveux blonds, une barbe, et cet air halluciné des gens sous-alimentés. Warren se demanda s'il n'était pas un peu dérangé. L'homme s'allongea dans le gravier, leva les jambes et se mit à cisailler l'air.

Warren se rhabilla et partit en quête de Melody, qui avait disparu du mobile-home. Il sortit, rejoignit l'homme et le cochon, toujours couchés par terre.

« Vous êtes sûrement Warren. » L'homme se leva. Il lui tendit une main pleine de gravier et se présenta comme le petit frère de Melody. Il s'appelait Kenny. « Melody m'a beaucoup parlé de vous.

– Vous savez où elle est ?

– Papa et elle sont allés acheter une nouvelle antenne. C'est la fin du monde libre, si papa ne peut plus capter sa chaîne préférée. Melody m'a demandé de vous dire qu'elle rentrait au plus vite. » Il contempla ses paumes crasseuses, s'essuya les mains sur son short. « Désolé, la route a été longue. Il fallait que je fasse travailler mes abdominaux. Vous voulez une bière ? »

Dustin passait la nuit au vidéo-club ; encore une heure, et Warren n'aurait pas à l'affronter. Il suivit le frère de Melody dans la cuisine en s'interrogeant : un imitateur de Jésus serait-il capable d'entretenir une liaison par peur de rentrer chez lui ? Kenny lui sortit une Budweiser Light du réfrigérateur et descendit la sienne en quelques gorgées. Warren le questionna sur son voyage, se rappelant l'existence du tournage à Salt Lake City.

« Ces mormons sont de vrais exploiteurs. Ils m'ont laissé deux heures sur la croix. En fait, ils voulaient que je souffre comme Jésus. Le pire, c'est la nuque. Ils me répétaient tous : "Baissez la tête !" Vous savez ce que ça fait à votre muscle splénius ? » Kenny leva les yeux au ciel. « Kirk, le mari de Melody, était mormon, et même lui trouve qu'ils ne pensent qu'à l'argent.

– Son ex-mari, vous voulez dire. »

Kenny parut gêné. « En théorie, je crois qu'ils sont toujours mariés. Je ne connais pas le terme exact. »

Plus tard, Warren aida Kenny à installer la nouvelle antenne sur le toit, ce qui l'obligea à s'accroupir sur le goudron aussi collant qu'un marshmallow pour tendre les outils qu'on lui réclamait. Il se sentait étrangement utile. Melody et son père suivaient la scène d'en bas, le carton de l'antenne à leurs pieds. Avec ses lunettes noires, Melody semblait plus jeune, presque belle. Le morceau d'os à son cou miroitait au soleil. Sourcils froncés, le père regardait son fils à demi-nu et aux cheveux longs se débattre avec l'antenne, lui donnant des consignes. Quelle drôle de chose qu'une famille, se dit

Warren. Comme aux échecs, les permutations semblaient infinies.

L'installation se révélait plus compliquée que prévue. Kenny jura entre ses dents, son dos nu luisant de sueur.

« Mets-la hors d'atteinte de la foudre, rappela le vieillard.

– Ne va pas me donner des idées, marmonna Kenny.

– C'est ce qui est arrivé à l'ancienne. Elle a été frappée par la foudre. Ça a perturbé la réception.

– Sûrement pas. La foudre ne peut pas interrompre la réception.

– On peut se demander, intervint Melody, songeuse. En Afrique, jamais les animaux n'attaquent ceux qui ont été frappés par la foudre.

– Bien vu », dit Kenny.

Un gamin avec des tennis à motif de camouflage vint taquiner le cochon du voisin. Warren les voyait depuis le toit. Le gosse avait une fronde et lançait, à travers la clôture, du gravier sur l'animal, qui se mit à couiner et à faire des bonds dans son enclos. Debout sur le toit, Kenny leva le bras d'un geste théâtral, comme s'il prononçait le Sermon sur la montagne.

« Combien de jours faudra-t-il aux serviteurs du diable pour te dépecer ? »

Frappé de stupeur, le gamin leva les yeux vers lui. « Hein ?

– Mauvaise réponse ! Ça ne se mesure pas en jours ! »

Le gosse s'éloigna en courant et en projetant du gravier. Kenny s'agenouilla de nouveau et finit d'installer l'antenne. Alors qu'il descendait de l'échelle derrière lui, Warren dérapa sur le dernier barreau et se tordit le pied ; une douleur fulgurante lui traversa la cheville. Celle-ci enfla aussitôt. Melody courut chercher des glaçons dans le mobile-home, son collier tintant contre les boutons de son chemisier. Warren se demanda si ce qu'elle avait dit sur les animaux frappés par la foudre était vrai. Sans doute leur odeur éloignait-elle les autres. On devait se sentir très seul, à traverser le désert du Serengeti d'un pas chancelant en dégageant une odeur qui portait malheur. Mais au moins était-on en sécurité – sorte de lot de consolation. Warren essaya de se lever, mais déjà Melody arrivait avec un sac de glaçons, qu'elle lui appliqua sur la cheville pour apaiser la douleur.

38

Taz sortit de l'eau au clair de lune, seulement vêtue de ses baskets. Elle s'était déshabillée avant de passer de l'autre côté de la clôture. Alors qu'elle l'escaladait en sens inverse, ses cheveux mouillés en travers du visage, elle avait l'air d'une petite fille. Détournant le regard, Dustin étudia le lapin enchâssé dans le buisson de créosote. Son squelette avait été nettoyé par les oiseaux – sinistre décoration de Noël.

Taz reprit son souffle. « On en est à combien d'années ? ». Ses cheveux plaqués sur son crâne soulignaient sa nudité. C'était la deuxième fois qu'elle venait voir Dustin depuis qu'ils avaient découvert le lapin ; elle avait voulu retourner à la décharge, insistant pour prendre un bain de minuit.

« Soixante-cinq, dit Dustin. En fait, tu as encore quarante années de vie à perdre.

– Je ne sens aucune différence. J'espère que ça marche. »

Elle récupéra son soutien-gorge accroché à un yucca, referma à deux mains l'agrafe dans son dos. Il existait deux catégories de filles : celles qui attendaient d'être sèches pour se rhabiller, et celles qui n'attendaient pas. Dustin avait oublié quelle catégorie il préférait. Il avala une gorgée de bière au goût masqué par l'odeur de la décharge.

« J'ai regardé un film au vidéo-club, cet après-midi. *Face à la mort*.

– Ça parle de quoi ?

– De la mort de plein de gens. Des morts véridiques. Il y a aussi une séquence où les serveurs amènent un singe hurlant aux clients d'un restaurant, et le fourrent dans un trou au milieu de la table, de façon à ce que seule sa tête dépasse. Ensuite les convives le tuent à coups de marteau et mangent son cerveau à même son crâne.

– Mon Dieu.

– Ça m'a donné envie de gerber.

– Mais tu as quand même regardé jusqu'au bout. »

Dustin fit non de la tête. Il avala une autre gorgée de bière. Les étoiles devenaient floues, rondes comme des flocons de neige.

« Tu comptes travailler là-bas toute ta vie ? demanda Taz.

– Où ça ?

– Dans ce vidéo-club. »

Il se hérissa. « Pourquoi pas ? »

Taz haussa les épaules. « Je croyais que tu comptais aller à l'université. À UCLA.

– Il ne manquerait plus que ça. Pour traîner avec une bande de cons en T-shirt Calvin et Hobbes !

– Ils ne sont pas tous comme ça.

– Je suis allé à une fête avec Biesty, et tout le monde se soûlait à la bière.

– À UCLA il y a aussi des gens bien. »

Dustin la foudroya du regard. « Qu'est-ce que tu en sais ?

– J'étais là, tu as oublié ? À cette fête.

– Tu n'as que seize ans », répliqua-t-il.

Retrouvant son sourire narquois, elle tordit ses cheveux

pour les débarrasser de l'eau du bassin d'épuration. Dans le dos, son T-shirt rose lui collait à la peau. « Je te plains d'être si vieux et si mûr. »

Il se leva avec colère, fouilla dans son sac à dos pour voir s'il restait une bière. Elle ne connaissait rien à rien. Vieillir, c'était un jeu d'enfant ; il suffisait de s'entendre avec notre moi le plus veule. Au lycée, on avait des idées bien arrêtées sur ce qui était méprisable, sur le genre de choses qu'on ne voulait surtout pas se retrouver à faire. Comme se soûler en solitaire. Ou regarder *Face à la mort* dans un vidéo-club désert à l'heure du déjeuner. Et puis un jour on faisait ces choses, et on découvrait que ce n'était pas si grave.

« Je me demande parfois pourquoi je viens », dit Taz. Elle semblait au bord des larmes.

« Alors pourquoi viens-tu ?

– Je n'en sais rien. Depuis cette fête… je me dis que… peut-être qu'on se ressemble un peu.

– Non, absolument pas.

– Exact. Tu es bien plus con que moi. »

Elle ne blaguait pas. À son tour, elle fouilla dans son sac et sortit une bière. Une étoile filante passa au-dessus des champs de coquelicots plus à l'ouest. Dustin n'avait encore jamais pensé au mot « coquelicot », mais le désert avait cet effet-là sur lui. Les mots sortaient des phrases et lui faisaient signe. C'était à cause de tout ce vide, de l'absence de télé.

« Quand j'ai commencé à fumer du shit, dit doucement Taz, mes parents m'ont envoyé voir un thérapeute, le docteur Feferman ; il me montrait des photos d'oiseaux morts, de gens en prière dans les cimetières, ou bien en train de se disputer, et il voulait savoir laquelle décrivait le mieux ce que je ressentais. Aucune, en fait.

– Pourquoi tu me racontes ça ? »

Elle buvait sa bière à petites gorgées. « Aucune idée. »

Dustin sentit quelque chose se dénouer en lui. Son visage serait-il l'image qu'elle cherchait ? Curieusement, il ne s'en indigna pas. Une autre étoile filante traversa le ciel et disparut à jamais, silencieuse comme une pensée. Il expliqua à Taz que, dans son enfance, il croyait que les pluies d'étoiles filantes servaient à nettoyer les autres étoiles. « Je me faisais une idée très précise du système. Un peu comme le lavage automatique des voitures. »

Elle se mit à rire. « Moi, c'était le bouillon en cubes utilisé par ma mère qui me fascinait quand j'étais petite. À cause du papier doré, j'étais persuadée qu'il contenait de la poudre d'or et je cherchais des paillettes dans mon assiette. » Elle devint songeuse. « J'ai longtemps cru qu'il s'agissait d'un bouillon extraordinaire, particulièrement précieux. »

Dustin engloutit le reste de sa bière, furieux que ce merveilleux bouillon à la poudre d'or n'existe pas. Il l'ajouterait à sa liste des pires injustices.

« Tu ne devrais pas boire autant, dit Taz.

– Tu parles comme ma mère.

– Elle est au courant ? »

Il haussa les épaules. « Comme si mes parents allaient me mettre dehors, moi, un pauvre infirme couvert de cicatrices. » Il jeta maladroitement sa canette de la main gauche. « En tout cas, ça calme les démangeaisons. C'est un médicament. »

À peine avait-il prononcé le mot « démangeaisons » que tout son bras le picota. Il se gratta à travers son maillot, regrettant de ne pouvoir s'enfoncer les ongles dans la chair.

Il avait parfois ce genre de rêves : il se grattait encore et encore, jusqu'à s'arracher la peau et atteindre enfin l'os.

« Tu peux enlever ce truc ?

– Mon maillot ?

– Je pourrais te gratter. Si tu veux. »

Dustin rougit. Il tenta de se rappeler s'il restait de la bière au frigo. « On devrait rentrer.

– Ça te gêne ?

– Non. C'est juste que je dois le porter tout le temps. »

Taz ne put s'empêcher de rire. « Allez. Tu prends des douches, non ? Dix minutes de plus ou de moins… »

Il aurait pu refuser de s'asseoir près d'elle, mais il ne le fit pas. Quand il était à l'hôpital, il essayait de s'imaginer qu'une fille le caressait. Grotesque. Qui accepterait de le toucher, même du bout des doigts ? La nuit, dans son sommeil entrecoupé de rêves, il redevenait le beau Dustin au corps attirant, et les filles du passé lui faisaient des fellations, le chevauchaient, se mettaient à deux pour mieux le caresser, au point qu'il en tachait ses draps. Chaque réveil représentait une agonie, une perte insoutenable. Et maintenant qu'une fille lui proposait de le gratter, rien de plus, il mourait de peur.

« Tu pourrais… m'enlever mon maillot toi-même ? »

Délicatement, Taz ouvrit les fermetures-éclair des manches du maillot avant de tirer bruyamment sur le velcro en travers de son torse. Dustin n'osait pas la regarder. Ses longs cheveux sentaient les œufs pourris. Pendant quelques instants, lorsqu'elle eut fait glisser les manches du maillot, il crut qu'elle était trop horrifiée pour parler.

« On ne les voit pas, tes cicatrices, dit-elle enfin.

– Il fait nuit.

– C'est presque la pleine lune. » Elle détourna le regard. « En fait, j'ai menti. On les voit quand même.

– Donc on les voit beaucoup, déclara Dustin, essayant d'en rire.

– Juste un peu. »

Elle lui prit la main et lui retira lentement son gant Isotoner, jusqu'à ce que les brûlures soient visibles. S'il était encore amoureux d'elle, jamais il n'aurait pu s'infliger ça. Méthodiquement, comme sur ordre d'un médecin, elle entreprit de le gratter. Lui tenant les doigts d'une main, elle lui passa les ongles sur tout le bras, du poignet à l'épaule, assez fort pour lui faire mal et laisser un long picotement délicieux, qui persista jusqu'à ce qu'elle recommence. Le soulagement fut incroyable. Dustin était capable de se gratter lui-même jusqu'au sang, mais c'était la même différence qu'entre se masturber et faire l'amour. Taz alla jusqu'à sa poitrine où ses ongles décrivirent des cercles, apaisant une souffrance dont il avait oublié l'existence. Les yeux fermés, il s'efforça d'oublier son aspect, de se revoir tel qu'il était avant.

Plus tard, il se sentit comme endeuillé. Il n'était que onze heures moins le quart. Au fond elle n'avait pas fait grand-chose, s'était contentée de le gratter, mais il avait l'impression de s'éveiller d'un rêve. Le poids de la solitude le surprit. Il savait qu'elle devait rentrer chez elle avant minuit, sinon ses parents chercheraient à savoir où elle se trouvait, et pourtant il ne pouvait s'empêcher de se demander si elle n'était pas partie plus tôt que prévu. Le pire, c'était qu'il ne lui en voulait pas. Lui-même aurait-il accepté de toucher une fille dans le même état que lui ?

Il se repassa *La Prisonnière du désert* pour se changer les idées. Après la découverte du cadavre déchiqueté de Lucy dans le défilé, Ethan donnait des coups de couteau dans le sol. Ce soir-là, Dustin le trouva moins iconique qu'abruti. Pourquoi est-ce qu'il ne rentrait pas chez lui, ne fichait pas la paix à tout le monde ? C'était quoi, le problème ? Et pourquoi diable ce film-là était-il devenu son film préféré ? Alors qu'il s'apprêtait à éteindre le magnétoscope, on frappa tout doucement, comme si Taz avait décidé de venir passer la nuit avec lui, et tant pis pour ses parents.

C'était Jonas. Difficile de cacher sa déception. Il tenait une guitare, une Yamaha bas de gamme. Il la tendit à Dustin : le manche avait été recollé avec du scotch et les cordes avaient quelque chose de bizarre. Il fallut un instant à Dustin pour comprendre qu'elles avaient été montées à l'envers, en commençant par le mi.

« C'est une blague ? lança-t-il.

– J'ai mis du scotch, parce qu'avec la colle, ça ne tenait pas. »

Debout près du lit, Jonas avait l'air d'attendre quelque chose. Dustin examina la table d'harmonie, en travers de laquelle on avait peint TOXIC SHOCK SYNDROM à la bombe. Il ne devait pas rester de place pour le « E ». Il gratta les cordes pour voir, mais le manche se brisa, jaillissant comme d'une catapulte.

« Seigneur, dit-il en rendant la guitare à Jonas. Qui t'a vendu cette chose merdique ? »

Jonas serra quelques instants la guitare contre lui sans bouger. Il avait les lèvres tellement gercées qu'elles ressemblaient à du steak haché. L'instrument au creux de ses bras tel un bébé risquant de se réveiller, il quitta doucement la pièce. Dustin entendit leur père le sermonner : « Qu'est-ce qui t'a pris d'apporter une guitare ? Tu n'as donc rien dans la tête ? » Alors, seulement, il comprit que son frère voulait lui faire un cadeau. Sa gorge se noua. La gêne persista jusqu'à ce qu'il se dise que Jonas ne semblait éprouver aucun remords de lui avoir gâché son avenir. Il croyait vraiment que cette putain de guitare, dont Dustin ne pouvait même pas jouer, allait tout arranger ?

Sur l'écran, John Wayne crachait avec charisme avant de partir tuer sa propre nièce. Dustin appuya sur la télécommande pour ne plus le voir.

39

Jonas était assis à l'avant du camion, tellement énorme qu'il ne voyait que les toits des véhicules dans les autres files, tels les nuages par le hublot d'un avion. De temps à autre, une voiture à toit ouvrant les dépassait : un trou dans la couche nuageuse. Le sac à dos de Jonas vibrait à ses pieds. Il contenait, entre autres, une bouteille d'eau, une carte de la Californie, deux sandwichs à la mortadelle et un paquet de cigarettes qu'il avait volé à sa mère. Il pensait les distribuer une à une en échange d'un service, puisque les gens semblaient souvent désespérés de ne plus en avoir.

Un autre camion les dépassa laborieusement. Il resta longtemps assez près pour qu'on puisse le toucher. Sur son parechocs, un sticker proclamait : TOUS NOS CHAUFFEURS SONT FIABLES ET COURTOIS.

« Putain de semi-remorque, grogna le chauffeur de Jonas. Son pare-chocs est tout cabossé : sacrée fiabilité ! » Il jeta un coup d'œil à Jonas et fit une petite grimace. « Désolé pour la grossièreté.

– Pas grave », répondit Jonas.

Le visage du chauffeur s'illumina. « Regarde un peu là-bas. »

Il désignait un immense golf miniature en bordure de l'autoroute, une série de pelouses d'un vert scintillant, ornées de cascades, de moulins, et même d'un dragon aux couleurs de l'arc-en-ciel qui crachait un panache de fumée. On aurait dit un dessert de rêve pour une autoroute gourmande. Juste derrière trônait un château géant avec une banderole déployée entre ses tours : GRANDE INAUGURATION. « C'est tout nouveau. À l'intérieur il y a une galerie avec des jeux vidéo. Tout le monde est déguisé en jongleurs, tout ça, comme au Moyen Âge.

– Très beau », dit Jonas. Il aurait de loin préféré un monde où tout serait en miniature et sans danger, surtout les épreuves auxquelles on serait confronté.

« Tu sais que tu es un gosse pas ordinaire ?

– Merci. »

Le chauffeur eut un petit sourire. Son visage rappelait un peu celui du père de Jonas, en plus joufflu, avec plus de rides et une barbe qui semblait faire partie de son métier, plutôt que de briller par son absence. Il avait l'air capable de couper en deux une pièce d'un penny sans difficulté. Jonas avait préparé son sac en début d'après-midi, inquiet à l'idée que son père rentre pendant qu'il se faisait des sandwichs. Mais il n'était pas rentré. Personne n'était rentré. Après avoir emballé chaque sandwich dans une feuille d'alu, Jonas avait rédigé un petit mot et l'avait laissé sur la table de la cuisine. Il s'était efforcé d'être bref, mais aussi d'éviter les familiarités puisque ce serait sans doute la dernière chose qu'il écrirait :

Chère famille,

J'ai décidé de partir pour longtemps. Je suis désolé d'avoir fait exploser la maison et d'avoir gâché la vie de Dustin. Je sais que vous préféreriez que je n'aie jamais fait ça, mais je ne vois pas comment réparer. Je vous écrirai dans un an très précisément, le 3 août 1987, donc ne vous imaginez pas que je me suis fait tuer ou découper en morceaux, sauf si vous n'avez pas de courrier ce jour-là.

Jonas Ziller qui vous aime.

La dernière partie était un peu mélodramatique, mais Jonas s'imaginait avec jubilation le visage des autres membres de la famille lorsqu'ils liraient « sauf si ». Avant de partir, en proie à une tristesse poisseuse, irrésistible, il avait donné une tranche de mortadelle à Mister Leonard qui n'en avait fait qu'une bouchée. Puis il avait glissé les bandoulières de son sac à dos sur ses épaules et entrepris le long trajet jusqu'à l'autoroute, trempant de sueur sa Lacoste lavée de la veille. Il avait attendu près d'une heure avant qu'un camion ne s'arrête. Le chauffeur ne pouvait le conduire que jusqu'à Ventura ; Jonas n'avait aucune destination précise, et d'ailleurs il ignorait où se trouvait Ventura. Depuis, l'homme avait fait plusieurs tentatives pour engager la conversation, l'air visiblement un peu plus contrarié à chaque fois. Bizarre, puisqu'il semblait avoir vraiment envie de parler.

« Tu as des questions à poser sur le métier de chauffeur routier ? » demanda-t-il soudain. Le pare-brise étoilé par une pierre projetait sur le tableau de bord une ombre pareille à celle d'une araignée géante.

« Quel genre de questions ?

– Sur le nombre de vitesses de ce pur-sang, par exemple.

– Pas vraiment. »

Le chauffeur se pencha vers Jonas et lui fit un clin d'œil. « Et si je te disais qu'il a treize vitesses, un différentiel 3.36, et un frein-moteur Jake ? Tu sais ce que c'est qu'un frein-moteur ? »

Jonas secoua la tête. L'homme se lança dans de longues explications, désignant plusieurs compteurs du tableau de bord, mais Jonas avait du mal à se concentrer. Son estomac gargouillait de plus en plus fort. Il décida de s'offrir un demi-sandwich, puisqu'il n'avait pas déjeuné.

« Il est à quoi ? demanda le chauffeur, interrompant ses explications.

– À la mortadelle.

– Je crois bien n'en avoir pas mangé depuis que j'étais gosse.

– C'est mon père qui achète ça. Pour le dîner. »

Le chauffeur regarda de plus près. « Je peux voir ? J'aimerais juste sentir l'odeur. »

Jonas lui tendit le sandwich. L'homme le porta à ses narines et le respira comme s'il s'agissait d'une fleur. Il demanda la permission de goûter, mordit dedans sans attendre la réponse et mastiqua, les yeux mi-clos.

« Jésus Chrysler, qu'est-ce que c'est bon !

– Je n'en ai apporté que deux, précisa Jonas.

– Je ne devrais même pas en manger. Ça me donne des maux d'estomac. »

Jonas le regarda finir son sandwich. En quelques minutes. À la façon dont il fixait le sac de Jonas, celui-ci comprit qu'il devait trouver une question, sinon il allait également perdre son second sandwich.

« Vous avez déjà eu un accident ?

– Non répondit fièrement l'homme.

– Vous n'avez jamais fait de tête-à-queue, tuant une famille innocente en route pour la plage ? »

Le chauffeur lui jeta un coup d'œil. « Qu'est-ce qui te prend ? »

Jonas haussa les épaules. Il en voulait terriblement à ce type de lui avoir mangé son sandwich, et il avait décidé de l'énerver. « Vous n'aimeriez pas ça, mourir au volant de votre camion ?

– Je n'ai pas l'intention de faire un tête-à-queue, ni quoi que ce soit d'autre qui puisse mettre ma vie en danger.

– Vous pouvez avoir un infarctus du myocarde. C'est quand le cœur lâche tout d'un coup.

– Hé là, mon petit gars. J'ai bien envie de te débarquer à la prochaine sortie. » Il pinça tellement les lèvres qu'elles disparurent dans sa barbe. « Maintenant, de toute façon, je suis revenu dans le droit chemin. J'ai un foie normal.

– Qu'est-ce que ça veut dire ?

– À une époque, j'étais sous l'emprise du diable. Je ne me rendais pas compte que c'était le diable, et encore moins que j'étais sous son emprise. »

Jonas pouffa de rire.

« Tu trouves ça drôle, hein ? Tu as quel âge, au fait ? Quinze ans ?

– Douze.

– Douze ! » Il parut soudain mal à l'aise. « Qu'est-ce que tu fais dans mon camion ?

– Toute ma famille me déteste.

– Sans blague ! Je comprends pourquoi. Ils doivent être en train de boire le champagne.

– Avant, ils ne me détestaient pas, dit Jonas pour se défendre.

– Eh bien moi, je parie qu'ils t'ont toujours détesté.

– Mon frère a même écrit une chanson rien que sur moi, pour son groupe.

– Peut-être qu'il te détestait déjà, mais que tu étais trop jeune pour t'en apercevoir. »

Le chauffeur prit la sortie suivante, se gara devant un restaurant Wendy's et ordonna à Jonas de descendre, fixant le pare-brise d'un œil mauvais. Il ne proposa pas de rembourser le sandwich. Jonas obtempéra et glissa les deux bandoulières de son sac à dos sur ses épaules, de peur de se faire agresser. Le parking était presque désert. Le camion redémarra dans un vrombissement et s'éloigna, sa cheminée métallique crachant un nuage de fumée tandis qu'il s'engageait sur l'autoroute.

La nuit tombait. Pour autant que Jonas puisse en juger, il était encore loin de Ventura. Il pénétra dans le restaurant et s'assit sur une banquette. Il y avait des bouts de bacon collés sur la table. Son portefeuille contenait très exactement douze dollars, qu'il avait pris dans le porte-monnaie de sa mère. Fallait-il économiser cet argent ou s'acheter un double cheeseburger ? Dehors, les automobilistes prenaient conscience de l'obscurité et allumaient leurs phares en quittant le restaurant Carl's Jr. de l'autre côté de l'autoroute. Jonas frissonna. Il commençait à mesurer la portée de ce qu'il avait fait : il s'était enfui de chez lui sans même emporter un blouson. La vue de ces bouts de bacon collés sur la table lui donnait envie d'être chez lui. Il avait froid, se sentait seul et avait peur d'utiliser les toilettes, sur la porte desquelles une pancarte jaune avec l'inscription ATTENTION ! montrait une personne dérapant et tombant sur le dos. Il n'avait pas envie de se casser le cou, malgré tous les remords que cela causerait à sa famille lorsqu'elle l'apprendrait.

Il quitta le restaurant sans avoir dîné. Après s'être soulagé dans une haie, il traversa le parking, puis un endroit malodorant rempli de poubelles et jonché d'éclats de verre, et se retrouva devant le motel Happy Trails, triste rangée de chambres au numéro peint sur la porte. Des voitures étaient garées devant certaines portes ; la lumière d'un écran de télé tremblotait derrière certaines fenêtres. Il savait qu'il n'avait pas de quoi payer une chambre – trente-neuf dollars la nuit, disait la pancarte – mais il ne savait pas où aller et avait trop peur de faire de l'auto-stop en pleine nuit. Il allait attendre qu'un client sorte. S'il ne disait rien et n'énervait personne, peut-être quelqu'un le laisserait-il dormir dans sa chambre. Il s'assit sur la bordure du trottoir, près d'un vieux camping-car au toit surmonté d'un habitacle blanc aussi informe qu'un marshmallow.

Il mangea son second sandwich et regretta aussitôt de ne pas l'avoir gardé. Une petite bruine se mit à tomber. Il se cramponna à son sac à dos pour se réchauffer. Au bout d'une heure environ, une femme sortit d'une chambre, pieds nus malgré les éclats de verre, la tête couverte de petites nattes ornées de perles, entre lesquelles on voyait son cuir chevelu tout blanc. Elle s'approcha du camping-car, essaya d'ouvrir la portière, fit tomber deux fois ses clés par terre. Des bagues brillaient à ses orteils comme une plaisanterie de mauvais goût. Jonas toussota le plus fort possible, mais elle n'entendit pas. Elle finit par ouvrir la portière, mais parut avoir oublié quelque chose, cligna des yeux à la lumière des phares, et regagna le motel sans prendre la peine de fermer le véhicule à clé.

Jonas ne put retenir un bâillement, accompagné d'un renvoi au goût de mortadelle. Il se glissa à l'intérieur du camping-car. Il n'avait aucun plan précis, mais de toute façon, ça valait mieux que de passer la nuit dehors sous la pluie. Accroupi dans la pénombre, il se fraya un chemin parmi les vêtements en désordre, les canettes de bière et un cerceau, peut-être plusieurs, trébuchant sur une paire de chaussures de randonnée près de l'évier. L'endroit sentait le linge sale et les serviettes éponge humides. Il accéda par une échelle minuscule à la couchette de l'habitacle. Les draps étaient roulés en boule au pied du matelas, près d'un gorille en peluche avec une sorte de papillote lui sortant du nez.

Jonas se débarrassa de son sac à dos, tira les draps sur lui et resta étendu au bord du matelas moite, de manière à pouvoir surveiller la portière. Peu après, la femme réapparut, faisant tinter les perles de ses nattes lorsqu'elle se baissa pour entrer. Elle alluma le plafonnier, chercha avec agacement quelque chose dans le fouillis à ses pieds, déplaça des vêtements. Jonas redoutait qu'elle ne monte à l'échelle. Elle se contenta de sortir un verre de l'évier, l'air soudain soulagé. Un verre à cocktail, décoré d'ours qui levaient la jambe, telles des danseuses de Broadway. Le même genre de verre que celui que Dustin cachait autrefois dans sa penderie. S'écroulant dans un fauteuil, elle sortit un sac plastique de sa poche, mélangea quelque chose au fond du verre, puis y plongea les lèvres comme si elle voulait s'y cacher tel un génie dans sa lampe. Après un long moment, elle décolla le verre de sa bouche, renversa la tête en arrière et souffla un extraordinaire nuage de fumée.

Elle répéta six ou sept fois l'opération, emplissant le camping-car d'un voile de brume qui semblait suspendu au plafond. Jonas avait la gorge irritée. Elle le chatouillait tellement qu'il en avait les larmes aux yeux. Il essaya de se retenir, mais peine perdue. Il se mit à tousser. Ensuite, impossible de s'arrêter. Curieusement, la femme ne semblait rien remarquer, ne quittant pas des yeux les vêtements à ses pieds. Jonas tapa dans ses mains. Elle ne leva pas la tête. « Je suis là, imbécile », dit-il. Rien. Au bout d'un long moment, les mains de l'inconnue commencèrent à bouger, non pas lentement, mais fébrilement, avec une vivacité d'oiseau, lui caressant le visage et emplissant l'espace devant elle de formes frêles, vacillantes. Ce fut seulement lorsqu'elle émit un son étrange, comme si elle criait du fond d'un cercueil, qu'il se rendit compte qu'elle était sourde. Ses gestes se répétèrent, véritables enchaînements, et il comprit qu'elle interprétait sans doute une chanson. Frappé de stupeur, il l'observa. Son propre cerveau lui semblait sirupeux, mal cuit. Il eut beau fermer les yeux, il voyait toujours les mains de cette femme exécuter leur danse muette, le berçant jusqu'à ce qu'il s'endorme.

Il parcourt sa maison, appelle son père. C'est leur ancienne demeure, mais ça ne l'impressionne pas davantage que le fait de porter son sac à dos à l'intérieur. L'écho de sa voix résonne dans les pièces désertes. Enfin, il ouvre le placard de la cuisine : le visage de son père, emprisonné dans un verre sur l'étagère du milieu, le fixe. Jonas ouvre l'autre porte. Sa mère, son frère et sa sœur, chacun prisonnier d'un verre, le fixent eux aussi. L'air effrayé et malheureux. Quel pouvoir il a sur eux ! Il connaît les paroles magiques pour les libérer. Dès qu'il les prononcera, ils échapperont à leur tragique enfermement et s'épanouiront, reconnaissants comme les fleurs.

Lorsque Jonas se réveilla, le camping-car bougeait. Il roulait. Il y avait de la vraie musique, une chanson trépidante sur l'oncle de quelqu'un et son groupe. Le toit cahotait au-dessus de son visage. Il apercevait la femme sourde de la veille : une sucette rouge vif à la bouche, elle faisait pivoter son siège comme une gamine. Une voix d'homme, aussi joyeuse qu'éraillée, s'éleva du siège du conducteur. Jonas se tourna doucement vers l'étroit et long hublot face à la route, dans l'espoir d'identifier dans quelle direction ils allaient, mais il ne reconnut pas les panneaux.

40

Camille suivit Warren dans la chaleur étouffante, essayant de ne pas se laisser distancer. Il avançait à grandes enjambées, sans but, obliquait brusquement, coupait à travers une végétation broussailleuse. Cette progression erratique exaspérait Camille. Elle aurait voulu le plaquer au sol, l'obliger à marcher droit devant lui. Ils avaient couvert la même zone la veille au soir, tous les quatre, balayant le désert avec leurs torches électriques, criant le prénom de Jonas jusqu'à s'en rendre aphones. De retour chez eux, ils ne pouvaient que chuchoter dans la maison désormais aussi solennelle qu'une bibliothèque. Camille n'avait pas fermé l'œil de la nuit. Le moindre grincement, le moindre grognement ou bruissement dans le panier de Mister Leonard, c'était Jonas devant la porte. Ce matin-là, elle n'avait accompagné Warren que pour ne pas avoir à rester assise sans rien faire.

En principe, la police organisait des recherches de son côté, mais Dieu seul savait combien de temps cela prendrait. Jonas ne connaissait personne dans les environs ; ils vivaient en plein désert ; il n'avait nul endroit où aller.

« Vous avez contacté les voisins ? » avait demandé le policier en remplissant un avis de disparition. Le délai obligatoire de soixante-douze heures était un mythe. Au téléphone, il suffisait de dire « enfant fugueur », quarante degrés à l'ombre, pour qu'ils débarquent aussitôt.

« On n'a pas de voisins », avait répondu Warren, l'air absent. La disparition de Jonas semblait le plonger dans une hébétude encore plus profonde. Le policier avait contemplé par la fenêtre le sable couvert de pourpier comme pour en avoir confirmation.

« Des difficultés à la maison ? Des problèmes conjugaux ? »

Warren et Camille avaient échangé un regard. Pendant une fraction de seconde, elle s'était demandé s'ils n'allaient pas dire la vérité sur leur couple. Ce serait comme remonter à l'air libre. Au lieu de quoi Warren était allé chercher le mot de Jonas sur le plan de travail de la cuisine, et l'avait montré au policier en expliquant tout ce qui s'était passé. À la lecture du message, l'homme avait légèrement écarquillé les yeux.

« A-t-il déjà eu des comportements suicidaires ?

– Il n'est pas suicidaire ! avait protesté Camille.

– Le mot qu'il a laissé suscite quelques inquiétudes.

– Jonas est parfaitement normal, avait assuré Warren.

– Je vois. » Le policier était retourné à son formulaire. « Je dois évaluer les risques. C'est la procédure habituelle. »

Il avait réclamé une photo récente. Camille sortit les albums de la bibliothèque du salon, les feuilleta. Depuis l'explosion, en fait, aucun d'eux n'avait pris de photo. La plus récente datait de l'année précédente et montrait Jonas à son cours d'escrime. En garde, il pointait son mince fleuret vers l'appareil, l'autre bras levé à angle droit derrière lui. La férocité de son expression avait quelque chose de comique.

Un rappel de cette journée de l'été précédent, où elle avait oublié d'aller le chercher à la fin de l'entraînement et où il était rentré à pied en tenue d'escrime, une montée de trois kilomètres. Elle avait dû s'asseoir quelques secondes avant de remettre le cliché au policier.

Elle suivit les empreintes en zigzag de Warren, le soleil si brûlant sur ses bras nus qu'il lui donnait la chair de poule. À intervalles réguliers, elle se retournait vers la maison, guettant un signe de vie ; Lyle et Dustin étaient partis en voiture chercher leur frère dans les rues de Lancaster. Elle s'arrêta, sortit son paquet de cigarettes de sa poche. Plus que deux.

« Tu es vraiment obligée de fumer dans ce genre de circonstances ? » demanda Warren, s'arrêtant à son tour pour l'attendre. Sa barbe de quelques jours était luisante de sueur.

« Qu'est-ce que ça change ?

– Notre fils a disparu.

– Donc je ne dois pas fumer, dit-elle avec un sourire amer.

– Bon sang, Camille ! Notre maison a brûlé. Ça fait quel effet à Dustin, selon toi, de te voir allumer des cigarettes sans arrêt ? » Warren ferma soudain les yeux et porta la main à son cœur. Son visage parut s'immobiliser, se concentrer sur l'air devant lui comme pour éviter une toile d'araignée.

« Ça va ?

– Ça va, répondit-il avec une grimace. Juste quelques brûlures d'estomac. »

Camille eut un bref instant l'espoir qu'il meure sous ses yeux. Qu'elle ait pu souhaiter une chose pareille, même une seule seconde, la choqua profondément. Elle s'assit dans la poussière. Ils n'avaient pas emporté d'eau, ni même de chapeau. Elle avait la gorge tellement sèche qu'elle n'arrivait plus à déglutir. Warren retira lentement la main de son cœur et vint s'asseoir près d'elle. Il avait gardé ses vêtements de la veille, son T-shirt couvert de taches de graisse. Son haleine empestait le café. Elle se rappela l'époque où ils faisaient du camping dans le Wisconsin juste après leur mariage, et où elle prenait la veste de pyjama de Warren comme oreiller, émerveillée par son parfum.

« Tout est ma faute, lâcha-t-il enfin.

– Non. Moi aussi, je lui en voulais. » Camille fondit en larmes.

« Tout va s'arranger. Demain, il sera de retour. »

Le croyait-il vraiment ? S'il était un peu moins désespéré qu'il en avait l'air, peut-être pouvait-on encore l'aimer. Il avait une minuscule plume dans la barbe ; étrangement émue, Camille la lui enleva, son estomac gargouillant assez fort pour qu'il l'entende. Il sortit de sa poche quelques sticks de fromage sous plastique. Il enleva le plastique et offrit la moitié des sticks mous et blanchâtres à Camille, qui les accepta.

« J'ai oublié de petit-déjeuner, dit-elle. Ça vient d'où ?

– Du frigo. C'est Jonas qui avait insisté pour acheter ça. »

Le fromage avait un goût caoutchouteux. Elle n'en fit qu'une bouchée.

« Tu te rappelles, quand on habitait Chicago ? demanda-t-il. Et qu'on se nourrissait de viande d'élan surgelée ? »

Elle ne répondit pas.

« Tu te souviens des jingles publicitaires qu'on inventait ?

– Ne commence pas.

– Besoin d'une idée de repas ? Votre petite amie vient dîner ? Avec Elanburger, l'affaire est dans le sac ! »

Il ne souriait même pas, avait plutôt l'air vaguement dérangé. Ils avaient autant de mal à se remémorer leur amour fou qu'ils en auraient eu, à l'époque, à s'imaginer la situation présente : assis dans le désert sous un soleil de plomb, partageant le fromage destiné à leur fils disparu.

Plus tard, sans s'avouer qu'ils capitulaient, ils regagnèrent la maison, Camille ouvrant la marche en sandales. Un faucon tournoyait au-dessus d'eux, ses ailes aux plumes noires largement déployées. Elle se retourna : les grandes enjambées décidées de Warren avaient fait place à une démarche lente, claudicante.

« Qu'est-ce qu'il y a ?

– Je me suis tordu la cheville. En me dépêchant pour être à l'heure à un entretien. » Il baissa les yeux. « Je m'étais trompé d'adresse, d'où le retard. »

Ce rouge aux joues, cet empressement à se justifier. Camille repensa à ses angoisses délirantes de l'été précédent, lorsqu'elle le soupçonnait d'avoir une liaison. Et qu'elle était allée jusqu'à lui verser de l'urine dans son café. Cette fois, le voyant s'empourprer sous son regard, elle eut la certitude qu'il y avait une autre femme dans sa vie – ses soupçons devenaient réalité – et pourtant elle s'en fichait. Leur fils avait disparu. Près de la terrasse derrière la maison, Warren se figea à la vue des marches.

« Je vais avoir besoin de ton aide », dit-il doucement.

Camille lui passa le bras autour de la taille et l'aida à monter, surprise de sentir un bourrelet sous ses doigts. Il s'appuyait sur elle comme un vieillard. Ils atteignirent la dernière marche, portant à deux le poids de Warren, mais il ne desserra pas aussitôt cette étreinte. Camille le lui permettait, l'y incitait presque. Elle s'était presque aussi mal conduite avec Jonas que lui ; au moins avaient-ils cela en commun. Elle leva les yeux vers le ciel, mais le faucon avait déjà capturé sa proie, à moins qu'il n'ait tout bonnement renoncé. Il ne restait que l'azur.

41

Hector contemplait les murs de sa chambre qu'il voyait depuis l'âge de sept ans, uniformément blancs à l'exception de quelques bouts de pâte adhésive collés çà et là comme du chewing-gum. La nuit, il entendait les cafards géants se promener sur les murs et ronger la pâte adhésive, petit bruit apaisant. Il avait retiré tous ses posters de caméléons l'an passé, et n'avait jamais pris la peine d'en mettre d'autres à la place. Il n'avait plus sept ans. Il était adulte, gérant d'une animalerie. D'ailleurs il aurait dû être au magasin au lieu de contempler les murs de sa chambre, mais il souffrait de crampes d'estomac si violentes qu'il venait de téléphoner pour prévenir qu'il était malade. Bien que ce soit sans doute un mensonge, il se sentait incapable d'aller travailler.

Ce matin-là, alors qu'il appelait Dustin pour prendre des nouvelles, la mère de celui-ci avait répondu dès la deuxième sonnerie, encore essoufflée d'avoir couru. Elle avait paru mécontente en reconnaissant la voix d'Hector. C'est là qu'il avait appris, pour Jonas. Disparu depuis trois jours sans donner de nouvelles. Les crampes d'estomac étaient apparues peu après, telle une réaction allergique.

Il finit par se lever et aller pieds nus au salon, veillant à n'écraser aucun cafard siffleur de Madagascar. Il avait dépensé plus d'une semaine de salaire pour s'offrir les services d'une firme de désinsectisation – sans parler des soixante-quatre dollars de motel pour sa mère et sa grand-mère – mais les fumigations n'avaient rien donné. Les cafards étaient toujours là. L'employé, un vieux bonhomme avec trente ans de métier, avait sursauté quand Hector lui avait montré une des bestioles grimpant le long de la fenêtre, ce qui aurait dû éveiller ses soupçons.

« On est encore infestés », se plaignit sa mère en espagnol. Elle avait grossi, ces derniers temps ; ses bracelets ne tintaient plus à son poignet. « Moi qui, en quatorze ans, n'avais jamais eu un seul cafard dans cette maison !

– Je vais trouver une autre firme. Dès aujourd'hui.

– Elle a coûté combien, la première ?

– Je paierai, maman. Je te l'ai déjà dit.

– Avec quel argent ? Ton salaire de l'animalerie ? » Elle baissa la tête. « Tu n'es plus jamais là. Hier, j'ai jeté un coup d'œil à ton relevé de carte Visa… Où est-ce que tu peux bien aller, pour dépenser tant d'argent en essence ? »

Il haussa les épaules. « Là où le vent me porte, dit-il en anglais.

– Quoi ?

– Je me promène. Dans le désert. »

Il alla remplir la bouteille d'eau de Ginger dans la cuisine en se tenant le ventre. Comme s'il avait besoin d'un sermon ! Accroupie au milieu de la pièce, sa grand-mère sifflait d'un air menaçant en direction de la planche à découper près de l'évier. Le cafard géant qui y était installé refusait de lui répondre ou même de lever la tête, son abdomen acajou aussi gros qu'un orteil.

« Encore lui ! s'exclama la mère d'Hector, qui avait suivi son fils dans la cuisine. C'est celui qui vit sous le grille-pain.

– En fait, c'est une femelle. Les mâles ont deux petites cornes.

– Je m'en moque !

– Je dis ça pour ton information. » Il désigna l'abdomen du cafard. « Tu vois, elle est prête à pondre ses œufs. »

Sa mère porta la main à ses lèvres. Hector ouvrit le robinet et remplit la bouteille de Ginger, ce qui eut mystérieusement pour effet de faire taire sa grand-mère.

« Tu m'aimes, *mijo* ? lui demanda sa mère.

– Oui, mama, répondit-il d'une voix grave. Je t'aime. Pardonne-moi.

– Alors reviens à la maison.

– Mais je suis à la maison. Je suis là, dans la cuisine.

– Ce n'est pas ce que je veux dire. »

Toujours plié en deux par ses crampes d'estomac, il rejoignit discrètement son pick-up. Le brouillard était si épais qu'il distinguait à peine la raffinerie dont les torchères flottaient au loin telles des lanternes magiques ; même la voie d'accélération où il s'engagea était noyée dans la brume. Il ne savait pourquoi il se laissait irrésistiblement attirer par les Ziller – ou plutôt si, il le savait, mais le remords était si constant, faisait tellement partie intégrante de lui-même, qu'il lui semblait agir d'instinct. L'an passé, lorsqu'il avait entendu parler de l'explosion, il avait ressenti le frisson de la vengeance. Les Ziller n'avaient-ils pas eu ce qu'ils méritaient ? Et puis, tout à coup, il s'était rappelé le fourneau, l'eau pour le thé, comme réveillé par le souvenir d'un crime qu'il aurait commis. C'était après avoir vu le visage de Dustin, en allant chez les Ziller pour retrouver Lyle, qu'il avait perdu le sommeil, que ce remords maléfique avait envahi ses rêves. Dustin la proie des flammes, poussant des hurlements de bête sauvage. Son visage réduit en cendres, ou bien bizarrement accroché à un fil à linge. Impossible de chasser de son esprit ces visions atroces. Un an plus tard, elles le hantaient encore, l'arrachaient au sommeil avec un sursaut qui réveillait Ginger dans sa cage.

La descente vers Antelope Valley fut plus venteuse que d'ordinaire ; les poids lourds brinquebalaient comme des wagons de chemin de fer quand il les doublait. Ses crampes d'estomac s'intensifièrent. L'image de Jonas – affamé, grelottant, endormi derrière une poubelle, voire pire – assaillait toutes ses pensées. Il rêvait de le retrouver sur le bord de la route, de le ramener sain et sauf aux Ziller. Ivres de gratitude, ils serreraient Hector dans leurs bras. Lyle lui expliquerait qu'elle l'aimait encore malgré tout, et à son tour il lui briserait le cœur. Scénario ridicule qui le mettait encore plus mal à l'aise. Ce fut seulement en apercevant la pancarte « Auburn Fields » au loin, avec ses caractères tarabiscotés et son soleil doré qui se levait sur la lettre « n », qu'il comprit la cause de ses crampes d'estomac. Il avait décidé de passer aux aveux. De révéler aux Ziller le nom du vrai coupable. Peut-être se jetteraient-ils sur lui, l'étrangleraient-ils, le dénonceraient-ils pour incendie criminel. Mais quel soulagement ce serait d'être libéré du visage de Dustin !

Il quitta l'autoroute, suivit la route familière, poussiéreuse, jusqu'à la barrière levée d'Auburn Fields. Le vélo de Jonas gisait au ras du trottoir, en plein soleil ; sans doute n'avaient-ils pas eu le cœur de le mettre au garage. Hector pénétra dans la résidence. À peine avait-il tourné vers le pâté de maisons identiques, reconnaissant celle des Ziller à son cactus en pot sous le porche, que la porte s'ouvrit et que Mme Ziller accourut sur le lopin de terre devant chez elle, son mari nouvellement barbu sur les talons, rejoint par Lyle et Dustin. Dans un premier temps, Hector crut qu'ils étaient heureux de le voir. Il se rendit vite compte qu'ils l'avaient pris pour quelqu'un leur apportant des nouvelles de leur fils. À son approche, ils semblèrent se voûter. Mme Ziller s'assit dans la poussière. L'un après l'autre, tels des enfants – d'abord M. Ziller, puis Lyle, puis Dustin –, ils s'installèrent en cercle autour d'elle. Hector sentit son courage l'abandonner. Il les regarda avec un sentiment d'impuissance : abattus par le chagrin, seuls habitants à des kilomètres à la ronde, assis sur un lopin de terre qui aurait dû être une pelouse.

42

Jonas avait tellement envie de faire pipi que ça l'empêchait de réfléchir. Il se lamentait en silence, les jambes serrées. Voilà au moins deux heures qu'il s'était réveillé dans ce camping-car. En dressant sa liste des morts les plus horribles, jamais il n'avait envisagé celle causée par l'explosion de la vessie. Du haut de la couchette, il apercevait la porte des toilettes restée ouverte. Assise juste à côté, la femme aux nattes ornées de perles buvait des Coca Light et faisait des parties de solitaire sur une petite table de jeu pliante. Deux fois, alors qu'il souffrait le martyre, Jonas l'avait vue se lever pour aller aux toilettes sans même fermer la porte.

À l'avant, il y avait en fait deux personnes, des hommes. De temps à autre, leurs voix couvraient les solos de guitare nasillards et paresseux diffusés par l'autoradio.

Jonas décida de se pisser dessus. C'était la seule solution. Il redouta d'en être incapable, mais un doux sifflement lui parvint, plus une sensation qu'un son, et son pantalon beige s'emplit d'une tiédeur dégoûtante qui se répandit entre ses cuisses. Avec précaution, de peur d'alerter la femme sourde, il descendit jusqu'à ses chevilles son pantalon, puis son slip de bain, malodorants et alourdis par l'urine. Il tenta de les faire glisser sur ses baskets. Alors qu'il se débattait pour y arriver, une basket lui sortit du pied, tomba du matelas et atterrit dans l'évier. La femme leva les yeux de sa partie de solitaire. À cause du son qu'elle produisit, rauque et ensorcelant comme le chant des sirènes, il fallut quelques secondes à Jonas pour comprendre qu'elle hurlait.

« Qu'est-ce qui se passe, nom d'un chien ? » demanda un type à queue de cheval, apparaissant dans l'habitacle. Il découvrit Jonas sur la couchette, cramponné à l'échelle. Celui-ci resta muet, considérant que la meilleure tactique était de faire semblant de ne pas parler anglais.

« Arrête-toi, capitaine, dit le type au conducteur. On a un gosse à moitié nu dans la couchette.

– Quoi ?

– Il a les fesses à l'air. »

Le camping-car ralentit, puis s'arrêta. Une odeur de sel flottait dans l'air ; aux cris des mouettes, Jonas devina qu'ils étaient proches d'une plage. Le conducteur émergea de son siège, le visage affublé d'une longue barbe rousse clairsemée. Jonas prit peur. Cette barbe ressemblait aux fibres qu'on enlevait de certains coquillages. Et bien qu'il reste deux mois avant Halloween, le gant qu'il portait d'un côté donnait à sa main l'allure d'une patte de loup-garou.

« Qui c'est ? » demanda-t-il. Sa main de loup-garou en visière, il dévisagea Jonas en clignant des yeux.

« Un ange ? suggéra le type à queue de cheval.

– Un ange gardien », renchérit-il. Il contempla le pantalon en tas aux pieds de Jonas. « Je crois qu'il s'est pissé dessus.

– Évidemment. Ça manquait. »

Le conducteur tendit à Jonas sa main gantée et se présenta comme étant le capitaine Lobo. « Voilà le major Meltdown.

Et là-bas, dans son fauteuil, c'est miss Anthropy. Griselda pour les intimes.

– N'y vois aucune cruauté, dit à Jonas le type à queue de cheval, se fourrant un chewing-gum dans la bouche. C'est son vrai prénom. »

Griselda s'approcha d'eux, les mains devant les yeux. Jonas, lui, n'éprouvait aucune gêne à être nu. Il y voyait même un avantage stratégique. Et puis cette femme agitait les mains pour un oui pour un non.

« Elle demande si tu as des parents », dit le type à queue de cheval en faisant claquer son chewing-gum.

Jonas fit un signe de dénégation.

« Un petit troll orphelin.

– Qui cherche sans doute un foyer.

– N'empêche que ce camping-car n'est prévu que pour trois adultes. Entre guillemets », répliqua le loup-garou.

Son interlocuteur étouffa un bâillement. « On ne peut quand même pas le laisser errer à moitié nu.

– Pourquoi ?

– Il y a des pédophiles. Sans guillemets. »

Le conducteur hocha la tête. « Et pourtant il accomplit son destin, même les fesses à l'air.

– Je vois ce que tu veux dire. C'est une vocation.

– Violé plusieurs fois, il devient néanmoins célèbre. Fonde un programme pour enfants maltraités. »

Leur façon de parler, sérieuse et comique à la fois, intriguait Jonas, comme si leurs paroles étaient des cadeaux attendant qu'on les ouvre. Mais l'emballage cachait une boîte vide. Griselda caressa les cheveux de Jonas et lui glissa une mèche derrière l'oreille, tout en lui disant quelque chose ressemblant à des vocalises. Il n'en comprit pas un mot.

« Elle te demande si tu écoutes les morts. »

Jonas ne sut que répondre. « Parfois j'ai moi-même l'impression d'en être un.

– Un quoi ?

– Un mort. »

Le type à queue de cheval s'esclaffa. « Bienvenue au club.

– Quel club ? s'enquit poliment Jonas.

– Le club des morts. Tu as frappé à la bonne porte. »

Il sortit son chewing-gum de sa bouche et le colla dans les cheveux de Jonas comme pour le bénir. Jonas sentit ce poids mystérieux dans sa frange.

« Ça sert à quoi ?

– Tu es un gosse. Tu es censé avoir du chewing-gum dans les cheveux. »

Leur premier souci fut de dénicher un pantalon pour Jonas. « Les vivants l'exigent », déclara le capitaine Lobo en traversant un quartier aux maisons minuscules, avec des canapés défoncés sur les terrasses et des portes de garage qui se fermaient à l'aide d'une corde. Sans prévenir, il s'arrêta dans un crissement de pneus, fonça vers un jardin et vola un jean sur un fil à linge, le remplaçant par le pantalon mouillé de Jonas. Tout rêche, le jean avait des fleurs brodées dessus et une petite fermeture-éclair au bas de chaque jambe. Jonas décida de ne pas se plaindre, même quand il trouva un caramel collé à l'intérieur de la poche de devant.

« Quel est le programme, aujourd'hui ? » demanda plus tard le major Meltdown, assis à l'arrière près de Jonas. Très enrhumé, il ne semblait pas avoir envie de se moucher et avait le visage partiellement enduit de morve, comme s'il sortait du ventre d'une vache. « La Fondation Américaine pour les Sourds ?

– Négatif, répondit le capitaine Lobo sans quitter la route des yeux. On est à court de cartes de visite.

– Réparation de toits ?

– Tu oublies que quelqu'un a laissé l'échelle métallique à Colorado Springs. »

Le major Meltdown se renfrogna. « Je croyais qu'on assumait collectivement la responsabilité de cet oubli.

– Pardon. "On" a laissé l'échelle. » Le capitaine Lobo se retourna vers eux avec son sourire visqueux. Sa bouche était le musée des horreurs. Jonas l'aimait bien, parce qu'il parlait le même langage que les T-shirts de Lyle, et se comportait comme s'il énonçait des évidences. *Ne nourrissez pas les spectateurs*, disait-il, ou bien : *Les logiciens contre les magiciens.* Cette dernière phrase lui plaisait particulièrement, et c'était la deuxième fois du trajet qu'il la répétait. « De toute façon, on a notre petit orphelin tombé du ciel. Commercialement vierge. »

Griselda s'immobilisa sur son siège pivotant, se tapota le genou et claqua dans ses doigts comme pour appeler un chien.

« Génial ! » dit le capitaine Lobo.

Peu après ils tournèrent dans une petite rue et se garèrent devant une maison tranquille, avec une pelouse sur laquelle paissaient des animaux en plastique. Jonas n'avait pas la moindre idée de l'endroit où ils se trouvaient. Ça ne le dérangeait pas, et d'ailleurs il préférait être perdu. À sa grande surprise, ni le capitaine Lobo ni le major Meltdown ne l'avaient questionné sur sa famille. Alors qu'il s'était réveillé dans leur lit comme un voleur, ils lui avaient donné l'absolution avec un chewing-gum.

Aucun d'entre eux ne l'avait traité de gosse bizarre ni ne l'avait accusé de tous les maux. S'ils avaient des problèmes, ils n'en faisaient pas tout un plat.

Le capitaine Lobo descendit du camping-car, prit une laisse usée à l'arrière, et ils se rendirent tous ensemble au coin de la rue, faisant halte derrière un pick-up avec un autocollant sur le pare-chocs : SI CE SONT MES MEILLEURES ANNÉES, JE SUIS MAL BARRÉ. Jonas remarqua que le capitaine Lobo ne portait plus son gant de loup-garou. Sourcils froncés, il observait une vieille dame à l'autre bout du pâté de maisons. Assise dans un fauteuil de jardin, elle fumait une cigarette pendant que l'arrosage automatique aspergeait mécaniquement sa fenêtre. Le capitaine Lobo s'accroupit à la hauteur de Jonas et lui demanda s'il aimerait participer à une improvisation théâtrale.

« Tu as perdu un chiot, expliqua-t-il. Ton rôle consiste essentiellement à avoir l'air triste. »

Jonas s'efforça d'arborer un air de chien battu. Tandis que Griselda et le major Meltdown attendaient derrière le pick-up, le capitaine Lobo le prit par la main et le conduisit jusqu'à la vieille dame. Elle portait un maillot de bain rouge orné d'une jupette. Ses bras nus à la chair flasque ressemblaient à des œufs brouillés. Le capitaine Lobo la salua aimablement et lui expliqua que leur chiot s'était enfui. « Un petit labrador noir, dit-il en brandissant la laisse. Randy, ici présent, prétend l'avoir vu disparaître dans votre jardin.

– Je suis moi-même restée assise au soleil comme un chien. Pour avoir ma dose quotidienne de vitamine D. » Elle enleva ses lunettes et fixa avec perplexité le chewing-gum collé dans les cheveux de Jonas. Il se rappela l'existence des fleurs brodées sur son jean. « Votre fils a besoin d'aller aux toilettes ?

– Non. Il est juste sous le choc. » Le capitaine Lobo jeta un coup d'œil à la porte-moustiquaire. « Et votre mari ? Il ne l'aurait pas vu ?

– Stanley est décédé en juin dernier. Cancer du pancréas.

– Toutes mes condoléances.

– Ça fera un an dimanche prochain. »

Elle écrasa sa cigarette sur l'accoudoir du fauteuil et fut secouée par une violente quinte de toux. Lorsqu'elle reprit son souffle, elle avait le visage aussi rouge que son maillot de bain. Le capitaine Lobo lui demanda si quelqu'un d'autre vivait avec elle, et elle secoua plaintivement la tête. Elle se pencha vers Jonas.

« Comment s'appelle ton chiot, mon chéri ?

– Stanley. »

Elle eut un mouvement de recul. « Comme mon mari ? »

Il acquiesça. Le capitaine Lobo prit les devants et les entraîna dans le jardin derrière la maison, une jolie petite pelouse bordée d'hortensias. Jonas regrettait d'avoir dit que le chiot s'appelait Stanley, mais c'était le seul nom qui lui soit venu à l'esprit. La laisse autour du cou, le capitaine s'avança vers la bordure d'hortensias, criant à plaisir le nom du chien. Jonas ne put faire autrement que de se joindre à lui. Incapable de participer aux recherches, la vieille dame restait plantée au milieu de la pelouse, l'air de plus en plus désespérée. Jonas attendait avec impatience que ce petit jeu se termine pour qu'ils laissent la malheureuse tranquille, mais le capitaine s'enfonça plus avant dans les hortensias.

« Il a bel et bien dû s'enfuir, votre labrador, dit la vieille dame en regardant sa montre.

– C'est un caniche », rectifia le capitaine Lobo.

Elle dévisagea Jonas quelques secondes. « Vous aviez dit un labrador. J'en suis certaine. Je m'en souviens à cause de Blackie, le vieux labrador qu'on avait à Port Townsend.

– Vous avez sans doute raison, concéda le capitaine Lobo. Pour être honnête, on n'est pas très sûrs du pedigree de Stanley. Entre autres défauts, il a une fâcheuse tendance à se lécher les couilles. »

La vieille dame recula d'un pas. « Je ne sais pas qui vous êtes, mais j'en ai assez. Vous écrasez mes hortensias.

– Où allez-vous ?

– Si vous êtes encore là dans deux minutes, j'appelle la police. »

Elle gravit l'escalier de la terrasse. Jaillissant de la bordure d'hortensias, le capitaine Lobo se précipita sur elle, la saisit par le coude et lui fit redescendre l'escalier. Comme il aurait enlevé une mouche de sa soupe. Pliée en deux par une nouvelle quinte de toux, elle se retint d'une main à la rampe. Elle toussait si fort qu'elle cracha son dentier. Le capitaine lâcha prise et elle s'assit près d'eux sur la pelouse, jambes écartées comme une poupée de chiffon.

« Désolé de devoir en arriver là, se justifia le capitaine, lui écartant les cheveux du visage, mais j'ai de moins en moins le choix. »

Il ordonna à Jonas de veiller à ce qu'elle ne bouge pas et disparut à l'intérieur. Elle se mit à pleurer. Jonas ne savait que faire. Une guêpe se posa sur la tête de la vieille dame, agitant son minuscule dard, mais celle-ci ne bougea pas, se bornant à pousser de petits gémissements pareils à des prières. « Stan », semblait-elle répéter, sans que Jonas en soit absolument sûr. Il lui ramassa son dentier sur la pelouse, se disant qu'il pourrait peut-être l'aider à le remettre, mais c'était apparemment le cadet de ses soucis.

Lorsque le capitaine Lobo vint récupérer Jonas, il portait une tirelire sous le bras tel un ballon de foot. Griselda et le major Meltdown les attendaient dans le camping-car, en sueur et surexcités, le sac à dos de Jonas à côté d'eux sur la banquette. Il était si rempli que la fermeture-éclair bâillait. Ils quittèrent le quartier sur les chapeaux de roues et rejoignirent une rue plus fréquentée, roulant quelque temps avant de s'arrêter derrière une église visiblement à l'abandon, avec un panneau à lettres mobiles composant l'inscription : LA VITAMINE DES CHRÉTIENS EST LA B1. Griselda ouvrit le sac à dos et sortit un véritable butin : des colliers, des boucles d'oreilles, ainsi qu'un énorme album contenant non pas des photos, mais d'étranges pièces d'argent.

« Putain, quel jackpot ! s'exclama le capitaine. Stanley, le mari modèle.

– Pas de grossièretés ! » Le major Meltdown désignait le panneau. « On est dans la maison du Seigneur.

– Pour un défenseur des pauvres, il a vraiment beaucoup de maisons. » Le capitaine Lobo se tourna vers Jonas. « Ne va pas éprouver de remords pour les logiciens, hein ? N'oublie pas qu'on est morts. »

Jonas ne savait pas ce qu'il éprouvait au juste. Il revoyait sans cesse le dentier de la vieille dame sur la pelouse, sa bouche toute rétrécie et fripée comme si elle avait reçu un coup de poing. Il ferma les yeux et se pelotonna sur la banquette, regrettant de ne pas être vraiment mort.

« Meltdown ? dit le capitaine Lobo.

– Pour vous servir.

– Je crois bien que le petit fait la sieste. »

Griselda enveloppa Jonas dans une couverture poussiéreuse et referma les bras sur lui. Il se serait cru dans une grotte fraîche, d'odeur agréable, aux parois mystérieusement luisantes d'humidité. Le capitaine Lobo et le major Meltdown se penchèrent à leur tour, et tous les trois se serrèrent contre lui, le plaquant contre la banquette. Il se sentait à la fois écrasé et précieux. Ils restèrent un long moment ainsi. Griselda se redressa et parla en langue des signes, agitant son index replié comme si elle tentait de caresser une mouche en plein vol.

« Elle dit qu'on a besoin de toi, traduisit le capitaine Lobo, déposant un baiser sur le front de Jonas. Pas question que les trolls te reprennent. »

Cette nuit-là, Jonas ne trouva pas le sommeil dans le véhicule enfumé. Ses pensées, à nouveau épaisses et poisseuses, refusaient de se transformer en mots. Enfin, lorsque le silence fut revenu dans l'habitacle, il descendit de la couchette, laissa discrètement derrière lui les corps nus et ronflants sur le lit, et sortit dans le caravaning bondé. Le ciel était barbouillé d'étoiles. S'aventurant entre deux rangées de camping-cars, assoiffé et la peau hérissée par la chair de poule, il s'aperçut qu'il portait un jean qui ne lui appartenait pas, et rien d'autre. Il se mit à claquer des dents. Tous les camping-cars étaient plongés dans l'obscurité, sauf un, près d'une aire de jeux minable, avec une lumière vacillante comme celle d'une bougie. De l'intérieur lui parvenaient des bruits sourds d'explosion. Il jeta un coup d'œil par la fenêtre : installée dans des fauteuils, une famille regardait la télé en se passant un sachet de pop-corn. Une fillette en pyjama écossais était assise juste sous ses yeux. Elle mangea le pop-corn au creux de sa main, se lécha la paume. Si la fenêtre avait été ouverte, il aurait pu la toucher. Il s'assit par terre, l'oreille collée contre le flanc du camping-car, les bras croisés pour se réchauffer, écoutant les détonations rassurantes exploser dans sa tête.

43

Warren posa la main là où son cœur lui faisait mal. Une légère oppression, comme si un chaton était assis sur sa poitrine. La douleur datait de la disparition de Jonas. Six jours plus tard, elle était devenue familière, assez pour l'interrompre dans ses activités. Il regarda à travers le pare-brise un voisin de Melody assis sur son toit : affalé dans un fauteuil, il jouait avec un Rubik's Cube. Warren tenta d'imaginer comment il avait pu hisser ce fauteuil sur le toit. Le monde, plein d'énigmes triviales, rendait moins troublante cette douleur dans sa poitrine.

Lorsqu'elle s'apaisa, il descendit de l'Oldsmobile et marcha dans la poussière jusqu'au mobile-home de Melody. Il ne l'avait pas revue ni appelée depuis l'épisode de l'antenne. À vrai dire, la disparition de Jonas l'avait arraché à une forme d'hébétude. Il se sentait comme Rip Van Winkle se réveillant au bout de vingt ans et retrouvant sa vie brisée. Comparaison ironique, puisqu'il n'avait pas dormi depuis des jours.

Il frappa à la porte-moustiquaire, sursauta à cause du cliquetis. Alors, seulement, il remarqua la présence d'une moto devant le mobile-home. Le siège était en cuir, monté sur de petits ressorts, et l'ensemble vert kaki. Sur le réservoir, un blason étoilé rappelait un vieux film de guerre.

« Je peux vous aider ? »

Un inconnu l'observait d'un œil soupçonneux derrière la porte-moustiquaire, le visage grêlé de minuscules cicatrices en forme de virgules. Avant les brûlures de Dustin, Warren l'aurait trouvé très laid. « Melody est là ?

– À l'hôpital », répondit l'homme.

Warren ouvrit des yeux ronds. « Elle… elle va bien ?

– Son père a une pneumonie. Il a toussé tellement fort qu'il s'est fêlé une côte. »

Warren s'écarta de la porte. Il n'en revenait pas que d'autres aient des problèmes.

« Et à qui ai-je l'honneur, si elle me pose la question ? demanda l'homme, sans un sourire.

– Warren. On est amis.

– Exact. Quel idiot ! Le vendeur de couteaux. » Il se pencha contre le fin grillage de la porte, y enfonça l'index comme pour le transpercer. « Vous saviez, Warren, que chaque année, plus de gens meurent tués par un âne que dans un accident d'avion ? »

Warren repartit vers sa voiture en faisant un large détour pour ne pas avoir à croiser son regard. Se baissant pour éviter les T-shirts masculins qui claquaient au vent sur le fil à linge, il reconnut l'odeur familière de la lessive de Melody. Le cochon du voisin avait disparu de son enclos, que l'on avait nettoyé et débarrassé des excréments. Warren n'avait jamais beaucoup aimé l'animal, mais son absence le perturbait. Il pensa à Jonas, au soin avec lequel ils avaient fait le ménage dans sa chambre en prévision de son retour.

Le frère de Melody faisait des tractions en prenant appui sur le pare-soleil au-dessus de la fenêtre de la cuisine. Warren s'efforça de passer sans attirer l'attention, mais le crissement de ses chaussures sur le gravier le trahit. Kenny était en short, avec des lunettes d'aviateur et les cheveux collés par la sueur. Les battements du cœur de Warren se télescopèrent comme les vitesses d'un dérailleur. Depuis peu, ça lui arrivait également. Kenny se laissa tomber sur le sol et lui demanda si tout allait bien.

« Il y a un homme à l'intérieur, articula Warren.

– Roland. Le mari de Melody.

– Je croyais qu'ils se détestaient.

– Ils s'entendent beaucoup mieux depuis qu'ils sont séparés. » Il eut un petit rire. « Quoi qu'il en soit, il reste là pour la soutenir tant que papa est à Lancaster. C'est du moins ce qu'il prétend, entre deux histoires bidon. »

Surprenant le regard de Warren sur son torse enduit d'écran total, Kenny expliqua qu'il ne pouvait pas trop bronzer, sinon personne ne l'embaucherait. Les gens voulaient un Jésus bien blanc. Il évoqua ensuite un Jésus nicaraguayen rencontré à Los Angeles et Warren tenta de suivre ce qu'il disait, mais les mots se chevauchèrent, se transformant en charabia.

Kenny souleva ses lunettes. « Vous êtes malade ?

– Pourquoi ?

– Vous tremblez. »

Warren regarda ses mains. Certes, il ne se sentait pas très en forme. Mais était-ce la même chose qu'être malade ? « J'ai vraiment froid, dit-il, surpris. Il fait combien ?

– Quarante à l'ombre. »

Kenny le prit par l'épaule et l'entraîna vers l'étroite bande d'ombre sous l'auvent, écartant quelques éclats de verre du bout de ses tongs. Il s'assit par terre avec Warren, qu'il tenait toujours par l'épaule. C'était agréable de se sentir soutenu. Les lunettes de soleil et l'odeur exotique de crème solaire lui rappelaient Dustin. Le froid qui l'étreignait reflua dans ses os.

« Mon fils de douze ans a fait une fugue. Il a disparu. » Il ignorait pourquoi il racontait ça. « C'est ma faute.

– Sans doute pas, protesta Kenny.

– Il est arrivé quelque chose de grave à son frère aîné, un accident, et je regrettais que ça ne lui soit pas plutôt arrivé à lui. Sans arrêt. Je ne supportais plus de le voir. »

Kenny hocha la tête. Ça n'eut pas l'air de le choquer.

« Un jour, je me suis produit dans une église évangélique, dit-il enfin. On m'avait engagé pour apparaître pendant le culte du dimanche et aider les fidèles à prier. Un par un, vous savez. Je leur posais la main sur la tête et ils demandaient ce qu'ils voulaient. » Il lâcha l'épaule de Warren, écarta ses cheveux de son visage, essuya la sueur qui lui coulait dans les yeux. « Aimeriez-vous prier pour votre fils ?

– Je ne crois pas en Dieu, répondit Warren.

– Aucun problème. Je travaille à mon compte. »

Warren le dévisagea. Kenny avait l'air sérieux. Il s'agenouilla devant Warren et lui posa la main sur la tête. Le visage de Warren se reflétait dans les lunettes d'aviateur, déformé, une tête d'orignal. Warren ferma les yeux. Il n'arrivait pas à maintenir sa prière dans des limites raisonnables. Il y avait tant de choses pour lesquelles il pourrait demander pardon : pour avoir aimé Jonas moins que ses autres enfants ; pour avoir renoncé à une vie normale ; et pour sa présence, dans un pantalon taché, chez une autre femme que la sienne. Un jour, alors qu'il était enfant, il avait demandé à sa mère si les animaux priaient Dieu ; elle lui avait répondu qu'ils n'en avaient pas besoin, que Dieu entendait leur souffrance. Des coups de marteau retentirent à proximité, noyés dans l'inlassable chant des cigales.

« S'il vous plaît, dit-il, ramenez Jonas à la maison. »

Quelque chose toucha son oreille, doucement, mais ce n'était qu'un filet de sueur. Kenny hocha la tête et se releva, son genou droit criblé de marques laissées par le gravier. Il n'y avait rien de plus à dire. Le soleil brillait, les cigales chantaient, son fils était toujours en fugue. Il remercia le Jésus freelance devant lui et se dirigea vers sa voiture. Comme si quelque chose lui revenait en mémoire, Kenny disparut quelques instants à l'intérieur du mobile-home, puis rattrapa Warren, une liasse de papiers à la main.

« C'est une pétition, dit-il. On essaie de réunir le plus grand nombre possible de signatures. Ils veulent raser ce caravaning pour construire une résidence sécurisée.

– Ici ?

– Salauds de promoteurs ! Papa vit ici depuis treize ans. Parce que c'est un caravaning, ils croient que personne ne bronchera. »

Warren se retint pour ne pas rire. S'appuyant sur le dos de Kenny, il signa la pétition et inscrivit son adresse. Le voisin était encore en train de jouer avec son Rubik's Cube sur son toit, coiffé d'un immense sombrero pour se protéger du soleil. Warren aurait voulu demander à Kenny comment son père pouvait se sentir chez lui dans un endroit pareil.

« Qu'est devenu le cochon du voisin ? » demanda-t-il à la place. Il désigna l'enclos vide, aussi propre qu'un terrain de base-ball.

« Transformé en bacon.

– Quoi ? »

Kenny se passa l'index en travers de la gorge. « Le matin, on le sent d'ici. »

44

Lyle était assise sur la banquette arrière de la voiture de Taz avec Hector, lequel avait l'air aussi malheureux qu'on peut l'être en mangeant des chips à l'oignon. Dans son cas, malheureux comme les pierres. Il se taisait depuis qu'ils avaient quitté la maison. C'était lui qui avait insisté pour les accompagner et les aider à chercher Jonas – impossible de le faire changer d'avis.

« Tu es sûr de vouloir venir ? demanda Lyle à Dustin.

– Pourquoi ?

– Peut-être parce que tu sursautes encore dès que j'ouvre un emballage de hamburger.

– Faux ! » dit Taz depuis le siège du conducteur. Elle portait un T-shirt des Dead Kennedys, ce qui semblait – compte tenu du fait qu'elle roulait en BMW – pour le moins contradictoire. *C'est mon frère, putain, qu'est-ce que tu en sais ?* aurait voulu dire Lyle. Mais elle se retint. D'abord parce qu'ils avaient besoin de la voiture de Taz pour entrer à Herradura Estates. Ensuite parce que Taz avait sans doute raison ; Lyle n'était pas retournée au restaurant avec Dustin depuis le début de l'été.

« C'est le seul endroit où on n'ait pas cherché, déclara-t-il. Si ça se trouve, il fait du camping dans le jardin. »

Ils allaient voir si Jonas ne serait pas dans leur ancienne maison. Ou plus exactement, à l'endroit où était leur maison avant l'explosion. Leur espoir – celui de Dustin, en tout cas –, c'était que Jonas y soit revenu d'instinct, telle une tortue de mer. Espoir bien mince. Franchement, Lyle aurait préféré ne pas les accompagner, mais ses parents avaient dû retourner au poste de police et elle n'avait pas envie de rester seule. La perspective d'attendre, impuissante, que Jonas réapparaisse, l'angoissait trop.

Taz posa la main sur la cuisse de Dustin tout en conduisant. Quand elle les avait rejoints près d'une cabine téléphonique au bout de la rue, au volant de sa voiture avec des essuie-glace miniatures sur les phares, le visage de Dustin s'était soudain éclairé. Il y avait quelque chose entre eux, un changement significatif. Lyle n'allait pas reprocher à son frère ce petit rayon de soleil – on ne pouvait pas appeler ça du bonheur –, mais elle n'aimait pas l'expression sur le visage de Taz lorsqu'ils étaient ensemble. Une pointe d'orgueil transparaissait, comme si elle arborait un tatouage. Qu'elle soit plus jeune que Lyle, une petite fille trop gâtée, c'était encore plus énervant. Avant les vacances d'été, Lyle la voyait parfois traîner au lycée avec ses nouvelles copines – des filles en leggings qui se mettaient du gloss – mais ne lui avait jamais dit bonjour. De toute façon, qu'aurait-elle trouvé à lui dire ? *J'ai appris que tu couchais avec mon frère* ?

À l'entrée de la résidence, Taz s'arrêta près de la guérite et fit un petit signe de la main à Bud ; il semblait avoir perdu les derniers cheveux qui lui restaient. Il jeta un coup d'œil à l'intérieur de la voiture, reconnut Hector et en resta bouche bée. Lyle était presque aussi étonnée que lui – moins au souvenir de son dépucelage dans la mémorable guérite qu'à cause de la présence à côté d'elle, une chips à la main et un rongeur volant dans une poche, de celui qui l'avait déflorée. Ils s'étaient étreints tandis qu'au-dehors, les arbres se balançaient au gré du vent. Le fait d'avoir connu quelqu'un presque intimement, et de ne plus le connaître du tout un an après, paraissait l'une des choses les plus tristes et les plus foireuses au monde. Bud ouvrit la barrière pour les laisser passer.

« Ils ont remplacé la pendule », souffla-t-elle à Hector. Elle se sentait étrangement désespérée.

« Quoi ?

– La pendule. Celle qu'on avait fait tomber. »

Hector ne voyait apparemment pas de quoi elle parlait. Depuis la disparition de Jonas, il venait chez eux tous les jours, débarquant sans prévenir, toujours avec ce même air accablé. On aurait dit que c'était son propre frère qui avait disparu. Même Dustin commençait à ne plus le supporter. Plus Lyle et lui s'énervaient de son chagrin muet, plus il insistait pour les aider.

Ils longèrent John's Canyon Road, les anciennes écuries, les bougainvillées en fleurs, les arbres que les chenilles processionnaires semblaient remplir de barbe à papa, l'allée cavalière où les gens se réfugiaient dans les buissons quand la mère de Lyle klaxonnait. Rien n'avait changé. Les pelouses étaient aussi vertes qu'un terrain de golf et sentaient la pluie. Des jets d'eau y oscillaient paresseusement, accompagnés par le chuintement de l'arrosage automatique.

« Je n'arrive pas à croire qu'on ait vécu là, dit Lyle.

– Pourquoi ? demanda Dustin.

– C'est juste que ça sent si bon. Comme au printemps. »

Dustin se retourna vers la banquette arrière. « À l'époque, pourtant, tu ironisais beaucoup sur le quartier.

– Personnellement, j'aime bien l'endroit où vous vivez maintenant, intervint Taz. Au moins ça ne ressemble pas au ranch de Michael Jackson. »

Lyle guetta la réaction de Dustin ; si elle-même avait dit quelque chose d'aussi ridicule, il ne l'aurait pas épargnée. Il se contenta d'enlever ses lunettes et se mit quelques gouttes de collyre dans l'œil. Elle se rappela Chats ou Chiens, le jeu auquel ils jouaient dans leur enfance, choisissant ce qu'ils condamnaient à disparaître. Elle se demandait qui Dustin éliminerait à présent : elle, ou Taz ? Ils passèrent devant chez les Wong, les Dunkirk, les Starchild, maisons à la fois aussi familières et lointaines que les visages dans un rêve.

« Tu te souviens du barbecue des Starchild, où Mister Leonard avait mangé le perroquet d'Amazonie ? Ça a coûté sept cents dollars aux parents.

– Il n'a même pas touché à ses croquettes, ce matin, répondit Dustin. Je crois qu'il va mourir. »

Lyle fronça les sourcils. « Mais non il ne va pas mourir. Il a juste des rhumatismes.

– Il n'a pas bougé de son panier depuis deux jours. » Dustin remit ses lunettes. « Demande à Hector. C'est lui le spécialiste des animaux. »

L'air gêné, Hector s'apprêta à répondre, mais Lyle n'avait pas envie de l'écouter. Ils avaient subi assez d'épreuves comme ça. D'une certaine façon, si Mister Leonard était en train de mourir, cela signifiait que Jonas pouvait bel et bien avoir disparu. Ils tournèrent dans High Street et suivirent la route sinueuse sous un tunnel d'arbres jusqu'à leur ancienne allée, devant laquelle Taz se gara comme un chauffeur de maître. Curieusement, leur boîte aux lettres était toujours là, avec un passereau perché au-dessus des mots FAMILLE ZILLER comme sur une branche. Ils n'avaient pas pris la peine – à moins qu'ils n'en aient pas eu le courage – de l'emporter avec eux. À l'autre bout de l'allée, une pelleteuse leur faisait face, le capot recouvert d'un tapis de baies rouges.

« Notre maison de High Street », murmura Lyle.

Dustin ne réagit pas. Elle sortit seule de la voiture et remonta l'allée jusqu'à ce qu'elle aperçoive le chantier. Les décombres de leur ancienne maison avaient disparu, remplacés par une charpente en construction. Une sorte de manoir, avec toute une corolle de pièces. Des oiseaux voletaient entre les solives, gazouillant à tue-tête. Lyle s'étonna de l'absence d'ouvriers, avant de se souvenir que c'était dimanche. Quant au jardin où leur père organisait naguère d'interminables parties de croquet, de boules et de fer à cheval – où Dustin avait roulé sur la pelouse pour étouffer les flammes –, lui aussi avait disparu, transformé en bourbier.

Lorsqu'elle était petite, Lyle croyait que les charpentes des maisons en construction étaient des maquettes. Un coup d'essai avant d'édifier la vraie maison. L'idée qu'un assemblage de bouts de bois puisse vous abriter, vous protéger du monde et de ses dangers, semblait absurde.

Elle se retourna, mais il n'y avait personne en vue. Elle redescendit l'allée jusqu'à la BMW. Debout près de la portière ouverte, côté passager, Hector et Taz contemplaient Dustin assis à l'intérieur, immobile. Aussi voûté qu'une vieille dame.

« Je croyais qu'on était venus pour chercher Jonas, dit Lyle.

– Il n'est pas là, répondit Dustin. C'était une idée ridicule.

– Ah bon ?

– Qu'est-ce que tu crois ? Qu'il campe dans le jardin sans que personne ne l'ait vu ?

– On a fait tout ce chemin. On devrait au moins vérifier.

– Tu ne vois donc pas qu'il est pétrifié ? » s'exclama Taz en la foudroyant du regard.

Elle disait vrai. Dustin avait le visage figé, les bras croisés comme pour se protéger du vent. Il ne quittait pas le tableau de bord des yeux.

« Je vais aider Lyle à chercher, proposa Hector. Si Jonas est là, on le trouvera.

– Tu as un problème, ou quoi ? aboya Dustin. C'est mon petit frère qui a disparu, qui est peut-être mort, et à te voir, on dirait que c'est le tien ! »

Hector recula d'un pas. Il avait blêmi, comme s'il allait vomir.

« Et si tu rentrais chez toi, pour une fois ? Chez toi, tu entends ? On a assez d'un animal domestique, merde !

– Dust…, intervint Lyle.

– Tout ce qu'il sait faire, c'est rester planté là avec son air sinistre !

– C'est moi le coupable », annonça doucement Hector.

Lyle se tourna vers lui. « Qu'est-ce que tu racontes ?

– Le fourneau. J'ai oublié de l'éteindre. Je m'étais introduit chez vous, parce que j'en voulais à Lyle. » Les yeux baissés, il reprit son souffle. « C'est moi qui ai fait sauter votre maison. »

Lyle eut un coup au cœur. Un paon poussa son cri en contrebas, et l'écho se répercuta dans le canyon.

« Tout est ma faute. J'étais malade… J'ai laissé de l'eau sur le feu. »

Hector se mit à pleurer. Bizarrement, Lyle le revit manger sa glace à la pistache le jour où il s'était aventuré au « Cornet Parfait », sa façon de fermer les yeux en avalant, penché en avant pour cacher sa gêne. Soudain Dustin bondit hors de la voiture, avec une expression si effrayante – le visage rouge, contracté, méconnaissable – que Lyle se demanda s'il n'allait pas étrangler Hector. Au lieu de quoi il plongea la main dans la poche de la chemise d'Hector et sortit le petit marsupial serré entre ses doigts gantés. Hector secouait la tête avec des yeux effarés. Dustin tourna les talons et traversa la rue en direction de la maison des Constable, tenant le minuscule animal à bout de bras telle une grenade. Il marchait vite, comme s'il transportait une vraie bombe. Arrivé chez les Constable, il longea le trottoir jusqu'à l'endroit où on voyait l'eau bleue de leur piscine miroiter entre les bosquets. La partie la plus profonde était à deux pas. Il allait jeter cette bestiole dans la piscine des Constable et la regarder se noyer.

Lyle se dépêcha de traverser la rue à son tour, mais déjà il avait le bras levé, son bras malade, et lançait l'animal de toutes ses forces. Lyle s'attendait à voir une boule de fourrure s'élever et se déployer dans les airs – tapis volant en miniature – avant d'atterrir dans la piscine avec un grand plouf. Rien ne se passa. Lorsqu'elle rejoignit Dustin sur le trottoir, il se massait le bras, ses lunettes noires à ses pieds. Il ouvrit le poing, et l'extraordinaire créature était encore là, palpitant tel un cœur.

« Tu n'as pas réussi à la tuer.

– Je voulais le faire. Elle s'est agrippée à mon gant. »

Ses griffes étaient plantées dans le cuir, ses yeux ronds comme des billes. Même terrifiée, elle était quand même adorable. Hector et Taz regardaient la scène depuis la voiture, aussi raides que des statues. Oublie-les, pensa Lyle. C'est nous contre eux. Elle se retourna vers son frère, qui contemplait le chêne vert dans leur ancien jardin.

« Mon Dieu », dit-il.

Dans les branches du faîte, aux feuilles tachées par le mildiou, se balançait un vieux T-shirt de Lyle. Il était jauni, troué, mais en rajoutant quelques lettres, elle put reconstituer l'inscription : UN MEURTRE EST UN FAUX-PAS. Il n'avait échappé aux flammes que pour se retrouver coincé dans un arbre. Dire qu'à une époque, elle se promenait avec des jeux de mots en travers de la poitrine, se croyant malheureuse. Le T-shirt claquait au vent, pareil à un cerf-volant hors d'atteinte.

45

Des gens. Jamais Jonas n'en avait vu autant au même endroit. Fumant la pipe près de leur voiture, dansant mollement au son d'une musique mollassonne, ou bien jouant à Hacky Sack comme s'ils apprenaient à danser la polka. Des nuages de fumée âcre lui irritaient les yeux. Sur le toit d'un van, une femme roulait des hanches en faisant tourner un cerceau autour de son cou. « Je peux te voler ton visage ? » demanda un inconnu à Jonas. Il brandissait un T-shirt orné d'un crâne. Jonas s'empressa de passer son chemin. C'était la troisième fois qu'on lui demandait la permission d'emprunter son visage. Il ignorait ce qu'ils comptaient en faire. Peut-être que les leurs – émaciés, hirsutes, parfois édentés – ne leur plaisaient plus.

Le parking s'étendait à perte de vue, recouvert de voitures, de vans, de motos. Jonas s'aventura dans un dédale de stands tenus par des vendeurs de bijoux, de planches à roulettes, de T-shirts décorés des mêmes ours en peluche que ceux sur le verre de Griselda. Il était allé avec le capitaine Lobo vendre les billets de loterie achetés chez un marchand de journaux, reproduits sur du carton spécial et découpés avec soin. Les badauds les avaient achetés en les prenant pour des vrais. Le capitaine Lobo n'éprouvait aucun remords : il appelait ces gens des Trustafariens. Des habitants de la planète Trustafaria, qui était très riche. Ils ne méritaient pas d'avoir tout cet argent, qui revenait donc de droit aux « mendiants de la Terre ». Il avait expliqué tout cela à Jonas avec un large sourire pour découvrir ses dents déchaussées, comme si elles apportaient la preuve de son appauvrissement.

Le capitaine Lobo avait perdu le sourire quand trois Trustafariens l'avaient poursuivi derrière les toilettes pour lui demander de les rembourser, lui brandissant leurs faux billets sous le nez. Lorsqu'il avait feint de ne pas les reconnaître, ils l'avaient plaqué au sol, le rouant de coups de poings malgré ses hurlements et ses appels au secours. Jonas avait pris ses jambes à son cou, sans répondre au capitaine qui répétait son prénom d'une voix affolée.

À présent il était perdu, effrayé, les yeux larmoyants à cause de la fumée. Où avaient-ils garé le camping-car ? Il retourna sous le soleil de plomb, cherchant des yeux les mains agitées de Griselda. Son estomac criait famine. Il n'avait rien mangé de la journée, à l'exception de la barre au sirop d'érable datant de la veille qu'il avait grignotée à l'heure du déjeuner. Il mourait d'envie d'appeler sa famille – comme il en avait rêvé cent fois – mais ne pouvait se résoudre à gâcher leur sentiment de soulagement. Parfois il se laissait aller à croire qu'il leur manquait, qu'ils espéraient peut-être même son retour, mais il revoyait le visage de Dustin, ce que lui-même avait fait, et la façon dont son père, sa mère ou son frère le regardaient comme s'ils regrettaient qu'il n'ait pas été brûlé à la place de Dustin. D'ailleurs le chauffeur du poids lourd l'avait bien dit, ils devaient être en train de boire le champagne.

Jonas se figea. Un peu plus loin, près des nuées de chaleur d'un barbecue, plusieurs personnes accroupies en cercle s'occupaient d'un homme à terre qui tressautait de manière comique, faisant des pointes avec ses pieds nus telle une ballerine. Quelqu'un accourut avec une bouteille d'Évian et lui versa de l'eau sur le visage. Reculant, Jonas percuta un van qui prit vie et lui toucha les épaules. Une très belle femme avec une touffe de poils sous chaque aisselle. Il n'avait jamais vu personne présentant ce genre d'anomalie. Ses seins nus sous sa robe descendaient plus bas qu'ils n'auraient dû.

« Rien de grave, dit-elle. Il a dû forcer la dose. Tant pis pour lui. » Elle jeta un coup d'œil au pantalon de Jonas – son jean à fleurs crasseux – et une lueur de curiosité éclaira son regard. « Tout seul, aujourd'hui ? »

Il acquiesça de la tête, redoutant qu'elle ait entendu parler du capitaine Lobo et le fasse arrêter. Elle se radoucit. Le prit par l'épaule et le conduisit jusqu'à un minibus Volkswagen d'où s'échappait une musique étourdissante. Juste derrière, un petit groupe – deux types torse nu avec une queue-de-cheval et une fille guère plus âgée que Lyle – était assis sur des fauteuils pliants. La jeune fille tenait un bébé, une bretelle de son débardeur baissée de façon à ce qu'il puisse téter.

« Devinez ce que j'ai trouvé », dit la femme en montrant Jonas.

L'un des deux hommes ouvrit les yeux. Il sembla déçu. Un blouson en jean était posé sur ses genoux, avec un squelette fumant une cigarette peint dans le dos. « C'est l'heure de la tétée, lança-t-il. Viens te servir. »

La jeune fille n'eut pas l'air de trouver ça drôle. L'autre homme posa sa canette de Dr. Pepper et se pencha en avant, comme s'il avait besoin de ses deux mains pour se redresser.

Il toucha le chewing-gum dans les cheveux de Jonas. Les mots GROS HOMME SUR UNE BALANÇOIRE étaient peints en travers de son énorme ventre.

« Waoh... Ce gosse est sur la route depuis des mois.

– Tu veux un sandwich ? » demanda la jeune fille.

Jonas était trop affamé pour refuser. La femme ouvrit la glacière et lui tendit un sandwich au pain complet, au beurre de cacahuètes et à la gelée de framboise. Meilleur que des frites.

« Une canette de Dr. Pepper ? proposa-t-elle.

– S'il en reste », dit l'homme au blouson en jean avec agacement.

Le gros homme brandit sa canette. « C'est mon quatrième rendez-vous de la journée avec le Dr. Pepper », déclara-t-il fièrement.

La jeune fille ne releva pas et s'adressa à Jonas. « Quelle est ta chanson préférée ? »

Aucun titre ne lui vint à l'esprit. En général, il s'intéressait moins à la musique qu'à l'importance déconcertante que les gens lui prêtaient. « Mr. Frog fait sa cour », répondit-il enfin. C'était sa chanson favorite depuis sa petite enfance, en grande partie à cause de la mort tragique de Miss Mousie.

« Sans blague ! ricana l'homme au blouson. Ça existe ?

– Cal Expo 1984, je dirais. Phil a sorti ça de Dieu sait où.

– Tu délires, mec.

– Tout est là ! affirma le gros homme en se tapotant le crâne.

– Dieu sait où, tu veux dire ! »

Le gros homme fronça les sourcils. « Moi, au moins, je n'ai pas un blouson ridicule.

– Qu'est-ce que tu racontes ?

– On a tous les albums, et il faut que tu choisisses la pochette de *Skeleton in the Closet* ?

– Quel mal à ça ?

– C'est une compilation. »

Le type au blouson rougit. « J'aime bien cette pochette. Du vrai art cinétique.

– On croirait entendre un disque rayé, protesta la jeune fille. Bla bla bla. »

Elle embrassa le bébé blotti contre son sein, mais qui ne tétait plus. Elle se leva aussi lentement qu'une grand-mère, se pencha à l'arrière du minibus et posa délicatement l'enfant sur un duvet entouré de coussins.

« Mets-la sur le ventre, dit le type au blouson. Elle dort mieux.

– Combien de fois il faut que je te le répète ! Elle risque de mourir du SMSN ! »

De la main, l'homme balaya quelque chose sur son épaule. « Tu es tellement négative. Ça me plombe le moral.

– C'est quoi, le SMSN ? » demanda poliment Jonas. Il espérait qu'ils lui offriraient un autre sandwich, ou se souviendraient au moins de la canette de Dr. Pepper.

« Le syndrome de la mort subite du nourrisson, répondit la jeune fille, foudroyant du regard le type au blouson. Les bébés arrêtent de respirer sans raison.

– Tu vois ce que je veux dire ? » maugréa l'homme.

La musique dans le minibus était si assourdissante que Jonas se demanda comment quiconque pourrait dormir, mais cette petite fille semblait avoir l'habitude. Sans doute était-elle déjà sourde. Le gros homme aperçut une connaissance, quitta son fauteuil d'un bond et s'éloigna en courant, son ventre tressautant à chaque pas. Il revint hors d'haleine ;

quelqu'un sur l'emplacement B6 avait des laissez-passer pour suivre le concert en coulisses. Seul problème : il n'en donnait qu'aux filles. Aussitôt, la femme aux aisselles poilues s'accroupit devant le rétroviseur latéral du minibus et se recoiffa avec ses mains.

« J'emmène Eva, déclara la jeune fille.

– Tu es malade ? s'exclama le gros homme. On n'aura rien si on vient avec un bébé. »

La jeune fille lança un regard inquiet à l'intérieur du véhicule, sa bretelle de débardeur lui retombant toujours sur le bras. La vue de son sein nu déprimait Jonas, comme s'il venait de percer à jour un tour de magie. Elle se tourna vers le type au blouson : « Ne quittez pas le minibus. Sinon gare à toi.

– Je suis censé faire quoi ?

– Tenir compagnie à notre petit frère affamé, dit le gros homme. Il a grand besoin de calories. »

Le type au blouson protesta, se plaignant de devoir rester seul avec Jonas, mais ils étaient déjà partis. L'air accablé, il se rassit dans son fauteuil. Après avoir attendu un autre sandwich, Jonas finit par aller s'en chercher un dans la glacière. Il espérait voir passer Griselda ou le major Meltdown. Ils le repéreraient de loin et se précipiteraient vers lui, le serrant dans leurs bras comme le premier soir dans le camping-car. Il s'efforça de ne pas s'abandonner à son autre fantasme, le moins raisonnable, mais celui-ci était trop tentant pour qu'il résiste : sa mère, plus belle que jamais, sentant le propre et les cigarettes, surgissant de cette foule crasseuse pour le ramener à la maison.

« Eh bien, il y a de quoi faire, par-là », dit le type au blouson, à la vue d'une fille seulement vêtue d'un short en jean et d'un haut de maillot de bain. Il hocha la tête. « Moi je te le dis, dès que tu as un gosse, tout change. Comme si tu étais sous haute surveillance. Profite de ta liberté tant que tu peux, mon frère. Avant de te retrouver derrière les verrous. » Il contempla le blouson sur ses genoux. « Tu en penses quoi ? »

Jonas comprit qu'il espérait un compliment. « Très beau.

– Tu parles ! Il m'a coûté soixante dollars. Des blousons à l'effigie de *Shakedown Streets* ou d'*American Beauty*, ça court les rues ! Aucune originalité. » Il se leva et se pencha à l'intérieur du minibus, laissant voir le haut de son slip jaune qui dépassait de la ceinture de son jean. Il dit à Jonas qu'il allait pisser. « Ne bouge pas de là. Le bébé dort comme une bûche, mais on ne sait jamais. J'en ai pour cinq minutes. »

Il disparut dans le dédale de stands. Le soleil était brûlant. En sueur, Jonas mangea son troisième sandwich, le plus lentement possible pour le faire durer jusqu'au retour de l'homme. Celui-ci ne revenait pas. Il avait pourtant dit « dans cinq minutes ». Soudain une ambulance apparut et fendit la foule, sirène hurlante. Jonas se boucha les oreilles. Les gens ouvraient des yeux ronds et s'écartaient précipitamment.

Le bébé se mit à pleurer. Jonas jeta un coup d'œil à l'intérieur du minibus : les bras et jambes de la petite fille s'agitaient en tous sens comme ceux d'une marionnette. Ses pleurs s'intensifièrent et devinrent plus désespérés. On lui voyait le fond de la gorge ; sa minuscule luette se soulevait et s'abaissait. Jonas commença à s'inquiéter. Elle ne faisait plus de bruit du tout pendant cinq ou six secondes, le visage violacé – sorte de cri muet, étrange et horrible – avant de reprendre son souffle et de se remettre à brailler. Comme lorsqu'on jouait avec la touche de la télécommande permettant de couper le son. Les cris muets duraient de plus en plus longtemps. La petite fille était en train de mourir. De toute évidence, elle n'arrivait plus à respirer. Si c'était le syndrome de la mort subite, sa mère n'avait pas expliqué comment l'empêcher.

Jonas souleva le bébé hurlant et le serra contre son cœur. Il semblait aussi fragile qu'un chaton. Son cœur battait à tout rompre sous le pouce de Jonas, une palpitation effrénée, comme chez un animal à l'agonie.

Il allait partir à la recherche de la mère du bébé. Elle saurait quoi faire. Emplacement B6, avaient-ils dit. Il scruta le parking pour trouver une pancarte, avant d'en découvrir une juste au-dessus de sa tête. R11. Quelle taille pouvait bien faire ce parking ? Même s'il ne retrouvait pas la mère du bébé, il tomberait forcément sur l'ambulance. Jonas plongea dans la foule des gens qui se pressaient entre les stands, espérant qu'il prenait la bonne direction. Des inconnus se retournaient sur lui. Il s'imagina qu'on lui arracherait le bébé, tant les symptômes de mort subite du nourrisson étaient évidents, au lieu de quoi tout le monde s'écartait de lui sans ciller.

La petite fille cessa de hurler, se nicha contre le torse de Jonas telle une taupe. Son silence effraya Jonas. Il la secoua, et elle se remit à brailler. Il avait lu quelque part qu'il fallait maintenir éveillé quelqu'un dont on redoutait qu'il puisse mourir. Il passa devant une rangée de motos ; quelques hommes à longue barbe comme celle de Moïse le montrèrent du doigt et s'esclaffèrent. Il poursuivit son chemin le plus vite possible, les muscles de ses bras commençant à le brûler. Le bébé crachouilla et hoqueta comme s'il s'étouffait. Près du chapiteau, là où les gens attendaient pour entrer, Jonas aperçut une femme avec un siège porte-bébé sur le dos, où une petite fille coiffée d'un bob trônait telle une reine. Il s'élança vers cette femme et lui tendit le bébé, disant qu'il était malade.

La femme eut un mouvement de recul et leva le bras pour protéger le visage de sa fille.

Jonas reprit sa course, abordant une zone moins fréquentée du parking. Le bébé n'avait pas cessé de crier depuis qu'il l'avait secoué. Il commençait à souhaiter qu'il se dépêche de mourir. À bout de souffle, il s'arrêta sous un lampadaire et vérifia sur la pancarte qui y était fixée : V10. Il n'avait même pas atteint la fin de l'alphabet. La fatigue lui alourdissait les jambes, lui collait les pieds au bitume. D'où était-il parti ? De R ou de T ? Impossible de s'en souvenir. Le chiffre s'était également effacé de sa mémoire. Le parking s'étendait indéfiniment, semé de minibus identiques.

Jonas envisagea d'abandonner le bébé sous une voiture. Il n'était qu'un enfant ; qui irait le soupçonner ?

Il s'assit près d'un pick-up crasseux, la chaleur du bitume imprégnant son jean. Les hurlements du bébé devenaient bizarres, un peu rauques. Jonas eut une sensation étrange. Comme si ce bébé dans ses bras, c'était lui, Jonas, qui avait été envoyé du futur pour s'en débarrasser. Ainsi pourrait-il annuler les brûlures de son frère. Si ce bébé mourait, Jonas disparaîtrait de la face du monde. Il ne serait pas mort : il n'aurait jamais existé.

C'était ce que souhaitait sa famille, sans savoir comment s'y prendre.

Adossé à la roue du pick-up, il attendit que le bébé meure. Il ferma les yeux. Couvrant les râles de l'enfant, un bruit lointain lui parvint, comme un roulement de tonnerre. Un tonnerre d'acclamations. Il s'imagina que c'était lui que ces voix acclamaient. C'étaient les âmes encore à naître, celles qui avaient en quelque sorte remonté le temps pour s'absenter de leur existence. Ce fut seulement lorsque ces voix enflèrent et se transformèrent en musique qu'il s'aperçut que le bébé avait cessé de hurler. Il était immobile, moite et silencieux. Jonas attendit qu'il se passe quelque chose, à présent que le bébé était mort, mais rien ne se produisit.

Il rouvrit les yeux. La petite fille dormait, son dos minuscule se soulevant à intervalles réguliers. De ses poings pas plus gros qu'une cuiller à café, elle serrait la chemisette de Jonas. Il recouvrit de sa main la tête de la petite fille assoupie pour la protéger du soleil. Elle allait grandir, vivre sa vie. Il se leva avec précaution. Au loin, devant une tente blanche, étaient rassemblés des gens à l'air affairé ; il se dirigea vers eux, dans l'espoir de trouver l'ambulance à proximité.

46

Comme d'habitude, ils étaient coincés dans les embouteillages. La seule constante de leur existence, se disait Dustin, la seule chose sur laquelle ils puissent compter d'une semaine à l'autre. Assis sur la banquette arrière de la Volvo avec Lyle, il écoutait son père klaxonner la décapotable devant eux. Ils allaient chercher Jonas au poste de police. Des secouristes l'avaient trouvé dans un concert du Grateful Dead à Irvine, un bébé dans les bras, et l'avaient remis à la police. Le soulagement éprouvé par Dustin à l'annonce de la nouvelle avait vite fait place au remords. Il pensait sans cesse à l'époque où Jonas, âgé de quatre ou cinq ans, en proie à des accès de terreur nocturne, débarquait dans sa chambre en pleine nuit, tenant des discours sur le Muzwald perché au pied de son lit. Le Muzwald était un vautour géant à tête de vieille femme et à longue langue de lézard. Il passait la nuit au pied du lit de Jonas, à se nettoyer les globes oculaires avec sa langue fourchue. Dustin était allé dans la chambre de Jonas pour le tuer avec son couteau suisse. À son entrée dans la pièce, lui aussi avait presque vu le Muzwald, sorte d'horrible harpie dévoreuse d'enfants, se lécher les yeux. Plusieurs semaines durant, cet hiver-là, c'était devenu un rituel secret :

Dustin débarquait dans la chambre de Jonas avec son couteau, tuait le monstre perché au pied du lit, qui réapparaissait le lendemain soir, rappelé à la vie par des forces obscures. Nuit après nuit, il expédiait la créature invisible dans la tombe. Ce fut seulement peu à peu qu'il comprit ce qui se jouait, l'air déçu de Jonas quand il tranchait la gorge du monstre et retournait dans sa chambre.

Il avait oublié l'existence du Muzwald jusqu'à une date récente, où lui-même était hanté par des visions similaires. À vrai dire, au bout d'un mois il avait perdu patience et décrété qu'il avait tué le Muzwald pour de bon. Indifférent aux protestations de Jonas, il passait chaque soir sur la pointe des pieds devant la chambre de celui-ci pour qu'il ne l'appelle pas.

La voiture empestait le tabac et la transpiration. Dustin se demanda à quand remontait leur dernière douche. Comme Lyle, il avait insisté pour accompagner ses parents. Il avait appelé le vidéo-club pour prévenir qu'il était malade. Il attachait de l'importance à ce geste, plus qu'à toute autre chose depuis longtemps.

« J'ai oublié de remplir le bol de Mister Leonard », dit la mère de Dustin, rompant pour la première fois le silence depuis qu'ils avaient quitté la maison. Elle avait les cheveux si gras qu'ils brillaient. Peut-être qu'à titre de châtiment, ils se transformaient tous en morts-vivants. « C'est presque l'heure de son dîner.

– De toute façon, il ne mange rien, répliqua son père.

– Même s'il a un cancer, il faut continuer à le nourrir.

– Qui a parlé de cancer ? » demanda sèchement Lyle.

Sa mère jeta un coup d'œil par la vitre. « Hector. Il m'a

appris la semaine dernière que Mister Leonard était sans doute atteint d'un lymphome. »

Le moteur ronronnait dans le silence qui s'était installé à la mention du prénom Hector. Quand Dustin avait avoué la vérité à ses parents, leur avait révélé qu'Hector était responsable de l'explosion qui avait détruit sa vie, son père était allé s'asseoir sur la terrasse avec une des bières de Dustin et, sous les yeux du reste de la famille, avait baissé la tête comme pour reprendre son souffle. *Il ne remettra jamais les pieds ici*, avait-il dit, revenant avec la canette qu'il n'avait pas ouverte. Il n'en parlait plus, mais, tandis qu'il tentait de s'insérer dans la file de droite, ses traits se durcirent, laissant entrevoir de quoi il serait capable si Hector avait la bêtise de se montrer.

« Qu'est-ce que tu fais ? » demanda Camille. Warren quittait l'autoroute et s'engageait à toute allure sur la bretelle de sortie.

« Pause ravitaillement. »

Ils s'arrêtèrent dans une station-service, à cheval sur deux emplacements comme si Warren n'avait pas le temps de se garer correctement. L'inscription FAITES COMME CHEZ VOUS s'étalait en travers de la vitrine de la petite galerie marchande. Une minute plus tard, Dustin suivit son père à l'intérieur : impossible de rester dans la voiture avec sa mère et sa sœur, tous les trois écrasés par le remords. Se dirigeant vers la machine à café, il aperçut son père debout devant le four à micro-ondes. Les yeux mi-clos comme s'il était défoncé. Plus que le fait qu'il soit debout, la main sur le cœur, ce fut la tendresse rêveuse de son sourire qui effraya Dustin.

« Ça va, papa ? »

Son père le regarda quelques instants comme s'il ne le

reconnaissait pas. Il semblait essoufflé. « Des brûlures d'estomac, dit-il.

– Tu veux t'asseoir ? »

Il acquiesça de la tête. Dustin le conduisit jusqu'à une chaise en plastique devant une porte avec la mention : RÉSERVÉ AU PERSONNEL. Son père s'assit. Alors que Dustin l'avait toujours trouvé sans âge, immuablement paternel, il découvrait à la lumière crue de la boutique combien il avait vieilli. Ses sourcils, plus épais et broussailleux, dépassaient des montures de ses lunettes. Sur son front, une tache de vieillesse était apparue. Respirant avec difficulté, il retira ses lunettes et tenta de les nettoyer avec son T-shirt. L'une des branches métalliques lui resta dans la main. Il la contempla, l'air trahi. Dustin trouva dans un rayon un kit miniature pour réparer les lunettes et le régla à l'adolescent obèse qui tenait la caisse. Il demanda à son père de lui confier les lunettes, s'accroupit près de lui, essaya d'insérer une vis minuscule dans la branche. Ça tenait de l'intervention chirurgicale sur une fourmi. Le tournevis miniature n'arrêtait pas de glisser, la vis et la branche de tomber. Derrière la caisse, une radio passait la chanson « Girls Just Want to Have Fun ». Dustin enleva ses lunettes noires pour mieux voir, les posa sur l'étagère du four à micro-ondes. Même en se servant de sa main valide, en tenant le tournevis entre le pouce, l'index et le majeur, il souffrait tellement qu'il en avait les larmes aux yeux. Quand il eut fini, il tendit les lunettes à son père qui les remit sans un mot.

« Qu'est-ce que vous avez acheté ? » demanda Lyle lorsqu'ils remontèrent dans la voiture. Son père ne souriait plus, mais respirait à nouveau normalement.

« Des trucs pour Jonas. On s'est dit qu'il aurait peut-être faim.

– J'espère qu'ils lui auront donné quelque chose à manger, au poste de police, déclara sa mère.

– On a trouvé mieux que ça. » Dustin fouilla dans le sac sur ses genoux, brandissant l'un après l'autre les sachets qu'ils avaient achetés : Pop-Tarts, Cool Ranch Doritos, barres Abba-Zaba. « On a essayé de trouver des Ring Dings, mais ils n'en avaient pas.

– Vous n'auriez pas pu choisir quelque chose de plus nourrissant ? » Cette question rappelait tellement à Dustin sa mère d'avant qu'il vérifia que les cigarettes étaient bien sur le tableau de bord.

« On lui a pris des céréales aux raisins secs, dit son père. Montre-les-lui, Dust. »

Dustin sortit la minuscule boîte de céréales. Lyle la lui prit des mains, l'ouvrit sans qu'il puisse l'en empêcher, plongea les doigts à l'intérieur.

« Qu'est-ce que tu fais ?

– J'enlève les raisins. Pendant qu'on est bloqués dans les embouteillages. »

Il n'y avait pas d'endroit où mettre les raisins. Dustin tendit la main et Lyle les déposa un à un au creux de sa paume gantée.

« Vous vous souvenez du Noël où on a eu un jeu de croquet, et où Jonas insistait pour porter son casque de cycliste ? dit Lyle. Il avait peur qu'on lui donne par erreur un coup de maillet sur la tête. Il doit bien être le seul joueur dans toute l'histoire du croquet à porter un casque.

– Qu'est-ce qui te fait penser à ça ? demanda Camille.

– Aucune idée. » Lyle referma la boîte de céréales. « Je le revois juste avec son casque.

– Il le portait aussi quand on faisait de la luge dans le Wisconsin, rappela Warren. Et il refusait de descendre tout schuss. À force de slalomer, il avançait à peine. » Warren fit une démonstration au volant.

« Apprends à conduire, connard ! » cria un type dans une Civic sur l'autre voie, le visage déformé par la colère. Quand il vit Dustin, son expression changea et il se concentra de nouveau sur la route.

« Tu n'as plus tes lunettes noires ? » dit Lyle à Dustin.

Il porta la main à ses yeux. C'était vrai : il les avait laissées dans la boutique. Il ne s'en était même pas rendu compte. Il remonta sa vitre, ne distinguant que l'ombre d'un reflet.

Jonas attendait au poste, assis tout seul dans un coin, écoutant les claquements de langue d'un policier qui suçait une boule de gomme à son bureau. Un peu plus tôt, l'homme avait montré son pistolet à Jonas. C'était le troisième qu'on lui faisait admirer ce jour-là. « Waoh », avait-il dit, parce que c'était de toute évidence ce que le policier voulait entendre. Il avait demandé à l'homme s'il avait parfois la tentation de retourner son arme contre lui, puisque le taux de suicide chez les policiers était le troisième du pays. L'homme avait froncé les sourcils et était retourné s'asseoir au fond de la pièce, où il venait de passer l'heure écoulée, avec une expression suicidaire.

« Tu veux un croissandwich ? » proposa son collègue à Jonas, montrant un sachet taché de graisse. Il semblait moins suicidaire, avait même l'air d'aimer son métier. On pouvait deviner qu'ils faisaient équipe, parce que l'un était noir et l'autre blanc.

« C'est quoi, un croissandwich ?

– Un mélange de croissant et de sandwich. On mange ça en France.

– D'accord », dit Jonas. Il prit celui que lui tendait le policier. « Vous pensez que mon père va venir ?

– Il doit être pris dans les embouteillages.

– Peut-être qu'il a décidé de ne pas venir. »

L'homme le dévisagea longuement. « Il va venir, crois-moi. Je lui ai parlé en personne. Je te parie que ta famille n'a pas fermé l'œil de la semaine.

– En fait, ils préféreraient plus ou moins que je sois mort. »

Les deux policiers échangèrent un regard. Le plus jovial jeta un coup d'œil à sa montre, le visage soudain assombri par l'inquiétude. Jonas s'essuya les mains sur son jean à fleurs. Maintenant qu'il avait fugué et volé un bébé, sa famille devait le détester encore plus qu'avant. Il se demanda si les policiers ne lui cachaient pas quelque chose. Peut-être qu'ils étaient au courant, pour les faux billets, pour la collection de pièces d'argent, pour le tour qu'ils avaient joué à cette malheureuse vieille dame. Il devait être trop jeune pour aller en prison, mais n'en était pas sûr à cent pour cent.

Quoi qu'il en soit, son père serait furieux. Jonas le voyait déjà débarquer dans le commissariat, plissant les yeux, trop en colère pour parler.

Après ce qui lui parut une éternité, alors que son dîner était déjà loin, qu'il avait perdu tout espoir qu'on vienne le chercher et prenait conscience de la vie qui l'attendait – le ventre vide, les pieds couverts de croûtes, dans un squat sans toilettes – il y eut un appel de la réception. Son père était là.

Il crut que son cœur allait s'arrêter. Il avait un pied tout engourdi et partit en boitant dans le couloir pour accueillir son châtiment. Lorsqu'il arriva dans le hall d'entrée, toujours boitant, il eut la surprise de voir sa famille au grand complet qui l'attendait : un groupe d'individus débraillés aux cheveux gras. Son père en pantalon de survêtement. Sa mère dont les taches de rousseur cachaient mal l'air épuisé, avec son paquet de cigarettes qui dépassait de sa poche. Sa sœur devenue jolie et son frère désormais affreux, le visage de travers sans ses lunettes noires, comme celui d'un bonhomme de neige en train de fondre. Alignés derrière une fougère en plastique, ils semblaient poser pour une photo. Malgré sa joie de les revoir, malgré son soulagement, sa fierté et son émerveillement, il se sentit obscurément déçu de les retrouver tels que dans ses souvenirs.

Sa mère se précipita vers lui et le serra contre elle, si fort qu'il crut étouffer. Elle sanglotait. Quand elle eut fini, son père s'approcha sans un sourire et l'étreignit à son tour, lui écrasant le visage contre son ventre. Une odeur de feuilles pourries. Son père relâcha son étreinte, mais semblait avoir du mal à le laisser partir.

Pendant que Warren parlait avec les policiers et signait des formulaires, ils restèrent tous les cinq assis sur le banc près de la fougère en plastique. Une mouche grimpa en haut de la fenêtre et se laissa redescendre à toute vitesse tel un skieur. Dustin et Lyle sortirent plusieurs sachets d'un sac de station-service, des Pop-Tarts, des Doritos et des barres chocolatées qu'ils tendirent à Jonas.

« Tu n'es pas mort de faim ? demanda Lyle.

– J'ai mangé un croissandwich. »

Dustin ouvrit sa main, remplie d'une pâte brune à l'odeur sucrée : « Donc je peux jeter les raisins secs ? »

Lorsqu'ils reprirent la route, la nuit était presque tombée. Il restait quelques embouteillages, mais Warren ne fit rien pour s'insérer dans la voie de gauche. Il n'était pas pressé de rentrer. En partie parce qu'il se réjouissait de sentir sa famille réunie : impossible de se rappeler la dernière fois qu'ils avaient voyagé ensemble dans cette voiture. Malgré tout ce qui venait de se passer, il éprouvait une joie aussi tenace qu'absurde. En fin de compte, c'était sans doute la seule chose qu'on puisse espérer : rassembler sa famille dans la voiture une ou deux fois par an, maintenant que les enfants étaient grands – et qu'on avait soi-même des cheveux blancs – et profiter du poids précieux de leur présence.

Il essaya de ne pas penser à Hector, de peur que son cœur ne fasse encore des siennes.

Il jeta un coup d'œil à Jonas dans le rétroviseur. Assis en sandwich entre son frère et sa sœur, il contemplait l'intérieur d'un sachet de Doritos. Warren mettait tout ce qui s'était passé sur le compte de son inconscience. Mais que s'était-il passé, au juste ? À en croire la police, pas trace d'abus sexuels ni de maltraitance. Quand il avait questionné Jonas au commissariat pour tenter d'en savoir plus, celui-ci avait continué à tripoter d'un air absent le chewing-gum collé dans ses cheveux.

« Tu te sens d'attaque, maintenant ? » demanda-t-il en jetant un nouveau coup d'œil dans le rétroviseur.

Jonas sursauta. « D'attaque pour quoi ?

– Pour nous raconter. Tes aventures. »

Jonas tendit le sachet de Doritos à Lyle.

« On aimerait juste être sûrs que personne ne t'a fait de mal, déclara Camille.

– Une sourde-muette s'est occupée de moi. Griselda. Elle m'a conduit chez elle et m'a laissé dormir dans son lit. De temps en temps, elle m'emmenait dans son camping-car. C'était une magicienne. On a aidé une vieille dame à retrouver son chien.

– Une sourde-muette ? Vous communiquiez comment ?

– Elle m'a appris la langue des signes.

– Et ça, c'est le jean de sa fille ? » lança Lyle.

Jonas acquiesça. « Elle a été assassinée l'an dernier. Griselda m'a donné ses vêtements. Elle me brossait les cheveux, m'apprenait des tours de magie et me faisait des œufs Benedict chaque matin, parce que c'était le plat préféré de sa fille. »

Camille regarda par la vitre. Warren espérait de toutes ses forces que cette histoire improbable soit vraie ; l'idée que Jonas ait pu l'inventer de toutes pièces lui était insupportable. Peut-être ne sauraient-ils jamais ce qui s'était passé. Ça resterait un mystère, comme le chewing-gum collé dans ses cheveux.

À mesure que la nuit tombait, les feux arrière des voitures devant eux brillaient d'un éclat plus intense, au rythme des à-coups de la circulation. Warren alluma l'autoradio. Des experts parlaient de l'URSS, de la menace d'un anéantissement mondial. Curieusement, cela n'assombrissait pas son humeur. Ces prévisions apocalyptiques pour la planète le consolaient plutôt. Tout le monde était dans le même bateau, aveuglé par les mêmes espoirs. Ça changeait quoi, si lui aussi feignait d'être optimiste ?

Il prit la main de Camille, posée au bord de son siège. Elle ne réagit pas, ne la retira pas non plus. Étant donné l'état de leurs relations, ça semblait une bénédiction.

Lorsqu'ils arrivèrent chez eux, à plus de vingt-deux heures, Jonas dormait. Warren le transporta à l'intérieur de la maison, la tête de son fils nichée contre son épaule comme quand il était petit. Il paraissait sale, les ongles noirs de crasse. Au lit, les bras en croix, immobile, il ressemblait encore plus à un bébé. Warren prit les ciseaux sur le bureau de Jonas, coupa la mèche de cheveux où était collé le chewing-gum. Il jeta le tout dans la poubelle. Puis il se ravisa, récupéra le chewing-gum couvert de cheveux – il n'aurait pu dire pourquoi – et le glissa dans la poche de son pantalon de survêtement.

Dans la cuisine, Camille, Lyle et Dustin s'étaient assis sur le lino près du panier de Mister Leonard. Le vieux chien gémissait doucement sans lever la tête ni ouvrir les yeux.

« Il est en train de mourir, dit Camille.

– Il y a un hôpital vétérinaire à Lancaster, suggéra Lyle.

– Non, répondit sèchement sa mère. Il faut le laisser mourir en paix. »

Elle posa la main sur la cage thoracique de Mister Leonard. Ses doigts se soulevaient au rythme de son souffle.

« Vous devriez aller au lit, tous les trois », leur conseilla-t-elle.

Lyle secoua la tête. « Je veux rester là.

– Moi aussi », dit Dustin.

Camille les regarda, les larmes aux yeux.

« Je vais faire du café », proposa Warren.

Il versa une cuillerée de café arôme praliné dans un filtre et remplit la cafetière d'eau. Se retournant vers le plan de travail, il heurta un verre qui vola en éclats sur le sol. Mister Leonard ne tressaillit pas. Tandis que Warren balayait les éclats de verre, Lyle sortit par la porte coulissante et réapparut avec quelque chose dans les mains. Une pierre. De la taille des galets de leur jardin d'Herradura Estates. Elle posa la pierre près de la tête de Mister Leonard, de sorte qu'il puisse la voir s'il ouvrait les yeux.

Sa respiration s'accéléra, de plus en plus laborieuse. Pareille à celle d'un poisson échoué sur une jetée. Warren s'assit sur le lino avec sa femme et ses enfants. Ils restèrent là en silence, buvant leur café, attendant que Mister Leonard ouvre les yeux et remarque la pierre.

« Si seulement il mangeait quelque chose, soupira Lyle.

– Quel est son aliment préféré ? demanda Dustin.

– Le steak.

– Il en a déjà mangé ?

– Tu ne te souviens pas de ce 4 Juillet où il a englouti tous les steaks du barbecue ? Après il y retournait chaque soir, comme en prière.

– Il y a des steaks marinés au frigo, dit Warren. Je comptais vous les faire ce soir. »

Il les avait achetés la veille, peut-être pour expier ses nombreux péchés. Il se leva, mit un steak dans la poêle, alluma le gaz à fond. La cuisine ne tarda pas à s'emplir d'une odeur alléchante, aussi inhabituelle que la joie qu'il avait éprouvée plus tôt. Mister Leonard ne réagit pas davantage. Warren découpa le steak en petits morceaux et les disposa dans le bol de Mister Leonard, le plaçant sous son nez.

Il ouvrit les yeux une fraction de seconde – un regard rêveur, absent. Toute sa vie, il avait tenté de s'emparer de la viande qu'ils avaient dans leur assiette. Camille se leva subitement, prit la poêle sur le fourneau, l'approcha du chien. Elle trempa l'index dans la graisse au fond de la poêle et lui en barbouilla les babines, veillant à les recouvrir entièrement, comme d'un baume protecteur.

Mister Leonard rouvrit les yeux, lécha la graisse sur ses babines. Il se redressa juste assez pour renifler le bol. Timidement, il leva la tête pour avaler quelques morceaux de steak mariné.

« Il est sauvé, dit Lyle, hilare.

– Désormais, il ne voudra plus rien d'autre, ajouta Dustin. Ça ou du filet mignon. »

Soudain Mister Leonard émit un râle. Un son horrible, mécanique, sans rien d'animal, comme si une machine lui aspirait les entrailles. Insupportable. Ils restèrent là un long moment tous les quatre, incapables d'échanger un regard. Enfin Lyle se leva et quitta la pièce, suivie de Dustin, puis Warren se mit debout à son tour, lentement, laissant Camille seule sur le lino. Inutile de lui demander de déserter son poste. Seul dans leur chambre, il se déshabilla et se coucha sans se brosser les dents, les étoiles formant un essaim géant derrière la vitre. Les râles de Mister Leonard étaient si sonores qu'ils retentissaient dans tout le couloir. Warren ne s'était jamais senti aussi fatigué depuis l'hospitalisation de Dustin : son lit lui semblait une réalité aussi lointaine qu'une étreinte depuis longtemps oubliée. Les étoiles palpitaient dans le ciel. Sa femme se mit à chantonner dans la cuisine. La berceuse de *Mary Poppins*, celle qu'elle chantait aux enfants quand ils étaient petits.

Surtout ne dormez pas cette nuit
Ne vous allongez pas sur votre lit
Tandis que la lune s'élève dans les cieux
Ne dormez pas et ouvrez grands vos yeux

Peut-être Warren s'endormit-il lui-même, car lorsqu'il reprit ses esprits la maison était silencieuse. Pas de lumière dans le couloir. Il se retourna pour caresser Camille, la consoler, mais bien sûr elle n'était pas là.

TROISIÈME PARTIE

Hiver 1986

47

Au pays des oiseaux sous-marins, tout est inversé. Par exemple, les poissons volent dans le ciel et font leur nid dans les arbres. Les mouffettes sentent aussi bon que les fleurs. Lorsqu'ils se marient, les gens disent : *Je te hais.* Le prêtre annonce : *Vous pouvez maintenant donner un coup de poing à la mariée.* Les filles font pipi debout. Au pays des oiseaux sous-marins, c'est en courant le plus lentement qu'on gagne aux Jeux olympiques. L'enfance est le pire moment de la vie ; plus on vieillit, plus on devient heureux. Et puis c'est avant la naissance qu'on va au paradis. Quand quelqu'un meurt, on distribue des cigares. Au pays des oiseaux sous-marins, il y a un proverbe qui dit : *Des chez-soi, on en a par millions.*

Le père de Lyle se débattait avec sa cravate, dissimulant l'extrémité la plus étroite à l'intérieur de sa chemise. Depuis que les parents de Lyle s'étaient séparés, son père faisait des élégances quand il leur rendait visite. Lyle trouvait ça déprimant, d'autant que Jonas et sa mère étaient en pantalon de survêtement.

« Tu profites de la plage ? » lui demanda son père. Comme d'habitude, sa mère et lui étaient assis chacun à un bout du canapé. Allongé aux pieds de sa mère, Jonas jouait à un jeu vidéo. La musique démoniaque qui s'échappait du téléviseur faisait paraître la pièce encore plus petite qu'elle n'était.

« On est en plein hiver, répondit Lyle. De toute façon, je déteste la plage. Dieu merci, elle est loin d'ici. »

Son père sourit poliment, puis jeta un coup d'œil en direction de la cuisine. « En tout cas, ça doit être agréable d'avoir vue sur le port.

– Le balcon donne sur l'autoroute. On ne voit que des voitures. »

Il eut l'air déçu. Lyle ne comprenait pas les raisons de cette obstination à idéaliser leur existence, leur petit appartement sombre, avec sa moquette marron. Ils y avaient emménagé tous les trois en août dernier. C'était comme si son père et Dustin avaient disparu du jour au lendemain, abandonnés à Auburn Fields. Après avoir tellement souhaité retrouver la civilisation, Lyle n'en revenait pas qu'ils lui manquent autant. Alors qu'elle guettait la sonnerie du téléphone ou regardait la télé avec Jonas, une sensation de vide l'emplissait soudain, telle une bouffée d'air.

Son père contemplait ses genoux tout en faisant coulisser son alliance sur son annulaire.

« Tu as rasé ta barbe, dit Camille en le regardant.

– Quoi ?

– En octobre, tu l'avais encore.

– Justement, je voulais t'en parler. En fait…, je me suis remis à vendre des couteaux.

– Ah bon ?

– La semaine dernière, c'était moi le meilleur vendeur. J'ai même battu la Lame d'Or du mois. »

Il avait dit ça ironiquement, mais non sans une pointe

d'orgueil. S'il comptait impressionner la mère de Lyle, il perdait son temps : elle avait répété à Lyle qu'il n'était pas question pour eux de reprendre la vie commune. « On n'a pas les mêmes buts dans l'existence », disait-elle. Lyle se retenait pour ne pas sourire, tellement ça lui rappelait sa mère d'avant, à ceci près que jamais sa mère d'avant n'aurait quitté son père.

Sur l'écran du téléviseur, un cavalier éperonnant une autruche volante affrontait des chevaliers rouges sur des vautours, lesquels avaient la désagréable habitude de pondre des œufs dès qu'on les tuait. Depuis que Jonas avait fait une fugue, la mère de Lyle lui avait offert une manette de jeu, un nouveau vélo tout terrain et une console Atari 7800. Lyle commençait à s'inquiéter au sujet de Noël, dans moins de deux semaines.

« Il y a un enjeu ? demanda son père.

– Oui et non, répondit Jonas sans quitter l'écran des yeux. Tu es censé tuer les chevaliers ennemis avec ta lance, puis écraser leurs œufs avant qu'ils puissent éclore. Si tu voles trop près de la lave, le troll du volcan te noie dedans.

– Le troll du volcan…

– Il suffit de donner des coups d'aile avec le bouton de la manette. C'est très réaliste.

– Et quand tu as tué tous les chevaliers, tu gagnes quoi ? »

La question laissa Jonas perplexe. « Rien. Un autre groupe de chevaliers apparaît. »

Son père hocha la tête. « Je vois. »

Lyle alla dans la cuisine où Dustin tournait de la soupe avec une cuillère dans une gigantesque casserole. Il préparait un déjeuner d'anniversaire pour Taz, qui devait arriver d'une minute à l'autre. Il l'avait invitée dans leur appartement pour qu'elle n'ait pas à conduire jusqu'à Auburn Fields ni à mentir à ses parents. Du moins était-ce la raison invoquée par Dustin, mais Lyle le soupçonnait d'en avoir une autre : il voulait se montrer avec Taz devant la famille réunie. Jamais il ne le reconnaîtrait, mais une partie de lui-même ne pouvait se passer de leur approbation. À leur arrivée en Californie, avant qu'ils se soient fait des amis, il venait souvent dans la chambre de Lyle avec sa guitare acoustique lui chanter les chansons qu'il avait écrites, et attendait son verdict en rougissant. Désormais ses visites étaient de plus en plus rares. Lyle le voyait plus souvent que son père – une ou deux fois par mois –, mais ce n'était pas assez.

Dustin leva le nez de sa casserole, le visage écarlate. Les opérations de chirurgie plastique, et celle pour remédier à sa paupière tombante, étaient présentées comme de grandes réussites. En vérité, elles avaient changé son apparence plus qu'elles ne l'avaient améliorée. À certains égards, il semblait encore plus bizarre qu'avant : la dissymétrie était corrigée pour l'essentiel, si bien qu'il fallait regarder d'encore plus près pour identifier ce qui clochait, pourquoi les deux moitiés de son visage n'allaient pas bien ensemble. Même avec des opérations supplémentaires, il fallait se rendre à l'évidence : il n'aurait jamais l'air normal. Il garderait toujours quelque chose d'insolite, une laideur énigmatique.

Tous, sauf lui, s'étaient bercés d'illusions.

« Ça met un temps fou à bouillir, dit-il.

– C'est à cause des plaques électriques. Maman n'arrête pas de s'en plaindre. »

Dustin le savait, bien sûr, sinon il n'aurait jamais pu faire la cuisine. Certaines choses – la flamme du gaz, le crissement du papier alu – l'angoissaient encore. Il mit un couvercle sur la casserole et se fraya un passage jusqu'à l'évier. C'était une cuisine minuscule, à peine assez grande pour y préparer un repas, mais son caractère exclusivement fonctionnel représentait un soulagement. Ils avaient passé une bonne partie de leur ancienne vie dans des cuisines, et voilà le résultat.

« Maman m'a appris que tu étais admise à Columbia, dit-il en se lavant les mains. J'ai oublié de te féliciter.

– Je n'étais pas sûre d'être acceptée.

– Moi je savais que si. Tu es la personne la plus intelligente que je connaisse. »

Lyle rougit. Elle avait eu trop le trac pour lui apprendre elle-même la nouvelle, convaincue qu'il l'écraserait de son mépris. Le téléphone se mit à sonner sur l'appui de fenêtre ; Dustin décrocha et s'accroupit aussitôt, tenant le combiné à deux mains, sa voix se réduisant à un murmure. Taz. Lyle le laissa seul et se réfugia dans sa chambre, incapable d'affronter l'atmosphère pesante de la salle de séjour. La moquette était froide sous ses pieds. Elle avait beau être hideuse, d'un brun merdique, Lyle l'aimait bien. Le jour où elle avait reçu la lettre de l'université Columbia, elle s'était allongée sur ses fibres laineuses et avait béatement contemplé le plafond pendant une heure. Difficile de ne pas baigner dans une sorte d'euphorie post-coïtale à ce souvenir. En octobre dernier, tandis qu'elle planchait sur son essai, elle avait d'ailleurs eu l'étrange sensation, vaguement émoustillante, de vouloir mettre Columbia dans son lit. Pour finir, sa mère avait dû l'aider, remplissant les demandes de bourses et lui relisant une énième fois son essai. Elle avait pleuré à sa lecture. Lyle le savait, parce qu'elle l'espionnait depuis le balcon, cachée derrière le ficus qui était censé occulter la vue sur l'autoroute.

Lorsque sa mère avait levé les yeux, le visage ruisselant de larmes, Lyle avait frissonné de stupeur et de fierté.

Par gratitude, sans doute, elle avait décidé d'aider sa mère à arrêter de fumer. Dès que celle-ci avait envie d'une cigarette, Lyle lui apportait un Coca. Ce qu'elle lui servait, c'était en fait un idéal de Coca, au sens platonicien du terme : un immense verre pétillant, rempli de glace pilée, de ceux qui vous chatouillent les narines pendant que vous buvez. La première fois qu'elle y avait goûté, la mère de Lyle avait fermé les yeux avec le même sourire béat qu'un fumeur de joint. « C'est quoi ? », avait-elle demandé en contemplant son verre. Depuis peu, elles regardaient la télé ensemble quand Jonas était couché, assises sur le canapé devant *Miami Vice* ou *Clair de Lune*, leur Coca à la main. La mère de Lyle en buvait parfois quatre ou cinq verres.

Dans sa chambre, Lyle ouvrit un tiroir de son bureau et trouva ce qu'elle cherchait, et qu'elle voulait montrer à Dustin. Elle l'entendait hausser le ton dans la cuisine, crier dans le téléphone. Il finit par raccrocher d'un geste sec. Quand elle sortit de sa chambre, il était assis sur le balcon, partiellement dissimulé par le ficus. Parce que c'était son frère, et qu'elle était plus ou moins incapable de lui ficher la paix, elle l'y rejoignit.

« Taz va venir ? demanda-t-elle timidement.

– Je n'en sais rien.

– Elle ne te l'a pas dit ? »

Dustin se gratta le bras. Il ne portait plus son maillot ni son gant de contention depuis le mois de juillet ; Lyle avait du mal à s'habituer à son bras nu, brun et rêche à cause des cicatrices, tel un mur mal crépi. « Elle m'a raccroché au nez.

– Ça ne va plus entre vous ?

– De moins en moins. »

Lyle se surprit à le regretter. Elle s'assit sur une chaise longue et regarda le lent flot de voitures s'écouler, son murmure aussi apaisant que celui des vagues sur la grève. En bordure de l'autoroute se trouvait la raffinerie qu'elle apercevait du temps où elle allait à Wilmington ; les rangées de cuves géantes, les tours de distillation et les torchères pareilles à des bougies, dont la fumée entraînée par le vent formait dans le ciel des bulles de bande dessinée. La maison d'Hector – avec son banc de musculation couvert de plastique dans l'allée – était juste de l'autre côté. Lyle n'avait pas revu Hector depuis la semaine où Jonas avait disparu ; aucun membre de la famille ne l'avait revu. Il n'était plus qu'un énième coup du sort, un épisode dont ils ne parlaient jamais.

« Regarde, dit Lyle. J'ai retrouvé ça quand on a déménagé. » Elle tendit à Dustin le livre artisanal qu'elle avait à la main.

« Qu'est-ce que c'est ?

– *Le pays des oiseaux sous-marins.* »

Curieusement, il était en bon état, les agrafes alignées d'un côté telle une colonie de fourmis. Dustin examina la couverture. Dessinée avec application aux crayons de couleur, elle représentait un paysage sous-marin peuplé d'oiseaux étranges, du bec desquels s'échappaient des colonnes de bulles. Les oiseaux nageaient les ailes déployées, pareils à des raies manta, flottant paisiblement ou rapportant des vers dans leurs nids posés sur un tapis d'algues. On reconnaissait ceux dessinés par Dustin aux crottes d'oiseaux qu'ils laissaient dans leur sillage. Ceux de Lyle avaient plutôt du rouge à lèvres et de longs cils. Dans le ciel, plus indifférenciés, volaient des poissons : un requin avec des crocs en dents de scie, une pieuvre se prélassant sur un nuage. Elle portait un badge avec le prénom CLAUDE.

« Ce livre a survécu aux flammes ? » s'exclama Dustin, stupéfait. Au bas de la couverture, en lettres de couleurs différentes, leurs deux noms : DUSTIN ET DELILAH ZILLER.

« Il était sans doute rangé dans le garage. Avec tout le bric-à-brac qu'on a pu sauver. J'avais oublié son existence jusqu'à ce que je le retrouve au garde-meuble. »

Dustin le feuilleta, libérant d'âcres relents de fumée. Lyle n'en revenait pas de tout ce qu'ils avaient écrit. De l'impatience avec laquelle ils attendaient le moment de monter dans leur chambre après le centre aéré ou les leçons de natation, de s'asseoir dans la penderie pour imaginer des détails supplémentaires. *Il neige dès que la chaleur augmente au-dehors. Les chenilles sont plus belles que les papillons. Et les stars de cinéma ont d'horribles visages.* Lorsque Dustin tomba sur un autre dessin – un homme affligé d'acné au long nez protubérant, couvert d'excroissances comme un cornichon –, son sourire s'envola. Il fixa le visage de l'homme.

« C'est moi qui ai dessiné ça ? »

Lyle acquiesça. Sur l'autoroute, les véhicules avançaient par à-coups, à la manière d'un serpent. Dustin referma le livre et le rendit à sa sœur.

« Maman m'a envoyé un exemplaire de ton essai », finit-il par dire.

Le cœur de Lyle se serra. « Ah bon ?

– Dans un premier temps, j'ai été furieux : “La vie de mon frère est fichue ; je refuse que la mienne le soit aussi.”

– Il était question de nous tous.

– Je sais. Tu n'as dit que la vérité. » Il se tourna vers la raffinerie. Lyle s'interrogea : de quelle partie de l'essai parlait-il ? Du paragraphe sur la première fois où elle l'avait vu dans le service des grands brûlés, et où la sale gosse en elle s'était réjouie qu'il soit désormais moins beau qu'elle ? « Tu m'écriras, quand tu seras à Columbia ? » demanda-t-il.

Elle dut s'éclaircir la voix. « Oui. Toutes les semaines.

– Tu oublieras. Mais ce n'est pas grave. Ça me suffit, en fait, de savoir que tu comptes le faire. »

Lyle aurait voulu lui assurer qu'elle n'oublierait pas, qu'elle lui écrirait tous les jours s'il le fallait, mais quelque part dans un recoin de son cerveau, elle savait qu'il avait raison. Elle serait entraînée dans une nouvelle vie, un tourbillon d'amis et de cours. Elle prit conscience que son frère ne s'inscrirait jamais à l'université : il était trop angoissé pour quitter sa cachette en plein désert. Il se retrouverait à travailler dans un endroit comme le Mojave Vidéo-club pour le restant de ses jours, la bizarrerie de son visage ressemblant de moins en moins à un accident. Un jour, il deviendrait un de ces hommes qui font plus vieux que leur âge et parcourent les supermarchés en poussant leur chariot rempli de steaks surgelés. *Au pays des oiseaux sous-marins, on dit au revoir au lieu de bonjour.* L'estomac de Lyle émit un gargouillis qui couvrit le bruit de la circulation, et Dustin lui lança un regard surpris.

« J'ai oublié de petit-déjeuner », dit-elle. Peut-être se trompait-elle ; peut-être Dustin ferait-il quelque chose de sa vie, quelque chose d'aussi inattendu que ce qui lui était arrivé. Elle s'efforça de s'en convaincre.

« On devrait se mettre à table, déclara-t-il avec un froncement de sourcils. Que Taz fête ce putain d'anniversaire avec ses amis. »

Dans la salle de bains, Camille se lava les mains en luttant contre l'envie de fumer la cigarette cachée dans sa poche. Elle aussi avait éprouvé le besoin de fuir l'atmosphère pesante du séjour. Le miroir lui renvoyait un reflet pâle et fatigué, de minuscules rides ourlant sa lèvre supérieure. Celles de son cou semblaient plus profondes que d'ordinaire. Elle referma la main sur la Camel Light dans sa poche. C'était l'unique cigarette qu'elle possédait ; malgré son envie, elle n'osait pas encore la fumer, si tôt dans la journée.

Elle entreprit de ranger les affaires de Lyle et de Jonas, remit le bouchon d'un stick de déodorant, ramassa un coton-tige tombé sur le sol. Elle avait fait ce qu'elle devait : elle avait laissé Warren se lamenter sur son sort dans le désert, et s'occuper de leur malheureux fils au cœur plein de haine et d'amertume. Alors pourquoi se sentait-elle si déprimée ? Cela venait-il de la présence de Warren avec son alliance ? La sienne était dans un tiroir, au fond d'un ancien flacon de comprimés. Faisant couler l'eau du robinet pour donner le change, elle se demanda si elle avait eu tort de quitter Warren. À l'époque, c'était une question de survie. Elle pouvait lui pardonner de les avoir emmenés en Californie, peut-être même de les avoir ruinés en poursuivant ses rêves de richesse, d'être tombé malade de honte, une honte dont il ne pourrait jamais se défaire : toutes ces erreurs, elle pouvait les lui pardonner, mais les surmonter était une autre affaire. Finalement, c'est la déception qu'il lui inspirait qui se révélait insurmontable. Il avait gâché la vie qu'ils auraient pu partager, celle qu'il lui promettait du temps où ils mangeaient de la viande d'élan à Chicago avant leur mariage. Après l'hospitalisation de Dustin, il avait complètement capitulé, se complaisant dans son malheur. Voilà du moins ce qu'elle pensait alors. Depuis leur séparation, elle le voyait plus objectivement : un homme brisé, bien intentionné, mais manquant de courage pour faire face aux épreuves de l'existence, et tombé plus bas qu'il n'aurait pu l'imaginer.

Mais sans doute ne pouvait-on rien imaginer. Elle-même aurait voulu être quelqu'un d'autre, une séductrice toute de noir vêtue. Eh bien non. Elle n'était qu'une femme qui mettait en page des lettres d'information, à qui les tons pastel allaient bien, qui avait signé une paix fragile et inattendue avec sa fille.

Elle ferma le robinet et sortit de la salle de bains, découvrant Warren dans le couloir. Elle se demanda s'il l'attendait. Il avait un cadeau d'une entreprise de vente par correspondance à la main, simple boîte entourée d'un ruban. Elle eut soudain honte d'avoir oublié d'acheter quelque chose à Taz pour son anniversaire.

« Très gentil à toi, dit-elle. Moi aussi j'aurais dû trouver un cadeau pour Taz. »

Warren lui tendit la boîte. « C'est pour toi.

– Quoi ?

– Je l'ai emballé moi-même », blagua-t-il. Sa main tremblait, et la boîte avec elle. Il osait à peine regarder Camille. Elle prit le cadeau, autant pour atténuer sa propre gêne que celle de son mari.

« Warren…, dit-elle avec accablement.

– Cadeau de Noël avec un peu d'avance. » Il se mit à rire. « De toute façon, je n'ai pas l'habitude de percevoir un salaire. Je ne sais pas quoi faire de mon argent. »

Camille contempla la boîte et son ruban. Elle savait que Warren n'avait pas les moyens de payer sa mutuelle, et encore moins de faire un cadeau imprévu. Pourtant elle n'avait pas le choix : il fallait l'ouvrir. Pliée tant bien que mal dans du papier de soie, une écharpe noire, bordée d'un motif végétal. Peut-être en cachemire. Son cœur se serra. Elle se représenta Warren sortant l'écharpe de la boîte chez lui, s'assurant qu'elle était en parfait état avant de la replier de son mieux.

« Elle m'a un peu rappelé ce châle que tu portais. Celui qui ressemblait à un poncho, tu sais ? Mais sans les pompons.

– Elle est magnifique, Warren, vraiment. Mais je ne retournerai pas vivre à Antelope Valley.

– Ce n'est qu'un cadeau.

– Je viens de réinscrire Jonas au collège. Et que deviendrait Lyle ? »

Sourcils froncés, il fixait le ruban qu'elle lui avait rendu. « Je ne dis pas maintenant. Mais peut-être une fois l'année scolaire terminée. » Il désigna le couloir d'un geste vague. « Vous ne pouvez pas rester éternellement dans ce minuscule appartement. Il n'y a même pas la place de mettre un sapin de Noël.

– Je n'ai pas eu le temps d'aller en chercher un. »

Il évita son regard. « Moi j'en ai acheté un grand. Tu pourrais passer la nuit du réveillon à la maison. »

Elle hocha la tête. « Les enfants, peut-être. »

À la vue du visage de son mari, de sa tristesse chronique, contagieuse, elle sut que son départ n'était pas une erreur. Si elle avait fui, c'est qu'il y avait une raison. Lorsqu'elle s'était installée ici, Warren avait apparemment trouvé l'endroit pire que la maison d'Auburn Fields : « Il fait noir comme dans un four », avait-il déclaré. Il semblait se tenir pour responsable du manque de lumière. Bien sûr, il ne lui serait jamais venu à l'esprit qu'elle-même aimait bien cet appartement. Sa petite cuisine dont les fenêtres s'embuaient dès qu'elle préparait un repas. La moquette qui abritait de vieilles pièces de monnaie, d'où le tintamarre quand elle passait l'aspirateur. La tapisserie du séjour que Lyle qualifiait de « papier buvard », à cause du motif rappelant les taches du test de Rorschach. Même le bruit de l'autoroute la nuit, aussi régulier que celui d'une cascade, grondement sans âme qui l'aidait à s'endormir. Tout le monde avait beau le trouver exigu, voire aussi sombre qu'une grotte, il lui donnait avant tout un sentiment d'espace : la liberté d'être heureuse si elle le souhaitait.

Elle retourna dans le séjour, où Jonas était encore devant son jeu vidéo. Le visage d'une impassibilité effrayante. Camille la remarquait dans des moments comme celui-ci, où il ne se sentait pas observé : une sorte de chagrin, de blessure mortelle. Debout à la porte, elle le regarda. Pendant longtemps, avant l'hospitalisation de Dustin, elle n'avait pas trouvé grâce à ses propres yeux. Elle voulait se distinguer, ne pas vivre dans la crainte de mal agir. Être une mère différente. Brillante réussite…

Elle se baissa et embrassa Jonas sur le front, espérant qu'il lèverait les yeux de son jeu. Elle savait bien que non, mais son cœur continuait d'y croire. De la cuisine, Dustin cria que le déjeuner était prêt. Elle dit à Jonas d'éteindre sa console, ce qu'il fit, se levant d'un bond comme tous les gosses de son âge, l'impressionnant par sa longue silhouette gauche. Il s'en sortira, pensa-t-elle ; elle se le répéta avant de quitter la pièce.

Après le déjeuner, ils allèrent en voiture jusqu'à Herradura Estates pour voir la maison construite à l'emplacement de la leur. Jonas trouvait ça bizarre, puisque l'endroit ne leur appartenait plus, même s'il savait d'expérience que les adultes s'intéressent souvent à des choses qui n'existent plus. Pas seulement aux pièces de collection : à des événements du passé. C'était comme une maladie. Il espérait qu'il existait un moyen d'y échapper, mais elle était sans doute aussi inévitable que les hémorroïdes.

L'idée venait de Dustin, mais il semblait s'en vouloir ; une de ses jambes tressautait tandis qu'ils remontaient Crenshaw Avenue en direction de l'entrée de la résidence. Jonas s'interrogea : seraient-ils là s'il avait réellement fait sauter leur maison ? Sans doute pas. Depuis qu'ils savaient que c'était la faute d'Hector, le reste de la famille se livrait à une sorte de course à la cuillère, avec Jonas dans le rôle de l'œuf. Ils le serraient dans leurs bras sans raison, proposaient de lui préparer son repas préféré ou de lui offrir quelque chose que personne d'autre n'avait au collège. Sa mère, surtout. Il avait l'impression de vivre avec le père Noël. S'il réclamait une torpille, là, tout de suite, elle ferait sans doute demi-tour pour les conduire à la base sous-marine.

Restait pourtant une question sans réponse. Lui achèteraient-ils tous ces objets, le couvriraient-ils de caresses s'il avait bel et bien fait sauter la maison ? Voilà ce qui le turlupinait quand il se brossait les dents ou mettait une Pop-Tart dans le grille-pain. L'aimeraient-ils quand même ? Sans doute était-ce le genre de réponse qu'on n'obtenait jamais.

Ils pénétrèrent sans difficulté dans la résidence, sa mère connaissant bien Herman, l'un des gardiens, qui porta son index à ses lèvres et leur fit signe de passer. La nouvelle maison n'avait rien à voir avec la leur. D'abord elle était bien plus grande. Et puis elle avait deux étages surmontés d'une tourelle, et d'un petit mur avec des remparts rappelant la bouche édentée d'une citrouille de Halloween. Plus un porche géant. Et des matériaux de construction en tas sur la pelouse boueuse, de quoi édifier une seconde maison. La mère de Jonas se gara le long du trottoir, l'allée étant impraticable. Ils restèrent dans la voiture à contempler la maison. Une jeune cavalière les dévisagea du haut de son cheval, raide comme un piquet, tournant mécaniquement la tête tel un automate de Disneyland.

« Notre boîte aux lettres a disparu, constata Lyle.

– Les nouveaux propriétaires ont peut-être emménagé, dit sa mère.

– Peu probable, déclara son père. Il n'y a pas de fenêtres. » Il se retourna. « Alors ? On rentre ?

– Non, répondit Dustin. Je veux visiter. »

Il sortit de la Volvo et remonta l'allée boueuse en direction du chantier, se courbant à chaque pas comme s'il marchait contre le vent. Son père et sa mère attendirent qu'il ait disparu à l'intérieur de la maison pour descendre à leur tour de la voiture, imités par Jonas et Lyle, et ensemble ils franchirent le porche géant à la suite de Dustin, se retrouvant dans un couloir sans portes, tapissé de plastique. Aucune cloison, rien que des poutres pareilles à un squelette pour les aider à se repérer. Des tuyaux serpentant jusqu'au plafond ou désignant des lavabos invisibles. La spirale d'un gigantesque escalier sans rampe, qui s'élevait jusqu'à un trou dans le plafond du deuxième étage.

Jonas parcourut avec sa famille la maison en chantier, évitant les clous, laissant des traces de pas dans la sciure. Dustin était introuvable. Ils allèrent de pièce en pièce, traversant les murs tels des fantômes.

« Voilà où devait se trouver la penderie pour les vêtements

de sport. » Le père de Jonas était campé au centre de l'immense pièce, près d'un rouleau de laine de verre.

« Comment le sais-tu ? » lui demanda Camille.

Il haussa les épaules. « C'est dans ma tête. Comme un plan.

– Et moi, je suis où ? dit Lyle.

– Dans la buanderie. Devant le sèche-linge. »

Ils appelèrent Dustin. Pas de réponse. Dans un angle de la pièce voisine, au pied d'un mur recouvert de panneaux isolants roses, Jonas découvrit un grand sachet de M&M's à l'intérieur d'un casque de chantier. Lyle et lui s'assirent à même le béton, et firent une orgie de M&M's. Il s'abstint soigneusement de manger ceux de couleur orange.

« Et là, c'était la cuisine ? »

Le père de Jonas acquiesça. Il vint s'asseoir près d'eux, aussi lentement qu'un vieillard, et Camille aussi, le casque circulant entre eux quatre. Une odeur d'urine flottait dans la pièce.

« J'espère qu'il n'est rien arrivé à Dustin, dit Lyle.

– Il avait peut-être envie d'être un peu seul, murmura Camille.

– Vous vous souvenez de la fois où Mister Leonard a avalé tous ces grains de café au chocolat ?

– Mon Dieu, c'est vrai. Il n'a pas fermé l'œil pendant plusieurs jours. »

Le père de Jonas hocha la tête, la bouche pleine de M&M's. « Je regrette qu'il ne soit pas là avec nous.

– Ici ? s'étonna Lyle. Pourquoi ?

– Je n'en sais rien. Ce n'est pas ce qu'on dit dans ce genre de circonstances ? »

Il y eut un petit bruit derrière le mur, rappelant la présence d'un chien. Il s'intensifia, se rapprocha. Camille prit Warren par le bras. Un paon apparut, un bout de laine de verre accroché au bec comme s'il avait mangé de la barbe à papa.

« Notre célèbre mangeur d'ordures, dit Camille, lâchant le bras de Warren. Je le reconnais à sa crête. »

Pendant que ses parents et sa sœur finissaient les M&M's, Jonas monta jeter un coup d'œil à l'étage. Pas de plafond. Seulement les triangles d'une charpente. Derrière un rouleau de laine de verre, Dustin était assis tout seul sur une glacière. Il dévisagea longuement Jonas, sa jambe tressautant toujours. Il avait un couteau suisse à la main. Jonas eut l'étrange impression que son frère était là depuis des mois.

« Tu veux laisser une trace ? » demanda Dustin.

Jonas examina la poutre devant laquelle il était installé. Il avait gravé quelque chose dans le bois, en lettres dépareillées : LES ZILLER ONT VÉCU LÀ. Ces mots resteraient à jamais entre ces murs. Jonas prit le couteau, mais ne trouva rien à ajouter.

Finalement, ils se rendirent tous les cinq dans le jardin derrière la maison, où les nouveaux propriétaires faisaient construire une piscine. Jonas alla au bord. Lui qui avait toujours rêvé d'avoir une piscine n'aimait pas voir cet énorme trou boueux, là où il s'entraînait auparavant à l'escrime. Une flaque d'eau de pluie brunâtre stagnait dans la partie la plus profonde. Sans les quelques canalisations qui dépassaient çà et là, et le grillage qui maintenait les parois, rien ne distinguait cette future piscine d'un fossé. Curieusement, il se mit à frissonner comme devant un tombeau géant.

Il eut beau se répéter que ce n'était qu'un trou, un grand fossé, impossible de se débarrasser de cette sensation angoissante.

Il se retourna. Sa mère, son père, Lyle et Dustin : ensemble ils regardaient quelque chose au fond du jardin, bavardant en famille. Ils semblaient avoir totalement oublié son existence. En une fraction de seconde, toute sa confiance s'évapora. Ce qui arriva ensuite, accident ou pas, Jonas fut incapable de le dire. Il se rappelait s'être avancé au ras du trou, avoir voulu appeler « Au secours ! » en sentant la terre se dérober sous lui. Plusieurs cris étouffés. Son père atterrissant près de lui dans une gerbe de boue, rouge d'inquiétude, alors qu'il n'était tombé que d'un mètre ou deux. Dustin, Lyle et sa mère debout au bord du trou.

« Ça va ? » lui demanda son père, hors d'haleine.

Jonas contempla le bourbier. Sa famille attendait une réponse, comme si elle pouvait quelque chose pour lui.

48

Dustin sortit de l'ascenseur et pénétra dans le service des grands brûlés, se demandant depuis quand il ne remarquait plus l'odeur de chair calcinée. Ce n'était désormais qu'un détail parmi d'autres, comme la photo – accrochée dans le foyer des infirmières pour illustrer une séquence avant-après – d'une jeune Afghane aux joues soudées à ses épaules. Il se rappelait encore le choc qu'il avait éprouvé en la voyant pour la première fois, l'impression que quelque chose venait de s'échapper de son cerveau. Cette fois, vu du couloir, le visage conique de la jeune Afghane ne lui inspira qu'une vague répulsion. À sa grande surprise, on s'habituait à tout, ou presque. Devant les salles de soins intensifs, l'odeur envahissante de bacon grillé lui emplit les narines. Un jour, pendant sa rééducation, un autre patient de l'hôpital de jour lui avait raconté que, chez les cannibales des îles du Pacifique, on appelait les humains « les longs cochons ». Il avait dit ça non pas pour plaisanter, mais pour se présenter.

La semaine dernière, justement, Dustin était allé manger un Western Bacon Cheeseburger chez Carl's Jr., son premier depuis l'explosion. Il en avait trouvé le goût atroce et délicieux.

Le groupe de parole avait déjà commencé. Dustin prit place autour de la table sans un mot, gêné par le petit nombre de participants. Au centre, un plateau de sandwichs à la mortadelle en forme de pyramide maya lui cachait une partie du groupe. Il ne savait pas trop à qui étaient destinés ces sandwichs. Hormis les deux psychologues du service, ils n'étaient que cinq à s'être déplacés.

« Quelle bonne surprise de te voir ! », dit la psychologue qu'il connaissait. Jane, ou Janice, quelque chose comme ça. « La dernière fois remonte à quand ? »

Il haussa les épaules, aussi surpris qu'elle. « Aucune idée.

– Un an au moins. Peut-être plus. Je crois t'avoir aperçu deux ou trois fois en rééducation. »

Il acquiesça. Fronça les sourcils pour lire le prénom sur son badge : JAMIE. Elle-même ancienne grande brûlée. Elle avait perdu ses deux avant-bras et affrontait le monde avec deux prothèses terminées par un crochet, ce qui lui donnait sans doute, plus qu'à lui, le droit de se plaindre. Son visage était également plus abîmé que celui de Dustin : un masque de peau pareille à l'écorce d'un arbre, sous une couche de fond de teint. Du temps où il était dans le service, elle revenait sans cesse à la charge, l'incitant à venir aux réunions, soulignant l'importance de parler aux autres « rescapés des flammes ». À l'époque, cette insistance à employer le mot « rescapés » faisait ricaner Dustin. La dernière chose dont il avait besoin, c'était de fréquenter un groupe de monstres pathétiques se félicitant d'être encore en vie. Et voilà qu'il se retrouvait face à ce plateau de sandwichs. Jamie présenta la jeune femme assise près d'elle, une jolie psychologue stagiaire prénommée Angela ; celle-ci regardait ses genoux, sans doute honteuse de ne pas être défigurée.

Ils firent un tour de table, décrivant leurs brûlures au reste du groupe. Un jeune manchot de l'âge de Dustin, carbonisé par un cocktail Molotov jeté dans sa chambre ; un homme brûlé à soixante-cinq pour cent pour avoir voulu décoller sa moquette en versant de l'essence dessus ; une femme condamnée à porter un masque en silicone depuis que son visage s'était embrasé au restaurant, à cause d'un dessert flambé. Walter, un grand gaillard en fauteuil roulant, évoqua ses deux jambes détruites dans l'explosion de sa moto sur l'autoroute. Le jour où les infirmières avaient défait ses pansements, il avait vu quelque chose sortir de sa jambe, sorte de serpent d'un blanc luisant ; il leur avait crié de l'enlever, mais il s'agissait d'un tendon.

Contrairement à ce qu'il croyait, Dustin avait eu de la chance. Il existait deux planètes : celle des gens sans brûlures, pleine de musique, de lumière, de promenades sur la plage ; et puis la seconde, où des tendons sortaient de vos jambes et où des visages s'embrasaient au restaurant. Pour la première fois, il comprit l'intérêt de fréquenter des gens de la même planète que lui. Que pourrait-il bien trouver à dire aux autres ?

« Tu as une raison particulière de nous rendre visite aujourd'hui ? » lui demanda Jamie lorsqu'il se fut présenté. Curieusement, il trouvait le visage de la psychologue moins saisissant que la montre attachée à sa prothèse.

Il haussa les épaules. « C'est mon jour de congé.

– On t'a fait de la chirurgie plastique ? »

Elle regardait son visage. Revoyait-elle à quoi il ressemblait à son arrivée dans le service ? « Il y a deux mois, murmura-t-il.

– Ainsi qu'une greffe de peau, apparemment. »

Gêné, il fit oui de la tête.

« Le résultat est magnifique », dit la jolie psychologue stagiaire.

Les autres se joignirent à ce chœur de compliments. Voilà encore un an, voire six mois, il les aurait tous envoyés au diable. Devant cette salve d'éloges, Dustin prit conscience qu'il avait fait toute cette route – soixante-quinze kilomètres – pour faire admirer son nouveau visage. Pour entendre de parfaits inconnus lui mentir. Il avait la nausée, entre autres parce que ces mensonges lui faisaient du bien.

« Et ta main, dit Jamie, la désignant de la tête, elle te fait encore mal ?

– Par temps froid.

– Tu la fais travailler, pour reconstituer la musculation ? »

Il acquiesça. Sans avouer qu'il devait garder le pouce levé comme Fonzie en conduisant, sinon il s'engourdissait et restait recroquevillé toute la journée. À l'autre bout du couloir, un petit garçon criait de toutes ses forces tandis qu'on lui changeait ses pansements. On l'aurait dit attaqué par des ours. Même dans un service de grands brûlés, ses hurlements impressionnaient.

« Huit ans, expliqua Jamie, et pas une seule visite en un mois. Sa mère appelle une fois par semaine pour dire qu'elle va passer, mais elle ne vient jamais.

– Qu'est-ce qui lui est arrivé ? s'enquit Walter.

– Tu veux la version officielle ? Des gosses lui auraient jeté de l'essence sur les jambes et y auraient mis le feu. Attention, ça se passe à Jordan Downs. Dans un quartier difficile. Bien sûr, c'est le père qui nous l'a amené et qui nous a donné cette version. » Dustin fut surpris par la colère dans sa voix, qui contrastait étrangement avec son maquillage clownesque.

« Toute sa famille est venue le voir une fois, juste après son admission, et ils ont volé le magnétoscope de la salle d'attente. Plus personne, sauf la mère, n'a le droit de remettre les pieds dans cet hôpital. »

Ils poursuivirent leur réunion, s'efforçant d'ignorer ces hurlements stridents. Le cœur de Dustin semblait se rouler en boule comme un cloporte. La nouveauté, pour lui, c'était de redécouvrir qu'il avait un cœur. Angela, la psychologue stagiaire, dut remarquer son changement d'expression, car elle se pencha vers lui pendant qu'ils mangeaient les sandwichs. « Voulez-vous passer dans la chambre de ce petit garçon ? Je vais le voir après notre réunion.

– Pour une raison inconnue, je lui fais peur », expliqua Jamie en brandissant ses prothèses.

La réunion terminée, Dustin accompagna Angela dans le couloir. Le gamin ne criait plus depuis un certain temps, mais après tout ce vacarme, le silence angoissait Dustin. Il suivit Angela dans la chambre, s'arrêta au pied du lit. Brûlé à partir de la taille, le petit garçon semblait dormir, les jambes et les pieds prisonniers de pansements éléphantesques. Relativement peu étendues, ses brûlures n'avaient rien d'extraordinaire, mais dans cette chambre, quelque chose – l'absence totale de cartes, de fleurs, de traces de visites – prit Dustin au dépourvu. Il se remémora la présence constante de sa famille durant ces premières semaines où, abruti par la morphine, il se sentait perdu, malheureux, assailli par des cauchemars, des créatures diaboliques aux longs nez crochus qui voulaient le dépecer ou le brûler vif. Son père qui écrivait la date sur une grande feuille de papier, fixée avec du scotch sur le dissipateur de chaleur face à Dustin, pour qu'il la voie dès son réveil et sache quel jour on était. Sa mère qui lui tenait le pied comme si c'était une main, le lui serrant doucement pour lui dire bonjour. À la vue de cet enfant abandonné dans sa chambre, il se sentit mesquin, ridicule, et s'en voulut de s'être vengé de ses souffrances sur sa famille.

« Tu as de la visite », annonça Angela, se penchant au chevet du petit garçon.

Il ouvrit les yeux, grimaça de terreur, essaya de s'asseoir. « Maman ? » Lorsqu'il vit qui était là, une telle déception se lut sur son visage que Dustin aurait tout donné pour être sa mère.

Il se mit à lui rendre visite une fois par semaine, profitant d'un de ses jours de congé pour prendre la route jusqu'à l'hôpital de Torrance. Le petit garçon ne semblait pas spécialement content ni mécontent de le voir. Même quand Dustin lui apportait un cadeau – un GI Joe, une voiture miniature – il serrait le jouet contre sa poitrine sans le sortir de la boîte, refusant de dire un mot. Pour combler le silence, Dustin lui parlait de ses propres brûlures, des crises de rage qu'il piquait à cause d'elles, au point qu'il avait parfois envie de se suicider plutôt que de vivre un jour de plus. Il lui arrivait encore d'avoir des accès de colère, quand il n'arrêtait pas de se gratter ou commettait l'erreur de regarder des photos de famille sauvées des flammes. Un froncement de sourcils mis à part, rien dans l'expression du gamin n'indiquait qu'il écoutait. Il avait un beau visage, de minuscules oreilles de poupée et des yeux produisant, à chaque battement de paupières, un petit bruit pareil au tic-tac d'une montre. Ses cils incroyablement longs étaient recourbés comme ceux d'un chameau. Dustin aurait bien voulu enlever les croûtes qui les recouvraient, mais n'osait s'y risquer de peur de le faire hurler.

Il fallut qu'il lui apporte à manger, des sacs à l'odeur alléchante de chez McDonald's ou Wendy's, pour que le visage du gamin s'éclaire à son entrée dans la pièce. C'étaient les milk-shakes à la vanille qu'il préférait. Dustin veillait à ce qu'ils en aient un chacun. Le petit garçon buvait bruyamment le sien à la paille jusqu'à la dernière goutte, les joues creuses comme celles d'un vieillard. Alors, Dustin lui donnait ce qui restait du sien.

Un jour qu'ils venaient de finir leur milk-shake, le gamin le dévisagea au lieu de regarder la télé, comme s'il rassemblait tout son courage pour prendre la parole. « Est-ce que j'ai la même tête que toi ? » demanda-t-il enfin. Le moral de Dustin chuta. Il avait réussi à se convaincre qu'il ressemblait à monsieur tout le monde.

« Non, répondit-il doucement. Tu as l'air parfaitement normal. »

Le petit garçon se renfrogna, comme s'il ne le croyait pas ; il n'avait pas conscience que ses brûlures se limitaient à ses jambes. Dustin quitta la pièce et alla voir une infirmière, qui lui confia un miroir de poche. Le même que celui présenté par son père pour qu'il voie son visage après l'explosion. Dans le couloir, il s'adossa quelques instants au mur pour reprendre son souffle. Il rapporta le miroir dans la chambre et le plaça face au gamin, qui l'étudia avec méfiance avant de se détendre et de sourire. Voilà ce qui le tourmentait depuis le début : la crainte de ressembler à Dustin.

Plus tard, quand celui-ci s'apprêta à partir, le petit garçon leva les yeux vers lui : Dustin y lut un attachement si féroce qu'il en grimaça presque.

Dans le parking souterrain de l'hôpital, il prit sa balle en mousse sur le siège du passager et la pétrit pour chasser la douleur de ses doigts. Il lui restait une heure avant son rendez-vous avec Taz. De plus en plus souvent, c'était lui qui prenait l'initiative de la voir ; impossible de se rappeler la dernière fois qu'elle était venue jusqu'à Auburn Fields. Il aurait dû se sentir humilié de la poursuivre ainsi, mais dès qu'elle apparaissait en chair et en os – toute bronzée devant lui, l'air tendre et penaud – il en oubliait ses griefs ou leur dernière querelle téléphonique, seulement en proie à une peur panique de la perdre. De quand datait cette peur ? De son anniversaire, sans doute. Il ne se souvenait même pas de la cause de leur dispute ; en revanche, il se revoyait rentrant chez sa mère avec ses chaussures boueuses. Taz l'attendait à la porte, les larmes aux yeux et l'air contrit, alors qu'elle venait de fêter ses dix-sept ans, et la joie qui inondait Dustin avait soudain fait place à une sorte de panique. Ces derniers temps, Taz annulait souvent une rencontre à la dernière minute, appelant pour dire qu'elle ne se sentait pas bien ou que son père commençait à se poser des questions. Sans pouvoir l'affirmer, Dustin la soupçonnait de sortir avec des amis de son âge. La veille, il l'avait appelée chez elle, et la ligne était restée occupée pendant plus d'une heure ; quand Taz avait fini par répondre à la dixième tentative, elle prétendit avoir mal raccroché le combiné.

Dans ces moments de désespoir, la Taz d'avant lui manquait, celle qui l'étreignait si fort qu'elle le laissait couvert de bleus. Son culot lui faisait peur, mais c'était aussi ce qui l'attirait ; maintenant qu'il était lui-même un paria, il n'idéalisait plus la provocation et la marginalité. Il n'avait plus besoin de quelqu'un qui mangeait des éclats de verre pour lui prouver son amour.

Il passa la marche arrière et recula jusqu'à Hawthorne Boulevard, veillant à garder le pouce en l'air pour l'empêcher de se rétracter. La semaine passée, comme mû par une force irrésistible, il était allé jusqu'à la « Jungle des animaux ». Il s'était garé devant l'animalerie et avait guetté Hector dans la voiture tel un gosse, se demandant s'il travaillait encore là, jusqu'à ce qu'il le voie apparaître derrière la vitrine. L'homme qui avait gâché sa vie, vêtu de la même chemisette verte, avec le même pantalon assorti. Il se baissa pour montrer quelque chose à un client, et Dustin aperçut Ginger, toujours nichée dans la poche de sa chemisette. Incroyable que cette bestiole soit encore vivante. Alors qu'il aurait voulu s'indigner, il éprouvait surtout de la stupéfaction. Ce drôle de type, qui se promenait avec des animaux dans ses poches, n'avait jamais eu l'intention de détruire la vie de Dustin, et pourtant c'était ce qu'il avait fait sans le vouloir. Maintenant il semblait poursuivre son petit bonhomme de chemin comme si de rien n'était. Dustin s'était imaginé que s'il venait chaque jour épier Hector, traquer chacun de ses gestes à la manière d'un chercheur, quelque chose lui serait peut-être révélé, une signification cachée ; la cause de cet énorme canular obscène apparaîtrait au grand jour.

La tête inclinée, ses grandes épaules repliées telles les ailes d'un vautour, Hector parlait à son client, lui prodiguait des conseils. En vérité, Dustin regrettait sa compagnie. Il n'avait aucun autre ami ; souvent, quand il ne travaillait pas, il allait seul au cinéma. Il avait attendu qu'Hector lève les yeux, le voie de l'autre côté de la vitrine, conscient qu'il n'aurait jamais le courage de revenir, mais Hector avait tourné la tête et emmené son client à l'intérieur du magasin.

À présent, Dustin traversait Palos Verdes pour rejoindre Rat Beach où il avait donné rendez-vous à Taz. Il faisait une chaleur ridicule pour un mois de février ; le soleil étincelant sur les voitures du parking l'éblouissait. Il mit son chapeau de cow-boy et descendit à la plage par le sentier, portant un T-shirt à manches longues pour protéger ses cicatrices. C'était la première fois depuis l'explosion qu'il retournait sur sa plage préférée. Les vagues ne ressemblaient à rien : à peine plus d'un mètre de haut, et elles se brisaient sur le sable dans un déferlement d'écume. Quelques inconditionnels en combinaison isotherme tentaient quand même de les chevaucher, tombant de leur planche comme fauchés par un coup de canne. À son grand soulagement, Dustin ne vit aucun de ses anciens copains dans l'eau, avant de se rappeler qu'ils étaient tous à l'université. Dire qu'un jour cette vie-là avait été la sienne.

Des siècles semblaient s'être écoulés depuis qu'il était venu avec Jonas retrouver Kira.

Près du premier poste de secours, Taz bavardait avec plusieurs adolescentes vêtues de sweat-shirts qui leur descendaient jusqu'aux genoux. Même de loin, elle semblait aussi sûre d'elle que Kira, rejetant ses cheveux en arrière quand elle riait. Elle ne les teignait plus depuis quelque temps ; sa mèche de sorcière brillait au soleil. Elle porta la main à son oreille, ne fit qu'effleurer le lobe, mais elle se retenait visiblement pour ne pas gratter les croûtes. Ce combat secret contre elle-même redonna espoir à Dustin. Elle s'éloigna de ses amies sans lui avoir fait signe et vint vers lui.

« C'était qui ?

– Des filles de mon lycée, répondit-elle, refusant de regarder dans leur direction. Elles aussi jouent au hockey. »

Elle jeta un coup d'œil furtif au chapeau de cow-boy de Dustin, et la gêne qu'il lut sur son visage lui fit mal au cœur. Aurait-elle choisi ce moment – quinze heures, un mercredi – parce qu'elle pensait qu'il n'y aurait personne pour les voir ? Il enleva son chapeau et le jeta dans le sable, conscient des risques qu'il prenait, même au mois de février. Le soleil sur son visage lui fit l'effet d'un ami perdu de vue depuis longtemps.

Ils étendirent une couverture sur le sable, chacun tenant deux angles et tirant fort. Dustin avait apporté une bouteille de vin dans son sac à dos, et ils la débouchèrent avec son couteau suisse. Plus ils se la passaient et se la repassaient, plus Taz semblait oublier sa gêne, sa voix se faisant plus grave et langoureuse. Elle posa la tête contre l'épaule de Dustin. Elle était ainsi, ces derniers temps, aussi imprévisible qu'un chat. Il ne put s'empêcher de se demander si cette tendresse ne faisait pas partie d'un adieu auquel elle s'était déjà préparée.

Il lui parla de sa visite au gamin du service des grands brûlés, de son air désespéré lorsque Dustin était parti.

« Jamais je n'aurais pensé que tu avais la fibre paternelle, dit-elle.

– Moi non plus. Ça doit être toute la fumée que j'ai respirée.

– Je vais finir par être jalouse. Tu le vois plus souvent que moi. »

Il but une gorgée de vin. « Ce n'est pas vrai. Et quand bien même, à qui la faute ? »

Elle leva la tête de son épaule. « Comment ça ?

– Difficile de t'avoir au bout du fil. Comme si tu ne voulais pas me parler.

– Ne dis pas de bêtises. »

Il regarda une planche s'échouer sur la plage, un homme âgé en combinaison noire s'élancer dans l'écume pour la récupérer. Il avait le visage creusé de rides.

« Peut-être qu'on devrait faire un voyage ensemble, suggéra Dustin en désespoir de cause. Descendre au Mexique en voiture, par exemple.

– Sûrement, dit-elle, détournant les yeux.

– Pourquoi pas ?

– Parce que mon père porterait plainte pour détournement de mineure.

– Il n'a pas le droit. Il faut qu'il y ait trois ans d'écart.

– De toute façon, je n'ai plus qu'un an à vivre, non ? Après mes baignades dans ce bassin d'épuration. C'est comme si j'avais quatre-vingt-dix ans.

– Tu t'en tires toujours par une pirouette », murmura-t-il.

Elle se renfrogna et se leva, comme pour mettre fin à la discussion. Il savait bien qu'aller au Mexique était une idée ridicule – d'abord parce que Taz devrait sécher les cours – mais il voulait au moins qu'ils puissent rêver ensemble, comme avant. Taz donna un coup de pied dans le sable, le visage caché par ses cheveux.

« Est-ce que… enfin… tu as l'intention de passer ta vie dans le désert ?

– Pourquoi ?

– Je ne sais pas. » Elle haussa les épaules, mal à l'aise. « Tu devrais peut-être aller à l'université. Comme Lyle.

– D'accord. Je vais m'installer dans sa résidence universitaire. »

Ce n'était pas censé être drôle et Taz ne rit pas. Elle creusait un trou dans le sable avec son pied, comme pour enterrer un os.

« C'est ça que tu veux ? lança Dustin. Que je m'en aille à New York comme Lyle ?

– Tu n'es pas obligé d'aller à Harvard.

– À Columbia, bon sang. Harvard, c'est à Cambridge, Massachusetts. »

Taz leva les yeux. Peut-être faisait-elle exprès de le mettre en colère : ce serait plus facile de rompre avec lui. À vrai dire, il se voyait parfois partir pour New York avec Lyle, louer avec elle un appartement près du CBGB et parcourir la ville en métro comme les Ramones. Fantasme ridicule. Il pourrait travailler dans un vidéo-club, un vrai, où les clients auraient entendu parler de John Ford. Le matin, avant que Lyle aille en cours, ils prendraient leur petit-déjeuner ensemble comme lorsqu'ils étaient gosses. Ce qu'ils avaient pu s'amuser, à échanger des jeux de mots de leur invention dans le dos de leur mère ! Quand il pensait à sa vie d'avant, c'étaient ces moments-là qui lui manquaient le plus, pas d'écrire des chansons avec Biesty pour le groupe, ni même de surfer sur une vague parfaite. Non, c'étaient ces moments ordinaires qu'il avait toujours cru supporter bon gré mal gré : les repas, le camping et les parties de Monopoly – tout le vaudeville improvisé de la famille Ziller.

« Je croyais que Cambridge était le nom d'une université », dit Taz.

Dustin s'esclaffa, plus ostensiblement qu'il n'aurait voulu. « Ça l'est, mais sur un autre continent. Ici, on est aux États-Unis. »

Le visage de Taz se ferma. « Va te faire voir, monsieur Jesais-tout ! Tout ça à cause de tes brûlures. On dirait que tu te prends pour un génie, maintenant. »

Dustin avait toujours su qu'un jour, la tragédie qu'il avait vécue perdrait son caractère sacré. Rien ne restait sacré très longtemps : même votre visage défiguré et vos souffrances insoutenables finissaient par se retourner contre vous. Ça devenait ennuyeux, et les gens vous faisaient payer cet ennui.

Curieusement, le cœur de Dustin lui parut soudain plus léger, comme soulagé.

Même en plein mois de février, Taz commença à se dévêtir, enleva sa robe et ne garda que son bikini noir. Jamais il n'aurait cru qu'elle irait se baigner. Elle le laissa assis sur le sable et descendit jusqu'à l'eau, dépassant quelques fanatiques du bronzage étendues sur leur serviette. Taz était un peu plus ronde qu'elles, la taille un peu moins marquée, mais elle s'en moquait visiblement. Dustin n'avait qu'un lointain souvenir de ce qu'on ressentait en allant se baigner. Un nuage cacha le soleil, assombrissant l'océan. Souriante et bien dans sa peau, prenant tout son temps pour traverser la plage presque déserte, Taz ressemblait à une extra-terrestre. Elle entra dans l'eau en s'éclaboussant, plongea la tête la première dans une vague, disparut avant de resurgir, tel un toast dans un grille-pain.

Elle était tout ce qu'il possédait, et sans doute plus pour très longtemps. Après s'être assuré qu'aucune de ses anciennes connaissances n'était en vue, il quitta son jean, ses chaussures, ses chaussettes. Il avait gardé pour la fin son T-shirt qu'il enleva rapidement par la tête. Alors qu'il s'attendait à une libération, il se sentit laid et honteux, imaginant ses cicatrices plus grandes qu'elles n'étaient car il refusait de les regarder. Elles le gênaient beaucoup plus que le fait de se retrouver en boxer-short sur cette plage. Il marcha vers l'océan, se retenant pour ne pas courir, imaginant le dégoût – la répulsion – qu'il inspirait aux gens. Le soleil réapparut ; son nouveau corps ne l'avait jamais vu. Il s'enfonça dans l'écume jusqu'aux genoux, plongea dans l'eau glacée et, sonné, remonta aussitôt à la surface, hoquetant, mais vivant.

49

Warren gara l'Oldsmobile à une centaine de mètres de chez les Tremor, puis redressa son badge et sa cravate dans le rétroviseur. Les badges nominatifs étaient une invention récente, destinée à donner une apparence plus professionnelle aux représentants de BladeCo. Ils avaient pour consigne de les porter en permanence. Et de se garer à une centaine de mètres de la maison du client, afin que personne ne voie leur voiture par la fenêtre et n'en tire des conclusions hâtives. Le genre de conclusions qui n'aidaient pas à vendre des couteaux. Pas plus qu'une Oldsmobile datant de 1979 avec un crâne géant sur la lunette arrière. Ce qui faisait vendre des couteaux, c'était plutôt cette impertinence – agressive, pétulante – avec laquelle certains décrétaient qu'une Oldsmobile de 1979 avait fait son temps.

Même sous la houlette de Ted, son chef d'équipe, il avait fallu quelque temps à Warren pour le comprendre. Mais il y était arrivé. Rien que le mois dernier, il avait vendu six coffrets de couteaux haut de gamme à mille huit cent quatre-vingt-dix-neuf dollars pièce. Ted lui avait donné un bon pour deux repas gratuits dans un restaurant italien de Lancaster : une récompense pour lui et sa « charmante épouse ». Le bon en question attendait encore sur son réfrigérateur.

Warren ouvrit sa mallette et dressa un rapide inventaire des couteaux qu'elle contenait. Tandis qu'il montait la rue en pente pour rejoindre la maison des Tremor, sa lourde mallette à la main, une douleur familière l'oppressa. Il s'assit au bord du trottoir. La douleur s'intensifia, l'enserrant comme des sables mouvants, jusqu'à sa gorge. Une chaleur incandescente. Il ferma les yeux, attendit que l'oppression disparaisse. Cette fois, elle mettait du temps ; même une fois la douleur dissipée, les sables mouvants semblèrent rester là, logés dans sa cage thoracique.

Il s'attarda longtemps sur le trottoir, reprenant son souffle. Ces épisodes s'aggravaient. Il avait fini par consulter un médecin la semaine précédente, un cardiologue qui l'avait fait courir sur un tapis roulant jusqu'à l'épuisement. Son électrocardiogramme n'était pas normal – rien d'affolant, mais « préoccupant » malgré tout. Il était censé appeler l'hôpital et prendre rendez-vous pour subir un examen complémentaire, où on lui injecterait un produit de contraste dans les vaisseaux, mais curieusement, il trouvait toujours un prétexte pour remettre à plus tard.

Un jour prochain, peut-être ne réussirait-il pas à se lever du trottoir. Il s'écroulerait là, dans le désert. Combien de temps faudrait-il pour qu'on le retrouve ?

Il se remit debout et marcha en plein soleil jusqu'à la maison des Tremor. Une jeune femme vint lui ouvrir, un bandeau dans ses cheveux roux frisottés comme ceux d'une poupée de chiffon. Warren lui demanda si sa mère était là.

« Je suis Mindy Tremor, répondit-elle. Nous nous sommes parlé au téléphone. J'étais sur mon vélo d'appartement. »

Warren s'excusa de la déranger et la suivit dans la cuisine, surpris d'y trouver un garçonnet de quelques années plus jeune que Jonas, assis devant la table. Il y avait aussi une adolescente mince et belle qui retirait la cellophane enveloppant un gâteau roulé aux fruits. Elle semblait avoir environ quatorze ans. Warren se sentit incroyablement vieux. Mindy Tremor se dirigea vers un coin de la pièce où trônait le vélo d'appartement, juste à côté du réfrigérateur – proximité sans doute symbolique.

« Ça ne vous ennuie pas que je remonte dessus ? J'avais presque terminé. »

Warren avait présenté son argumentaire à des gens soûls, séniles, atteints d'une maladie en phase terminale : il pouvait bien s'adresser à quelqu'un sur un vélo. Il ouvrit sa mallette sur la table et commença humblement, sur un ton interrogateur, comme si lui-même était sceptique. *Pourquoi un couteau s'émousse-t-il ? Une idée ?* Il veillait à croiser le regard de Mindy Tremor, à écouter avec intérêt les questions obtuses du garçonnet. Une fois que la confiance de la famille lui fut acquise – lui-même était père de famille, pas un individu louche traînant dans les rues – il se tourna vers Mindy Tremor juchée sur son vélo et exploita discrètement ses angoisses de mère, parlant des dangers inhérents à une lame mal aiguisée, citant des statistiques qu'il venait d'inventer, lui demandant quand elle avait aiguisé son couteau préféré pour la dernière fois. Lorsqu'elle objecta qu'une spatule métallique risquait d'abîmer le revêtement antiadhésif de ses poêles, il sortit un article de sa poche – photocopié dans le *New England Journal of Medicine* – selon lequel le Teflon pourrait causer la maladie d'Alzheimer. Mindy Tremor cessa de pédaler pour jeter un coup d'œil à l'article. Patiemment, il énuméra les qualités propres aux couteaux BladeCo, mentionna la garantie à vie, le manche ergonomique breveté, l'encoche sur celui du couteau coupe-tomates, pour empêcher le jus de couler le long du bras de l'utilisateur. Il demanda au garçonnet d'aller chercher une tomate dans le réfrigérateur et la trancha avec dextérité, comme sous les yeux de Camille, de Lyle et de Jonas. C'était également à eux qu'il présentait son argumentaire, à la famille qu'il avait perdue. Les mots eux-mêmes comptaient moins que le fait que ce soient les siens. Pour une fois, il créait quelque chose. Au fond, si son argumentaire était suffisamment convaincant, peut-être sa famille achèterait-elle ce qu'il avait à offrir. *Il n'est pas trop tard, tu as appris quelque chose, ta vie n'aura pas été entièrement malheureuse ni inutile.*

« Je ne sais pas si vous êtes comme moi, si vous en avez par-dessus la tête des ciseaux qui ne coupent rien sauf les cheveux, mais nous avons actuellement une offre spéciale pour toute commande d'un coffret BladeCo et de son bloc range-couteaux. Vous avez droit à une paire de ciseaux d'une valeur de soixante dollars, garantis comme étant les plus tranchants de la planète. Auriez-vous par hasard une pièce d'un cent ? »

Mindy Tremor descendit de son vélo d'appartement et en sortit une de son porte-monnaie. Tel un magicien, Warren la brandit entre le pouce et l'index, la glissa entre les lames des ciseaux et la coupa en deux sans effort. Mindy Tremor en resta bouche bée. Sa fille eut un sourire condescendant, mais bizarrement il ne se sentit pas humilié. Il n'éprouvait plus la moindre humiliation depuis un certain temps. Sa honte d'avoir échoué – d'avoir dilapidé ses économies, déçu sa famille – lui semblait désormais ridicule. Non, pas ridicule :

sans aucune réalité. Comme si c'était arrivé à quelqu'un d'autre.

« Voilà pourquoi je dis que les produits BladeCo parlent d'eux-mêmes.

– Énorme, dit le petit garçon.

– Je dirais même plus. Énormissime », déclara Warren en lui tendant une autre pièce d'un cent qu'il venait de sortir de sa poche.

Plus tard, sur le trajet du retour, il passa devant la sortie conduisant au caravaning de Melody. La pancarte « Mahogany Views » était encore là, avec la mention : LOCATION À L'ANNÉE SEULEMENT. Deux semaines plus tôt, revenant d'un rendez-vous à Rosamund, il s'était arrêté sans savoir ce qu'il dirait s'il trouvait Melody chez elle. Il ne souhaitait pas spécialement se faire plaindre, ni lui causer des ennuis s'il s'avérait que son mari vivait de nouveau avec elle. Il se demandait s'il serait accueilli par un baiser ou par un coup de poing. Le problème ne se posa pas. Le caravaning avait disparu. Envolé. Au lieu des rangées de mobile-homes bien tenus et blanchis par le soleil, Warren s'était trouvé nez à nez avec un bulldozer soulevant une colonne de poussière et déversant des blocs de béton dans un camion à benne. Des ouvriers préparaient le terrain pour la construction d'un lotissement.

Il était resté un long moment assis dans sa voiture, à les regarder travailler. La mégalomanie du promoteur lui paraissait risible, mais rien ne permettait d'affirmer que le projet échouerait. Les lotissements fleurissaient aux alentours, de Palmdale à l'autoroute 405, recouvrant le désert Mojave de maisons miraculeuses à trois étages.

Sauf aux abords de la décharge, bien sûr. Le « couloir du cancer », comme on surnommait l'endroit aux informations. Une terre vaine, propriété de Warren.

Ce jour-là, au lieu de rentrer directement chez lui, il se gara devant le Mojave Vidéo-club. C'était devenu une habitude ; le magasin se trouvait à deux pas de l'autoroute et il aimait bien que Dustin lui choisisse une cassette-vidéo. À présent qu'ils n'étaient plus que tous les deux, il n'avait rien d'autre à faire le soir.

« Tu ressembles à un mormon », dit Dustin, fixant le badge que Warren avait oublié d'enlever. Comme à chaque fois, l'intérieur du vidéo-club – ses étagères remplies de cassettes poussiéreuses, son écran de télé à la lumière tremblotante dans un coin – le déprimait vaguement. Une femme en treillis ouvrit la porte, regarda les deux hommes et repartit, jetant un coup d'œil à sa montre comme si elle avait oublié quelque chose. « Tu vois ? Tu décourages les clients.

– Simple coïncidence », répondit Warren.

Dustin se mit à trier quelques cassettes près de la caisse, notant les titres dans un registre. « En fait, c'est une emmerdeuse. Je ne connais même pas son nom. Elle loue *Voyage au bout de l'enfer* à peu près trois fois par semaine, uniquement pour avoir une occasion de parler.

– Peut-être que tu lui plais. »

Dustin détourna le regard sans rien dire. Même Warren fut obligé de reconnaître que c'était peu plausible. La semaine dernière, il avait encore vu une mère – une femme aux bras grassouillets, couverts de coups de soleil – chuchoter quelque chose à l'oreille de son gosse avant de s'approcher de la caisse. Ou bien Dustin s'en moquait, ou bien il était trop distrait pour s'en apercevoir. Depuis qu'il avait rompu avec

Taz, il était encore plus dans son monde qu'avant. Warren compatissait, bien sûr, mais égoïstement, il ne pouvait s'empêcher de s'en féliciter : sans Taz, Dustin et lui passaient plus de temps ensemble, allaient même parfois déjeuner en ville tous les deux.

Il voulut lui demander conseil, mais Dustin lui fit signe de se taire, se tournant vers le téléviseur. Sur l'écran, un homme au visage peint en bleu s'entourait le crâne de bâtons de dynamite ; il alluma la mèche, mais, se ravisant à la dernière minute, il cria « Merde ! » et tenta d'éteindre la flamme avec sa main. La dynamite explosa quand même. Indifférente, la caméra s'orienta vers l'océan, le mot FIN s'inscrivant divinement dans le ciel. Tellement horrible que Warren préféra en rire.

« C'était quoi ? demanda-t-il.

– Godard. La Nouvelle Vague.

– Je croyais que tu détestais la Nouvelle Vague.

– En musique, oui. Mais les deux sont absolument sans rapport. » Dustin se retourna vers le magnétoscope derrière la caisse.

Au fond, ils étaient revenus à la case départ : Warren contemplait le dos de son fils, recevant son mépris en plein visage. Au moins se parlaient-ils, à présent. Il demanda à Dustin s'il pouvait louer le film de la Nouvelle Vague.

« Ils s'adressent à la caméra, ce genre de choses. C'est bizarre. Ça m'étonnerait que tu aimes.

– J'aime les choses bizarres, répondit Warren. Sans compter le fait que les explosions, je connais. »

Dustin ne rit pas. Pourtant, que Warren puisse faire ce genre d'humour – sans s'attirer les foudres de son fils – représentait un progrès. En toute franchise, il était surpris que Dustin ait choisi de rester avec lui au lieu de partir avec sa mère. *Il regardera des films à longueur de journée*, avait prévenu Camille. Si Warren était quelqu'un de meilleur, sans doute aurait-il insisté pour que Dustin déménage et affronte le monde extérieur, mais il lui était trop reconnaissant pour le pousser dehors.

Dustin inséra une autre cassette dans le magnétoscope, encore un film français avec cet acteur fascinant, au visage de boxeur, qui s'était fait sauter. Le propriétaire l'avait chargé de réassortir le rayon des films étrangers, et il s'appliquait à le remplir de longs métrages que personne ne louerait. Pour la première fois, Warren se demanda si Dustin n'aimait pas travailler dans ce vidéo-club. C'était un endroit frais et paisible, le bourdonnement d'une mouche se mêlant aux intonations mélodieuses du français qui s'échappaient du téléviseur. Qu'y avait-il de mal à regarder des films à longueur de journée ? En tant qu'homme, on vous conditionnait tellement à croire qu'il fallait avoir de l'ambition, que sans elle on était perdu, mais au fond, ça changeait quoi ? En tout cas, rien, ou presque, ne prouvait que ça rende heureux.

« Ces films me rappellent un peu ceux de ta mère, dit Warren. Même genre de questions sans réponse.

– Et l'acteur fume à peu près autant que maman. »

Warren hocha la tête, feignant de regarder le film. « Qu'est-ce que tu veux pour dîner, ce soir ? Je pensais faire des escalopes milanaises.

– J'irai peut-être au cinéma avec Osman. Il y a un film qu'il voudrait voir. Je ne suis pas encore décidé.

– Qui est Osmond ?

– Il s'appelle Osman. Il fait équipe avec moi le week-end. »

Warren essaya de cacher sa déception. « Je prépare quand même à dîner. Si tu vas au cinéma, tu pourras manger ta part demain. »

Chez lui, Warren enleva son manteau, sa cravate, et se fit couler un bain chaud. Il ne prenait jamais de bains du temps où Camille était là, de peur de mettre de l'eau partout. Depuis son départ, il s'accordait également d'autres libertés. Celle de laisser ses chaussures dans la pièce toute la nuit. D'écouter de la musique sur la chaîne aussi fort que Dustin. De faire des plaisanteries grivoises sans qu'on le rappelle à l'ordre. De laisser le journal en tas, sans remettre toutes les pages dans le bon ordre. En général, pourtant, ces libertés faisaient pâle figure à côté de ce qu'il avait perdu. La solitude l'engluait tel un marécage. Elle était immense, sans repères. Parfois, Camille lui manquait tant qu'il n'arrivait pas à marcher. Alors qu'ils ne dormaient plus ensemble depuis des mois, il se couchait chaque soir du même côté du lit, tout au bord, comme pour laisser à Camille la place de bouger – seul moyen pour lui de trouver le sommeil.

Il s'efforçait de ne pas penser au départ de Dustin. Il savait que son fils aurait un jour son propre toit, peut-être même une vie digne de ce nom. La perspective de se retrouver seul dans une maison vide, à attendre que la banque le jette dehors, l'emplissait d'effroi.

Il sortit du bain, enfila un survêtement. En allant dans la cuisine, il entendit une voiture se garer devant la maison. Son cœur fit un bond dans sa poitrine. Il se précipita à la fenêtre, mais ce n'était que le facteur à la peau tannée par le soleil, sa casquette lui tombant sur le nez lorsqu'il se pencha pour descendre du véhicule. Curieusement, il ne fit pas de doigt d'honneur en direction de la maison, ne la foudroya même pas du regard. Il semblait se résoudre à faire le détour, se résigner à la fatalité.

Warren alla chercher le courrier après son départ, le soleil déclinant aussi doux qu'une caresse sur ses épaules. L'odeur de la décharge lui levait toujours le cœur, bien que cette puanteur permanente ait désormais quelque chose de rassurant, de familier. Pliée en deux dans la boîte, coincée entre la facture de téléphone et un catalogue d'appareils électroniques, se trouvait une grande enveloppe. Il l'ouvrit et en tira une photo sur papier glacé de Jésus dans une robe de moine, appuyé sur une houlette et fixant avec solennité quelque chose au loin, Son troupeau sans doute. Warren mit quelques instants à reconnaître ce visage. En bas de la photo, juste au-dessus de l'imposante signature de Jésus, on avait ajouté : *Poursuivons notre chemin.* Warren éclata de rire. Alors qu'il s'apprêtait à jeter la photo à la poubelle, une force invincible le retint.

De retour dans la cuisine, il prépara le dîner, descendit de l'étagère le livre de recettes et l'ouvrit à la page des escalopes milanaises. C'était le plat préféré de Dustin, depuis sa plus tendre enfance ; à quatre ou cinq ans, prononçant mal, il commandait le plus sérieusement du monde des « salopes milanaises » au restaurant. Warren sortit les escalopes du frigo, les aplatit jusqu'à ce qu'elles soient aussi fines que des crêpes. Il ne se rappelait pas quand il avait pris goût à la cuisine, sans doute après le départ de Camille, pour s'occuper avant la tombée de la nuit. Plus encore que cuisiner, il aimait se dire que Dustin mangerait le résultat de ses efforts. Jusqu'à présent, tout ce qu'il avait fait pour son fils – lui acheter des bières, entrer par effraction chez les Shackney, même lui sauver la vie – n'avait pas suffi à rendre Dustin heureux. À sa manière, Warren avait consacré sa vie à l'aider. Mais peut-être Dustin avait-il besoin d'une autre forme de dévouement, d'un père assez fort pour refuser de l'aider.

Il ferait son possible pour laisser Dustin vivre sa vie. Et pourtant, sûrement, il avait encore le devoir – le seul qui vaille, pour un père – de le nourrir.

Il mélangea de la chapelure et du parmesan, fit la sauce, hacha un oignon sur le plan de travail. Devenu expert en la matière, il fut agacé quand ses yeux le piquèrent. Il ouvrit la fenêtre. L'air fraîchissait et le vent se levait, bruissant d'insectes, tandis que le désert commençait à baigner dans la lueur surnaturelle annonçant le crépuscule. Les yuccas, tout petits à côté de leur ombre, l'émurent étrangement. Depuis peu, les détails les plus infimes avaient le pouvoir de lui briser le cœur ou de le plonger dans l'euphorie. Sauf sur l'autoroute au loin, il n'y avait personne à des kilomètres à la ronde. Il frissonna, comme s'il était le dernier être humain sur terre. Des millions d'années auparavant, cet endroit se trouvait au fond de l'océan, peuplé de requins géants et de poissons à quatre pattes.

Il mit le couvert, vérifia qu'aucun reste de nourriture ne souillait les couteaux, jeta un coup d'œil à la pendule au-dessus de l'évier : dix-huit heures quarante-trois. Si Dustin rentrait, il serait là d'un instant à l'autre.

La sauce tomate mijotait sur le feu, embuant ses lunettes quand il se penchait pour remuer avec une cuillère. Il régla le minuteur sur dix minutes et s'assit pour attendre. *Tu as la vie devant toi*, aimaient à dire les gens. À vrai dire la vie passait vite, en un éclair, et presque chaque acte était une erreur. On pouvait s'estimer heureux d'avoir une famille digne de ce nom. À la fin, même le monde vous rejetait, vous refusait l'hospitalité.

La cuisine s'assombrissait lentement, imperceptiblement, comme une grotte. Warren se revit enfant, trop grippé pour aller à l'école, encore au lit tandis que les fenêtres s'obscurcissaient, que les murs disparaissaient peu à peu sous ses yeux, et qu'il guettait le retour de sa mère après son interminable journée à la station-service. Ennui et maladie devenaient indissociables. Quel sentiment de désespoir l'étreignait ! Il aurait pu allumer, mais un entêtement puéril l'empêchait de se lever. Allongé dans le noir, moite de sueur, il imaginait le visage de sa mère aussi précisément qu'en rêve, perfectionnant le moindre détail, depuis les minuscules pores de son nez jusqu'au pli mystérieux, accentué par le sommeil, du lobe de son oreille. Il fallait que la ressemblance soit parfaite pour qu'elle surgisse à la porte. Et parfois ça marchait : elle apparaissait après des heures qui lui avaient paru des années, allumait dans sa chambre et lui posait sur le front sa main fine et rugueuse à la fois, imprégnée d'une odeur d'essence, qui ne lui faisait pas honte dans l'intimité de leur maison, mais représentait au contraire tout ce qu'il avait attendu, la plus pure des joies. Il en tremblait encore rien que d'y penser. L'amour, ce n'était donc que ça ? Les ténèbres vaincues, une main sur votre front. Dans l'intervalle, vous ne pouviez qu'attendre – épuisé, solitaire, les minutes aussi longues ou aussi brèves qu'une vie entière – qu'apparaisse le visage de vos rêves.

REMERCIEMENTS

Je tiens à remercier le Stanford Creative Writing Program et le National Endowment for the Arts du généreux soutien qu'ils m'ont apporté pendant l'écriture de ce livre. Toute ma gratitude va à Andrew Altschul, Scott Hutchins, Dorian Karchmar, Greg Martin, Samantha Martin et Tom McNeely pour le temps et les efforts extraordinaires qu'ils ont consacrés à ce livre, pour leurs précieux conseils et leurs suggestions. J'ai une dette envers le Dr Gordon Noel pour ses compétences médicales, ainsi qu'envers Alison Florance, Hunter Johnson, Margaret W. Noel et Bruce Snider pour leurs informations sur des professions différentes de la mienne. Je me sens également redevable envers les auteurs et les ouvrages suivants : Barbara Ravage, *Burn Unit : Saving Lives After the Flames* ; Andrew M. Munster, MD, *Severe Burns : A Family Guide to Medical and Emotional Recovery* ; Dennis J. Stouffer, *Journeys Through Hell : Stories of Burn Survivors' Reconstruction of Self and Identity* ; John Stauber et Sheldon Rampton, *L'industrie du mensonge : lobbying, communication, publicité et medias*, traduit par Yves Coleman, éditions Agone, 2004. Katharine Noel, ma femme, m'a aidé plus que je ne peux le dire ici : je lui suis profondément reconnaissant de sa patience, de ses encouragements et de son immense sagesse.

DU MÊME AUTEUR

Aux Éditions Albin Michel

LA MUSIQUE DES AUTRES, nouvelles, 2008.

« Terres d'Amérique »

Collection dirigée par Francis Geffard

SHERMAN ALEXIE

Indian Blues, roman

Indian Killer, roman

Phoenix, Arizona, nouvelles

La Vie aux trousses, nouvelles

Dix Petits Indiens, nouvelles

Red Blues, poèmes

Flight, roman

Indian Blues, poèmes

Danses de guerre, nouvelles

GAIL ANDERSON-DARGATZ

Remède à la mort par la foudre, roman

Une recette pour les abeilles, roman

DAVID BERGEN

Une année dans la vie de Johnny Fehr, roman

Juste avant l'aube, roman

Un passé envahi d'ombres, roman

Loin du monde, roman

JON BILLMAN

Quand nous étions loups, nouvelles

TOM BISSELL

Dieu vit à Saint-Pétersbourg, nouvelles

AMANDA BOYDEN

En attendant Babylone, roman

JOSEPH BOYDEN

Le Chemin des âmes, roman
Là-haut vers le nord, nouvelles
Les Saisons de la solitude, roman

KEVIN CANTY

Une vraie lune de miel, nouvelles

DAN CHAON

Parmi les disparus, nouvelles
Le Livre de Jonas, roman
Cette vie ou une autre, roman

BROCK CLARKE

Guide de l'incendiaire des maisons d'écrivains en Nouvelle-Angleterre, roman

CHRISTOPHER COAKE

Un sentiment d'abandon, nouvelles

CHARLES D'AMBROSIO

Le Musée des poissons morts, nouvelles
Orphelins, récits

CRAIG DAVIDSON

Un goût de rouille et d'os, nouvelles
Juste être un homme, roman

RICK DEMARINIS

Cœurs d'emprunt, nouvelles

ANTHONY DOERR

Le Nom des coquillages, nouvelles
À propos de Grace, roman

DAVID JAMES DUNCAN
La Vie selon Gus Orviston, roman

DEBRA MAGPIE EARLING
Louise, roman

GRETEL EHRLICH
La Consolation des grands espaces, récit

LOUISE ERDRICH
L'Épouse Antilope, roman
Dernier rapport sur les miracles
à Little No Horse, roman
La Chorale des maîtres bouchers, roman
Ce qui a dévoré nos cœurs, roman
Love Medicine, roman
La Malédiction des colombes, roman

BEN FOUNTAIN
Brèves rencontres avec Che Guevara, nouvelles

JUDITH FREEMAN
Et la vie dans tout ça, Verna ?, roman
Dernières épouses, roman

JAMES GALVIN
Prairie, récit
Clôturer le ciel, roman

DAGOBERTO GILB
Le Dernier Domicile connu de Mickey Acuña, roman
La Magie dans le sang, nouvelles

LEE GOWAN
Jusqu'au bout du ciel, roman

PAM HOUSTON
J'ai toujours eu un faible pour les cow-boys, nouvelles
Une valse pour le chat, roman

RICHARD HUGO
La Mort et la Belle Vie, roman
Si tu meurs à Milltown

KARL IAGNEMMA
Les Expéditions, roman

MATTHEW IRIBARNE
Astronautes, nouvelles

THOM JONES
Le Pugiliste au repos, nouvelles
Coup de froid, nouvelles

THOMAS KING
Medicine River, roman
Monroe Swimmer est de retour, roman
L'Herbe verte, l'eau vive, roman

WILLIAM KITTREDGE
La Porte du ciel, récit
Cette histoire n'est pas la vôtre, nouvelles

KARLA KUBAN
Haute Plaine, roman

RICHARD LANGE

Dead Boys, nouvelles

Le Monde cruel, roman

CRAIG LESLEY

Saison de chasse, roman

La Constellation du Pêcheur, roman

L'Enfant des tempêtes, roman

BRIAN LEUNG

Les Hommes perdus, roman

DEIRDRE MCNAMER

Madrid, Montana, roman

DAVID MEANS

De petits incendies, nouvelles

DINAW MENGESTU

Les belles choses que porte le ciel, roman

Ce qu'on peut lire dans l'air, roman

BRUCE MURKOFF

Portés par un fleuve violent, roman

JOHN MURRAY

Quelques notes sur les papillons tropicaux, nouvelles

RICHARD NELSON

L'Île, l'océan et les tempêtes, récit

DAN O'BRIEN

Brendan Prairie, roman

LOUIS OWENS

Même la vue la plus perçante, roman
Le Chant du loup, roman
Le Joueur des ténèbres, roman
Le Pays des ombres, roman

KEVIN PATTERSON

Dans la lumière du Nord, roman

BENJAMIN PERCY

Sous la bannière étoilée, nouvelles

SUSAN POWER

Danseur d'herbe, roman

ERIC PUCHNER

La Musique des autres, nouvelles

ELWOOD REID

Ce que savent les saumons, nouvelles
Midnight Sun, roman
La Seconde Vie de D.B. Cooper, roman

JON RAYMOND

Wendy & Lucy, nouvelles

EDEN ROBINSON

Les Esprits de l'océan, roman

GREG SARRIS

Les Enfants d'Elba, roman

NATHAN SELLYN

Les Caractéristiques de l'espèce, nouvelles

GERALD SHAPIRO

Les Mauvais Juifs, nouvelles

Un schmok à Babylone, nouvelles

LESLIE MARMON SILKO

Cérémonie, roman

MARK SPRAGG

Là où les rivières se séparent, récit

MARLY SWICK

Dernière saison avant l'amour, nouvelles

WELLS TOWER

Tout piller, tout brûler, nouvelles

DAVID TREUER

Little, roman

Comme un frère, roman

Le Manuscrit du Dr Apelle, roman

BRADY UDALL

Lâchons les chiens, nouvelles

Le Destin miraculeux d'Edgar Mint, roman

Le Polygame solitaire, roman

GUY VANDERHAEGHE

La Dernière Traversée, roman

Comme des loups, roman

VENDELA VIDA

Se souvenir des jours heureux, roman

WILLY VLAUTIN

Motel Life, roman
Plein nord, roman

JAMES WELCH

L'Hiver dans le sang, roman
La Mort de Jim Loney, roman
Comme des ombres sur la terre, roman
L'Avocat indien, roman
À la grâce de Marseille, roman
Il y a des légendes silencieuses, poèmes

SCOTT WOLVEN

La Vie en flammes, nouvelles

Composition : IGS-CP
Impression : Imprimerie Floch, juin 2011
Éditions Albin Michel
22, rue Huyghens, 75014 Paris
www.albin-michel.fr

ISBN : 978-2-226-22978-6
ISSN : 1272-1085
N° d'édition : 19039/01 – N° d'impression : 79856
Dépôt légal : août 2011
Imprimé en France